암브로시아

암브로시아 1

지은이_조례진 | 초판 1쇄 인쇄_2010년 3월 2일 | 초판 6쇄 발행_2014년 12월 18일 | 발행처
_도서출판 청어람 | 발행인_서경석 | 편집장_권태완 | 편집_나정희, 최고은 | 주소_경기도 부천
시 원미구 심곡2동 163-2 서경B/D 3F | 등록_1999년 5월 31일(제1081-1-89호) | 문의전
화_032)656-4452 | 팩스_032)656-4453 | http://www.chungeoram.com | 전자우편
_chungeoram@chungeoram.com | 어람번호_8-0018 | 파본은 구입하신 서점에서 교환하
여 드립니다. 저자와 협의하여 인지를 붙이지 않습니다. 책값은 뒤에 있습니다.

*KOMCA(한국음악저작권협회) 승인 필.
*본문 중 일부 주석은 국립국어원 표준국어대사전에서 인용한 것임을 밝힙니다.

ISBN 978-89-251-2100-0 04810
ISBN 978-89-251-2099-7 (SET)

I

불사(不死)의 신찬(神饌)

암브로시아
AMBROSIA

조례진 지음

도서출판
청람

CONTENTS

프롤로그

One

마치 동화 속의 백설공주 같은 아이였다. 먹빛을 닮은 머리카락은 마치 달이 뜨지 않은 밤하늘을 그대로 옮겨놓은 것 같고, 연한 윤기가 흐르는 눈은 별빛이 비치는 호수를 닮았다. 그리고 보얗고 말간 피부는 그야말로 백설공주를 연상시켰다. 입술은 두드러지게 붉거나 한 것은 아니었지만, 피터는 그 도톰한 입술을 보고 있노라면 왠지 모르게 손가락이 말리고 뱃속이 펄럭거렸다.

외모 자체는 조금 예쁘장한가 싶을 정도였다. 사실 그 아이를 보기 전까지 그는 동양인들은 다 거기서 거기로 보여 그쪽 인종이 예쁘다거나 하는 생각은 해본 적이 없었다. 인종차별이라기보다, 단조로운 색의 머리카락과 눈동자에 밋밋한 얼굴을 보고 있노라면 전혀 개성이 느껴지지 않았던 것이다. 하지만 그 아이를 보았을 때, 단조로운 검은색은 풍요롭고 신비한 한밤의 색으로 바뀌고 쌍꺼풀 없이 살짝 치켜 올라간 눈은 혈통 좋은 고양이의 것으로 바뀌었다. 그러나 외모뿐이라면 그냥 한번 눈길이 가고 말았을 것이다. 그는 꽤 인기가 있는 편이었으니까.

그 아이에게는 다른 이들에게는 없는 무언가가 있었다. 학교의 어느 그룹에도 섞여들지 않는 고고함일 수도 있겠고, 전부 A⁺를 받는 성적일 수도 있겠고, 100m 달리기에서 11초가 나와 학교를 떠들썩하게 만든 운동신경일 수도 있겠고, 그렇게 축복받았으면서도 전혀 행복해 보이지 않는 음울한 분위기일 수도 있었다. 그렇지만 뭐라고 해야 할까……. 그 아이는 신비로웠다. 그래, 그 단어가 가장 적합할 것이다. 어두워 무엇을 품었는지 내보이지 않는 밤하늘이 신비롭고 간간이 내보이는 별빛에 더욱 갈증이 나는 것처럼…….

그래서였는지 피터는 전학 온 그 아이를 처음 보았을 때부터 눈을 뗄 수 없었고, 최근에는 그녀가 지나갈 때면 그러고 싶지 않아도 저절로 시선이 따라가는 병을 앓고 있었다. 그리고 오늘도 저 멀리 펜스 너머로 홀로 걸어가고 있는 그녀를, 피터는 홀린 듯이 쳐다보았다.

그녀는 늘 그렇듯 혼자였다. 검은 폭포처럼 등을 덮은 머리카락은 무화과 향기를 머금은 바람에 가볍게 흩날리고, 눈은 똑바로 앞을 주시했다. 철제 펜스의 얽히고설킨 무늬 건너로 보이는 그녀의 주변에 떠도는 공기는 전혀 다른 세상인 것처럼 고요하고, 어딘지 성스럽기까지 했다. 언제나처럼.

"어이, 안 가고 뭐 해?"

화들짝 놀라 돌아보니 같이 하교 중이던 친구 녀석이 그를 보고 이상한 표정을 하고 있었다.

"아, 가야지."

피터는 내키지 않는 걸음을 내딛으며 마지막으로 한 번 더 그 아이 쪽을 돌아보았다. 저 멀리 숲길 쪽으로 멀어지고 있는 그녀는 당장이라도 사라질 것만 같았다. 마치 사방에 피어 있는 무화과의 요정이 잠깐 산책을 나왔던 것처럼.

그런 생각 따위를 하고 있는 자신을 발견한 피터는 홀로 고개를 절레절레 내저었다.

아마 친구들이 이런 자신을 알게 된다면 백 년짜리 놀림감이 분명했다. 별빛이니 요정이니, 다른 녀석이 그러고 있는 걸 자신이 발견했더라도 평생 트라우마로 남을 만한 장난을 치고 말았을 테니까. 하지만 저 아이에게는 정말 어떤 연예인처럼 예쁘다든가 하는 말보다 차라리 요정이나 정령 같은 단어가 어울렸다. 그러니까 학교의 누구도 그녀에게 쉽게 접근하지 못하는…….

피터는 우뚝 멈춰 섰다.

그러고 보니 깜빡하고 있었다. 동물원 속의 동물을 구경하듯 멀찍이서 지켜볼 뿐인 다른 학생들과 달리, 유독 그녀에게 시비를 거는 무리가 있다는 것을.

지금도 숲길에서 빈둥대다 나타난 듯한 녀석들이 그 아이의 주변을 에워싸고 있었다. 아주 질이 좋지 않아 학교에서도 포기한 골칫덩어리들이었는데, 위험한 것이 더 멋지다고 생각하는 녀석들이니 우리 속의 짐승을 자극하듯 그 아이를 줄기차게 괴롭히고 있었다. 하지만 그들이 아무리 자극해도 그 아이는 감탄스럽도록 초연한 태도를 잃지 않았고, 지금도 마찬가지였다. 등을 보이고 있는 그녀가 어떤 표정을 하고 있는지는 알 수 없지만, 배낭의 끈에 가볍게 손가락을 걸치고 서 있는 자세에서는 그다지 초조함이나 불안이 전해져 오지 않았다.

"저 자식들 또 시작이네."

옆에서 함께 그 광경을 본 친구 녀석이 질린다는 듯 말했지만, 피터는 듣고 있지 않았다. 가만히 지켜보다, 갑자기 앞으로 튀어나갔다.

"어? 어디 가? 피터!"

피터는 전속력으로 공터를 가로질러 뛰어갔다. 거의 본능적으로 움직였다.

저 녀석들과 얽히면 좋을 게 없다는 것은 알고 있었다. 한번 타깃이 되면 선생이라고 해도 봐주는 법이 없는 녀석들이니까. 솔직히 그래서 여태까지 방관해 온 것도 없지만은 않았다. 그 아이와 대화를 나누어보고 싶은 마음은 있었지만 그럼으로 인해 그가 치러야 할 대가에 대한 준비가 되어 있지 않았던 것이다. 하지만 녀석들이 그녀를 위협하며 칼을 꺼내 드는 모습 앞에는, 생각이라는 걸 하고 있을 때가 아니었다.

"그만둬!"

피터는 자신의 어디에서 그런 용기가 났는지 훗날 반추해도 그저 신기할 뿐이었다.

"넌 뭐야?"

무리의 리더인 녀석이 갑자기 나타난 그를 사납게 쳐다보았다. 그 아이도 뒤를 돌아보고는, 조금 놀란 것 같은 표정을 지었다.

피터는 새파랗게 빛나는 칼날이 자신을 향해오자 움찔했지만 이제 와 되돌릴 수도 없는 일이었다.

"적당히 해. 그런 것까지 꺼내서 어쩌겠다는 거야?"

호기롭게 말은 했으나 얼핏 떨려오는 목소리를 하이에나 같은 녀석들이 놓쳤을 리 없었다. 녀석들은 폭소를 터트렸다.

"우와, 백마 탄 왕자님 납셨는데?"

코미디를 본 양 웃어젖히던 리더 녀석의 기운이 단숨에 변했다. 확 표정을 굳히더니 위험하게 번뜩거리는 칼날을 더욱 들이밀었다.

"꼬맹이, 좋은 말로 할 때 꺼져."

피터는 분명 그녀가 움직이는 것을 보지 못했다. 그런데 눈을 깜빡인 찰나에 그녀는 리더 녀석의 뒤에 서 있었고, 한 번 더 눈을 깜빡이기도 전에 발로 그의 등을 걷어찼다. 퍼억! 하고, 생각보다 더한 강도로 울려 퍼지는 소리에 움찔한 찰나, 리더 녀석은 이미 바닥에 처박혀 있었다. 그리고 그녀가 녀석의 등을 파악! 밟고, 자신보다 두 배는 더 큰 남자의 손을 아무렇지 않게 비틀었다. 리더 녀석은 돼지의 멱을 따는 것 같은 비명을 내지르며 칼을 떨어트렸다. 그것은 모두 눈을 두어 번 깜빡인 찰나에 일어난 일로, 피터는 그녀가 바닥에 떨어진 칼을 주워 높이 치켜들었을 때에야 번뜩 정신을 차렸다.

"잠……!"

퍼억!

그는 거칠게 날숨을 들이켰다. 제 다리가 다 후들거리며 떨려왔다. 칼은 정확히 리더 녀석의 얼굴에서 1㎝ 떨어진 바닥에 똑바로 꽂혀 새파란 빛을 내고 있었다.

모두가 완전히 얼어버린 가운데, 그녀만이 움직여 꾸욱 리더 녀석의 등에 발을 짓누르며 그 귓가에 고개를 숙였다.

"다음부터 이런 걸 꺼내려면 어디 하나 베일 각오는 하고 와."

그리고 슥 고개를 드는 그녀는 마치…… 그래, 정말로 마치 인간이라기보다 어떤 위험한 동물처럼 보였다. 날카로운 발톱과 파르랗게 광채 어린 눈을 가진.

그녀를 보는 그의 눈에서 공포를 본 것이었을까. 그녀는 홱 몸을 돌리고 아무 일도 없었다는 양 가던 길을 다시 가기 시작했다. 다른 녀석들은 분연히 일어나 도망치듯 가버리고, 곧 길 위에 남겨진 것은 피터 그뿐이었다.

피터는 멀어지는 녀석들을 한 번 보고, 막 숲길로 들어서고 있는 그녀의 뒷모습을 다시 바라보았다. 그리고 꾹 주먹을 쥐고는, 그녀를 향해 뛰어갔다.

"저……!"

그 아이는 조금 움찔하더니 경계하듯 뒤를 돌아보았다.

"데려다…… 줄게."

그때 그녀는, 정말로 놀란 것 같았다. 피터는 다급히 덧붙였다.

"혹시 모르니까……."

찰나적으로 침묵한 그녀는 이내 아주 작게 고개를 끄덕였다. 피터는 저도 모르게 반색이 일려는 표정을 억누르고 그녀의 옆으로 뛰어갔다.

"음, 갈까?"

그때도 그녀는 작게 고개만 끄덕였고, 둘은 완연한 가을 색이 잦아든 숲길을 함께 걸어갔다. 그러나 한동안 어색한 침묵만이 감돌아, 필사적으로 대화 주제를 생각해 낸 피터는 가장 무난한 주제―수업이라든가 선생에 대해서라든가 학교 내의 가십이라든가―
에 대해 혼신의 힘을 다해 떠들어댔다. 그녀는 말이 많은 편은 아
니었지만 이야기를 아주 잘 들어주었고 그가 어떤 멍청한 이야기
를 해도 전혀 비웃는 기색이 없었다. 그렇게 운동신경이 좋은 건
무슨 무술 같은 걸 했기 때문이냐고 물었을 때만 제외하면, 은근
슬쩍 물어보는 질문에도 거의 다 성심성의껏 대답해 주었다. 그
리고 숲길의 끝에 다다랐을 때쯤, 피터는 뒤늦게야 자신이 잊고
있었던 것을 깨달았다.

"아 참, 아직 내 이름도 이야기하지 않았네. 난…….."

"알아, 피터."

왜였을까. 그 순간 피터는 우뚝 자리에 멈춰 서고 말았다. 그러
자 몇 걸음 더 앞서 간 그녀도 멈춰 서서 뒤를 돌아보았다. 하지
만 그가 갑자기 멈춰 선 이유에 대해서는 묻지 않았다. 그저 조용
한 눈으로 바라보며 재차 말했다.

"알고 있어. 네 이름."

피터는 천천히 걸음을 움직여 그녀의 앞으로 다가갔다.

"저, 혹시 괜찮으면…… 내일 같이 영화 보러 가지 않을래……?"

"같이?"

"같이."

그녀는 또 한동안 침묵을 지켰다. 하지만 마침내 작게, 아주 작
게 고개를 끄덕여 주었다.

"좋아."

그를 바라보는 그녀의 눈은, 정말 무어라 형용할 수가 없었다.
밤하늘, 별빛, 요정, 숲, 바다, 관목, 보석……. 모든 것이 그 안에

있었다.

그는 그녀에게 키스했다. 떨리는 입술이 가볍게 맞닿고, 다스한 숨결이 입가에 닿았다. 너무 성급하다는 것은 알고 있었지만, 참을 수가 없었다. 하지만 그녀는 그를 밀쳐 내지 않았다. 가만히 받아들였다. 그에 용기를 얻은 그가 팔을 뻗어 조심히 품에 안을 때에도 그녀는 거절하지 않았고, 제 턱까지밖에 오지 않는 작은 몸이 너무나 여려 피터는 충동적으로 말했다.

"내가 지켜줄게."

부드럽게 안겨오던 몸이 흠칫하고 굳었다. 하지만 예상치 못한 말을 들어 그런 것이라 착각한 그는 좀 더 힘주어 그녀를 끌어안았다. 그 찰나에 타악, 양어깨가 밀쳐졌다.

"날 지켜준다고?"

갑자기 전혀 다른 사람이 되어버린 듯 잇새로 짓씹는 말에 순간적으로 그는 어떤 생각도 하지 못했다.

"그런 작은 칼 앞에서도 움찔하는 네가 어떻게 날 지켜준다는 거야!"

거의 울분을 토하는 듯한 말이었다. 그 찰나, 피터는 늘 고요하고 안정적으로만 보이던 그녀가 실은 너무나 불안정하고 온갖 격한 감정으로 가득 차 있다는 것을 깨달았다. 아니, 오히려 그는 이해할 수 없을 정도로 어떤 것인가에 사납게 분노하고 있었다.

"죽고 싶지 않으면 그런 말 따위 하지 마!"

잡을 새도 없이, 그녀는 뒤돌아 뛰어갔다. 그제야 정신을 차린 그가 크게 이름을 내쳐 불렀지만, 결코 뒤돌아보지 않았다.

Another

멀리서 남자와 여자가 웃는 소리가 들려왔다. 무엇이 그리 우스운 것인지, 서로 속닥대고 키득대며 거의 흘러나오는 웃음을 본인의 의지로는 제어할 수 없는 듯 보였다. 그리고 점차 이쪽으로 가까워지는 인기척에 따라 여기저기 시끄럽게 부딪히는 소리가 들려왔다.

쿵, 하고 이쪽에 부딪히고 탕, 하고 저쪽에 부딪혔다. 하지만 으레 들려올 법한 욕지기 대신 들려오는 것은 숨이 넘어갈 듯이 즐거워하는 여자의 웃음소리였다. 그리고 남자가 따라 웃는 것과 동시에 굳게 닫혀 있던 문이 거칠게 열렸다.

어둡게 가라앉아 있던 방 안에 복도로부터 빛이 쏟아져 들어오고, 고요한 공간에 시끌벅적한 소리들이 들이닥쳤다. 들뜬 웃음소리가 공기를 가르고, 한 덩이가 되어 방 안으로 들이닥친 남녀가 내던진 술병이 바닥 위로 굴러갔다. 그리고 다급한 몸짓에 의해 벗겨진 옷가지들이 날았다. 하지만 옷가지라고 해도 여자 쪽은 이미 방에 들어올 때부터 거의 입고 있는 것이 없었고, 남자 쪽도 경박한 무늬의 셔츠는 이미 반쯤 벗겨져 팔꿈치에 걸려 있었고 바지의 지퍼는 훤히 열려 있었다.

남자가 여자를 방 안으로 밀어 넣자, 여자는 막힌 입술 사이로 또 숨이 넘어갈 듯이 웃어댔다. 그리고 허리에 있는 남자의 손을 잡아 자진해 제 엉덩이에 올려놓았다. 물론 남자는 기다렸다는 듯이 이미 말려 올라가 있는 짧은 미니스커트 안으로 손을 밀어 넣었다. 웃음소리는 끊일 줄을 몰랐다.

여자는 썩 볼만한 엉덩이를 제외하면 그다지 기억에 남을 만한 것이 없었다. 완전히 내려도 허벅지까지밖에 오지 않는 치마와 버스손잡이 같은 귀걸이, 금발에 두꺼운 메이크업까지도 전형적인 파티걸일 뿐이었다. 그러나 남자 쪽은 눈에 띌 만큼 키가 컸고, 천박한 옷 속에 숨겨진 몸이 꽤나 쓸 만한 것이었다. 아직 조금 어린 티가 남아 있어 호리호리한 몸에 단단히 잡힌 근육이 그가 나태하기만 한 성품이 아니라는 것을 증명해 주었다.

남자는 여자의 입안에 웃으며 넓은 방을 가로질러 침대 쪽으로 그녀를 몰고 갔다. 하지만 그 와중에도 손은 능숙하게 여체를 애무했고, 여자는 그것만으로도 이미 충분히 준비가 되어 있는 듯이 보였다.

그런데 남자가 갑자기 그녀에게서 입을 뗴었다. 여자는 숨을 헐떡이며 의아하게 그를 올려다보았다. 그러자 남자는 달콤하게 미소 지으며 곧 이어질 황홀경을 약속하는 목소리로 속삭였다.

"콘돔을 깜빡했어."

여자는 고조가 높은 웃음소리를 터트렸다.

남자는 한쪽에 놓여 있는 커다란 원목 책상으로 그녀를 몰고 갔다. 그리고 여자를 자신과 책상 사이에 가두어놓고 서랍을 열어 손으로 안쪽을 더듬어 뒤졌다.

"가만 보자. 콘돔이……."

달칵.

그런데 희미한 소리가 들린 찰나, 남자는 갑작스럽게 여자를 옆으로 내던져 버렸다.

"꺄악!"

반라의 여자는 우악스러운 힘에 내쳐져 바닥 위로 볼썽사납게 넘어지고 말았다.

"무슨 짓……!"

새된 목소리를 터트리며 고개를 든 여자는 비명 같은 숨을 들이쉬었다. 그녀에게 등을 돌리고 서 있는 남자의 손에 들린 것을 보았기 때문이다. 그것은 콘돔이 아니었다. 착각도 할 수 없는 것이었다.

어둑한 방의 창문 너머로 희미하게 새어 들어오는 달빛에 스산한 냉기를 발하는 은색의 권총. 남자는 그것을 아무것도 없는 창가 쪽으로 겨누고 있었다. 하지만 무기를 겨누고 있는 그의 온몸에서 풍겨오는 강렬한 살기(殺氣)에 알코올과 달콤한 유혹의 단어를 알 뿐인 여자도 입이 얼어버렸다.

"여긴 어떻게 들어왔지?"

남자는 소름이 끼칠 만큼 냉혹한 어조로 여전히 아무것도 없는 창가에 대고 물었다. 그 목소리가 도저히 아까 클럽에서 그녀가 아는 한 가장 달착지근한 미소를 지을 줄 알던 남자와 동일인물이라는 것을 믿을 수가 없었다.

그때였다. 창가에서 무언가가 미미하게 움직였다. 그리고 커튼의 그림자로만 보였던 것이 거의 녹아나듯이 어떤 형체를 갖추는가 싶더니, 어느 순간 그곳에 한 남자가 서 있었다.

여자는 미친 듯이 비명을 내지르고 싶었지만, 얼어붙은 몸이 꼼짝도 하지 않았다.

환한 달빛을 등지고 있어 새까맣게 음영 진 얼굴이 보이진 않아도 남자는 한눈에도 인간이 아닌 것처럼 거대했다. 그리고 푸르스름한 달빛을 받아 묘한 금속성을 흘리는, 인간이 가지기 힘든 색의 금발을 가지고 있었다. 그것은 마력(魔力)을 가진 달빛이 일으킨 환각이었을까. 바람 한 점 불지 않는 괴이한 밤에 나타난 남자가 악마라는 증거였을까.

"넌 누구지?"

악마의 존재감에 짓눌려 공기의 질량마저 바뀐 걸 느낄 수 있건만, 남자는 여전히 차분한 음성으로 물었다. 하지만 악마는 대답이 없었다. 그저 아주 조금 움직였다. 그제야 여자는 악마가 바지 주머니에 손을 넣은 채 서 있었고, 청바지와 셔츠에 가죽 재킷을 입고 있다는 것을 깨달았다.

청바지와 가죽 재킷을 입는 악마라니, 크리스천 집안에서 커오면서 그런 악마가 있다는 이야기는 들어본 적도 없었다.

마치 사업가가 휴일을 즐기듯 캐주얼하면서도 단정한 차림을 한 악마는 재킷의 안주머니에서 무언가를 꺼내 들었다.

치익.

달콤한 담배 냄새…….

불을 붙인 악마가 길게 연기를 내뿜으며 손을 옆으로 움직였을 때에야 여자는 또 뒤늦게 그가 담배를 피우고 있다는 것을 깨달았다. 담배는 그것마저 어둠을 닮은 검은색으로, 사향(麝香)처럼 묘하게 짙고 달콤한 냄새를 풍겼다.

그것은 배덕의 향.

이브를 금단의 유혹에 빠트린 뱀은 분명 이런 숨결로 말을 했을 것이라고, 여자는 멍하니 생각했다.

악마는 그때에도 여전히 말이 없었다. 그를 물들인 어둠의 가운데에 타 들어가는 담뱃불만이 붉게 빛나고, 부연 연기가 더욱 기이한 공기를 조성하며 하얗게 번져 갔다. 그리고 악마가 살짝 고개를 움직였을 때, 여자는 구유(九幽)처럼 짙은 어둠에서 위험한 짐승의 푸른 눈동자가 선득이는 것을 보았다.

공포로 졸아붙은 폐에서 목이 졸린 것 같은 소리가 터져 나갔다.

"아, 악마…….”

여태 그녀가 방 안에 있는 것을 인식하고 있는 것 같지도 않았던 악마의 시선이 언뜻 여자에게 멈추었다. 그리고 고요한 푸른 눈동자로 잠깐 쳐다보는가 싶더니ㅡ

한쪽 입매를 말아 올려 지독히 비릿한 날것의 웃음을 지었다. 그 입가에서 차가운 파란 핏물의 냄새가 확 끼쳐 왔다.

덜썩.

남자의 뒤로 가벼운 무게가 부드럽게 쓰러지는 소리가 들려왔다. 여자가 공포를 견디다 못해 정신을 잃은 것 같았다. 하지만 남자는 여전히 총구를 겨눈 채 미동도 하지 않았다. 이것이 정말 악마인지 인간인지는 모르겠지만, 눈이라도 깜빡인다면 바로 죽은 목숨이라는 것을 본능이 비명을 내지르며 알려주고 있었다.

하하, 남자는 속으로 날카롭게 웃었다. 빌어먹을. 이렇게 죽으려고 그 발악을 하고 살아온 것이 아니건만.

섬뜩한 땀방울이 옆얼굴을 타고 주륵 흘러내렸다.

"원하는 게 뭐지?"

악마는 또 바로 대답하지 않고 담배 연기를 내쉬었다. 그리고 아까의 그 묘한 조롱기를 품은 웃음을 지었다.

"나와 계약하겠나?"

계약자 앞에 강림한 마왕(魔王)은 물었다.

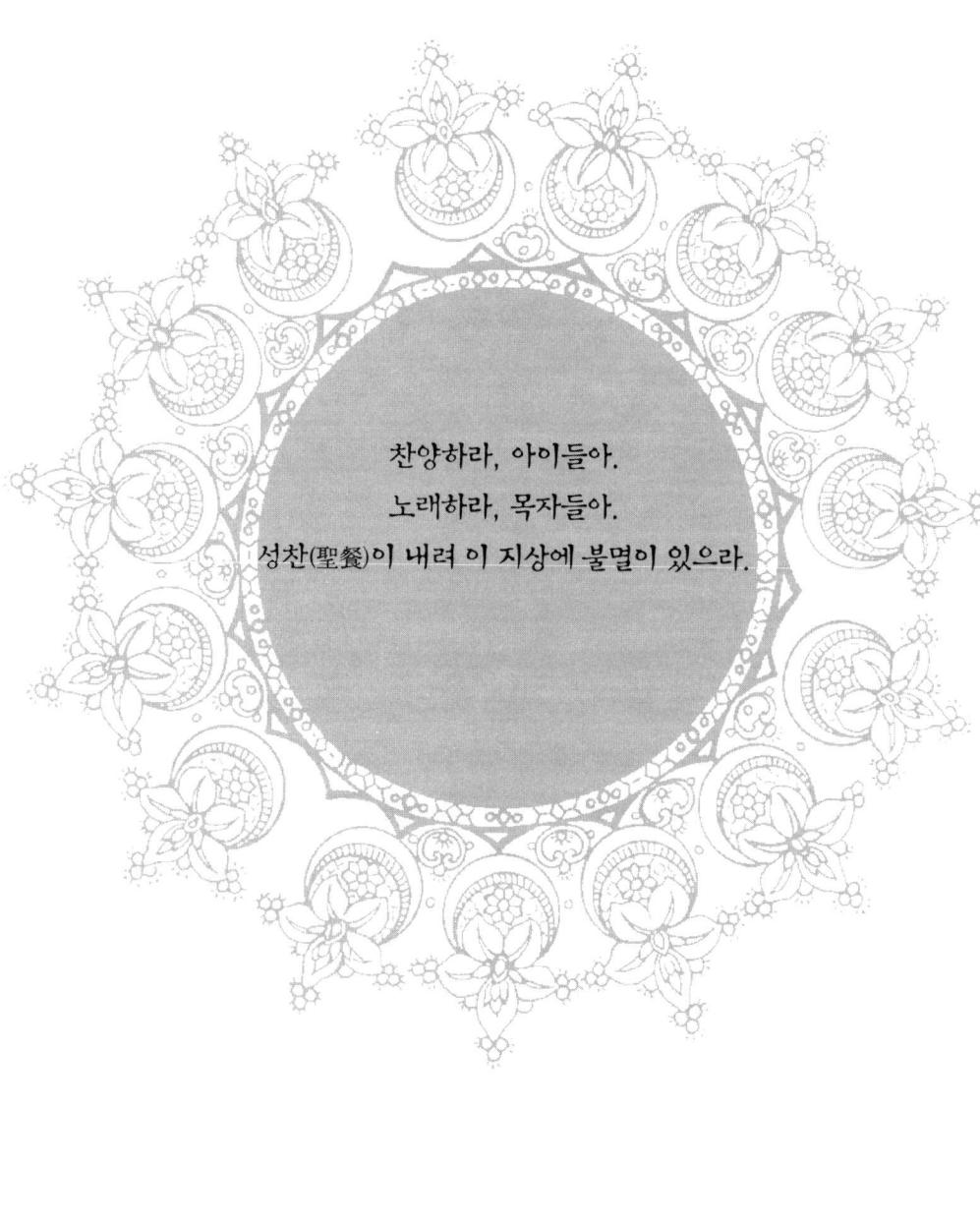

찬양하라, 아이들아.
노래하라, 목자들아.
성찬(聖餐)이 내려 이 지상에 불멸이 있으라.

제1장
불사(不死)의 신찬(神饌),
암브로시아(Ambrosia)

1

거리는 온통 빛으로 가득 차 있었다.

간판의 사인들은 눈을 멀게 하려는 것처럼 번쩍이고, 여기저기서 터져 나오는 시끄러운 음악들은 도시 전체를 울려왔다. 눈을 현혹하는 빛의 향연에 둘러싸인 도시는 무척 묘한 곳이었다. 마치 세속적인 천국이라도 되는 양, 길거리에 흘러 다니는 모두의 얼굴에 어두운 그림자가 없었다. 아무도 슬퍼 보이지 않고, 오히려 그래야만 하는 법이라도 있는 듯 순간을 즐길 뿐이었다.

네온사인의 바다.

환희와 절망이 교차하는 아이러니의 도시.

사막의 달.

라스베이거스(Las Vegas).

에스파냐 어로 '초원(草原)'이라는 뜻이 무색하게도 대환락가로 발전한 이 도박과 환락의 도시를 떠올릴 때마다 그녀는 왠지 모르게 사막의 달이 연상되었다. 네바다 주(州)의 사막 한복판에 덩그러니 서 있는 이 도시나, 하늘 위에 도도하게 빛나는 달이나, 누가 뭐라든지 사막 위에서 고고히 빛나는 오만함이 조금 닮아 보여서일지도 몰랐다. 덧없는 신기루를 찾아 사막으로 들어오는 자들의 길잡이가 되어준다는 것 또한.

그리고 '더 애플(The Apple)'.

다소 우스꽝스럽기도 한 이름을 지닌 라스베이거스 최대의 클럽은 오늘 밤 이례 없는 문전성시를 이루고 있었다.

빛이 넘치고, 사람이 넘치고, 술이 넘쳤다.

이곳은 환락의 파라다이스.

그러나 그 이면, 클럽의 뒤편에서는 전쟁이라도 준비하는 듯한 비장한 무리가 은밀히 안으로 스며들어 왔다. 하지만 몇 명의 여자로 구성된 그들은 하나같이 눈부신 복장을 하고 있었다. 늘씬하게 뻗은 몸들이 움직일 때마다 인어의 비늘처럼 나긋이 반짝이는 드레스들이 도무지 전쟁을 준비한다고 보기에는 무리가 있었던 것이다. 오히려 오늘 밤 대부분이 남성인 클럽의 손님들 앞에서 화끈하게 벗을 준비가 된 스트리퍼, 그 이상 그 이하도 아니었다. 그러나 격리된 탈의실로 들어간 찰나, 그들을 감싼 공기는 그 질량부터 달라졌다. 그것은 당장이라도 적에게 총구를 겨눌 준비가 된, 예리하게 벼려진 전사의 공기였다.

달칵.

고급 호텔 룸이라는 착각이 들 정도로 화려한 방, 문이 닫히자 등을 보이고 있던 여자가 고개를 돌렸다.

그녀는 부호의 마호가니 책상이 부럽지 않을 만큼 커다랗고 고급스러운 화장대 앞에 앉아 있었는데, 막 무대에 올라갈 준비를 하고 있었던 듯 손에는 펄이 반짝이는 고혹적인 색의 붉은 립스틱이 들려 있었고 복장은 화려했다. 그리고 화장대의 거울 프레임을 장식하듯 죽 둘러진 은은한 주홍빛의 조명은 마치 후광처럼 그녀를 비추어 몽환으로 가득한 이세계(異世界)에 떨어진 듯한 느낌을 주었다.

클럽 '더 애플'의 넘버원, 에블린.

문 쪽을 돌아본 에블린의 등을 비춘 거울에 막 방으로 들어온 여자들이 비춰졌다. 여자들의 공기는 하나같이 결연했다.

"아라."

그녀가 비음이 섞인 농염한 목소리로 읊조리자, 가장 뒤에 있던 여자가 앞으로 걸어나오기 시작했다.

여자가 걸어나올수록 얼굴에 드리워져 있던 짙은 그림자가 걷히고, 시릴 정도로 푸른 의지가 서린 여전사의 얼굴이 드러났다. 비록 복장은 조금만 잘못 움직여도 벗겨질 듯 아슬아슬했지만, 복장과 상관없이 저토록 단호한 빛은 이 바닥의 여자에게서는 찾아보기 힘든 종류였다.

나이는 20대 초중반 정도일까. 하늘 위에 시리게 뜬 초승달만큼이나 차갑고 날카로운 눈에 비해 나이는 그리 많이 들어 보이지 않았다.

여자가 탁자를 경계로 두고 서자, 당장 빅토리아 시크릿 패션쇼의 런웨이를 걸어도 이상하지 않은 복장을 한 에블린도 천천히 자리에서 일어섰다. 풍성한 금발과 지중해의 에메랄드 빛 바다를 떠올리게 하는 청록색 눈동자를 가진 그녀는 압도적인 관능을 내뿜는 미녀였고, 그런 그녀가 나른한 눈빛으로 핥듯이 바라보는 것은 남자에게라면 차라리 치사량의 최음제에 가까웠다.

묵묵히 서 있는 아라를 머리끝에서 발끝까지 훑어본 에블린은 암컷 아나콘다가 입맛을 다시듯이 길게 입술을 핥았다.

"그 옷, 꽤 잘 어울리네."

"시간 없어."

에블린은 어깨를 으쓱였다. 그리고 아직 문가를 둘러싸고 있는 나머지 여자들에게 이만 나가보라 손짓했다. 그녀들은 아라가 이곳까지 무사히 들어올 수 있게 하기 위한 눈속임용이었으니 역할은 여기까지였다.

여자들이 전용 탈의실에서 나가고 나자, 에블린은 갑자기 방의 중앙에 있는 탁자를 들추기 시작했다. 탁자를 들추는 것도 모자라 바닥까지 들추었다. 그리고 바닥 아래의 공간에서 무언가를 꺼내 들더니, 탁자 위에 쾅! 소리가 나도록 내려놓았다.

그것은 토막난 시체라도 들어 있을 것 같은, 검고 큰 가방이었다.

"하필이면 요번 '사냥터'가 내 일터라니, 지지리 운도 없지."

이내 에블린은 떡하니 팔짱을 끼고 선 채 투덜거렸다.

"불평이라면 미하엘에게 질리도록 실컷 들었어. 에블린 너까지 보태는 건 그만둬."

아라는 또 가감없이 한마디 던지더니, 드레스를 훌렁 머리 위로 벗어 던졌다. 아무리 같은 여자고 둘밖에 없다지만 일말의 거리낌도 없는 태도였다.

에블린은 여전히 오만하게 팔짱을 낀 채 거침없이 코웃음을 쳤다. 하지만 아라는 그러거나 말거나 일찍이 그녀의 앞으로 배달해 둔 가방을 열고 준비물을 꺼내는 데 집중할 따름이었다.

"불평이라면 내가 해야지 왜 그 자식이 난리라니? 신성한 일터를 뱀파이어가 누비고 다니는 꼴을 봐야 하는 건 나고, 그 빌어먹을 뱀파이어 자식한테 웃어줘야 하는 것도 난데!"

에블린은 이번 임무를 배정받은 순간부터 차곡차곡 분노 게이지를 쌓아왔는지 이를 아득바득 갈며 성토했다. 꼭 어린아이처럼 분에 떠는 모습이 아까의 그녀와는 상당한 갭이 있었는데, 섹시의 정수인 듯한 외모와 달리 묘하게 그 모습이 자연스러운 걸 보아하니 이쪽이 본모습인 것 같았다.

"젠장, 불공평하지 않아? 같은 임무 수행 중인데 한 사람은 흡혈귀의 면상에 웃음을 뿌려줘야 하고 한 사람은 편히 앉아서 손님인 척 거들먹거린다니!"

"그렇다고 미하엘이 무대 위에 올라가 란제리를 입고 춤출 순 없잖아?"

날카롭게 지적했지만, 에블린은 듣지 않았다.

"제길, 그 꼬마에게 내 몸을 보고 싶으면 이 가슴에 꽂아줄 수 있는 지폐 정도는 가지고 오라고 해!"

"바로 그거야."

검은 스포츠 브라와 언더웨어 차림인 아라가 손가락질하며 지적하자, 에블린은 '뭐?' 하고 반문했다.

"미하엘 말로는 쭈글탱 할망구의 몸 따위 보고 싶지 않다는데."

"뭣!"

에블린의 눈에서 말 그대로 불꽃이 작렬했다. 실제로 황홀한 청록색 눈이 새빨간 색으로 변하는 것처럼 보일 지경이었다.

"할망구라고! 이…… 이! 이 아직 방울도 다 안 자란 꼬마 녀석이!"

아라는 설레설레 고개를 내젓고 말았다.

둘의 사이가 좋지 않을 수밖에 없는 이유는 이해하겠지만, 이럴 때마다 난감한 사람은 중간에 있는 자신이었다. 하필이면 셋이 한 팀인 게 축복인지 저주인지 알 수 없다고 해야 할까. 하지만 지금은 스트리퍼 겸 헌터와 FBI 겸 헌터의 가르랑거림보다 중요한 일이 있었다. 그래서 내버려 두고 준비를 마저 하려는데, 웬일인지 벌써 진정한 에블린이 이성을 잃고 격분한 자신이 한심스럽다는 듯 흐트러진 머리카락을 쓸어 올리며 화제를 바꾸었다.

"아라, 너 또 그런 재미없는 속옷을 입었어?"

아라는 흘긋 자신의 몸을 내려다보았다. 그리고 다시 에블린을 바라보았다. 이게 뭐 어때서? 라고 묻듯이. 그러자 에블린은 지독히도 촌스러운 촌닭 하나를 눈앞에 둔 패션계의 신성처럼 아라의 한쪽 브라 끈에 손가락을 걸어 당겼다. 그것도 거만하게 한쪽 허리에 손을 짚은 채.

"내가 남자라면 이 끔찍한 물건을 보는 순간 족히 1㎞ 밖으로 달아나고 싶을 거라고 몇 번을 말해?"

"그래 주면 좋지."

아라는 무심하게 대답했다. 에블린이 브라 끈을 당긴 탓에 몽글하게 여물어 있는 한쪽 가슴이 훤히 드러나 있는데도 움찔하는 시늉조차 하지 않았다.

에블린의 아름다운 미목이 살포시 일그러졌다.

뾰족뾰족 가시가 돋은 것처럼 까칠한 꼬마.

아라를 처음 만났을 때부터 그렇게 생각했고, 지금도 그 인식에 크게 변화는 없었다. 아마 앞으로도 그다지 변할 일은 없으리라. 하지만 적어도 처음 만났을 때 툭툭 말을 내뱉는 꼬마의 목을 따버리고 싶었던 것에 비하면, 아라 자체에 대한 인식은 확실히 바뀌었다. 지금은 화가 나기는커녕 걱정부터 앞섰으니까.

본디 활짝 만개한 꽃은 꿀을 날라줄 나비나 벌이 필요한 법인데, 아라는 '남자'란 생물이 전방 5m 안으로 들어오는 것조차 싫어했다. 그런데 행여 손끝이라도 닿았다간, 남자의 정신 건강상 상상해서 별로 좋지 않을 일이 일어날지도 몰랐다. 실제로 몇 번인가 일어났던 일인 듯하고.

그녀의 '종족' 특성상 이해할 수 없는 건 아니지만…….

에블린의 시선이 바닥에 두 다리를 단단히 디디고 서 있는 아라의 몸으로 미끄러져 내려갔다. 정말 꿀이라도 뚝뚝 떨어질 것처럼 새하얗게 여문 기름진 몸. 이제 막 피어나기 시작한 몸은 눈부실 만큼 건강한 생명력으로 넘쳤고, 팽팽하고 탄력있게 조여 있었다.

레즈비언 성향은 없지만, 같은 여자라도 탐이 날 정도다.

하긴, 이건 '꽃'이니까.

에블린은 나긋한 은어 같은 손으로 아라의 어깨를 타고 가슴으로 내려갔다. 그리고 드러나 있는 가슴 둔덕을 애무하듯이 어루만졌다.

"아라, 듣는 너도 지겨울 거라 생각하지만 넌 머지않아 남자를 알아야 해. 알잖아? 그건 네 임무니까. 넌 '개화(開花)'를 해야······."

"에블린."

낮게 이름을 읊조리는 목소리에 경고가 섞여 있었다. 에블린은 얼른 그녀에게서 손을 떼고 항복이라는 듯 들어 보였다.

"좋아, 지금은 더 급한 일이 있으니 이쯤 해둘게."

"앞으로도 그쯤 해둬."

아라는 차갑게 대답하고 가방에서 꺼낸 옷을 입기 시작했다. 고동색 가죽 재킷의 지퍼를 지익— 채워 올리고, 검은 폭포수처럼 흩어져 내리는 머리카락을 한 가닥으로 질끈 묶어 올렸다. 항상 해온 일인 듯 일련의 동작은 신속하고 정확했다.

그런데 에블린이 묘하게 조용해서 돌아보니, 그녀는 곧 졸업파티에 갈 열여덟 살 소녀처럼 한껏 들뜬 채 거울 앞에서 흥얼거리며 화장을 매만지고 있었다. 아까는 오늘 사냥터가 자기 일터라고 그렇게 툴툴거리더니만······. 여자의 마음은 갈대라더니, 같은 갈대지만 통 이해하기가 힘들었다.

그때, 거울 너머로 두 사람의 시선이 딱 마주쳤다. 하지만 에블린은 방금 일로 약간 감정이 상했는지 괜히 흥, 하고 새치름히 굴었다.

아라의 표정이 묘해졌다.

이럴 때 보면 마녀 에블린도 천생 귀여운 여자 같다고 해야 할까.

"왜 그렇게 기분이 좋아?"

그래도 오래 함께한 정이라고 넌지시 물어보자, 에블린은 잠시 말할까 말까 고민하는 눈치더니 아까부터 자랑하고 싶었는지 바로 신이 나서 떠들어댔다.

"오늘 오는 예약 손님 중에 꼭 만나고 싶었던 남자가 있거든."

결국 남자 이야기인가.

아라는 한숨을 내쉬고 싶은 걸 겨우 참았다. 더 이상 그녀의 기분을 상하게 하고 싶지 않기 때문이었다. 자신과 맞지 않는 주제인 건 분명하지만 에블린에게는 가장 흥미로운 주제일 테니까. 하지만 에블린이 남자를 두고 '꼭 만나고 싶었다' 고 이야기하는 것은 확실히 드문 일이었다.

그녀는 라스베이거스에 모여드는 남자들이 갈망하는 꿈, 환상, 열망, 그 자체인 '더 애플' 의 다이아몬드. 잭팟이 터지면 가장 먼저 사고 싶다는 보석. 붉은 사막에 떠오르는 가장 황홀한 신기루.

에블린을 원했던 남자들 중에는 거액을 주고라도 그녀를 가지고자 했던 아랍의 재벌이 있었는가 하면, IT 산업의 기린아도 있었고, 소문이지만 유럽 왕실의 왕자님까지 있다고 했다. 그런 그녀가 눈짓 한번으로 울려 보낸 남자가 손에 꼽기도 힘들 정도인데, '꼭 만나고 싶었다' 라는 정도라면…….

빌 게이츠?

하지만 헌터 일이야 일종의 자원봉사 같은 것이라 해도 에블린은 스트리퍼 일만으로도 기업 레벨의 돈을 벌어들였다. 아무리 그녀가 지나치게 돈을 좋아하는 경향이 있다지만 단순히 '돈이 많을 뿐인 남자' 라면, 꼭 만나고 싶었다고는 이야기하지 않을 것이다. 그에 궁금해진 아라는 저도 모르게 물었다.

"누구인데?"

뭉친 마스카라를 떼어내고 분이 잘 먹었는지 확인하는 등, 고칠 것도 없는 화장을 계속해 고치고 있던 에블린은 소녀처럼 반색을 했다. 마치 물어주길 기다리고 있었던 듯.

"그게 말이야……."

그 찰나, 아라는 자신이 어디에 있는지 기억해 내고 얼굴을 차갑게 굳혔다. 그리고 막 말을 쏟아내려는 에블린에게 한 손을 들어 보여 막았다.

"네가 어떤 남자를 만나든 사생활에 간섭하고 싶은 마음은 없어. 하지만 오늘 밤은 이쪽 일이 먼저라는 걸 알아둬. 네 타깃은."

입이 'ㅇ' 모양으로 멈춘 에블린은 입술을 삐뚜름하게 비틀더니, 그 말이 다 끝나기도 전에 검지와 엄지를 부딪쳐 딱, 하는 소리를 내었다.

"아담 개리슨. 십대 소녀들을 납치해 강간하고 살해한 뱀파이어. 오케이, 오케이. 잘 알고 있다고. 정신도 못 차릴 만큼 혼을 쏙 빼놓을 테니까 걱정 꽉 붙들어 매서."

그러더니 척, 아라의 어깨에 한 팔을 둘렀다.

"좋아, 시작하자고. 나는 뱀파이어 앞에서 화끈하게 벗고, 너는 화끈하게 뱀파이어의 머리를 날리고."

아라는 장전을 끝낸 총의 탄창을 닫았다.

철커덕.

검은 표면을 핥아 내리는 은연한 빛에 둔탁하게 빛나는 작은 야수가 묵직한 쉿소리를 퍼트렸다. 마치 오늘 밤, 인간의 껍질을 뒤집어쓴 짐승을 사냥할 준비가 되었다는 듯이.

손안에 묵직하게 차는 무기를 바라보는 아라의 검은 눈에 스산한 빛이 스치고 지나갔다.

그때 화장대 위에 놓인 핸드폰이 울리기 시작해 하이힐을 리드미컬하게 부딪치며 걸어간 에블린은 귀찮다는 기색이 역력하기 이를 데 없는 표정으로 전화를 받았다.

"뭐야?"

[아, 왜 시작 안 해? 여자들이 찝쩍대서 죽겠다고!]

"죽어, 꼬마."

에블린은 딱 한마디 내뱉더니 일말의 주저도 없이 전화를 끊어 버렸다. 그 목소리가 어찌나 음산하던지 누구라도 등골이 오싹할 지경이었다. 그런데 전화를 끊기가 무섭게 이번에는 누군가가 탕탕탕, 사납게 탈의실의 문을 두드리기 시작했다.

"에비! 에블린! 여태 뭐 하는 거야? 또 화장 고쳐? 젠장, 그놈의 화장 좀 그만 고치라고! 거기서 더 분을 처발랐다간 손님 앞에서 웃을 때 두 조각 날걸!"

아라는 문 앞에서 누군가의 기척이 느껴진 순간 흠칫하며 전투 자세를 갖추었다. 그에 에블린은 설레설레 손을 내젓고 입모양으로만 '매니저'라고 해 보였다. 그리고 문에다 대고 외쳤다.

"타이슨, 꺼져요!"

그동안 탈의실의 다른 벽 쪽으로 간 아라는 의자를 밟고 올라가 꽤 높은 곳에 있는 환풍기의 뚜껑을 떼어냈다.

"얼른 스탠바이 하라고! 립스틱도 그만 처발라! 시뻘건 입술로 웃으면 머리를 통째로 씹어 먹을 것 같아서 무섭다는 거 몰라? 근데 문은 왜 잠가둔 거야?"

덜컥덜컥.

성마르게 문고리를 돌려대는 소리가 들려왔다.

"아, 좀 기다려요! 하여간 저 성질 급한 거 모를까 봐 천당도 먼저 가겠다고 설칠 양반이라니까!"

아라는 얼른 자세를 취했다. 도약을 준비하는 고양이처럼 다리의 근육들이 팽팽하게 당겨졌다. 그다음 순간, 전혀 중력의 영향을 받지 않는 것처럼 훌쩍 뛰어올라 사람 한 명이 거우 들어갈 크기의 환풍기 안으로 미끄러지듯이 들어갔다.

"간다."

아라가 환풍기의 뚜껑을 닫으며 말하자, 에블린은 얼른 가보라는 듯 손을 흔들었다. 그러자 아라는 군말없이 환풍기 안쪽으로 사라졌다.

그 모습을 잠시 지켜보던 에블린은 핸드폰을 들었다. 그리고 마침 통화 버튼을 누르려는데, 다시 문에서 쾅쾅쾅! 성급한 두드림이 들려왔다.

"에블린! 스탠바이 하라니까!"

"한 번만 더 그놈의 문짝을 두드렸다간 당신 방울에 방울을 달아버릴 거야! 걸을 때마다 딸랑거리는 소리가 나게!"

멀긴 해도 환풍기 속에서 그 외침을 들은 아라가 할 수 있는 것은, 그저 고개를 절레절레 내젓는 것뿐이었다.

반면 벼락같이 외치며 문을 열어젖힌 에블린은 씨익 웃고 있는 흑인 남자에게 이를 드러내고 으르렁거렸다.

"1분도 못 기다려?"

그 으름장은 듣는 둥 마는 둥, 타이슨은 어서 나오라는 손짓을 해 보였다.

"잘 아는 사람이 왜 이래, 에비. 쇼 직전에 얼마나 정신없는 줄 알면서 쇼의 메인인 네가 게으름을 피우고 있어?"

에블린은 강하게 미간을 좁혔지만, 이내 어깨를 으쓱이고 핸드폰을 챙겨 대기실을 나섰다. 어차피 준비야 아라가 오기 전부터 다 해둔 상태였으니까.

두 사람은 조금은 급한 걸음으로 무대로 통하는 통로를 걸어갔다.

"참, 그 남자는 왔어?"

무전기로 다른 스태프와 이야기하고 있던 타이슨은 일순 에블린의 말을 이해하지 못한 듯 의아한 표정을 짓더니, 곧 아주 짓궂은 악동의 웃음을 지었다.

"오늘 밤 암사자께서 사냥을 나가시는 건가?"

에블린은 확실한 대답은 없이 피식 웃을 뿐이었다.

무대로 통하는 통로는 파리 컬렉션의 쇼 못지않게 자신의 의상을 찾는 댄서들과 여기저기 분주하게 뛰어다니는 스태프들로 인해 북새통을 이루고 있었다. 하지만 에블린—과 그녀를 에스코트하는 타이슨—이 모습을 나타낸 순간, 홍콩의 야시장 같은 소란스러움은 낮은 웅성거림으로 바뀌고 공기에 묘한 긴장감이 흘렀다. 그리고 사람들은 그녀가 그들의 반경에 들어오기 전부터 알아서 자리를 지켜주었다. 그것은 늑대 무리의 베타들이 알파를 맞이하는 자세였고, 벌집의 일벌들이 그들의 여왕을 외경하는 눈빛이었다.

그 광경을 흡족하게 바라보던 타이슨은 에블린을 돌아보았다.

3년간 함께 일해온 그의 스타를 바라보는 눈빛은 숨김없는 자랑스러움으로 물결쳤다. 하지만 문득, 안 그래도 눈만 희게 보일 정도로 어두운 그의 얼굴에 어두운 빛이 드리워졌다.

"그래도 이번에는 그만두는 게 좋지 않아?"

에블린은 무슨 소리냐는 듯 그를 돌아보았다. 타이슨은 휙휙 주변을 둘러보고 슬쩍 그녀에게로 고개를 기울였다. 하지만 하이힐을 포함해 180㎝에 육박하는 에블린의 신장이 훨씬 컸기 때문에 고개를 기울였다 하더라도 그녀의 어깨에 비스듬히 닿을 뿐이었다.

"그 남자, 유명했다고."

"그 남자가 유명한 거야 다 아는 이야기잖아?"

타이슨은 얼핏 난색 어린 웃음을 지었다.

"지금 유명한 것과는 전혀 다른 의미라고."

에블린은 삐딱하게 웃으며 더 말해보라는 듯 걸음까지 멈춰 서서 팔짱을 끼고 그를 바라보았다.

"난 벌써 이 바닥에서 15년째니까 요즘 애들은 잘 모르는 이야기도 다 기억하고 있지. 게다가 그 남자가 라스베이거스에서 종적을 감춘 지는 거의 10년이 됐지만 내가 신참이었을 땐 한 번 나타나면 온 도시가 떠들썩했을 정도니까."

에블린은 슬쩍 한쪽 눈썹을 추켜세웠다. 그 단순한 동작에서 모든 말을 읽은 듯 타이슨은 손을 내저었다.

"알아, 무슨 말 하려는지. 10년 전이면 그 남자도 애에 불과했다는 거지? 그런데 놀아봤자 얼마나 놀았겠냐고?"

타이슨은 쏩쓸하게 웃었다.

"하지만 여기는 라스베이거스라고. 그중에서도 그 남자는 최악의 최악이었지. 그가 했던 기상천외한 일들은 이 기상천외한 도시에서도 아직 전설일 정도니까. 오래전에 클럽이니 하는 곳에는 발길을 딱 끊었다지만, 지 버릇 개 못 주는 법이지. 그런 남자와 얽혀봐야 못 볼 꼴만 보는……."

타이슨은 갑자기 말을 멈추었다. 에블린이 대화를 하다 말고 갑자기 핸드폰으로 어디론가 전화를 하기 시작했기 때문이다.

짧게 신호음이 가고, 그녀를 온몸으로 환영해 주는 환대의 목소리가 들려왔다.

[흉악한 마녀 같으니!]

순간 에블린은 단전에서부터 다혈질의 열화 덩어리가 강렬하게 치받쳐 왔지만, 신이 보우하사 겨우 성질을 억누를 수 있었다. 오늘 밤은 뱀파이어가—사회의 그늘에서 곰팡이처럼 자라는 짐승이 저 밖에서 그들을 기다리고 있으니까.

"쇼 타임이야."

딱 그 한마디를 끝으로 탁 핸드폰의 폴더를 닫은 에블린은 한 치의 주저도 없이 핸드폰을 타이슨에게 던졌다. 타이슨은 얼떨결에 그 핸드폰을 받아 들었다. 그사이에 에블린은 무대 뒤쪽으로 걸어갔다. 그녀가 다가가자 공기는 또 자동적으로 묘한 긴장을 품었다.

"에블린?"

딱히 할 말이 있는 것은 아니었지만 중간에 끊긴 대화가 신경 쓰여 작게 그녀를 부르자, 에블린은 기민하게 그 부름을 들은 듯 뒤를 돌아보았다. 무대로 통하는 낮은 계단 위에 올라선 그녀의 황금빛 파도 같은 금발 위로 역광으로 비친 눈부신 조명이 하얗게 흩어졌다. 그 아래, 날 때부터 치명적인 유혹의 밀어를 바르고 있는 붉은 입술이 부드러운 굴곡을 그리며 다정한 미소를 지었다.

—하지만 그것이 일순 지독히 차가운 냉소로 느껴진 이유는 무엇이었을까.

"이 나를 상대할 남자가 그 정도로 악명이 높아주지 않으면 오히려 곤란해."

그리고 그녀는 빛 속으로 나아갔다.

아라는 좁고 어두운 환풍기 속을 천천히 기어갔다.

가끔씩 지상에서 올라오는 빛이 스산한 금속 벽면에 기묘한 빛의 문양을 그리면, 세상에서 철저히 소외된 느낌이었다. 마치 좁고 어두운 곳에서 반짝반짝 빛나는 세상을 바라보기만 해야 하는 환풍기 속의 쥐처럼. 어쩌면 아라 자신의 삶 그 자체처럼.

그녀가 오늘 사냥해야 할 사냥감은 강간과 살해 혐의를 받고 있는 뱀파이어 아담 개리슨이었다.

인간의 피를 빨며 영생을 영위하는 야생의 존재, 뱀파이어. 그들은 전 세계에 산재해 있었다. 정확한 숫자가 얼마나 되는지는 아무도 몰랐다. 아마 뱀파이어들도 자신의 종족이 총 얼마나 되는지 잘 알지 못하리라. 자신의 힘을 맹신하여 오만한 그들은 설사 동족이라고 해도 연민을 보이지 않는 개인주의로 똘똘 뭉쳐있기 때문이다. 하지만 그런 그들에게도 인간과 다소의 협력은 불가피적인 요소였다. 제아무리 최강의 생물체라고 해도 저 하늘 위에서 오만하게 대지를 내려다보고 있는 전지전능한 존재가 아닌 한 그들처럼 인간의 세상에서 더불어 살아가야 하는 까닭이었다.

뱀파이어 아담 개리슨은 세월의 굴레를 벗어던진 초월적인 존재로서 한 인간과 손을 잡아 온갖 재물과 명예를 약속하는 대신 그로 하여금 필요한 모든 것을 제공받아 왔다. 거기까지라면 큰 문제는 되지 않았다. 그 역시 자본주의의 한 개념이라면 한 개념이라 할 수 있을 테니. 하지만 세간의 비난을 피하는 동시에 일신의 사욕을 채우고자 했던 제왕과 그 사심을 채워주는 대신에 수많은 죄를 사면받았던 간신처럼, 뱀파이어 아담 개리슨과 그 인간 파트너, 존 호프만은 보이지 않는 응달에서 숱한 범죄를 일삼아왔다.

악어와 악어새 같은, 자연계의 이치라고도 할 수 있는 자연스러운 공생관계. 그러나 악어새가 물밑에서 생태계의 법칙을 위배하는 악어를 돕는다면, 그것은 용납받지 못할 범죄.

존 호프만에 더불어 아담 개리슨이 오늘 클럽 '더 애플'에 나타날 거라는 정보를 입수한 조직은 아라 이하의 헌터들을 파견했다. 사냥은, 오늘 밤.

'그런데 그건 둘째 치고……'

아라는 얼핏 미간을 찌푸렸다.

왜인지 아까부터 기분이 이상했다. 좋지 않다고 하는 편이 좋을까. 환풍기 속을 기어가면 갈수록 속이 울렁거리는 것 같기도 하고 뒷덜미가 곤두서는 것 같기도 하고, 뭐라 형용할 수 없는 감각의 파도가 전신을 타고 흘렀다.

이런 기분은 난생처음이었다. 그래서 뭔가 주의를 끌 만한 게 있나 둘러보아도 그런 것은 전혀 눈에 띄지 않았다. 다만 역겨운 욕지기 같기도 하고 야릇한 흥분 같기도 한, 정말 한 가지 단어로 정의할 수 없는 감각이 자꾸만 몸 안에서 물결쳤다.

웬만하면 이질적인 존재—아마 지금 이 클럽 어딘가에 있을 뱀파이어 아담 개리슨—의 기운을 느껴서 그런 거라고 생각하겠으나, 그것과는 조금 달랐다. 뭔가…… 좀 더…… 압도적인 존재를 마주했을 때 느끼는 공포 같은…….

하지만 아라는 당장 그 생각을 떨쳐 냈다.

자신이 공포를 느낀다고? 웃기지도 않는 소리. 그따위 팔랑거리는 나비 날개보다 연약한 감정은 이미 오래전에 극복했다.

모든 것을 잃은 그녀의 모든 것이었던 라드가 그렇게 죽었을 때. 그의 주검 앞에 다시는 울지 않겠노라, 다시는 사냥당하지 않겠노라, 맹세했을 때.

마침 쇼가 시작되었는지 클럽 안이 시끄러웠다. 조명은 현란한 사이키 조명처럼 갖가지 색으로 번쩍거리고, 쿵쾅대는 음악이 뇌리까지 울려왔다. 아라는 얼른 그쪽으로 주의를 돌렸다. 휘파람과 박수를 보내던 손님들의 환호도 잦아들고, 이내 사분히 내려앉은 적막 속에 허스키한 노랫소리가 울려 퍼지기 시작했다.

그것을 신호탄으로 파티는 시작되었다. 잔잔했던 노랫소리가 높아지고, 화려한 댄서들이 무대 위로 폭발하듯이 터져 나왔다.

노래와 춤과 술과 환희와 여자들.

이곳은 진정으로 남자들이 갈망하는 낙원이었다.

Baby, can't you see

I'm calling

A guy like you

Should wear a warning

It's dangerous

I'm falling

There's no escape

I can't wait

I need a hit

Baby, give me it

You're dangerous

I'm loving it

　브리트니 스피어스의 〈*Toxic*〉이 흘러나오는 가운데, 아라는 지상의 상황이 어떤지 보기 위해 환풍기의 뚜껑 아래를 내려다보았다. 마침 중앙 무대에서 길게 뻗어져 나온 런웨이 위를 리듬에 맞춰 걸어가는 에블린이 보였다. 하이힐로 또각또각 리드미컬한 음을 내며, 살랑살랑 엉덩이를 흔들며, 풍성한 금발과 하늘거리는 의상을 나부끼며 육감적으로 걸어가는 모습은 그야말로 한 마리의 암고양이였다. 아니, 오늘 밤 수컷을 유혹해 한입에 먹어치울 준비가 된 암사자라고 하는 편이 좋을까.

　손님의 테이블로 연결된 무대 끝까지 나아간 에블린은 도발적이기 그지없는 몸짓으로 춤추며 봉을 타고 올랐다. 가터벨트를 입은 긴 다리로 금빛의 봉을 감고 미끄러지듯이 자세를 숙였다가 잘록한 허리로 노련한 굴곡을 그리며 일어서고, 거침없이 관능(官能)의 여신 같은 웃음을 날렸다.

그녀가 손끝을 튕기듯 손짓하며 한 바퀴 돌아서자, 남자들이 삐익삐익 휘파람을 불고 박수를 치며 거의 황홀한 낙원의 아귀(餓鬼)들처럼 아우성쳤다. 그러자 에블린이 나직한 웃음을 터트리며 돌아서고, 리듬에 맞춰 온몸으로 굴곡을 그렸다.

그 웃음과 몸짓이 일을 하기는커녕 어딜 봐도 진심으로 유혹하는 것으로밖에 보이지 않아, 아라는 환풍기 속에서 살짝 감탄해 버리고 말았다.

'아니, 잠깐?'

아라는 슬쩍 한쪽 눈썹을 추켜들었다.

자신이 그녀를 모르던가? 저 웃음과 몸짓은 다분히 의도적이었다. 절대 '일'을 하는 게 아니었다. 그녀가 곱사등이 기형아 추남 앞에서도 진심처럼 웃을 수 있는 프로정신의 소유자라는 것은 알지만, 저건 확실히 프로정신 따위가 아니었다.

아라는 입안으로 한숨을 삼켰다. 그녀의 위치에서는 얼굴이 보일락 말락 하는 무대 끝 테이블의 손님이 아까 에블린이 말했던 '만나고 싶었던 남자'인 것 같았다. 그러고 보니 저 남자에게서는 뱀파이어 특유의 진동파 같은 기운이 느껴지지 않았다. 평범한 인간이었다.

한마디 하기 위해 귓속에 숨긴 초소형 무전기를 작동시키려는데, 아직 춤추는 중인 에블린의 얼굴에 아주 잠시 사나운 표정이 떠올랐다 사라졌다.

에블린이 저런 표정을 한다는 건…….

아마 다른 테이블에 잠복하고 있는 미하엘이 무전기로 뭐라고 한마디 한 모양. 일은 하지 않고 애먼 남자만 꾄다고.

어쩐지 조금 웃음이 나오려고 했다.

그때였다, 왠지 주변의 공기가 진동하는 것 같다고 느낀 것은.

'뭐…….'

깜짝 놀란 아라는 얼른 고개를 들었다. 하지만 그것이 정확히 무엇인지 알기도 전에 화악― 무언가 강렬한 기운이 그녀의 심장을 강타해 왔다.

그것은, 보이지 않는 거대한 중력의 파도였다.

속이 미친 듯이 울렁거렸다. 흡사 딥 임팩트 해일이 덮쳐 오는 듯한 위기감에 전신의 솜털이 올올이 곤두섰다.

뭔가가…… 있다.

뭔가가 있어.

지독히도 불길한 존재가.

아까부터 기분이 이상했던 것은 괜히 그런 게 아니었다. 심장이 멎을 것만 같이 압도적인 존재가 이 건물 안에 있었다. 아라는 느낄 수 있었다. 그녀와 같은 여자들이 타고나는 특별한 감각 기관이 이 존재는 '위험하다'고 시끄럽게 경종을 울리고 있었다.

뱀파이어다.

그것도 여태 만나보지 못했을 정도로 강력한.

파르란 기운을 품은 눈이 획― 환풍기 철창 너머의 목표물을 향해갔다. 그 끝에, 한 남자가 있었다.

가장 먼저 인식되는 것은, 금발.

뒷모습이라 어렴풋이 보이는 단단한 턱 선.

검은 담배를 입가에 가져가는 커다란 손.

가슴이 과하게 울렁거렸다. 입술이 새하얗게 질리도록 꽉 다문 턱을 조금이라도 느슨하게 풀면 당장 속의 내용물이 쏟아질 것 같았다. 하지만 아라는 귀기(鬼氣)까지 흐르기 시작한 눈으로 짙은 남색의 양복을 입은 남자의 일거수일투족에서 시선을 떼지 않았다. 뒷모습밖에 보이지 않는 남자의 걸음, 손짓, 윤곽, 그 모든 것을 망막에 조각하려는 듯 눈도 깜빡이지 않고 응시했다.

느긋하게 걸어간 남자는 마침 에블린이 춤을 추고 있는 테이블에 가 앉았다. 그곳에 앉아 있던 인간 남자는 그를 보고 알은체를 해왔고, 그 찰나에 그를 바라본 에블린의 눈이 번뜩거렸다. 마치 목표물을 발견한 듯이. 그리고 아라는 깨달았다.

아담 개리슨!

그녀가 아담 개리슨에 대해 아는 것은 앵글로 색슨 계열의 커다란 몸집을 가진 금발 벽안의 백인이라는 정도. 이백 살 정도밖에 되지 않은 아담 개리슨이 이토록 강력한 뱀파이어인 줄은 몰랐지만, 어차피 뱀파이어란 상식이 통하지 않는 존재였다. 그렇다면 지금 에블린이 상대하고 있는 인간 남자는 그의 파트너인 존 호프만일 터.

'뭐야, 에블린. 제대로 일하고 있었잖아.'

아라는 천천히 신중에 신중을 기해 그들의 머리 위에 있는 환풍기까지 기어갔다.

I'm intoxicated now

I think you' ll love it now

노래는 마지막을 향해 치달아가고 있었다. 아라는 지상을 날카로운 눈으로 살피며 무기를 꺼내 쥐었다.

I think I' m ready now
I think I' m ready now

본래의 계획인 작전 A, '쥐덫'은 아담 개리슨을 존 호프만에게서 떼어내어 인적이 없는 곳으로 몰아넣고 일격필살로 사냥한 후에 최대한 빨리 자리를 뜨는 것. 하지만 그가 이렇게까지 강력한 뱀파이어라면 이야기가 달랐다. 최후의 타개책인 작전 C, '돌격'으로 변경, 당장 '처리'해야만 했다. 저런 것이 단 1초라도 더 숨을 쉬게 놔둘 순 없었다.
저것은, 위험해.

I' m intoxicated now
I think you' ll love it now
I think I' m ready now

노래가 끝났다. 댄서들은 중앙 무대에서 마지막 자세를 잡고 있었고, 에블린은 저 멀리 다른 무대 쪽으로 가 있었다. 조용히 잦아드는 눈처럼 침묵이 내리깔렸다. 번쩍이던 조명도 은은하게 어둑해졌다. 그 아래, 존 호프만이 아담 개리슨에게 무어라 말했다. 하지만 아담 개리슨은 입에 담배를 문 채 몹시 관조적인 태도로 이야기를 듣고 있을 뿐이었다. 그러다 그가 느릿하게 입을 열었을 때, 아라는 환풍기의 뚜껑을 걷어차고― 뛰어내렸다.

2

　건조하고 차가운 공기에 희미한 습기가 섞여 있었다. 사막에서
는 드물게도 곧 비가 내리려고 한다는 증거였다.

　라스베이거스의 화려한 조명 때문에 밤하늘이라는 고유성을
잃어버린 밤하늘을 올려다보며, 남자는 무심하게 생각했다. 그리
고 입술 사이에 검은 담배의 필터를 가볍게 물었다. 깊이 빨아들
이고 내쉬자, 짙은 담배 연기가 고개를 든 남자의 단호한 턱을 훑
고 허공으로 스러져 갔다. 그런 그의 눈앞에는 간판의 네온사인
이 갖가지 색으로 번쩍이고 있었다.

　더 애플(The Apple).

　창세기에서 하와가 먹은 금단의 선악과(善惡果). 인류에게 수치
심을 일깨운 지식의 열매인 동시에 더할 나위 없는 배덕의 상징.

　남자의 눈매가 슥 가늘어졌다.

스트립 클럽의 이름치고는 꽤나 의미심장했다. 현란한 네온사인으로 치장하고 있긴 하지만…….

의도적인 건가.

그런 생각 따위를 하며 담배를 손가락 사이에 끼운 채 입가에 대고 간판을 올려다보고 있는데, 뒤에서 인기척이 느껴졌다.

"어이, 루카. 다른 사람들 겁먹게 왜 그러고 있어?"

루카라 불린 그는 천천히, 시선이 어깨 너머로 흘긋 넘어갈 만큼만 뒤를 돌아보았다.

"또 남이 들으면 오해할 소릴 하는군. 난 그냥 여기 서 있었다만."

허공으로 가만히 퍼져 나가는 그의 목소리는 무척이나 묵직했다. 말을 할 때마다 뱃속에서부터 끌어올려 말하는 게 아닐까 싶을 만큼 깊고, 짙었다. 흡사 한계까지 진하게 뽑아낸 에스프레소를 떠올리게 하는 음색이었다. 그리고 성대 안쪽에서부터 전해져 오는 풍부한 울림이 여자의 허리를 녹이는 마력에 가까운 힘이 있어, 어쩌면 그 음성에 면역력이 없는 여자는 무섭다고까지 느낄지도 몰랐다.

"오해는?"

그럼에도 루카의 곁에 선 남자는 오랜 친구를 대하듯 가볍고 시원시원한 말투로 말했다.

나이는 서른쯤 되었을까. 외모는 그야말로 칼로 조각해 놓은 듯 강인한 무사(武士)와 같은 느낌을 주었다. 검은 머리칼과 짙은 암갈색의 눈, 유려하고 예리한 외모는 모든 것이 절제되고 심지어 그 금욕의 느낌이 아름답기까지 한 '화랑(花郎)'을 떠올리게 했다. 그리고 단정하게 쓸어 넘긴 머리와 눈가에 희미하게 진 웃음 주름이 그의 연륜을 증명해 줌에도 불구하고, 선선한 웃음만큼은 묘하게 소년 같은 남자였다.

"넌 가만히 있으면 더 위협적이라고 했을 텐데? 일단 네 덩치를 보고 그런 소릴 하지?"

남자도 결코 작은 편은 아니었지만, 루카는 그런 그보다 시선이 한 단계 위에 있었다. 190㎝를 훌쩍 넘어가는 거구에 한눈에도 아주 잘 단련되었음을 확신할 수 있는 몸은 거의 걸어다니는 흉기라고 봐도 좋았다. 전신의 근육이 굉장히 타이트하게 조여 있어 우락부락해 보이는 것은 아니었으나, 그 크기만으로도 남들에겐 위협이 되기에 충분했다.

"그 거구로 입구를 막고 있다니, 통행로 방해라고. 불법 주차로 딱지 떼기 전에 얼른 몸 빼시지?"

남자는 한쪽 눈썹을 추켜들며 차 빼라는 듯 엄지손가락으로 뒤쪽을 가리켰다. 그러자 루카는 피식, 웃음을 토해냈다. 전신에서 묵직한 카리스마를 뿜어내는 타입이기에 낮게 가라앉은 표정을 절대 풀지 않을 것 같았는데, 의외로 자연스러웠다.

마침내 루카는 클럽의 입구로 한 걸음 내딛었다.

"가지, 딕헤드."

그 한마디에 리처드의 미간이 팍 일그러졌다.

"어이, 밖에서는 그렇게 부르지 말라고 했잖아? 나도 사회적인 체면이 있는데 딕헤드가 뭐야, 딕헤드가? 내가 꼭 개명 신청을 해야 그 삐뚤어진 속이 풀리겠냐고."

"리처드가 뭐 어때서 그러지?"

루카는 퍽이나 진지하게 물었다. 그가 왜 그런 말을 하는지 전혀 모르겠다는 듯이.

"나 참, 또 일장연설 들어가게 하는군. 정말 내 이름이 최소한 윌리엄쯤이라도 되었다면 얼마나 좋았을까. 막 아버지가 된 한 남자는 아들에게 큰일을 하라며 '대단히 강한'이란 뜻의 이름을 지어줬을 텐데, 지금은 그 이름이 딕헤드 따위로 불리고 있으니 얼마나 원통할까. 우리 아버지가 무덤 속에서 땅을 치고 계실걸!"

사실 그건 간단한 조합이었다. 리처드의 애칭인 딕(Dick)에서 연관되는 단어인 딕헤드(Dickhead)*였으니까.

"윌리엄?"

루카는 코웃음을 쳤다.

"그럼 바스타드(Bastard)*라고 불러주지."

"그건 또 뭐야? 설마 빌(Bill)*에서 온 건 아니겠지."

"잘 아는군."

리처드는 확 미간을 일그러트렸다.

"이니셜이 같을 뿐이잖아!"

"하지만 충분히 연계해서 떠올리지 않았나?"

외모에 어울리지 않는 입씨름들을 계속하며 들어선 클럽의 내부는 꽤나 독특한 구조였다. 중앙에 가장 큰 무대가 있고, 그로부터 문어발처럼 런웨이가 여러 갈래 뻗어져 나와 거기에 테이블이 붙어 있는 구조였다. 그리고 테이블마다 중앙에 봉이 천장까지 연결되어 있어 어떤 용도인지 짐작케 해주었다. 위에서 내려다보

* Dickhead: 바보
* Bastard: 개자식
* Bill: 윌리엄의 애칭

면 중앙의 무대는 딱 문어 몸체처럼 보일 것 같았고, 그로부터 연결된 런웨이는 문어의 다리, 그리고 런웨이에서 연결된 테이블들은 그 빨판처럼 보일 것 같았다.

천장에는 금빛 섞인 주황색 천이 천개처럼 너르게 걸려 있고, 황금빛 분수가 여기저기서 솟아올랐다. 좌석은 여인의 살결처럼 부드러운 검붉은 벨벳. 관능미는 클럽의 어디에서나 넘쳐흘렀다.

그런데 클럽 안까지 태연하게 담배를 물고 들어온 루카가 갑자기 우뚝, 멈춰 섰다. 리처드도 멈춰 서서 그를 돌아보았다. 하지만 왜 그러냐는 질문은 하지 않았다. 허공을 올려다보고 있는 루카의 행동이 무엇을 의미하는지 알고 있기 때문이었다. 마치 고양이가 허공을 보고 있으면 어련히 무언가를 보고 있으려니 여기듯.

"느껴지는군."

루카는 듣는 이의 등골이 바싹 곤두설 만큼 어두운 목소리로 읊조렸다. 리처드와 가볍게 주고받은 게 언제냐는 듯 사냥감을 발톱의 첨단(尖端)으로 찢어발길 준비가 된 잔혹한 야수가 그곳에 있었다.

"이류(異類)의 존재가."

공기 중에 인간의 연약한 살 냄새가 아닌, 이질적인 냄새가 섞여 있었다. 아주 미세해서 웬만하면 알아채지 못할 정도였지만, 보통 인간보다 몇 배는 발달되어 있는 감각기관이 그 작은 신호도 놓치지 않고 잡아냈다. 게다가 이 냄새는 질이 좋지 않았다. 뉴욕의 지하 수로만큼이나 지독한 악취가 났다.

"생각보다 더 저질이군."

몇 걸음 앞에 서 있는 리처드는 어깨를 으쓱였다.

"솔직히 소녀들을 모아 성교 파티를 한 후에 흡혈하고 죽인다는 놈인데, 뭐 기대한 거 있었어?"

"최소한 명색이 뱀파이어인데 좀비 같은 냄새를 풍길 거라고는 생각하지 않았지."

"그럼 빈둥대지 말고 최대한 빨리 끝내자고. 냄새 옮을까 봐 겁나니까."

루카는 구둣발 아래 부드럽게 스치는 카펫을 밟으며 다시 걸음을 움직였다. 그리고 리처드의 곁에 와 섰다.

"성급하게 굴지 말라고, 딕헤드."

루카는 유난히 느긋해 보이는 동작으로 클럽 안에 빼곡히 모여 있는 사람들을 둘러보며 낮게 말했다.

"단번에 머리를 날려 버리면 재미없잖아?"

리처드는 콧잔등을 찡그렸다.

"악취미 헌터 같으니."

루카는 입술을 늘어트려 웃었다.

사실 아담 개리슨은 그에게도 꽤 까다로운 상대였다. 미꾸라지도 아닐진대 요리조리 잘도 빠져나가서, 여기까지 몰아넣는데 예상보다 많은 노력과 시간을 들여야 했다. 자만에 빠지기 쉬운 종(種)답지 않게 의심이 많고 신중해 소재를 파악하는 것만으로도 오늘까지 걸렸을 정도이니까. 그러나 탐색전은 끝났다. 온갖 범죄를 저지르고 교묘히 은폐해 온 늙은 하이에나 같은 흡혈귀도 이면에서 저질러 온 범죄에 상응하는 처벌을 받을 때가 온 것이다.

그건 바로, 오늘 밤.

"하여간 조부가 사둔 땅에서 유전이 나온 호프만 정도라면 흡혈귀의 도움 따위 없어도 충분히 잘 먹고 잘살 텐데, 왜 사서 종말을 불러들이는지 모르겠군."

리처드는 자리에 앉으며 말했다. 하지만 굳이 대답을 기대한 말은 아니었기 때문에 뱉어놓고 가볍게 주변을 훑어보았다. 약 10여 년 만에 다시 찾은 클럽은 거의 알아보기가 불가능할 정도였다.

"—기생."

그런데 문득 반대편에서 대답이 들려와, 리처드는 고개를 돌렸다. 맞은편에 앉은 루카는 무심한 얼굴로 양복 안주머니에서 금박이 박힌 검은 담뱃갑을 꺼내 들고 있었다.

"인간과 뱀파이어는 본질적으로 비슷한 부분이 있지. 인간은 사회적으로, 뱀파이어는 생체 구조적으로 타인에게 기생해 살아갈 수밖에 없으니까. 하지만 더욱 강한 육체적인 힘과 초월적인 능력."

달칵.

정교한 세공이 된 은색 라이터에서 담배 끝으로 불이 옮겨붙었다.

"애당초 인간이 뱀파이어를 창조해 냈다고 믿는 이상 그들은 제대로 된 인간이라면, 아니, 자신이 제대로 되었다고 믿는 인간이라면 소리 내어 말할 수 없는 가장 밑바닥의 욕망을 대변하지. 권력에 대한 욕망, 부에 대한 욕심, 가질 수 없는 것에 대한 갈증— 피에 대한 갈구. 더욱 강한 육체와 능력을 지닌 뱀파이어들이 자신들은 해낼 수 없는 일을 해내는 것을 보며 자기만족을 느끼는 거지. 일종의 마스터베이션이라고 보면 되겠군."

리처드는 짧게 피식 웃었다.

"심리전문가 나셨군. 그 말은 너도 뱀파이어와 동조한다는 건가? 잘났군. 헌터가 뱀파이어에게 동조한다니."

루카스는 후─ 길게 담배 연기를 내쉬었다. 허공으로 하늘하늘 스러지는 담배 연기 사이로 얼음을 닮은 푸른 눈이 가늘어졌다.

"'이해'와 '동조'는 확실히 다른 단어지. 사전이나 찾아보고 와서 덤벼."

리처드는 어깨를 으쓱였다.

"하여간 실없는 이야기 그만 하고 일 이야기로 돌아가 보자고. 마지막으로 한 번 더 점검해 보자. 아담 개리슨과 존 호프만 씨께는 오늘을 평소와 다름없는 날이라고 생각하고 있겠지. 그리고 리처드 레인스터, 즉 내가 우연히 만난 것처럼 은근히 말을 걸어 같이 일을 하고 싶다는 식으로 유인해 낸다……."

리처드는 제 턱을 매만지며 흥미진진한 하키 게임의 후반전을 기다리고 있는 소년처럼 씩, 웃었다.

"내 뒤를 잘 보고 있으라고, 청소부 양반."

"목 깨끗이 씻어둬라. 조금이라도 수상한 낌새를 눈치 채면 바로 목을 물어뜯을 테니까. 그다지 느긋한 성격은 못 되는 것 같더군."

"다른 때에 비하면 이건 일다운 일의 축에도 안 들어. 하지만 뭐, 그 정도는 각오해 두지. 할리우드 영화처럼 뱀파이어에게 물린다고 뱀파이어가 되는 것도 아니니."

루카가 길게 담배 연기를 내쉬고, 그 뿌연 연기의 장막 너머로 서로를 마주한 두 남자 사이에 찰나적인 침묵이 감돌았다.

　지구상에 가장 지능적인 생물로 진화한 인간이 부러워할 생물체란 그들 자신 외엔 또 없을 것 같지만, 인간이란 욕망의 생물. 그들이 유일하게 극복하지 못한 과제인 '영생'을 할 수 있다는 생물이 존재한다는 소문을 들은 인간들은 마치 그것을 부러워하여 그들도 그런 존재가 될 수 있으리란 믿음을 버리지 못하는 것처럼 '뱀파이어에게 물리면 뱀파이어가 된다'는 전제를 만들어 냈다. 하지만 그것은 처음부터 틀린 이야기였다. 실제로 뱀파이어는 만들어지는 것이 아닌, 처음부터 그렇게 태어나는 존재이기 때문이었다. 즉, 호모사피엔스나 개코원숭이, 붉은배지빠귀, 초록뱀처럼 한 가지의 종(種)인 셈.

　생각해 보면 뱀파이어뿐만 아니라 어떤 종이건 간에 영생 같은, 진시황이 천만금을 지불한다고 해도 바꾸지 않을 값진 것을 애초부터 '그들'로 태어나지 않은 다른 종과 공유하려고 할 리 없는 이야기였다. 특히 그 상대가 자신들이 먹이쯤으로 여기는 비천한 하급 생물이라면.

　"뱀파이어에게 물리면 뱀파이어가 된다……."

　루카는 나직이 중얼거렸다.

　"만약 그렇다면 꽤 재미있겠군."

　그의 입술이 천천히 짙은 굴곡을 그렸다. 차갑게 빛나는 푸른 눈동자와 어우러지는 짙은 미소는 인간의 영혼을 얻어낸 악마의 그것처럼 교활하고 사악했다. 하지만 목소리만은 실크처럼 부드럽게 울려, 더욱 무시무시하게 들려왔다.

"영생자의 삶도 그다지 환상적이지만은 않다는 걸 몸소 알게 해줄 수 있을 테니까."

이제 익숙할 법도 하건만, 리처드는 그 미소에 소름이 돋아나는 것을 느꼈다.

짐승은 곧 자신이 작은 피라미들을 피하려다 가장 무자비한 포식자를 불러들이고 말았다는 것을 몸소 깨닫게 되리라.

손을 씻고 난 루카는 수도꼭지를 잠갔다.

아무도 없는 화장실은 괴기스러울 정도로 고요했고, 그의 손끝에서 똑, 똑, 물이 떨어지는 소리밖에 없었다. 별스러울 정도로 호화로운 내부 인테리어 때문인지 꼭 텅 빈 고성(古城) 같은 음산함을 자아냈다. 그 가운데 루카는 페이퍼 타월로 천천히 손을 닦고 휴지통에 탁, 털어 넣었다. 그리고 양복 안주머니에서 담뱃갑을 꺼내 담배를 입에 물고 불을 붙였다.

술도 담배도 여자도 하지 않는 리처드는 자기가 근 5년 내로 죽을 일이 있다면 간접흡연 때문일 거라고 수없이 투덜대지만, 그거야 그가 알 바 아니었다. 그는 단 한 번도 타인의 룰에 구애된 적이 없었고, 그것은 오랫동안 파트너로 함께한 리처드라도 마찬가지였다.

세면대의 거울을 마주하고 선 루카는 거울을 향해 연기를 내뿜었다. 그러자 거울에 부딪힌 연기가 둥그런 모양으로 고이더니 이내 녹아내리는 것처럼 흘러내리며 사라졌다.

뱀파이어 아담 개리슨을 사냥하기 위한 계획은 부드럽게 진행되고 있었다. 하지만 공들여 온 일의 마무리를 눈앞에 두고 있음에도 불구하고 그의 현재 기분은 그리 석연치 못했다.

거기에 이유가 없다는 게 더 석연치 않았다. 뭔가 빼먹은 게 있는 것도 아니고, 놓친 게 있는 것도 아닌 것 같은데…… 자꾸만 뭔가 있는 것 같은 기분이 들었다.

그의 오감은 타인보다 훨씬 예민했다. 그러니 그가 강하게 그리 느낀다면, 정말 뭐가 있긴 있는 것이다.

'뭐지?'

루카는 거울을 바라보며 자문했다. 하지만 거울 안의 남자는 해답을 내어주지 않았다. 대신 버릇처럼 눈을 가늘게 뜰 뿐이었다.

'뭔가 있다…….'

루카는 속으로 다시 읊조려 보았다. 그 순간, 뭔가가 머릿속을 스쳤다.

'뭔가 있다?'

그래, 그거였다. 뭔가가 있었다. 이 클럽 안에.

하지만 그로서도 '그게' 뭔지 알 수가 없었다. 이런 적은 드물었지만, 확실히 정체를 알아채기에는 너무나 모호한 감각이었다.

그때였다.

똑똑.

화장실의 불투명한 유리문을 두드리는 소리가 들려왔다. 루카는 흘긋, 시선만 돌려보았다. 여긴 분명 남자화장실일 텐데 불투명한 유리문 밖으로 비치는 것은 잘록한 여인의 굴곡이었다.

"아직 거기 있나요?"

질척하게까지 들리는 농염한 목소리. 루카는 천천히 문을 열었다. 문 앞에는 검은 드레스를 입은 백인 여자가 옆벽에 나른하게 기대서 있었다. 처음 보는 여자였다. 손님인 것 같은데, 그가 화장실을 가는 걸 보고 따라온 모양이었다. 꽤 미인이었다.

"안녕."

여자는 달콤하게 웃으며 속삭였다. 그녀보다 머리 하나가 더 큰 루카는 그녀를 눈 아래로 내려다보며 손에 들려 있던 담배를 입으로 옮겨 물었다. 그리고 낮은 목소리로 질문했다.

"무슨 볼일이라도?"

원래부터 소름이 돋을 정도로 낮은 목소리가 나직하게 변하자 여자는 그것만으로도 전율이 오는지 살짝 어깨를 떨었다. 하지만 곧 사냥에 나선 암사마귀처럼 도발적인 표정으로 루카의 가슴 위에 살며시 손을 얹었다.

"볼일, 있죠. 당신."

그녀는 루카의 옷깃을 다분히 의도적으로 쓸어내리며 몸의 열기가 느껴지는 거리까지 밀착했다. 하지만 그는 여전히 담배를 입에 문 채 기다 아니다 뚜렷한 감정이 없는 눈으로 그녀를 내려다볼 뿐이었다. 그 담백한 눈길에 더 애가 단 여자는 어떤 남자라도 제 발치에 무릎 꿇릴 수 있을 것 같은 목소리로 속삭였다.

"함께 나가지 않을래요?"

그럼에도 여자를 내려다보는 벽안에는 감정이 살아나지 않았다.

이 여자의 몸에서는 남자 냄새가 났다. 평범한 인간이라면 절대 맡을 수 없는, 피부에 짙게 배어 있는 한 남자의 냄새.

유부녀로군.

더구나 희미하게 분 냄새까지 났다. 아마 젖먹이 아기가 있으리라.

루카는 천천히 고개를 숙였다. 그리고 깜짝 놀라는 동시에 기대가 떠오르는 여자의 얼굴을 지나, 그 귓가에 나직하게 속삭였다.

"애한테 젖 줄 시간 되지 않았나?"

여자의 심장이 멎는 소리가 들려왔다. 쿵, 하고 꽤 강렬했다. 그리고 여자는 불에 덴 듯 후다닥 루카에게서 물러섰다.

"어, 어떻게……."

여자는 남자의 목소리가 준 잔향이 남아 간질거리는 귓가를 붙잡고 선 채 막 스쳐 지나가는 루카에게 떨리는 목소리로 물었다. 그러자 루카는 흘긋 그녀를 돌아보고 담배 낀 손을 한번 슥 들어 보였을 뿐, 아무런 대답 없이 자리를 떴다.

여자는 그가 모퉁이를 돌아 사라질 때까지도 그 자리에 황망하게 굳어 있을 뿐이었다.

이름은 리처드 레인스터. 꽤나 귀족적인 이름과 달리, 한때 이 환락의 도시 라스베이거스에서도 악명 높은 플레이보이에 망나니였다. 타이슨은 그녀가 그 사실을 모르고 있다고 믿지만 반대로 에블린은 그 악명에 대해 아주 잘 알고 있었다.

단순히 '바람둥이'라고 해서 '플레이보이'라고 하는 것은 그에게 해당되지 않았다. Playboy. 말 그대로 모든 것을 즐기기 때문에 사람들은 그를 플레이보이라고 불렀다.

파티가 있는 곳이라면 어디든지 간다. 파티가 없다면 만든다.

오는 여자는 막지 않고 가는 여자는 절대로 말리지 않는다. 혈관에도 술이 흐른다. 그에게 돈은 휴지다(어떤 소문에는 그가 100달러지폐로 뒤를 닦는다는 이야기도 있었다). 천하에 상대 못할 악동에 순진한 시골 소녀는 가까이 가기만 해도 임신할 것 같은 카사노바. 미들네임은 콘돔.

레인스터 가(家)의 애물단지.

이 자유경제 대국의 황실로 일컬어지는 명문(名門) 케네디 가에 종종 비유되었던 레인스터 가는, 심지어 케네디 가도 처음에는 아일랜드의 가난한 집안에 지나지 않았던 것에 비해 영국에서 건너온 공작가의 방계(傍系) 가문이었다. 때문에 귀족으로서의 위엄을 지키지 못하는 일원은 아예 절연을 해버릴 만큼 엄격하다고 했다. 리처드 레인스터라는, 그 악명에 어울리지 않는 고상한 이름은 그 때문이었다.

그랬던 그가 어느 날 레인스터 가의 모든 것을 이어받은 후계자가 되었을 때, 세상은 경악했다. 그래서 몇 년 뒤 난데없이 그가 엄청난 황금알을 낳는 회사와 땅을 모조리 팔아버렸을 때, 세상은 놀라지 않았다. 오히려 악동이 그런 스캔들을 터트리길 기다리고 있었던 것이다.

'기상천외'라는 단어로도 설명할 수 없는 그 행동에 세상은 그저 혀를 내두를 뿐이었고, 에블린 그녀는―

바닥을 구르며 웃었다.

사람이 그런 기상천외한 짓을 저지를 수 있다니!

그 후로 리처드 레인스터는 그녀가 만나보고 싶은 사람 리스트에서 늘 상위를 차지하고 있었고, 드디어 기회가 왔다. 하지만 이 모든 사실을 종합해 봤을 때, 그녀가 그에게 기대할 만한 것들은 한정되어 있었다. 예를 들자면 첫 번째는 돈. 두 번째, 돈. 세 번째…… 돈. 그 많은 땅을 팔아버린 이상 유산을 포함해 현금보유량 하나는 가히 압도적일 테니까.

네 번째는…… 뭐, 그 타의 추종을 불허하는 기상천외함 정도로 해둘까.

아무튼 그런 이유로 인해, 그녀는 방금 전 마주한 현실을 받아들이는데 얼마간의 노력이 필요했다.

맙소사! 그 플레이보이가 이리도 미남이셨을 줄이야!

그녀를 미친 듯이 웃게 해준 만큼 외모가 좀 추하고 성격에 전문가의 도움이 필요하다고 해도 봐줄 생각이었는데…….

처음에는 잘 자란 도련님 같은 남자를 보고—외모가 여리고 곱다기보다 한없이 단정한 분위기라고 해야 할까—그가 아닐 거라고 생각했지만, 인상착의와 주변에 도열한 경호원들을 보니 의심할 여지가 없었다.

'아, 젠장. 사냥이고 뭐고 나중에 하면 안 될까.'

이미 에블린의 머릿속에서는 다른 것은 다 둘째 치고 그가 벗은 상상의 이미지만 동동 떠다니고 있었다. 그런데 거기에 확 산통을 깨는 목소리가 들려왔으니.

[자~ 알 논다.]

으드득.

저도 모르게 이가는 소리를 밖으로 내고 말았는지, 리처드가 의아하게 올려다보았다. 아차, 싶어진 에블린은 실수를 무마하기 위해 섹시한 미소를 뿌려댔다. 하지만 그럴수록 귀에서 들려오는 목소리는 시니컬해져 갔다.

[이글거리는 열기가 여기까지 느껴지네. 좀만 더 하면 테이블 아래로 뛰어내려 가 그 자리에서 먹어치우시겠어?]

그건 진실이니 뭐라 부정하기가 어렵구나. 꼬마야.

[나 원, 거기서 좀 고만 알짱거려! 목표물들은 내 뒤의 뒤 테이블에 있다고! 이 할망구가 노망났나!]

듣는 것만 가능한 상황이 이리 속 터질 줄이야.

아담 개리슨 전에 귓속의 초소형 무전기에 대고 주절거리는 꼬마의 머리를 먼저 따버리고 싶었지만, 어쨌든 미하엘의 맹공 덕분에 정신을 차린 건 사실이었다. 게다가 자신의 임무는 사전 작업이고 실제로 뒤에서 끝내는 사람은 아라니까 자신은 역할 완수만 해놓고 새침 떨고 있으면 될 터였다.

'그러니 메인 디시는 좀 미뤄두지.'

그리 생각하며 앞의 남자에게 윙크를 날린 후 막 봉을 한 바퀴 돌고 가려는데, 마침 메인 디시의 테이블에 새로운 인물이 합류해 왔다. 억누를 새도 없이 에블린의 눈에 광채가 돌았다.

'어머, 어머! 이건 또!'

야수가 초원을 밟는 것처럼 소리도 없이 다가온 남자는 알은체하는 리처드의 말에 고갯짓으로만 대답하더니 자리에 앉았다.

리처드도 굉장히 남성적인 타입이라 생각했는데, 뛰는 놈 위에 나는 놈이 있는 법인지 아무래도 이 남자에게는 비할 수 없었다. 남자는 마치 남성호르몬을 꽉꽉 압축해 놓은 밀도 높은 덩어리 그 자체 같았다. 걸을 때마다, 손짓할 때마다, 눈짓할 때마다 관능이 뚝뚝 떨어지는 게 힐긋 쳐다보기만 해도 전신에 좌르륵 전율이 흘렀다.

짧지 않은 인생, 수많은 남자를 봐왔지만…….

이건 정말 진국이다.

솔직히 말하자면 에블린의 취향은 리처드보다 이 남성호르몬 덩어리에 좀 더 가까웠다. 무엇보다 이 남자, 척 보기에도 섹스를 끝내주게 잘할 것 같지 않은가? 건강한 섹스와 함께하는 건강한 삶을 지향하는 에블린에겐 더없이 좋은 상대인 셈. 하지만 문제는 리처드도 못지않게 맛있어 보인다는 점이었다. 더구나 악명을 보아하면, 지금은 휴식을 취하는 중인 듯해도 그 역시 꽤나 알아주는 것 같으니까. 덕분에 잠시 에블린은 아주 심각한 고민에 빠졌다.

남성호르몬 덩어리냐, 늘씬한 종마 같은 리처드냐?

그러나 이제는 정말 다른 일을 해야 할 시간이었으므로 그녀는 나중을 기약하고 몸을 돌렸다. 그런데 마지막으로 눈웃음을 치고 가는 찰나, 고개를 든 남성호르몬 덩어리와 시선이 딱 마주쳤다.

순간 상(像)을 비춘 알루미늄 판이 휘듯 시야 앞이 울렁— 하고 심하게 굴곡졌다.

그때 에블린이 무대 위에서 넘어지지 않은 건, 정말 기적이라고 할 수밖에 없었다.

'뭐…… 였지?'

마침 몸을 돌린 상태였기 때문에 에블린은 혼란스러운 와중에도 거의 기계적으로 중앙의 무대로 돌아갔다. 하지만 사실은 춤 따위 출 상태가 아니었다.

남자와 시선이 마주치자 에블린은 진심으로 공포를 느꼈다. 아니, 본능적인 거부감이라고 해야 좋을까.

초대받지 않은 손님에 의해 파티가 파투나기 바로 직전, 에블린의 머릿속에 한 가지 가능성이 섬광처럼 스쳐 지나갔다.

'인간이…… 아니야?'

"왠지 우리 테이블에서 유독 오래 춤춘 것 같지 않아? 저 댄서."

질풍노도의 시기를 보내고 여자에 대해 몹시 확고한 신념을 세워둔 리처드도 여전히 남자는 남자인지라, 클럽 넘버원 댄서의 적극적인 공세에 다소 열이 오른 모양이었다. 얼굴은 크게 변화 없이 침착했지만 목소리가 조금 낮아져 있었다.

"따로 페이도 안 했는데 보통 그렇게까지 하는 건가 싶…… 루카?"

그제야 리처드는 루카가 전혀 그의 말에 귀 기울이지 않고 있다는 사실을 깨달았다. 저 진절머리나게 관조적인 태도는 전혀 다른 생각을 할 때에 나오는 것이었다.

"어이, 듣고 있냐?"

"아니, 안 듣고 있어."

금발의 댄서와 시선이 마주친 자세 그대로인 루카는 아주 담백하게 대답하더니, 다른 말이 없었다. 리처드는 뭐냐는 듯 미간을 찌푸렸다.

"뭐……."

리처드가 뭐라고 하려고 했을 때, 웬일인지 루카가 먼저 입을 열었다.

"저 댄서⋯⋯."

하지만 그의 말은 끝을 맺지 못했다.

콰앙!

갑자기 천장에서 사방을 뒤흔드는 굉음이 울려 퍼졌다. 하지만 누구 하나 고개를 들어 보기도 전이었다. 방금 전까지 금발의 댄서가 춤을 췄던 무대 위로 무언가 검은 것이 홀쩍― 뛰어내려 왔다. 루카가 앉아 있는 바로 그 테이블에.

3

처음에는, 고양이라고 생각했다. 저 크기와 무게가 고양이일리 없다는 걸 알고 있음에도. 하지만 족히 5미터도 넘는 천장에서 뛰어내려 왔음에도 가볍게 착지한 것이며, 그 날렵하고 유연한 몸이 새까만 고양이를 떠올리게 했다.

그답지 않게 갑자기 눈앞에 펼쳐진 장면을 빤히 쳐다보고만 있었던 것은 그 몸 때문이었는지 아니면 그녀가 무대 위에 착지한 찰나에 마주친 눈 때문이었는지 알 수 없었다.

심연의 우주 깊은 곳에서 휘몰아치는 성운을 품은 검은 눈동자.

그 아주 짧은 순간에도 저 눈동자가 오로지 그만을 향해 있다는 사실에 손끝까지 저릿한 카타르시스가 퍼져 나갔다. 실로 기묘한 감각이었다. 아직 다 여물지도 않은, 소녀와 여인의 미묘한 경계에 있는 여자를 보고 그런 감각을 느낀 것은. 그것도 단 0.5초의 시간 안에 말이다. 하지만 느른하게 일어선 그녀는 공기 중에 푸른빛을 퍼트리는 것 같기까지 한 살기 어린 눈으로 루카를 똑바로 내려다보며 말했다.

"죽어, 뱀파이어."

그녀는 손에 든 총의 입구를 정확히 루카의 이마에 겨누고 발포했다. 그 어떤 찰나의 주저도 없었다. 하지만 루카는 아직 담배를 입에 문 채 감정 없는 눈으로 그녀를 올려다보고 있는 상태였고, 지극히 인간인 리처드는 미처 어떤 반응도 보이지 못하고 있었다. 그에겐 그녀가 거의 착지와 동시에 발포한 것으로밖에 보이지 않았으니까.

반동과 함께 터져 나간 탄환은 바로 루카의 이마 정중앙을 향해 나아갔다. 확실히 이 거리에서 맞으면 머리가 산산조각나서 형체도 남아 있지 않을 터였다.

쿠웅!

그러나 다음 순간, 루카의 머리는 산산조각나지 않았다. 그는 단지 머리를 비스듬히 기울이고 있을 뿐, 어디 흠집이 나기는커녕 속 좋게 타 들어가고 있는 담배도 여전히 물고 있는 중이었다. 탄환은 그를 비켜 지나가 테이블 너머의 바닥에 커다란 흠집을 남겼다. 인간은 감히 넘볼 수도 없는 음속(音速)의 세계에서 무슨 일이 일어난 것이었는지 아무도 알지 못했다.

단 한 명, 아라를 제외하고.

솔직히 놀라지 않았다면 거짓말일 것이다. 아무리 사자의 악력과 표범의 날렵함, 하이에나의 교활함을 지닌 뱀파이어라지만 바로 눈앞에서 쏟아진 탄환을 피하는 일은 불가능했다. 하지만 남자는 탄환이 거의 이마에 닿으려는 순간 아무렇지도 않게 슥 고개를 꺾었고, 탄환은 열상조차 남기지 않고 그의 머리를 분자 미터 단위로 비켜 나갔다. 그러나 아라는 마냥 놀라고 있지 않았다. 인간보다 훨씬 강인한 육체와 월등한 운동 능력을 지닌 뱀파이어 앞에서는 주춤하는 순간이 끝이었다. 강철도 아무렇지 않게 휘어버리는 악력으로 머리를 무른 감 으깨듯 부숴 버릴지도 몰랐다.

그때, 갑작스러운 테러에 쩍 얼어 있던 사람들의 파도를 타고 경악이 퍼져 나가며 패닉에 빠진 좌중 여기저기서 비명이 터져 나오기 시작했다.

[아, 아라!]

에블린도 계획과 달리 대뜸 클럽 정중앙에 난입한 아라의 모습에 놀랐는지 무전기로 외쳤지만, 당황이 심한 탓에 할 말을 찾지 못했다. 그사이, 리처드의 경호원들도 번뜩 정신을 차렸다. 그리고 단호한 어조로 머릿속에 각인된 명령을 기억해 냈다.

"상대를 불문하고 뭔가가 갑자기 앞에 튀어나온다면, 죽여라. 발포를 허가하는 게 아니다. 죽여라."

그것은 어떤 이류가 리처드의 목숨을 노릴지 모르기 때문에 내린 명령이었지만, 경호원들은 굳이 그런 사정을 모르더라도 그의 나직한 어조에서 복종해야만 하는 '절대성'을 보았다.

경호원들은 일제히 품속에서 권총을 꺼내 들고 무대 위에 우뚝 서 있는 아라를 향해 발포하기 시작했다.

그 순간, 휜다—고 생각되었다.

아라의 몸이 불가능에 가까운 각도로 뒤로 훌쩍 휘는가 싶더니, 양손으로 타악 바닥을 짚는 동시에 한 바퀴 돌아섰다. 하지만 다시 바닥을 딛는다고 생각되기도 전에 3회를 연속으로 그 곡예에 가까운 기술을 보여주었다. 그러나 놀라기는 아직 일렀다. 마치 거리라도 재고 행동에 들어간 것처럼 아라는 정확히 댄서들이 춤출 때 쓰는 봉 앞에 멈추더니, 타닥— 물구나무를 선 자세로 양발을 그 봉에 대었다. 그리고 중력이란 자체를 아예 잊어버린 듯 양발을 봉에 댄 채 바닥에서 손을 떼고 일어섰다. 중력을 이고 사는 생물이라면 인간이든 뱀파이어든 절대 불가능한 자세였지만, 음속에 가까운 속도는 잠시나마 그것을 가능하게 해주었다.

아라는 다리 근육에 최대한 긴장을 주고 훌쩍— 뛰어올랐다. 그리고 바닥이 가까워진 찰나, 양손으로 바닥을 짚는 동시에 팔에 반동을 주고 다시 한 번 뛰어올랐다.

촤아아악—

그다음 순간 발로 착지한 아라는 반동 때문에 조금 더 밀려나고 난 후에야 멈추었다.

철컥.

그러나 이미 무시무시한 총구는 아직 소파에 그대로 앉아 있는 루카의 뒤통수를 노리고 있었다. 그 모든 것은 초 단위에 일어난 일이었다.

"머리가 터지고 싶지 않으면 손가락 하나 까딱하지 마."

인간이라기보다 한 번도 목격된 바 없는 경이로운 짐승에 가까운 모습에 경악한 것인지 의심을 품은 것인지, 어느새 좌중의 비명은 사라져 있었다. 아마 얼이 빠져 비명을 지를 생각조차 못하고 있는 것이리라. 두 눈으로 똑똑히 목격하고도 자신이 본 것을 믿을 수 없을 테니까.

루카는 움직이지 않았다. 그동안 그의 손가락 사이에 들린 담배만이 조용히 타 들어갔다.

"아담 개리슨."

아라가 검푸르게 빛나는 눈으로 읊조리자, 리처드가 놀란 듯 '뭐?' 하고 그녀를 돌아보았다. 하지만 루카는 아무 말 없이 천천히 앞으로 손을 뻗었다. 그리고 필터밖에 남지 않은 담배를 재떨이에 비벼 껐다.

"아가씨, 무……."

리처드가 무어라 항변하려고 했을 때 루카가 슥 손을 들어 올려 그의 말을 막았다. 고개는 여전히 앞을 향해 있었다.

살인마 뱀파이어로 오인받고 있음이 분명한데도 루카가 진실을 밝히지 않자, 리처드는 슬쩍 한쪽 눈썹을 휘었다. 하지만 루카는 개의치 않고 다음 담배를 꺼내 들어 불을 붙이더니 한 모금 빨았다. 그리고 연기를 내뱉음과 동시였다. 리처드의 옆자리에 앉아 있던 그가, 사라졌다.

"뱀파이어를 상대할 땐."

아라는 등허리가 곧추서는 것을 느꼈다. 전신의 솜털이 단번에 곤두선다는 것은 딱 이런 기분이리라.

"틈을 주지 말라는 거, 모르나?"

등 뒤에서 목소리가 들려왔다. 그것은 기묘한 파동을 가진 것처럼 느껴질 정도로 울림이 깊은 목소리였다.

전율과 공포는 일맥상통할지도 모른다고, 아라는 그제야 생각했다. 하지만 이번에도 그 전율인지 공포인지 알 수 없는 오싹한 감각이 자신을 지배하게 내버려 두지 않았다. 목소리가 끝나는 찰나 획 몸을 돌렸다.

어떻게 하면 앉아 있는 자세에서 바로 그런 공격에 들어갈 수 있는 건지는 아무도 몰랐다. 다만 정신이 들자 이미 아라의 발은 루카의 머리를 향해 날아가고 있었다. 앉은 자세에서 일어서는 동시에 바닥을 디딘 발을 바꾸고, 돌려차기를 날린 것이었다. 머리를 노리기엔 완전히 일어서 있는 그의 키가 너무 컸지만 강철 합판이 박힌 부츠가 데미지를 주기에는 충분했다.

파앙!

하지만 이번 공격도 성공하지 못했다. 루카가 아주 가볍게 들어 올린 팔에 막혀 버린 것이었다.

아라는 이를 악물었다. 발목이 시큰거려 왔다. 남자는 팔에 강철 합판을 박기라도 했는지 거대한 철 덩어리에 공격을 날린 것 같은 느낌이었다. 많은 뱀파이어와의 전투로 인해 그들의 육체가 가진 강도에는 익숙해져 있었는데, 이건 무식할 정도로 단단했다. 그런데 그때, 미처 발을 빼기 전에 남자의 손이 타악! 아라의 발목을 잡아왔다. 부츠의 두꺼운 가죽 너머로도 느껴지는 커다란 손에 아라는 움찔하고 말았다.

"세게 쥐면 부러질 것 같군."

남자는 후, 담배 연기를 내뱉더니 중얼거렸다. 약간은 감탄하는 듯도, 비웃는 듯도 한 어조로.

아라의 눈에 불꽃이 튀었다.

그녀는 당장 나머지 한쪽 발로 바닥을 박차고, 혼자만 중력을 느끼지 못하는 것처럼 뛰어올랐다. 그리고 그 다리로 또 루카의 머리를 노렸지만 미처 닿기도 전에 아까처럼 휙, 하고 그의 모습이 사라졌다. 갑작스러운 목표물의 상실에 잠시 허공에 떠 있던 아라는 허리를 트는 동시에 몸을 회전시켜서 바닥에 착지했다. 그런데 바닥에 내려앉는 순간, 뒷덜미가 오싹하고 곤두섰다.

이 느낌!

아라는 당장 몇 걸음 떨어진 곳으로 몸을 날렸다. 그리고 곡예에 가까운 기술로 착지하고 나자, 제대로 느낀 거였는지 아라가 원래 착지하려던 그 자리 바로 뒤에 남자가 서 있었다.

루카의 눈에 얼핏 감탄이 떠올랐다. 그와 같은 헌터인 건 분명하지만, 이류와 인간을 통틀어 그의 속도에 제대로 반응하는 존재는 처음이었다.

이류를 사냥하는, 새까만 머리카락과 눈동자를 지닌 아름다운 짐승.

권태에 빠진 심장 속에서 무언가가 꿈틀거렸다.

그게 정확히 무엇인지 알아내기도 전에 여자가 다시 움직였다. 휙, 최대의 도약력과 함께 머리 위로 뛰어올랐다. 그때 팽팽하게 당겨지는 탄력있는 육체에 다시 한 번 루카의 가슴속에서 그 무언가가 태동했다. 마치 어두운 심연의 바다 속에 똬리를 뜬 채 숨죽이고 있던 교룡(蛟龍)이 수면 위로의 부유를 시작하듯이.

루카는 예의 그 방법으로 그녀의 눈앞에서 사라졌다. 아라는 루카가 사라진 자리에 착지했다. 하지만 루카에겐 놀랍게도, 그가 어디서 나타날지 알 수 있다는 듯 이미 그가 막 나타난 방향을 향해 총구를 겨누고 있었다.

방아쇠를 잡은 손가락에 꾸욱 힘이 들어가려는 찰나였다.

"셉텝! 그쪽이 아니야!"

에블린의 비명 같은 외침에 아라는 멈칫했다. 그녀가 커다란 몸에 감싸인 것은 정확히 그와 동시였다. 루카가 아라의 등 뒤에 나타나는 순간 그녀를 자신의 품 안에 가둔 것이었다.

아라는 흠칫했다. 두 번 생각하기도 전에 본능적으로 그에게서 벗어나려고 했지만, 벗어날 수가 없었다. 뒤에서 강하게 허리를 휘어 감은 팔이, 위로 들어진 턱을 꽉 쥔 손이, 흡사 절대 끊어지지 않는 헤파이스토스(Hephaestus)*의 사슬 같았다. 허리째 그의 팔에 속박된 팔을 움직이려고도 해봤고, 턱을 붙잡은 손을 다른 손으로 쥐고 떼어내려고도 해봤지만 부질없는 저항이었다. 아까는 봐준 것이었다는 듯 뒤에 거벽처럼 버티고 서 있는 남자는 미동도 하지 않았다. 그는 숨이 막힐 정도로 강하고 거대했다.

남자의 낮은 숨결이 천천히 귓가로 다가왔다.

"아가씨, 잘못 짚었어."

그 음성에 아라는 파르르 어깨를 떨었다. 의지에 반한, 불가항력적인 반응이었다.

---

* Hephaestus: 그리스 신화에 나오는 불과 대장간의 신

루카의 심장 속에서 움틀대던 정체불명의 무언가가 이제는 심하게 요동치기 시작했다. 시리도록 하얗게 드러난 여자의 목덜미에서 풍겨오는 향기를 맡았을 때부터였다.

아니, 그건 착각이었다. 여자는 아무런 향기가 나지 않았다. 본디 인간이라면 샴푸 냄새, 로션 냄새, 음식 냄새, 향수 냄새, 호르몬의 냄새, 갖가지 냄새가 모여 특유의 냄새를 풍기기 마련인데 여자에게는 정말 그 어떤 향기도 나지 않았다. 무향(無香)도 일종의 향기라 하지 않는다면.

냄새가 없는 건 존재하지 않는 자뿐이다.

하지만 품 안에 가득 끌어안긴, 녹아들 것처럼 부드러운 몸은 분명 실재했다. 호흡을 가다듬으려는 듯이 천천히 출입을 반복하는 숨결도, 입가를 간질이는 가는 모발도, 작게 들썩이는 봉긋한 젖가슴도.

어째서 냄새가 나지 않을까? 이렇게 밀착해 있는데.

하지만 지금 루카에게 중요한 사실은 그게 아니었다. 중요한 사실은, 여자에게서는 아무런 냄새가 나지 않는다는 것.

돌려 말하면 그녀에게선 다른 누구의 냄새도 나지 않았다. 아까 화장실에서 유혹해 온 여자처럼 남편의 냄새가 나지 않더라도 역시 인간이라면 친구나 가족, 방금 전까지 함께한 타인의 냄새가 묻어 있기 마련이었다. 그리고 그건 때로 그의 민감한 후각을 괴롭혔다.

그냥 옆에 있는 인간 정도라면 관계없었다. 하지만 잠자리를 같이하는 여자라면 밀착하는 거리가 가까운 만큼 때로 역겨움을 유발하기도 했다. 특히 다른 남자와 관계를 많이 맺은 여자나 스테디 상대가 있는 여자라면 진하게 풍겨오는 남자 냄새 때문에 꼭 남자와 섹스하는 것 같은 기분까지 들 때가 있었다. 덕분에 경험 많은 요부 타입이 더 취향에 맞음에도 불구하고 처녀를 선호할 수밖에 없는 현실은 차라리 저주에 가까웠다.

하지만 '이건' 그가 욕지거리를 지껄이게 하는 냄새가 나지 않았다. 그리고 몹시도 아름다운 짐승이었다.

가지고 싶다.

일순 그 어느 때보다 강렬하게 그리 느낀 것은 어쩌면 당연한 일이었을까.

루카는 그제야 깨달았다. 아까부터 여자를 볼 때마다 심장에서 태동하던 감각이 무엇이었는지.

그것은 소유욕이었다. 마치 길거리에서 취향에 맞는 물건을 보았을 때 '가지고 싶다' 라고 생각하는 것과 같은 맥락이지만, 그보다 좀 더 강렬한 충동. 꼭 가져야만 할 것 같은 집착.

그의 속에 있는 야수가 눈치 챘기 때문이다. 이런 생물은 또 없다는 것을. 다이아몬드가 왜 그토록 여자들의 열망을 사겠는가? 희귀한 것일수록 손에 넣고 싶어지는 것은 지능이 있는 생명체에게라면 당연한 본능이었다.

더구나 이 몸……. 아직 조금은 덜 여물은 듯한 육체가 '제 손으로 피워보고 싶다' 는 남자의 이율배반적인 에고를 자극했다. 어쩐지 아주 조금은, 소녀를 탐하는 아담 개리슨의 마음을 이해할 것도 같은 기분이었다.

어리고 부드러운 몸.

느긋하게 주무르며 천천히 애태우다 뚫고 들어가면 비명을 지르겠지. 하지만 아주, 달콤한 소리로 울겠지.

"아담 개리슨은 이미 토꼈다고!"

금발의 댄서가 빽 외쳤을 때에야 루카는 아슬아슬한 한계에서 돌아왔다.

아라는 아직 빈틈없이 제 턱을 붙잡고 있는 남자의 손을 흘긋 내려다보았다. 특유의 문양과 로고가 찍힌 검은 담배는 여전히 그의 손가락 사이에서 타 들어가고 있었고, 우락부락하리란 예상과 달리 굉장히 깔끔하고 청결한 손이 눈에 들어왔다.

"나는 헌터 셉템이다."

루카는 그녀의 정수리를 내려다보았다.

셉템(Septem)……. 라틴어 숫자, 일곱?

"네가 뱀파이어가 아니라면, 뇌."

루카는 일단 순순히 그녀를 놓아주었다. 놓아주지 않으면 그녀가 무력으로 나오리란 걸 충분히 짐작할 수 있기 때문이었다. 그게 두려운 것은 아니지만, 아담 개리슨도 도망간 마당에 더 이상 그래야 할 필요를 느끼지 못했을 뿐이었다.

몸을 속박한 힘이 느슨해지자 아라는 거칠게 그를 떠밀고 품에서 빠져나갔다. 루카는 다시 그녀를 끌어당길 뻔했지만, 한 손은 양복 주머니에 넣고 다른 손으론 입가에 담배를 가져가며 그답지 않은 충동을 억눌렀다.

"넌 뭐지?"

그녀가 먼저 물었다. 여전히 총의 방아쇠에서 손가락을 풀지 않은 채 살기등등한 눈으로. 아담 개리슨이 아닌 것은 알겠지만 아직 그를 믿지 않고 있다는 의미였다.

현명하군.

"루카 베르티."

그 이름을 들어본 적이 없는지 여자의 까만 눈망울에서는 경계심과 의심이 가시지 않았다. 하지만 다행히 그녀의 의심은 급히 이쪽으로 달려온 클럽 '더 애플'의 넘버원 댄서가 바로 풀어주었다. 루카의 이름을 듣자마자 입을 떡 벌리고 외쳤던 것이다.

"헌터 루카 베르티!?"

아라는 '뭐?' 하고 에블린 쪽을 바라보았다가 다시 루카를 돌아보았다.

이 남자가 자신과 같은 헌터라고? 하지만 그럴 리가……. 아까 느꼈던 기운은 분명 뱀파이어, 그것도 당장 처리하지 않으면 안 될 정도로 강력한 'R(경고)' 급이었는데.

그때 갑자기 주변에서 소란이 일기 시작했다. 할리우드의 액션 영화가 스크린 밖으로 튀어나온 듯한 광경에 완전히 얼어 있던 사람들이 서서히 해동되기 시작하며 웅성웅성 패닉이 번져 간 것이었다. 다들 이 사람 저 사람 둘러보며 자신이 본 게 사실이냐 묻기 바빴고, 한편에서는 급히 핸드폰을 꺼내 사진을 찍어대는 사람들도 있었다.

"에블린."

아라가 조용한 목소리로 부르자, 에블린은 그녀를 돌아보더니 쳇, 하고 혀를 내찼다. 하지만 상황이 상황이다 보니 토를 달지 않고 슥 손을 들어 올렸다. 그리고 따악, 귓가에 이명(耳鳴)이 울릴 정도로 강하게 엄지손가락과 검지를 부딪쳐 소리를 냈다.

순간 쇼 장의 조명이 한꺼번에 팟, 하고 나가더니 바로 1초 후 다시 원래대로 돌아왔다. 하지만 변한 것은 없었다. 그들이 봐선 안 될 장면을 보아버린 사람들의 기억을 제외하면.

불이 나가기 전까지만 해도 두리번거리며 떨기 바쁘던 사람들은 자신이 왜 여기 이러고 있는지 모르겠다는 듯 눈을 깜빡였다. 그러다가 루카와 리처드, 아라와 에블린이 서 있는 곳을 보더니― 갑자기 와아아 함성을 지르기 시작했다. 쇼 장이 떠나가라 갈채박수를 보냈다.

아라는 의아한 듯 미간을 찌푸렸다.

"기억을 어떻게 바꿨기에 다들 박수를 치는 거지?"

에블린은 대수롭잖게 어깨를 으쓱였다.

"너와 내가 이 두 손님과 함께 쇼를 벌인 걸로 바꿨지. 가장 무난하잖아."

그때, 루카가 확신조로 말했다.

"역시 '마녀'였군."

허리에 한 손을 짚고 삐딱하게 선 에블린은 '흐웅?' 하는 눈으로 루카를 바라보았다.

"그럼 역시 아까 그건 착각이 아니었다는 의미가 되네. 눈이 마주쳤을 때 느꼈던 이류의 기운. 당신도 느꼈겠지?"

루카는 대답이 없었지만 그녀가 인간이 아닌 '마녀'라는 사실을 눈치 챘다는 건 긍정이란 의미였다. 그제야 에블린도 뭔가를 수긍한 듯 고개를 주억였다.

"그래서였군. 내가 넘어질 뻔했던 건. 어쩐지 이상하더라니."

"무슨 소리야? 그건."

아라가 대화 중간에 끼어들었다. 그러자 아직 갈채박수의 한가운데에 있는 에블린은 엄지손가락으로 루카를 가리키더니, 말했다.

"이 남자에 대해 들어본 적 있어. 정말 실존하는 인물인 줄은 몰랐지만……. 하프거든."

이번에 아라는 남들보다 더 느려진 듯한 속도로 루카를 돌아보았다. 루카는 여전히 무심하게 담배를 피우고 있었다. 다만 그 푸른 눈만은 여전히 아라를 고집하고 있었다. 단 한순간도 눈을 뗄 수 없다는 듯이.

"하프……?"

아라는 어두워진 목소리로 반문했다.

"그래, 뱀파이어와 인간의 하프."

"그래서 아까 놓아야 할지 말아야 할지 잠시 고민했지만, 일단 뱀파이어는 아니니까."

루카는 덤덤한 어조로 덧붙였다.

"뱀파이어!"

아라는 그 몸 어디서 그런 성량이 나오는지 증오에 찬 짐승이 울부짖듯 으르렁거렸다.

아차, 싶어진 에블린은 생각없이 입 놀린 자신을 저주했다. 그리고 재빨리 루카와 아라 사이를 가로막고 섰다.

"셉텝! 진정해!"

"비켜!"

아라는 자신의 앞길을 막는다면 에블린마저 찢어발겨 버릴 것처럼 사납게 외쳤다. 하지만 에블린은 비킬 수 없었다. 루카 때문이 아니라, 아라 때문에.

"정신 차려! 공격 의사가 없는 헌터를 죽이면 다음 '사냥감' 은 너야!"

"저 남자는 뱀파이어야!"

"일단은 헌터라고!"

"아가씨, 일단 진정하시는 게 좋을 것 같습니다만."

아라를 멈칫하게 만든 것은 의외의 인물이었다. 놀랐다가, 경악했다가, 어느새 이상할 정도로 차분해진 리처드였다.

그도 에블린을 따라 루카와 아라 사이에 섰다.

"일이 이렇게 된 데에는 유감을 표하지 않을 수 없지만, 오늘 저희의 일을 망친 건 당신들 쪽입니다. 아담 개리슨은 저희의 사냥감이었습니다."

아라는 휙 에블린을 노려보았다. 어떻게 된 일이냐는 듯. 에블린은 으쓱, 어깻짓을 했다.

"나도 방금 알았지만 이 남자는 인간치고는 지나치게 정신력이 강해. 인간의 상위 0.1%에 들 만하지. 그런 사람은 인간이라고 해도 마법에 걸리지 않는다는 거 알고 있잖아?"

"정답이다."

불쑥 끼어든 루카가 거만하기 짝이 없는 태도로 말했다.

"마녀의 마법에도 걸리지 않는 수준인지는 몰랐지만, 딕헤드 주제에 제법이지."

이번에는 리처드가 루카를 째려보았다.

"이런 때까지 날 가지고 놀고 싶어? 정말 네 무신경에 질린다."

리처드는 다시 두 여자를 돌아보았다.

"아무튼…… 한순간 어지럽긴 했지만 아가씨의 말대로 저 역시 마법인지 뭔지에 걸리지 않았습니다."

그때까지만 해도 리처드는 아까 전과 별다를 바 없이 온화하게 웃고 있었다. 하지만 바로 그다음 순간.

"하지만 아가씨야말로, 정체가 뭡니까? 그 움직임은 절대 인간의 것이 아닙니다. 당신이 미스터 베르티를 비난할 자격은 있는 겁니까?"

아라와 비슷한 핏줄을 가졌음을 보여주는 암갈색 눈동자가 냉혹한 군주의 위엄을 품었다. 그리고 아직 정중한 말투를 사용하고 있음에도 불구하고 황제가 비천한 땅의 신민을 대하는 것처럼 오만하고 강경한 어조로 물었다. 그 얼굴과 목소리가 아까의 남자와는 완전히 다른 사람이라, 에블린은 살짝 놀라고 말았다.

"저건 '암브로시아(Ambrosia)' 다."

답은 의외의 곳에서 나왔다. 아라와 에블린은 동시에 움찔했다.

"암브로시아?"

리처드는 의아하게 루카를 돌아보고 반문했다.

"그리스 신화에 나오는 그거? '불사(不死)' 란 뜻의 신들이 먹는다는 신찬(神饌)?"

그때, 에블린이 다급히 아라의 팔을 잡았다.

"이런, 멋진 오빠들. 너무 많은 걸 알려고 하면 다쳐. 헌터 모임은 이 정도로 해두자고. 아디오스! 다시는 만나지 말자고!"

"에브……!"

에블린이 다시 손가락을 부딪쳐 따악, 하는 소리를 낸 순간이었다. 아라의 저항 섞인 부름이 끝나기도 전에 두 여자는 눈앞에서 사라졌다. 그것은 루카가 사라졌다 나타났다 하는 것과는 종류가 다른 것이었다. 그 증거로, 사라진 두 여자는 몇 초가 흘러도 다시 나타나지 않았다.

리처드는 얼떨떨한 표정으로 루카를 돌아보았다.

"대체 뭐야?"

솔직히 티는 내지 않았지만, 그는 명색이 순도 100%의 인간인지라 헌터 셉템이 등장했을 때부터 조금 따라가기가 힘들었다. 특히 마녀가 등장했을 때가 절정이었다. 정확히 9년 전, 루카가 그의 앞에 나타난 후로 '현실'과 '비현실'의 경계에서 아슬아슬하게 살아왔기 때문에 웬만한 건 다 알게 되었다고 생각했는데……. 마녀가 실재함을 몰랐음은 당연하고, 암브로시아라니? 그건 또 뭐란 말인가?

그때, 두 여자가 사라진 곳을 눈도 깜빡이지 않은 채 바라보고 있던 루카가 갑자기 움직였다. 주변의 다른 건 아무것도 신경 쓰지 않고 어디론가 성큼성큼 걸어갔다. 저 위험한 축생이 왜 저러나 싶어진 리처드는 당연하다면 당연하게 그의 뒤를 따라갔다.

루카가 향한 곳은 'No admittance except on business(관계자 외 출입금지)' 패널이 붙어 있는, 클럽의 무대 뒤로 향하는 입구였다. 물론 거기서 그와 맞먹는 든든한 어깨가 막아섰지만, 루카가 슥 눈짓 한 번 하자 저도 모르게 위축되어 주춤 물러섰다. 지금의 그는 몹시도 진심이었기 때문에 그 눈길을 이겨낼 자는 없었던 것이다.

몇 번 더 그 방법으로 방해물들을 치우고 목적지에 도달한 루카의 앞에 나타난 마지막 방해물은 이 사람이었다.

"여기는 절.대. 안 됩니다!"

이미 겁을 먹을 대로 먹었음에도 이를 독하게 물고 막아선 매니저 타이슨.

루카를 난입자로 여긴—그다지 틀린 말은 아니지만—타이슨은 에블린을 지켜야 한다고 생각했는지, 그녀의 개인 탈의실 앞에 당당하게 섰다. 하지만 루카는 그런 타이슨을 정말 아무 말도 없이 계속 바라볼 뿐이었다. 타이슨이 움찔했을 때도, 주춤 고개를 물렀을 때도, 결국 무언의 압박을 참지 못하고 헐떡거리며 물러설 때까지 그저 묵묵히 그 자리에 서 있었다. 그리고 알아서 방해물이 치워지자, 희미하게 열려 있는 탈의실 문을 발로 턱 밀고 들어섰다.

화장대 앞에 멈춰 선 루카는 움직임이 없었다. 조금 뒤에 탈의실에 나타난 리처드는 힐끔, 루카가 보고 있는 화장대 거울을 바라보았다.

열린 문으로부터 새어 들어오는 복도 조명이 어두운 탈의실을 얼비추는 모습이 화장대 거울에 비춰지고 있었다. 그 안에는 가늘게 뜬 눈으로 거울을 응시하는 루카가 있었고, 약간 어이없다는 표정의 리처드가 있었고, 서서히 경악 어린 표정을 지어가는 타이슨이 있었다. 그리고 반사된 빛이 번뜩— 거울을 스치고 지나가자, 비춰지고 있는 상(像)의 초점이 반전되었다. 세 남자와 무슨 소란인가 싶어 빠끔히 나타난 직원들의 모습이 흐려지고,

화장대 거울에 붉은 립스틱으로 쓰여 있는 글자들이 뚜렷하게 나타났다.

타이슨, 나 휴가 좀 다녀올게.
아마 좀 길게 다녀올 거야.
자르고 싶으면 잘라도 상관없는데
후환이 두려울 짓은 하지 말아야겠지?
미안, 사랑해♡

타이슨은, 울부짖었다.
"에블리이이이이이인!!"
리처드는 절레절레 고개를 내저었다.
"얼굴이 팔린 걸 알고 도망갔군."
루카는 여전히 거울을 바라보고 선 채 대답이 없었다. 말을 듣고는 있는 건지조차 의심스러웠다.
"그나저나 뭐야? 그 암브로시아란 건."
리처드는 화제를 바꿔 가장 궁금했던 것을 물었다. 그러자 루카는 대답하기 전에 담배의 마지막 한 모금을 피우고 그 꽁초를 탁, 버렸다.
"이류를 사냥하는 전설의 발키리(Valkyr)*."
꽁초가 바닥에 닿아 옅게 반동을 일으키며 튀어 오른 순간, 구둣발이 그것을 무자비하게 짓밟았다.
"그리고 그 이류의 오래된 사냥감."

---

* Valkyr: 북유럽 신화에 등장하는 싸움의 처녀들

"아라, 정말 오늘만큼 네 목을 졸라 버리고 싶은 적은 처음이야. 정말로."

쌀쌀한 날씨 때문에 목도리를 두르는 중이던 아라는 폐부로부터 끌어올린 한숨을 길게 내쉬었다. 저 말을 한 번만 더 들으면 딱 열 번째였다. 그 두 남자에게서 벗어난 지 5분 만에. 자신이 5분 만에 목 졸라 버리고 싶다는 말을 열 번이나 들어야 할 정도로 중죄를 지은 것일까?

"그 남자가 그렇게 아까워?"

"말이라고 하니!"

에블린은 분통이 터져서 못 살겠다는 듯 주먹으로 가슴을 팡팡 쳐댔다.

"너 때문에 산통 다 깼어! 마녀라는 게 들통났으니 어디 가까이 오려고나 하겠어? 젠장, 아랫도리도 튼실해 보였다고! 그런 남자가 어디 흔한 줄 알아?"

아라는 어둑한 밤하늘을 올려다보고 짙은 번민의 한숨을 내쉬었다. 그런데 갑자기 에블린이 뭔가 떠오른 듯 '아니지' 하는 표정을 짓는 게 아닌가? 이번엔 뭔가 싶어 바라보자, 에블린은 머리칼 나고 이렇게 진지해 본 적이 없었다 할 만큼 진지하기 그지없는 어조로 중얼거렸다.

"아랫도리는 루카 베르티 그 남자가 더 강력하려나?"

아라의 턱이 꿈틀거렸다.

"에블린."

경고조로 불렀지만, 에블린은 듣지 않았다. 늘 그렇듯.

"확실히 리처드 레인스터가 강력이라면 루카 베르티는 초강력일지도 모르지. 으음, 생각만 해도 전율이 오는군."

"에블린. 그 남자는 뱀.파.이.어.야."

어금니를 악문 아라는 한 자 한 자 갈아 내뱉었다. 하지만 고작이 정도로 에블린이 물러나리라고는 애초에 꿈도 꾸지 않았고, 예상대로 그녀는 살래살래 손사래를 치며 넉살을 떨었다.

"얘는. 넌 왜 그렇게 그 남잘 뱀파이어로 못 몰아가서 안달이니? 헌터라니까. 너도 반은 헌터로 인정했으니까 내가 끌고 나오는 대로 끌려온 거 아냐? 정말 그 남잘 뱀파이어로 봤으면 네 성격에 순순히 끌려왔겠어? 기어코 피를 봤겠지."

"장소가 안 좋았을 뿐이야."

"하! 장소? 작전도 싹 무시하고 인간들이 콩나물시루마냥 벅적벅적한 쇼 장으로 난입한 사람은 어디 사는 무슨 아라 씨라니? 어차피 내 마법을 믿고 뛰어내렸을 텐데, 한 번 기억 바꾼 거 두 번을 못 바꿀까. 왜? 지금이라도 끝내고 오시지?"

말투는 삭삭 회를 뜨듯 신랄했지만 그 목소리에 담겨 있는 것은 명백한 장난기였다. 아라는 팩 새침하게 고개를 돌렸다.

"하프 뱀파이어 따위 상대하고 싶지 않아."

"방금 전까지만 해도 죽이겠다고 난리 피던 사람이 누구더라."

"그 남자는 뱀파이어 냄새가 너무 진하게 났어. 뱀파이어로 착각할 정도였다고."

"그래? 난 짜릿하기만 하던데. 뭐랄까…… 길들여지지 않을 것 같은, 조용하게 강한 흉포함이랄까. 무지 섹시하지 않디?"

"에블린, 네가 헌터라는 걸 잊고 있는 건 아니겠지?"

"그게 뭐 어쨌다고? 그 남자, 확실히 반은 뱀파이어일지도 모르 겠지만 또 반은 확실하게 인간이라는 거잖아? 게다가 헌터 일을 하고 있는 거 보면 그 남자라고 그렇게 태어나고 싶어서 태어났 겠어? 일단 '동료'라는 게 확실한데 흑백논리에 빠져서 멋대로 평가하고 싶진 않아."

에블린은 쓴웃음을 짓고 덧붙였다.

"뭐, 친구가 될 수 있는 성격은 아닌 것 같았지만."

아라는 낮게 코웃음을 쳤다.

"그건 네가 마녀라서 그렇겠지."

특히 에블린은 잘생기고 매력적인 남자에게는 밑도 끝도 없이 관대해지는 구석이 있었다. 아마 루카 베르티가 그렇게 외형적으 로 우월하지 않았더라면, 그에 대한 평가도 조금은 바뀌었으리 라.

"넌 암브로시아잖아?"

아라는 다시 팩 소리가 나도록 고개를 돌렸다. 그리고 이글이 글 끓는 눈으로 에블린을 주시한 채 조용하고도 강경하게 주장했 다.

"난 인간이야."

에블린은 아라가 왜 그러는지 전혀 모르겠다는 얼굴로 순진하 게 되물었다.

"하지만 암브로시아잖아?"

꼭 다물린 아라의 턱이 다시 한 번 꿈틀거렸다. 그리고 막 무어 라 말을 토해내려는 찰나.

"거기 두 여자, 그만!"

맑은 중저음의 목소리가 허공을 가르고 날아와 두 여자 사이를 가로막았다.

"에비는 그렇다 치고, 아라 너까지 왜 그래?"

두 사람에게 다가온 사람은 금발 벽안의 남자였다. 나이는 20대 후반쯤. 아주 눈에 띄게 미남은 아니더라도 인간 수준에서는 꽤 상위에 든다고 할 수 있는 호남이었다. 일단 몸부터 활동파인 듯 제법 잘 단련되어 있어 뱀파이어와도 어느 정도 호각으로 싸울 수 있지 않을까 하는 추측을 품게 해주었다.

그녀의 천적을 발견한 에블린은 삐딱하게 팔짱을 끼고 서더니 입술을 비틀며 빈정거렸다.

"꼬마, 너 또 아라 편 드니? 솔직히 말해봐. 너 사실 아라 좋아하지?"

미하엘은 그렇게밖에 생각 못하냐는 듯 한심함이 그득 담긴 눈으로 에블린을 흘겨보았다.

"두 사람을 놓고 보면 누구라도 아라를 더 좋아하겠지. 색녀에 흑마술이나 부리는 마녀보다는."

에블린은 간지럽지도 않다는 태도로 흥, 코웃음을 쳤다.

"마녀는 인간 여자가 악마와 계약해서 태어난 종이기 때문에 색을 밝힐 수밖에 없다는 거 모르는 것도 아니면서 왜 이래?"

"자랑이다!"

"종족 특성인 걸 나더러 뭐 어쩌라고?"

"두 사람이야말로 그만 해."

아라는 슬슬 두통이 오는 것 같은 얼굴로 말했다. 그러자 에블린과 미하엘은 서로에게 으르렁거리더니 그야말로 일곱 살짜리 어린애들처럼 '흥!' 하고 고개를 돌렸다. 아라는 작게 한숨을 내쉬었다. 정말 팀워크 한번 끝내주지 않는가.

"하여간 하프 뱀파이어라고?"

미하엘이 먼저 말문을 텄다.

"아까 에비 네가 무대에서 휘청거렸던 게 그래서였어? 난 또 리처드 레인스터의 눈빛에 흐물흐물 녹아서 그런 줄 알았지."

미하엘은 사건이 일어났던 현장과 조금 떨어진 곳에서 모두 지켜봤는지 말했다. 하지만 이번에는 빈정거리는 것과 조금 달랐고, 꽤나 진지한 어조였다. 그러자 에블린은 픽, 하는 웃음을 토해냈다. 그리고 혈통 좋은 페르시안 고양이처럼 도도하게 턱을 치켜들었다.

"꼬마, 내가 남자 눈빛 하나에 휘청거릴 정도로 녹록해 보여?"

"루카 베르티의 눈빛에는 휘청거렸잖아?"

"그건 이류의 기운을 느껴서 그랬던 거고!"

두 사람이 또다시 으르렁거리며 제2라운드를 시작하는 동안, 아라는 조용히 바닥을 내려다보았다. 길이 잘든 갈색 부츠 아래 충격 흡수용 신소재의 바닥과 그 위에 흰색 페인트로 그려진 줄이 눈에 들어왔다. 그런 그녀의 망막에서는 아까 보았던 한 남자의 모습이 재현되고 있었다.

루카 베르티.

마치 중후한 시베리안 호랑이 같았던 남자.

전신에서 뿜어져 나오는 극렬한 기운과 자신의 피부에 화인(火印)을 남길 것처럼 응시하던 눈. 진한 사향내가 나는 것 같던 목소리.

사실 아라는 그 남자의 눈이 몹시도 불편했다. 싸우는 도중에는 의식적으로 생각하지 않으려고 했지만, 그 남자의 눈은…… 다시는 떠올리고 싶지 않은 거북한 감각을 깨어나게 했다. 마치 자신이 야수에게 쫓기는 사냥감이 된 듯한, 진절머리나는 감각을.

셉템— No. 7.

헌터로서 그 숫자를 받는 순간 다시는 그 감각을 느끼지 않으리라 여겼고, 실제로 그 어떤 이류를 마주쳐도 느끼지 않았다. 하지만 그 남자에게는 그 감각을 깨어나게 하는 무언가가 있었다.

그가 강해서? 아니, 단지 그런 것 때문만은 아닐 것이다. 그렇다면 역시…… 그 육식동물 같은 눈빛 때문일까.

"그런데 그 남자, 정말 하프 맞아?"

일상 같은 에블린과의 공방을 끝낸 미하엘이 문득 물었다. 그제야 아라는 홀로만의 상념에서 깨어났다. 그리고 가없이 불쾌해졌다.

내가 왜 하프 뱀파이어 따위를 떠올리고 있는 거지?

"영생을 얻는 대가로 마력을 잃은 뱀파이어가 마법을 쓴다는 이야기는 들어본 적도 없고, 그렇다면 그 신출귀몰하게 나타나는 건 속도가 보이지 않을 만큼 빨라서 그렇다는 이야기인데……. 순종 뱀파이어도 그렇게까지는 못 움직이잖아?"

아라 또한 동감했다. 그래서 그가 그렇게 움직인 순간 얼핏 '뱀파이어가 아닌가?' 라고 느끼긴 했지만, 정체를 알 수 없는 와중에 공격을 멈출 수도 없었던 것이다. 뱀파이어보다 더 위험한 존재일 수도 있었으니까.

이곳은 신에게서 버림받은 배덕의 낙원. 이미 인류의 기억에서 애초에 존재하지 않았던 것처럼 잊혀진, 지상 최후의 에덴동산. 꿀과 젖의 강이 흐르고 나무에는 보석이 피고 새들이 노래하는 풍요로운 동산은 어디에도 없고, 그저 신이 살았던 흔적만이 남아 있는 폐허의 정원일 뿐.

한때 공존했던 인류에게서 잊히고 뒤안길의 그늘에 남겨져 무법천지가 되어버린 이 세계에서는 위험하다고 인식되는 것이 있으면 일단 '공격한다'. 이름을 다 매길 수도 없을 만큼 많은 종류의 존재들이 공존하고 있지만, 이곳은 제도화된 문명권 밖에 존재하는 야생의 사바나 초원과 같다고 하는 편이 맞았기 때문에 사바나 초원의 주민들이 낯선 침입자는 일단 공격하는 것과 같은 이치였다.

"하프가 순종보다 약할 거라는 편견은 버려. 말 그대로 편견이니까."

에블린은 딱 잘라 말했다.

"일단 지상에서 가장 생명력이 강한 유전자는 뱀파이어지. 하지만 오히려 그렇기 때문에 뱀파이어는 다른 이류와 결합할 수 없다는 거, 알고 있지?"

"물론. 너무 강하고 공격적인 유전자가 다른 이류의 유전자를 '적'으로 인식하고 파괴시키기 때문이지."

"그래. 수정에 성공하기도 전에 깡그리 말려 죽여 버리지."

아마 어느 유전자 실험에서였을 것이다. 뱀파이어의 유전자가 늑대인간의 유전자를 인식한 순간 소름이 끼칠 만큼 맹렬한 기세로 파괴해 가던 광경을, 에블린은 아직도 잊을 수가 없었다. 그것은 실로 '베놈(Venom)'이라는 별칭이 아깝지 않은 존재였다.

"그런 뱀파이어의 유전자와 유일하게 결합할 수 있는 유전자가 바로 인간이지. 아이러니한 일이야. 뱀파이어에겐 먹이, 그 이상도 그 이하도 되지 않는 인간하고만 '혼혈 번식'이 가능하다니."

그녀는 씁쓸하게 웃었다.

"다른 이류는 거의 병에 걸리지 않는 대신 일단 한 번 걸리면 면역력이 없는 만큼 쉽게 죽어버리는데, 인간은 그 반대라는 것에 차이가 있는 거겠지. 인간에겐 감염을 견딜 저항력이 있는 거야. 그런 걸 보면 가장 약한 게 가장 강한 걸지도 몰라."

바람이 불어왔다. 한밤중으로 깊어가는 어둠의 수평선은 죽은 듯 까맣게 드리워져 있었고, 마천루(摩天樓)는 하늘이라도 뚫을 것처럼 높이 솟아 있었다. 그리고 당장이라도 먹빛 밤하늘이 손에 닿을 것 같은 고도에 거세게 불어오는 바람이 검은 코트 자락을 파라락― 휘날렸다. 그러자 크게 휘날린 코트 자락 아래 농익은 여체가 드러났다.

쇼를 끝내고 급히 코트만 걸치고 온 터라 에블린은 그 아래 아무것도 입고 있지 않았다. 살을 가린 면적보다 드러낸 면적이 많은 야스러운 쇼 복을 제외하면. 그래서 대충 허리만 여며놓은 코트가 펄럭일 때마다 안쪽이 훤히 드러났지만 에블린은 전혀 개의치 않았고, 나머지 두 사람도 신경 쓰지 않았다.

"그런 의미에서 보면 루카 베르티, '그건' 유전자 전쟁에서 승리한 '최우성종'이야. 이론적으로는 뱀파이어와 인간의 하프가 가능하다지만 어쨌든 이종(異種)이니까 쉽게 결합되지 않지. 할 수 있는 데까지 반발하거든. 서로를 죽이려고 정신없이 뒤엉키는 게 거의 진흙탕 싸움에 가깝다고 해야 할까. 하지만 기적적으로 융합에 성공하면, 기존의 것보다 더 뛰어난 키메라(Chimera)*가 탄생하는 거야. 그 남자처럼."

흩날리는 코트 주머니에 양손을 넣고 선 에블린은 맞은편에 서 있는 아라를 바라보았다.

막 여자로 피어나기 직전인 얼굴은 조명 때문인지 푸르스름하니 창백하게 보였고, 입술은 꾹 다물려 있었다. 그런 아라는 늘 바닥을 굳건히 디디고 서는 자세 덕분에 외모에도 불구하고 강인해 보였다.

하지만 고작 스물네 살.

물론 이 세계에서 나이 따위는 관계없었다. 아라와 같은 여자 중 한 명은 이제야 열 살이니까. 하지만 인간 여자의 자궁에 잉태되어 태어났음에도 수많은 목숨의 위기와 맞바꾸어 비도한 그늘의 세계로 끌려들어 와야 했던 이 아이의 죄는 무엇이었을까? 그리고 아무것도 미워하지 않았고 그 무엇도 미워하고 싶지 않아 했던 어린 소녀가 저토록 증오에 불타는 이유 또한.

"그건 거의 적자생존의 법칙에 선택받은 세포들이 만들어낸 예술품에 가까워."

그때였다. 마치 연사 총성 같은 소리가 들려오더니, 일순 눈을 뜰 수 없을 정도로 눈부신 조명이 그들이 서 있는 빌딩 옥상을 비

---

* Chimera: 두 가지 이상의 생물이 접목된 형상을 지닌 그리스 신화상의 짐승

추었다. 그것은 마천루 위 원형의 착륙장으로 하강해 오고 있는 헬기로부터 뿜어져 나오고 있는 것이었다. 갑자기 나타난 소속 불명의 헬기였지만, 착륙장 위의 세 사람은 그 헬기가 어디서 온 것인지 잘 알고 있는 듯 굳이 고개를 들어 확인하려는 노력조차 하지 않았다.

"그것도 마녀라는 종족의 특성인가 보지?"

프로펠러가 돌아가는 소리와 엄청난 강풍 때문에 웬만한 데시벨(㏈)에 이르는 소리도 묻혀 버리는 가운데, 미하엘은 거의 고함치듯 물었다. 에블린은 피식 웃고 역시 소리치듯 대답했다.

"맞아! 나는 헌터지만 마녀지. 실험을 좋아하고 마법 같은 결과물을 찬양해. 동화책에 나오는 마녀들이 괜히 늘 솥에 뭘 끓이고 있는 게 아니라니까!"

"그래서 루카 베르티에게도 흥미가 있다? 보기 드문 생명체니까?"

착륙장에 내린 헬기의 문이 열리고 어떤 남자가 뛰어내려 왔다. 그리고 그들에게 무어라 소리치며 얼른 오라 손짓했다.

"확실히 흥미는 있지! 하지만 실험 좀 하게 해달라고 했다간 눈하나 깜빡하지 않고 머리를 뽑아버릴 것 같지 않아? 나도 내 목숨 아까운 건 안다고!"

"그렇게나 살고도 아직 삶에 미련이 남았어?"

"천 년을 살아도 제 목숨은 아까운 법이란다!"

세 사람은 바람을 정면으로 맞으며 헬기로 다가갔다. 원형 착륙장의 둘레를 쭉 두른 조명은 밤 속에서 환한 빛을 뿜고, 밤의 여신 닉스(Nix)의 너울이 드리워진 하늘에는 그녀의 아들, 잠의 신

히프노스(Hypnos)가 수면 가루를 뿌려놓은 듯한 별빛들이 촘촘히 반짝거리고 있었다.

가장 먼저 헬기에 오른 이는 미하엘이었다. 그 뒤를 아라가 따랐다. 하지만 에블린은 랜딩기어에 발을 걸치고 올라섰을 뿐, 헬기에 타지 않고 그 상태로 아라에게 말했다.

"아담 개리슨이 먼저 헌터가 있는 걸 눈치 채고 도망가 버렸으니 오늘 밤은 어쩔 수 없지. 최강의 생명체라는 게 토끼기는 엄청 잘 토껴. 하여간 일단 돌아가서 상부에 보고해. 아담 개리슨을 노리는 다른 헌터 팀이 있다는 것도 보고하고. 아담 개리슨을 계속 사냥할지 말지는 상부에서 정하겠지. 그리고……."

정신없이 흩날리는 금발 사이의 청록색 눈동자가 진지한 빛을 품었다.

"조심해. 그 남자, 어떻게 알았는지는 모르겠지만 네가 암브로시아라는 걸 눈치 챘어. 암브로시아를 먹으면 불사할 수 있다는 전설 따위에 집착하는 타입 같지는 않지만, 어떻게 나올지 모르니까 절대 다시는 마주치지 마. 나도 일단은 숨어 있을 테니까."

미하엘이 아라의 옆자리에서 물었다.

"아라가 암브로시아인 걸 알았는데 간단히 관심을 끊을까? 네 말대로라면 루카 베르티는 좀 버거운 상대인데."

"그렇다고 우리가 아라를 예쁘게 포장해서 그 남자한테 가져다 바칠 건 아니잖아?"

에블린은 다시 아라를 돌아보았다.

"하여간 미하엘은 얼굴이 팔리지 않았으니 지금 여기서 가장

꼬리 잡힐 게 많은 사람은 나야. 타이슨이 절규하는 소리가 여기까지 들려오는 것 같으니까, 내 희생을 헛되게 하지 말아줘."

에블린은 그 말을 끝으로 인사 한마디 없이 랜딩기어에서 내려가려고 했다. 그때, 불쑥 튀어나간 아라의 손이 에블린의 팔뚝을 잡았다. 에블린은 의아하게 아라를 돌아보았다. 신비할 정도로 농담(濃淡)이 짙은 먹빛 눈동자가 주저하고 있었다.

"미안해."

아라는 대뜸 말했다.

"뭐가?"

"여러 가지로."

"감을 잘 못 잡겠는데."

"목표물을 착각한 것도, 작전을 망친 것도, 클럽을 떠나게 한 것도……. 그리고 아까 네가 마녀라서 그렇다고 막말한 것도."

에블린은 아라가 이렇게 가끔씩 보여주는 소심함에 크게 웃고 싶어졌지만, 그저 작게 미소 지었다. 그리고 손을 뻗어 아라의 턱을 쥐었다.

"됐어요, 아가씨. 나 클럽 아예 그만둔 거 아니거든? 걱정 마. 타이슨은 날 자를 만한 인물이 못 되니까."

에블린은 아라의 한쪽 볼에 짧게 베이비키스를 남겼다.

"곧 다시 보자고, 베이비."

그녀는 홀쩍 랜딩기어에서 내려갔을 때에야 헬기가 허공으로 떠오르기 시작했다. 아라는 잠시 착륙장 위의 에블린을 바라보다가 헬기의 문을 닫았다. 바로 그와 동시에 에블린의 모습이 착륙장 위에서 감쪽같이 사라졌다.

이내 아라가 의자에 제대로 기대앉아 안전벨트를 매자, 미하엘이 자신의 귀에 쓴 헤드폰을 툭툭 두드렸다. 그래서 헤드폰을 끼니 노이즈 섞인 그의 목소리가 들려왔다.

[근데 어쩌다가 루카 베르티를 아담 개리슨으로 착각한 거야? 비슷한 거라고는 금발밖에 없잖아. 그것도 색이 완전히 다른 금발.]

아라는 한숨을 내쉬었다.

[난 뱀파이어의 기운을 느낄 수 있잖아? 그래서 아담 개리슨의 사진을 확인하지 않았어.]

[바보 같은 짓이었네.]

[인정해.]

[경솔했다고 혼나겠는걸.]

[잘못한 건 잘못한 거니 어쩔 수 없지.]

[그럼 루카 베르티에게 사과 한마디는 했어야 하는 거 아냐? 나도 그가 반은 뱀파이어라는 데 거부감이 없는 건 아니지만 그 남자 입장에서는 얼마나 황당했겠어? 대뜸 공격받은 것도 모자라다 잡은 사냥감까지 놓쳤으니.]

논리적인 말에도 불구하고 아라의 얼굴은 차가웠다.

[다른 사람에게라면 석고대죄라도 해. 하지만 그 남잔 아냐.]

[왜? 뱀파이어의 하프라서?]

아라는 허벅지 위에 놓인 제 손을 아프도록 꾸욱, 말아 쥐었다.

[왜 당연한 걸 물어?]

천천히 고개를 든 아라는 미하엘을 마주 보았다. 짙은 눈동자가 광활하게 펼쳐진 밤하늘을 배경으로 수은처럼 묵직하고도 스산한 빛을 발하고 있었다.

　[그들은 라드를 짐승처럼 죽였어. 차라리 나를 죽여 불사를 가져가라고 그렇게 빌었는데도 보란 듯이 웃으면서.]

4

루카는 창가에 서서 밖의 풍경을 응시하고 있었다.

그가 작게 느껴질 정도로 커다란 아치형의 창문은 강당처럼 높은 천장까지 솟아올라 있었고, 그 두꺼운 유리의 각진 모서리에 그의 얼굴이 여러 개로 비춰 보였다.

오늘 그의 차림은 검은 정장 바지에 하늘색 와이셔츠. 어제와 달리 앞머리도 자연스럽게 내려둔 상태라 사뭇 편안해 보였다. 담배는 여전히 그의 손가락 사이에 들려 있었지만, 무슨 생각을 하는 중인지 그것도 피는 둥 마는 둥이었다.

사실 지금 루카는 창밖의 풍경 따위 눈에 들어오지도 않았다. 그의 망막에서는 자꾸만 어제의 영상이 반복되고 있었다. 유연하게 휘던 몸, 검은 머리, 검은 눈동자, 순수에 가까운 무향. 그 여자의 모습이 망막에 조각된 듯 사라지질 않았다.

희귀한 생물이라 소유욕이 동했다고 해도 이건 다소 비정상적이었다. 하긴, 이류의 세계에 '정상'이란 게 얼마나 있겠느냐만, 그래도 이렇게까지 한시도 머리를 떠나지 않는다는 건…….

그때였다.

끼익.

육중한 문이 밀려나는 소리가 들리더니 탕, 하고 탄성있는 무언가가 바닥을 퉁겼다.

"어이, 거기. 고독을 즐기는 남자."

타악.

몸을 비스듬하게 돌린 루카는 그의 등 뒤로 날아온 농구공을 한 손으로 받아냈다.

"몸도 뻐근한데 한 게임 하겠어?"

왕궁만큼이나 웅장한 양 사이드 문 앞에 서 있는 사람은, 편안한 정장 바지에 양 소매를 걷어 올린 스프라이트 와이셔츠 차림의 리처드였다.

탕.

루카는 그 자세 그대로 농구공을 퉁겨서 리처드 쪽으로 보냈다. 그리고 리처드가 농구공을 받아 드는 사이, 옆의 테이블 위에 놓여 있는 검은 대리석 재떨이에 담배를 비벼 껐다.

"덤벼."

리처드는 악동처럼 씩 웃더니 신호 한마디 없이 바로 공격에 들어왔다. 둘 다 움직이기에는 맞는 차림이 아니었지만 그다지 신경 쓰지 않았다. 어차피 그들이 있는 곳도 강당처럼 크고 광활하다 뿐, 원래 용도는 거실이었으니까.

창가에는 고급스러운 붉은 벨벳 커튼에 금사로 엮은 끈이 둘러져 있고, 거실 저 한편에는 커다란 원목 책상과 소파들이 놓여 있었다. 그리고 버킹검 궁전의 무도회장이라 해도 될 만큼 우아하고 값비싸 보이는 인테리어가 벽면을 가득 두르고 있었다. 하지만 그 벽면 한쪽에는 이질적이게도 농구 골대가 걸려 있었다. 아마 이미 거실이라는 용도를 상실해 버린 것이리라.

"뱀파이어의 육체 능력은 쓰지 않는다는 규칙 잊지 말라고."

타앙. 타앙.

드리블 소리가 텅 빈 공간을 울려왔다.

"널 상대하는데 그런 건 필요없어."

"호오? 역시 자신만만하신데? 하지만 어디 한번 해보자고. 길고 짧은 건 대봐야 하거든!"

리처드가 공을 튕기며 공격에 들어갔지만 역시 루카는 쉽게 길을 허락하지 않았다.

"개미와 코끼리 중 누가 더 큰지 꼭 대봐야 아나?"

잠시 드리블을 하며 지켜보던 리처드는 날쌔게 휙 몸을 돌려 사각지대로 빠져나갔다. 그리고 3점 거리에서 슛을 쏘려는 찰나, 루카에게 공을 빼앗겼다.

"넌 유머도 모르냐?"

"그런 유머라면 상대해 주고 싶지 않군."

루카는 그 자리에 서더니, 농구공을 한 손으로 쥐고 3점 거리보다 훨씬 멀리 있는 농구 골대로 던졌다.

철썩!

농구공은 10.0의 스코어를 줘도 될 만큼 깔끔하게 골대를 통과해 바닥에 퉁퉁거리며 떨어졌다.

"9년 전, 나는 적합한 인물을 찾고 있었지. 젊고, 머리 좋고, 혈통 좋고, 야심까지 있는 인간을. 내 파트너로 이류의 세계에서도 충분히 살아남을 수 있어야 했으니까. 그리고 레인스터의 수많은 아이들 중 한 명이던 널 찾아냈을 땐 제대로 찾아냈다고 믿었는데, 이젠 그 믿음에 좀 의심이 가는군."

"왜 개인 취향 가지고 시비야?"

땀 한 방울 흘리지 않은 루카는 테이블 위에 있는 담뱃갑에서 담배를 꺼내 물며 대답했다.

"취향 문제가 아니라 네놈이 바보라는 게 문제인 거다."

"어허, 그거 쉽게 넘길 수 없는 발언인데? 멘사가 인정한 아이큐 172의 이 몸을 뭐로 보고!"

루카는 담배 연기를 뿜어내며 무심하게 중얼거렸다.

"별명 하나는 잘 정했지, 딕헤드."

리처드는 쳇, 하고 지극히 어린애 같은 소리를 내었다.

"삐뚤어질 테다."

그리곤 거실 구석에 있는 골프백에서 아이언을 꺼내 들더니, 그 앞에 놓여 있는 페이크 잔디 위에서 스윙 연습을 하기 시작했다. 도대체 삐뚤어진다는 말과 스윙 연습의 상관관계가 뭔지는 알 수 없었다. 허리를 비튼다는 말이었던가?

정신세계 독특한 놈인 거야 일찍이 깨달았으니 루카는 리처드가 하고 싶은 대로 하게 내버려 두었다. 하긴 저 정도로 독특한 놈이 아니었으면 그가 눈앞에 나타났던, 9년 전 바람 소리도 들리지 않던 괴기스러운 밤.

"나와 계약하겠나?"

그 질문에 그를 향해 겨누고 있던 권총을 내리고 이리 대답하진 않았을 것이다.

"하, 계…… 약? 넌 정말 악마인가? 타이밍 한번 기막히군. 계약이라고 했나? 당연하지. 지금 내가 바라는 건 악마와의 계약밖에 없는걸."

간단한 이야기였다. 레인스터 가문에는 후계를 이을 수많은 아이들이 있었고, 사생아에 동양인 혼혈인 리처드가 후계자가 될 가능성은 없었다. 그것은 머리가 나쁘다거나 능력이 모자라다거나 하는 문제가 아니라, 백인우월주의가 만연해 있는 이곳의 상류 사회 특성상 절대 넘을 수 없는 벽이었다. 하지만 리처드에게는 있었던 것이다, 전 회장의 관심을 살 만큼 좋은 머리와 훌륭한 외모가. 그것에 시기와 위기감을 느낀 형제들 때문에 리처드는 거의 목숨이 위험한 지경에 이르렀다. 바로 그때 루카가 나타났다. 그리고 루카와의 계약을 수락한 리처드는 딱 몇 달 후, 악명에도 불구하고 레인스터의 모든 걸 물려받은 후계자가 되었다.
일단 자세한 디테일을 쳐내고 함축하자면 이러했다.
루카에게는 그런 인간이 필요했다. 절벽 끝에 몰린 인간. 이류의 세계에 끌어들여도 물러설 곳이 없는 인간. 인간과 섞여 사는 이류를 사냥하려면 역시 인간인 파트너가 필요했기 때문이다. 그것도 어제 만난 마녀의 말대로 모든 면에서 '인간의 상위 0.1%'에 드는.

이류의 세계를 살아갈 수 있는 인간인가를 판단하는 기준은 단 하나, 재산도 외모도 아니고 심지어 능력도 아니었다. 정신력. 단지 그뿐이었다. 하지만 마녀의 마법에도 걸리지 않을 정도로 강한 정신력이 있는 인간이 하필 '저런 것'이라고 생각하면, 운명의 세 여신은 고약한 농담을 즐긴다는 것을 또 한 번 실감하게 되고는 했다.

"어이, 거기 남자. 듣고 있어?"

"아니, 안 듣고 있어."

리처드가 여전히 스윙 연습을 하며 한 말에 루카는 두 번 생각할 것도 없이 대답했다. 그러자 리처드는 아이언을 지팡이처럼 짚고 선 채 미간을 찌푸렸다.

"너 그거 진짜 나쁜 버릇인 거 알지? 남이 이야길 하면 좀 들어라."

"가치있는 이야길 하면 들어주지."

리처드는 휙 아이언을 돌려 어깨 위에 걸쳤다.

"그럼 '암브로시아'에 대한 이야기라면?"

아, 반응하는군.

과묵한 것 같아도 따박따박 잘 나오던 대답이 사라졌다는 게 그 증거였다.

"아직 나한테 암브로시아가 정확히 뭔지 알려주지 않은 거 알지? 궁금한 게 있으면 밤에 잠도 못 자는 날 이렇게 방치해 두다니, 방치플레이는 취미 없다고."

어제 리처드는 암브로시아에 대해 좀 더 정확히 설명해 주길 요구했지만, 루카는 저택으로 돌아오자마자 그를 깨끗이 무시하고 방으로 돌아가 버렸다. 하지만 그럴 땐 그냥 혼자 놔두는 게 상책임을 알고 있는 리처드는 괜히 따라가서 들볶지 않았다. 그러나 지금, 리처드는 자신이 모르는 지식에 대한 갈증을 느끼고 있었다. 특히 그게 여태 자신이 알아왔던 상식을 뒤집어엎을 것 같은 지식이라면.

그도 그럴 게, 현대에 알려진 바에 의하면 그리스 신화상의 '암브로시아'는 신들이 음미하던 음식으로, 그들에게 불사의 힘을 주었던 원천이라 전해지고 있었다. 그런데 멀쩡히 살아 움직이는 여자를 보고 그 암브로시아라니?

"간단해."

루카는 갑작스럽게 입을 열었다.

"숱한 전설 중에 하나지만, 음식이라 알려진 암브로시아가 실은 여신(女神)이었다는 거다."

"에?"

너무 갑작스러워서, 리처드는 멍청한 단말마를 내고 말았다.

"그리고 현존하는 암브로시아는 그 여신의 후예들이라고 하지."

"자자자잠깐!"

리처드는 급히 제 손바닥을 내보이더니, 뭔가 고심하듯 이마를 짚었다.

"뭔가 엄청난 이야기가 나올 것 같으니까 잠깐 마음의 준비 좀 하자고."

그러더니 한 5초 후에 이마에서 손을 떼고 비장하게 루카를 바라보았다.

"좋아, 시작해 봐."

그런 그를 여전히 무관심하게 바라보던 루카는, 담뱃재를 재떨이 위에 털고 느긋하게 입을 열었다.

"다 이야기했다만."

"어이! 그게 아니지! 알파벳을 처음 배우는 어린애한테 시작은 A고 끝은 Z라고 알려주기만 하면 땡인 줄 알아? 적어도 A부터 Z까지 전부 훑기는 해줘야지!"

"뭐가 알고 싶은 거냐?"

"여신의 후예들이라는 것만으로는 감이 잘 안 온다고. 그럼 헌터 셉템도 여신이란 말인가? 내가 나도 모르는 사이에 신을 알현했던 건가?"

루카는 후, 담배 연기를 내쉬었다.

"신은 존재하지 않아."

리처드는 그런 대답을 예상했다는 듯 픽 웃었다.

"아, 그러시겠지. 너라면 당연히 신 따위가 어디 있냐고 하겠……."

"신은 사멸된 종(種)이다. 이류의 세계에도 존재하지 않지. 신들이 살았던 '태초의 세계'에 전쟁이 나서 모조리 죽었으니까."

리처드의 미간에 선명한 골이 나타났다.

사멸된 종? 그렇다면 신도 뱀파이어나 늑대인간처럼 하나의 종족이었고, 예전에는 존재했었다는 건가? 이 남자가 근거없는 이야기를 진짜처럼 떠벌릴 인간, 아니, 반은 뱀파이어지만, 하여간 그런 성격도 아니니 말이다.

두 남자는 잠시 아무런 말이 없었다. 너렁청한 방에 퍼져 나가는 것은 무거운 침묵뿐이었다. 어느 순간 루카의 입가에 사악한 웃음이 떠올랐다.

"왜 새삼 놀라는 척이지? 신들이 모두 죽었다는 게 충격인가? 아니면 신이 존재했었다는 것 자체가 충격인가? 하지만 기뻐하라고. 역설하자면 인간은 신 없이도 여기까지 온 존재라는 뜻이니까."

"뭐……."

리처드는 애매모호한 소리를 흘렸다.

"별로 그게 충격인 건 아냐. 어차피 나도 신 따위 믿지 않으니까. 오히려 아직 존재하고 있었다면 좀 화가 났을 것 같은데. 단지 소화하기 쉬운 정보가 아니라서 말이지. 어쨌든 그럼 여신의 후예라는 암브로시아는 뭐지? 반신반인(半神半人)?"

"아니, 인간이다. 엄연히 인간 여자의 자궁에 잉태되어 태어나는 존재니까."

"그럼 아버지가 암브로시아인 건가?"

"암브로시아는 여자밖에 태어나지 않아."

결국 리처드의 관자놀이에 힘껏 힘줄이 돋아났다.

"좀 제대로 설명해 보시지? 하나도 못 알아먹겠거든?"

루카는 팔짱을 낀 채 침묵했다. 그리고 나머지 담배도 피지 않고 잠시 상념에 빠져 있는가 싶더니, 담배를 재떨이에 비벼 껐다.

"처음부터 시작하지. 대지의 여신 가이아(Gaia)가 있었고 새벽의 여신 에오스(Eos)가 있었던 것처럼 '암브로시아' 라는 여신이 있었다. 불사(不死), 그리고 영생(永生)의 여신이었지. 신들은 그녀의 힘으로 불사하며 영생을 살았고."

"그래서 암브로시아가 불사를 주는 음식이라 전해지게 된 거군. 근데 왜 애당초 여신씩이나 되던 존재가 음식으로 변질된 거지?"

"그거야 내 알 바 아니지. 원래 여신 암브로시아는 그리스 로마 신화의 일부가 아니라 그보다 전의 더 전, 그 전의 전, 성전(聖戰)이 일어나 세계가 한 번 완전히 멸망하기 전에 존재했던 '태초'의 여신이다. 전설처럼 입에서 입으로 전해지다가 그리스에 받아들여지며 변질된 거겠지."

"흠, 구연(口演)되는 이야기는 얼마든지 바뀔 수 있다는 건가."

"아니면 신들이 한 여신의 힘에 의해 불사했던 것보다 신묘한 음식이 있었다고 하는 게 더 어감이 좋다고 생각한 걸지도 모르지."

"납득했어. 좋아. 그럼 다음. 성전이 나서 신들이 모조리 죽었다고 했는데, 그렇다면 여신 암브로시아의 후예들은 어떻게 살아남은 거지?"

대리석 테이블에 걸터앉아 있던 루카는 자리에서 일어섰다. 그리고 리처드가 서 있는 소파 쪽으로 다가왔다. 그가 걸을 때마다 절도있는 발걸음 소리가 뚜벅, 뚜벅, 커다란 공간에 메아리치듯 울려 퍼졌다.

" '꽃' 이다."

"……?"

"신화에서 여신이나 요정이 사라진 자리에 꽃이 피었다는 이야기, 들어본 적 있겠지."

"에델바이스나 프리지어, 아네모네 같은?"

"그래. 꽃은 '유한한 삶'을 상징하지. 그렇게 보면 전쟁 때문에 불사와 영생의 힘이 다한 여신 암브로시아가 죽은 자리에 '꽃'이 피어난 건 무리도 아니었을 테지."

리처드는 '호오?' 하는 소리를 내었다. 점차 연결되어 가는 이야기에 흥미가 발화한 모양.

"아마테라스*의 손자인 호노니니기가 무한한 '이와(바위)' 대신 유한한 '하나(꽃)'와 결혼했기 때문에 그 후예인 천황(天皇)이 영원히 살지 못하게 되었다는 이야기 같은 건가?"

"비슷하지."

"그럼 꽃이 어떻게 인간이 된 거지?"

소파의 뒤로 다가왔던 루카는 앞쪽으로 돌아가 자리에 앉았다.

"봉오리였던 그 꽃이 개화했을 때 거기서 여자아이가 태어났다고 하더군."

리처드는 미묘한 표정으로 자신의 턱을 쓰다듬었다.

"더도 말고 덜도 말고 딱 전설 같은 이야기로군. 그 왜, 있잖아. 일본의 전래동화인 대나무에서 태어난 카구야 공주나 안데르센의 엄지공주처럼."

루카는 소파 옆 테이블 위에 놓인 담뱃갑으로 손을 뻗었다.

사실 그 때문에 이 저택의 곳곳에는 담배가 놓여 있었다. 가끔은 전혀 예상치 못한 곳에 놓여 있기도 해서, 리처드는 발견할 때

---

* 아마테라스: 일본의 고유 종교인 신토[神道]의 최고의 여신

마다 흠칫 놀라며 '어느새 이런 곳에까지 마킹을?' 이라고 생각하고는 했다. 솔직히 자신의 서재 창틀에서 발견하면 '왜 이런 곳에서 피우고 가는 거냐!' 라는 생각이 아니 들 수 없었던 것이다.

이내 루카는 불붙이지 않은 담배를 삐딱하게 물고 대답했다.

"아무튼 그래서 이류의 세계에는 그런 전설이 있지. 암브로시아를 먹으면 불사할 수 있다— 라는."

리처드는 아이언을 원래 있던 골프백에 돌려 넣었다. 그리고 소파 옆에 있는, 제단만큼 넓은 원목 책상의 끝에 걸터앉았다.

"그 전설은 전해지고 있는 대로네. '실존하지 않는 음식' 과 '살아 움직이는 여자' 라는 차이만 빼면."

"특히 뱀파이어는 실제로 자신들이 영생하기 때문인지 불사의 존재를 어느 누구보다 강력하게 믿고 있는 것 같더군."

"근데 그냥 전설인 건가? 영원히 사는 뱀파이어와 마법을 쓰는 마녀도 실존하는 바닥인데, 불가능할 건 없잖아?"

"글쎄, 암브로시아를 먹고 불사하게 됐다는 이야기는 들은 적이 없으니까."

"흐응, 그럼 헌터 셉텝을 먹어도 불사할 수 없다는 말?"

어디까지나 인간이지만 루카의 곁에서 살아온 세월 때문인지 리처드는 인간을 먹는다는 그로테스크한 이야기도 대수롭잖게 받아들였다.

"그럴 가능성이 높겠지. 여신의 후예라고는 하지만 암브로시아는 지극히 인간적인 존재니까. 암브로시아 꽃에서 태어난 여자가 인간 남자와 아이를 낳고, 그 아이가 또 인간 남자와 아이를 낳고, 그런 식으로 셀 수 없이 반복되었기 때문에 핏줄로는 거의 통해 있지 않다고 보는 게 맞지."

리처드는 알았다는 듯 엄지와 검지를 마찰시켜 딱, 하는 소리를 내었다.

"즉, 암브로시아는 격세유전(隔世遺傳)＊으로만 태어난다는 거군?"

찰칵.

루카는 커다란 탁자용 라이터로 담배에 불을 붙였다. 고개를 살짝 기울이고 불을 붙이는 모습이 편안한 차림에도 불구하고 〈대부(代父)〉 영화에서 막 튀어나온 것 같았다.

"바로 그거다. 교잡(交雜)＊의 결과 바뀐 유전자가 선조와 같은 유전자로 재구성된 것이든, 몇십억만 분의 일 확률로 우연히 일치한 것이든, 암브로시아는 백인에서부터 흑인, 동양인, 인종과 시대를 가리지 않고 '우연히' 그리고 '드물게' 태어난다고 하지. 전 세계를 통틀어도 열 몇 명밖에 없다고 하는 것 같더군. 그들의 유일한 공통점은."

"여자라는 것."

팔짱을 낀 채 이야기를 듣던 리처드가 루카를 손가락 총으로 가리키며 대신 말을 맺었다.

"암브로시아를 먹으면 불사할 수 있다는 전설을 곧이곧대로 믿는 멍청이들은 암브로시아로 보이는 여자들을 사냥하고 다니기도 하지. 실존하는지도 모르면서."

"흠, 몰라?"

＊ 隔世遺傳: 생물의 성질이나 체질 따위의 형질이 일대나 여러 대를 걸러 나타나는 현상
＊ 交雜: 품종이 다른 암수의 교배

"말하지 않았나? 암브로시아는 숱한 전설 중에 하나라고."

"하지만 우리는 어제 만났잖아?"

루카는 잠시 시간차를 둔 다음에 대답했다.

"덕분에 사실인 걸 알게 됐지."

사실 이 이류의 세계에 사는 자들일수록 직접 보지 않은 것은 믿지 않는 법이었다. 마법과 수인(獸人)*, 보름달과 흡혈귀, 마녀와 악마가 실존하는 세계에 살면서 아이러니하지만, 오히려 실제로 보지 않고는 믿을 수 없는 세계이기에 더욱 그러했다. 헛소문과 뜬구름 잡는 전설 따위, 입만 열면 진실처럼 퍼져 나가는 곳이니까. 근본부터 다른 곳이지만 아이러니하게도 때로 인류의 세계와 평행 우주(Parallel World)라 일컬어지는 이 이류의 세계는 그런 면에서 인류의 세계와 비슷한 점이 있었다. 하지만 도리어 이런 곳이기에 부정할 수 없는 규칙이 있다면, 그것은—

직접 보지 않은 것은 믿지 말 것. 그러나 직접 본 것은 어떤 불가능이라도 의심하지 말 것.

"근데 암브로시아들이 모두 헌터 셉텝 정도라면 절대 사냥당할 일 따위 없을 것 같던데? 웬만한 이류는 그냥 찜 쪄 먹을 것 같더라만."

"쥐도 궁지에 몰리면 고양이를 무는 법이지."

"그건 또 무슨?"

"초기의 몇 세기까지는 말 그대로 사냥당하기만 하는 존재였다고 하더군. 쫓으면 쫓기고, 먹으면 먹히고, 죽이면 죽는 그런 존재. 하지만 더 이상 당하고 있지만은 않겠다는 오기였는지 뭐였

---

* 獸人: 동물인간

는지 어느 날 암브로시아들이 모여 헌터 조직을 만들었다. 그리고 그때부터 사냥감들이 도리어 사냥꾼들을 사냥하기 시작했지."

리처드는 다시 '호오' 하는 소리를 내었다. 자기 인생의 성전(聖典)은 함무라비 법전이라 말하는 그는 그런 마음가짐이 마음에 든 것이리라. 날 죽이겠다고? 그럼 너부터 죽어봐! 그런 마음가짐 말이다.

"그럼 네가 헌터 셉템이 암브로시아라는 걸 눈치 챈 이유는……."

"셉템이라는 이름. 암브로시아를 만나본 건 어제가 처음이지만, 헌터 트레스(Tres)*, 옥토(Octo)*, 두오데침(Duodecim)*이라는 이름은 들어본 적이 있거든. 예전부터 묘하게 연관성이 있어서 의심하고 있었지."

"거기에 셉템이 결정적이었다는 거군. 하지만 그 정도는 다른 헌터 조직에서도 얼마든지 쓸 수 있는 이름이고……. 네가 그걸 간과할 녀석은 아니니, 그뿐이 아니었을 텐데?"

루카는 천천히 입을 열었다.

"그 여자의 몸에서는 아무런 냄새가 나지 않았다."

"뭐?"

리처드는 그게 무슨 상관이냐는 듯 반문했다.

"냄새가 없는 존재는 없어. 인간도, 이류도. 하지만 여자는 없었지. 그건 내가 여태까지 만나보지 못했던 존재라는 걸 의미하지. 내가 만나보지 못한 존재는 몇몇 사멸된 종과 암브로시아, 그

＊Tres: 라틴어 숫자 셋

＊Octo: 여덟

＊Duodecim: 열둘

리고 인어(人魚) 정도이니……. 인어라면 생선 비린내나 바다 냄새나 뭔가는 났겠지."

"풉, 생선 비린내……."

진지한 어조로 내뱉어지는 단어가 의외로 웃겼던 모양이다. 하지만 루카는 리처드가 웃거나 말거나 신경 쓰지 않았다.

"그리고 라스베이거스의 클럽에서 묘한 기운을 느꼈었다. 그땐 정확히 뭔지 몰랐지만, 모든 걸 종합해 본 순간 그 암브로시아의 것이었다는 걸 알겠더군."

"무서운 녀석. 역시 차라리 귀신을 속이라는 눈치로군."

그것을 끝으로 리처드는 알게 된 정보를 소화 중인지 말이 없었다. 루카도 침묵 속으로 빠져들었다. 그동안 움직이는 것은 발갛게 타 들어가는 담배와 소용돌이를 그리며 일렁일렁 승천해 가는 연기뿐이었다.

얼마나 그렇게 있었을까. 문득 루카의 눈에 소파 위에 여러 겹으로 놓인 쿠션들이 띄었다. 침대로 써도 될 만큼 폭신하게 쌓여 있는 쿠션들은 술탄의 하렘이 모티브인지 모두 표면에 은연한 윤기가 흘렀고, 붉은 계열의 색들이 묘한 관능미를 퍼트렸다.

루카는 아주 무의식중에 그 눈꽃같이 하얀 피부에 잘 어울리겠다고 생각했다. 티끌 하나 없이 순결한 피부가 저 색 위에 흐드러지면 아주 예쁘겠다고…….

동시에 가슴속에서 예의 그 감각이 다시 꿈틀거렸다. 이번에는 아랫배에 단단하게 뭉친 열기와 함께였다.

욕망보다는 좀 더 고결한 수집욕구인 줄 알았더니, 그 당돌한 여자가 더 이상은 안 된다며 사정하고 애원할 때까지 가지고픈

욕정이었던가 보다. 여신 암브로시아가 성애(性愛)의 여신이었다는 말은 들은 적이 없거늘, 단 한 번의 눈짓으로 그의 도화선에 불을 놓은 여자. 그런 여자가 고작 20대 초반으로밖에 보이지 않았다는 걸 놀라워해야 하는 건지 자신을 죽이겠다고 으르렁거리던 여자의 불꽃이 더욱 자극적이었음을 느낀 자신을 놀라워해야 하는 건지 알 수 없었다. 다만, 한 가지 분명한 것은……

그 여자가 몹시도 가지고 싶어졌다는 것.

그녀가 암브로시아니 뭐니 하는 것은 아무래도 좋았다. 불사나 영생에는 관심도 흥미도 없으니까. 그녀가 어떤 존재였다고 해도 개의치 않았으리라. 이유? 그런 것 따위 몰랐다. 희귀한 것을 탐하는 수집욕구일 수도 있고, 여자를 원하는 남자의 욕망일 수도 있었다. 어느 쪽이라고 해도 상관없었다. 그저 그의 안에 잠들어 있는 탐욕스러운 야수가 그 여리고 순결한 몸을 탐내고 있었다. 그것만으로도 충분했다. 가지고 싶어졌다면, 가지면 되는 것이다.

더 애플(The Apple).

금단의 과실일수록 달콤한 법이지.

"리처드."

진중한 목소리가 묵직하게 퍼져 나갔다. 그 목소리에 깃든 무게와 루카가 그를 본래 이름으로 부르는데 놀란 리처드는 의문을 가득 담고 바라보았다…… 가, 흠칫 놀랐다.

"뭐야? 너?"

리처드는 드물게도 정말 놀라 몸까지 물리며 말했다.

"왜 그렇게 웃어? 심장마비 올 뻔했다!"

그 순간 담배를 피우는 방법 때문인지 유독 짙게 퍼지는 연기 가운데 뭐라 형용할 수 없이 짙은 웃음을 짓고 있는 루카는…….

사냥을 막 끝내고 피가 뚝뚝 떨어지는 맹수도 이토록 잔혹해 보이진 않았으리라.

"그 여자를 찾아와."

오랜만에 진심이 된 사냥꾼이 말했다.

5

말이 끝나고 얼마나 지났을까. 리처드는 여전히 눈만 멀뚱멀뚱 뜬 채 그를 바라보고 있었다. 그러다 아무래도 아이큐 172라는 게 멘사의 전산 오류였는지 한참 후에야 이리 물었다.

"그 여자라면…… 헌터 셉템?"

"그래."

순간 리처드의 입매가 이죽거리는 굴곡을 그리며 올라갔다. 건수를 잡은 것이다.

"왜? 너도 불사에 관심이 있나 보지?"

"암브로시아를 먹어봤자 불사하지 못한다고 말했을 텐데."

리처드는 손가락으로 입가를 짚고 흠, 하는 소리를 냈다.

"그러고 보니 암브로시아들의 입장에서는 억울하기도 하겠군. 진짜 불사를 줄 수 있다면 또 모를까, 그것도 아닌데 얼토당토 않는 전설 때문에 수세기에 걸쳐 사냥당해 왔으니."

"그만큼 당하면 토끼도 암사자가 되는 것 같더군."

리처드는 킥, 하고 웃었다.

"확실히 그 여자의 이빨은 꽤나 날카로워 보였지. 오히려 마녀쪽이 더 나긋나긋해 보였을 정도였으니까. 하여간 불사에 관심이 있는 것도 아니라면 헌터 셉텝은 찾아서 뭐 하려고?"

"그건 알 필요 없어."

루카가 다시 말 붙여볼 건더기도 찾지 못할 만큼 딱 잘라 대답하자, 불편한 침묵이 스치고 지나갔다. 하지만 리처드는 곧 어깨를 으쓱이더니 아무렇지 않게 말했다.

"뭐, 좋아. 아들도 사춘기가 지나면 사사건건 참견하지 않는 법이라고 하니까 사생활 터치는 하지 않겠어. 다만."

리처드의 눈에 명백한 장난기가 스몄다.

"그건 우리의 계약에 포함되지 않은 사적인 사항 같은데."

루카는 눈도 깜빡하지 않고 담백하게 대답했다.

"그럼 이번 기회에 새로 계약하지."

사실 굳이 리처드가 아니더라도 상관없었지만, 객관적으로 가장 일을 확실하게 하는 인물은 그이니 루카는 조금 더 상대해 주기로 했다. 어차피 괜히 간족거린다고 저러는 것일 테니.

"어이 어이, 악마와 계약할 때는 산 채로 배를 갈라 심장을 내놓을 각오까지 하라며? 악마와의 계약이 그렇게 쉬운 거였어?"

9년 전 루카가 어둠 속에서 갑자기 나타났던 날 밤, 악마와의 계약을 기다리고 있었다고 하자 그가 자신을 빤히 쳐다보다가 뭐라고 했던가.

"심장을 내놓을 각오가 되어 있나?"

당시 루카의 분위기로 말하자면 절대 농담 따위가 아니라서, 리처드는 정말 심장을 꺼내줘야 하는 줄 알았다. 그래서 '지금?' 이라고 묻자, 그렇다는 게 아닌가. 그에 주저하지 않고 옆 테이블에 놓여 있던 레터 나이프를 가슴에 대고 치켜든 자신도 자신이지만—솔직히 그땐 그거로는 토끼 심장도 꺼내기 힘들다는 생각을 할 정신이 없었다—정말 찌르게 놔둘 줄이야. 물론 칼끝이 살짝 들어간 정도였으니 지금 이 자리에 있는 거지만, 그때 멀리 서 있던 루카가 갑자기 앞에 나타나 막지 않았더라면 피를 한 움큼 쏟긴 했을 터였다.

후일 루카는 그만큼의 각오를 보고 싶었던 거라고 말했지만, 지금 생각해 보면 단순한 사디즘이 아니었나 싶은 리처드였다.

자신이 너무 선뜻 받아들이니 심술이 동했던 게지.

"악마의 기분에 따라 달라지지."

리처드는 '나, 참' 하는 소릴 내더니 허공에 편 양손과 어깨를 동시에 으쓱거렸다.

"메피스토(Mephistopheles)*가 울고 가겠군. 악마 대공(大公)의 자리라도 노리는 건가?"

"나쁠 거 없지."

"소환해다가 고자질해 버려야겠군. 저기 쟤가 아저씨 자리 노린대요! 하고."

---

* Mephistopheles: 괴테의 희곡 〈파우스트〉에 등장하는 악마

"지옥에나 가라고 해. 아니, 원래 메피의 집은 지옥이로군. 그럼 천국에나 가라고 해."

결국 리처드는 절레절레 고개를 내젓고 말았다.

저거, 정말 자기 꼴릴 때만 입을 열어서 그렇지 말주변이 은근히 좋은 게 작정하면 이길 수 있는 자가 드물 것이다.

어쨌든 리처드는 책상의 모서리에 한 손을 대고 조금 삐딱하게 앉았다. 그리고 이제야 진지하게 말해볼 생각이 든 듯 말문을 텄다.

"좋아, 메피 씨가 울고 갈 루카. 찾아오지. 하지만 그전에 한 가지."

리처드는 한 손가락을 들어 올렸다.

"우리가 그녀에 대해 아는 건 '헌터 셉템'이라는 듣도 보도 못한 이름. 그리고 전설에 등장하는 암브로시아라는 거. 옆에는 에블린이란 이름의 마녀가 있고, 그 마녀는 헌터 겸 스트리퍼. 투잡이라니, 바쁘겠군."

물론 거기서 한마디 덧붙이지 않으면 리처드 레인스터가 아니었다.

"클럽 '더 애플'의 근무자 카드에 등록된 풀 네임은 에블린 몽고메리. 하지만 에블린 몽고메리라는 이름은 정부 서류에는 존재하지 않고……. 아, 한 명 있었다만 적어도 우리가 찾는 에블린 몽고메리는 콜로라도에 사는 아프리카계 혼혈의 일곱 살짜리 꼬마 여자애가 아니겠지?"

그 말의 의미는 전혀 아닌 척해놓고 이미 간밤에 자기 나름대로 조사를 해봤다는 것이었다. 루카가 셉템을 찾아오라고 말할 줄이야 몰랐겠지만 어쨌든 알아두면 쓸모가 있으리라 생각한 모양이었다.

역시 보이는 대로의 바보는 아니라는 건가.

"즉, 결론은 셉텝과 에블린이란 이름으로 그 여자를 찾아내는 건 불가능하다는 거지. 내가 한 능력하긴 하지만 그게 아무것도 모르는 여자를 60억 명 플러스 알파 가운데서 찾아낼 수 있다는 말은 아니거든? 그러니까 내가 네 개인 것처럼 밑도 끝도 없이 대뜸 '물어와!' 따위 하지 말란 말이다. 적어도 원반을 던질 방향 정도는 알려주라고. 자, 그럼 원반을 던질 방향은 어디지?"

루카는 한동안 말이 없었다. 하지만 자기 내키는 대로 대화 중간에도 30분씩 입을 다물고 있는 루카에 익숙해져 있는 리처드는 재촉하지 않았다.

"마녀와 암브로시아가 사라졌을 때, 관중 사이에 있던 남자 하나도 함께 사라졌다."

루카가 또 갑자기 입을 열어 리처드는 '응?' 하고 돌아보았다.

"그럼 동료로군."

"그래. 하지만 이류로는 보이지 않았으니 아마 인간일 거다. 아마 혹시 생길지도 모르는 '현실적인 문제'를 처리해 주는 역할이겠지."

루카에게 리처드가 있듯이.

"무엇보다 여자가 날 공격했을 때 벌떡 일어섰으면서도 일행이 아닌 척 나서지 않았던 게 가장 확실한 증거다. 얼굴이 팔려봤자 좋을 게 없을 테니까."

"그러니까 공권력 행사일 가능성이 높다, 이거군?"

리처드는 루카가 의미하는 바를 빠르게 잡아냈다. 그에 루카는 미묘하게 웃었다.

"딕헤드, 내가 네 몸 중에 그나마 마음에 들어하는 부분이 어디인 줄 아나?"

"머리 아래는 다 차치하고 이 뇌뿐이겠지."

단 1초도 주저하지 않은 즉답이었다.

"남자의 몸 따위 관심없으니까."

루카 역시 즉답으로 돌려주었다.

"미안하지만 나도 190㎝를 넘어가는 무식한 거구 따위 관심없거든?"

그 대답은 어쨌거나, 루카의 입가에 그 특유의 사악한 웃음이 얼핏 살아났다.

"마법을 쓰는 마녀, 이류를 사냥하는 발키리, 공권력을 가진 인간. 환상적인 조합이지 않나? 단순히 사냥감의 목을 따면 된다고 설치는 것들보다는 머리를 쓸 줄 아는군."

으와, 거만의 끝장이로군.

리처드는 생각했지만 굳이 소리 내어 말하진 않았다. 어차피 이런 남자인 걸 알고 있었고, 솔직히 거만이 잘 어울려야 루카 베르티니까.

그런데 문득 리처드의 뇌리에 한 가지, 별로 떠올리고 싶지 않은 생각이 스치고 지나갔다. 불안감이 스멀스멀 허리를 기어올라왔다.

"이봐, 산통을 깨는 거라면 미안한데…… 지금 그거 나보고 미합중국 국가보안기관의 비밀요원을 찾아내란 말은 아니겠지."

헌터를 겸하는 공권력 행사자 정도나 되는 인간이 평범한 경찰일 리는 없을 것 같고, FBI나 CIA일 가능성이 높았다. 찾아내기가 쌀알에 반야심경 새기기 수준이라는 '그' 국가보안기관의 비밀요원 말이다.

"얼굴을 기억하고 있으니 몽타주를 그리면 되겠지. 몽타주 화가를 섭외해."

"차라리 모래사장에 사금 알갱이 하나 뿌려놓고 찾아오라고 하시지!"

두 남자 사이에 다시 침묵이 찾아들었다. 이번 침묵은 꽤 길었다. 루카는 천천히 담배를 비스듬하게 물었다.

"리처드."

리처드의 눈매가 날카롭게 곤두섰다. 이럴 때만 이름으로 불러봤자 소용없다, 라는 듯이. 거기에 루카는 딱 한마디를 더했다.

"물어와."

리처드는 덜썩, 절망스러운 자세를 취하고 싶어졌다.

"이젠 진짜 개 취급이냐!"

원반 던질 방향을 알려달라고 했던 이는 다름 아닌 자신이었다던가 하는 것은 지금 그에게는 별로 중요하지 않았다. 하지만 그 한마디를 끝낸 루카는 미동도 않고 리처드를 주시했고, 한참 눈씨름을 하던 리처드는 결국 백기를 들었다. 생활고에 시달리는 이 땅의 아버지들을 떠올리게 하는 번민의 한숨을 내쉬더니, 말했다.

"알았다고."

리처드는 벌떡 자리에서 일어섰다. 그리고 쿵쿵 바닥을 내리찍으며 아까 그가 들어왔던 문으로 다가갔다.

"젠장, 기왕 이렇게 된 거 내 능력을 보여주지! 세바스찬! 세바스찬一!"

리처드는 결의에 차서 문을 나서며 집사는 역시 세바스찬이라는 희한한 신념 아래 고용한, 본명이 정말 세바스찬인 집사를 찾기 시작했다. 그런데 가다 보니 뭔가 생각난 듯 금세 되돌아와 말했다.

"아 참, 이건 순전히 내 생각인데 헌터 셉텝, 한국인이 아닐까 싶네."

"이유는?"

"우리 어머니."

루카는 흘긋 문가에 서 있는 리처드를 돌아보았다.

"젖먹이였던 날 받아주지 않으면 당신 비리를 매스컴에 팔아버리겠다고 우리 아버지를 협박해서 맡기고는 바로 암으로 돌아가신 그 대단한 여인 말이야. 얼굴은 기억나지 않지만 난 정말 우리 어머니를 존경한단 말이지. 아무튼 그 여인께서 한국인이었잖아? 내 안에 흐르는 피의 꿈틀거림이랄까. 왠지 헌터 셉텝은 한국인일 거라는 감이 강하게 오더라고."

"헛소리할 시간이 있으면 몽타주 화가의 전화번호라도 하나 더 뒤져 봐."

리처드는 어깨를 으쓱였다.

"이건 농담이고, 왜 그런 거 있잖아. 서양인이 동양인을 보면 국적이 뭔지 잘 구분이 안 가지만 동양인이 동양인을 보면 뭐라

설명할 수 없는 미묘한 차이를 알 수 있는 거. 내 비록 미국인으로 살았지만 동양인을 만날 때마다 뜯어보다 보니 좀 알 수 있을 것 같더군. 확신할 순 없지만 헌터 셉텝한테서도 좀 그런 걸 느꼈거든. 한국인 같았어. 그러니까 본명은 그쪽 계열이 아닐까 싶은데?"

루카는 그 의견을 고려 중인지 말이 없었다. 그사이에 리처드는 '찾으셨습니까?' 하고 다가오는 세바스챤 때문에 이 한마디를 남겨놓고 문가에서 떠났다.

"뭐, 그래 봤자 모래사장의 사금 알맹이라는 건 변함없지만 말이야."

끼익― 하고 문이 닫힐 때까지 루카는 움직임이 없었다. 그가 깨어 있음을 증명해 주는 것은 오직 계속해서 타 들어가는 담배뿐이었다.

끼익―

육중한 원목 문이 밀려났다. 그 틈새로 스며들어 온 빛이 어스름한 실내에 희미한 새벽의 빛줄기를 수놓고, 바닥에는 모자이크의 예술을 이루고 있는 타일들이 천차만별의 색으로 은연하게 반짝거렸다.

두우웅…….

예배당 안에 울려 퍼지는 장중한 악기의 음향이 뱃속 깊이까지 울려왔다. 이내 그 소리는 투명한 물처럼 청명한 음성들과 함께 신을 찬양하는 노래가 되었다.

찬송가 〈성모의 슬픔(Cuius animam)〉이 울려 퍼지는 예배당은 하늘에 닿고자 했던 바빌론 탑처럼 높이 솟아 있었고, 실내를 쭉 두른 촛불들이 아스라이 타오르고 있었다. 근엄한 고딕 형식의 인테리어와 예수상이 그려진 스테인드글라스는 왠지 사람을 숙연해지게 만드는 무언가가 있었다. 그리고 조용히 밀랍이 녹은 냄새……. 고요하되 장엄하게 울려 퍼지는 성가대의 노랫소리……. 곧 새벽 미사가 열리려는 모양이었다.

아라는 천천히 내부로 걸어 들어갔다. 그 뒤를 미하엘이 따랐다.

둘은 아직 텅 비어 있는 예배당의 입구에 놓인 성수 그릇에 손을 넣었다가 뺀 후 조용히 성호(聖號)를 그었다. 오래 반복해 온 동작인지 두 사람 모두 익숙해 보였다.

"아라! 미하엘!"

그때, 성가대복을 입은 한 흑인 아이가 이쪽으로 다가오다 두 사람을 알아보고 반갑게 알은체해 왔다. 아라는 얼른 입가에 한 손가락을 대어 보였다. 그러자 아이는 눈을 동그랗게 뜨고 '웁!' 하며 양손으로 제 입을 막더니, 배시시 웃고는 손을 흔들며 둘을 스쳐 지나갔다. 아라는 부드러운 얼굴로 아이에게 손을 흔들어주었다. 하지만 다시 앞을 바라보는 순간, 미소는 흔적도 없이 사라져 있었다.

아라와 미하엘은 원목 장의자 사이로 오솔길처럼 나 있는 길을 걸어 제단까지 나아갔다. 제단 앞에는 스테인드글라스를 통과한 새벽빛이 바닥에 아련한 유리화를 그리고 있었다. 그리고 그 유리화 안에 한 여인이 서 있었다.

여인은 인기척을 느끼고 천천히 뒤돌아보았다. 금욕적인 검은 수녀복을 한 치의 흐트러짐도 없이 깔끔하게 차려입은 수녀였다. 나이는 40대 중반쯤. 전형적인 '수녀회장'이라는 생각이 들게 하는 여인으로, 무미건조하다 느껴질 만큼 딱딱하고 깐깐해 보이는 분위기가 바깥으로 치면 사감 선생 같았다.

"돌아오셨습니까."

수녀는 보이는 것만큼 온기 없는 어조로 물었다.

"경솔했습니다."

아라는 가타부타 말을 늘어놓지 않고 단도직입적으로 말했다.

"아담 개리슨을 노리는 다른 헌터가 있을 거라고는 미처 생각해 보지 못했습니다. 사진을 확인하지 않았던 제 불찰입니다."

수녀는 오랫동안 침묵을 지켰고, 아라는 묵묵히 그녀가 다시 입을 열기를 기다렸다. 이미 보고는 들었을 테니 구워 먹든 삶아 먹든 마음대로 하라는 듯 비장함마저 도는 얼굴이었다.

"아시겠지만……."

한참 후 수녀는 조금도 감정의 동요가 느껴지지 않는 어조로 입을 열었다.

"저희 수도회는 헌터분들의 행동에 일일이 간섭하지 않습니다. 엄격한 규율로 맺어진 결사의 조직이 아니기 때문이죠. 저희는 헌터분들이 효과적인 사냥을 하실 수 있도록 뒷받침해 주는 역할일 뿐. 다른 암브로시아 분들을 위험에 노출시키지 않는다는 규칙 1조만 지켜주신다면 행동에 대한 책임도 결과도 오로지 개인의 몫입니다. 그러니 제가 무어라 할 수 있는 사항은 아닌 것 같군요."

수녀는 덧붙였다.

"다만 방금 전에 위에서 연락을 받았습니다. 아담 개리슨에 대해서는 조금 보류해 두라 하시는군요."

"어째서……."

"두 팀의 헌터들이 노리고 있다는 위기감 때문인지 아담 개리슨과 존 호프만이 완전히 종적을 감추었다고 하더군요. 게다가 셉텝께서 먼저 처리해 주었으면 하는 일이 있다고 합니다. 그리거물은 아니지만, 무분별하게 살인과 흡혈을 계속하고 있기 때문에 오히려 더 시급하다면 시급한 쪽이라고 들었습니다."

"알겠습니다."

"연속적으로 일을 맡겨 미안하다고 전해달라시더군요."

아라는 고개를 내저었다.

"아닙니다."

그 말에도 짤막하게 대답한 아라는 슥 고개를 숙여 목례했다.

"그럼 먼저 실례해도 되겠습니까?"

정중히 의향을 묻는 말에 수녀는 말없이 고개를 끄덕였다. 그러자 아라는 미하엘에게 손을 들어 보이고 먼저 왔던 길을 되돌아 나갔다. 미하엘은 그 뒤를 조용히 응시했다.

문득 수녀가 물었다.

"뭘 보는 건가요, 미하엘?"

"문득…… 만약 제가 암브로시아였다면 하는 생각이 들어서 말이죠."

그 말에도 수녀는 여전히 그 변화가 없는 표정으로 대답했다.

"암브로시아는 남성으로 태어나지 않습니다만."

미하엘은 조금 웃어버렸다.

"아뇨, 그런 게 아니라……. 만약 제가 암브로시아였다면, 저도 저랬을까요?"

물은 뒤 아라가 사라진 방향을 응시하고 있는데, 미하엘은 문득 빤한 시선이 느껴져 고개를 돌렸다. 그리고 주춤했다.

"왜, 왜 그렇게 보십니까?"

수녀는 아무것도 아니라는 듯 무심히 시선을 다른 쪽으로 돌렸다.

"아니요. 이류를 사냥하는 헌터가 감성적이고 밝길 바라는 건 좀 허무한 바람이 아닐까 싶어서 말이지요. 하나하나에 일일이 반응해서야 하기 어려운 일이 아닙니까, 헌터는."

모든 뱀파이어의 처형자라는 흔히 알려진 전설과 달리, 암브로시아들이 하는 주된 일은 아직 발견되지 않은 암브로시아들을 찾아내 보호하거나 위험에 빠진 다른 종들을 도와주거나 하는 것들이었다. 사냥은, 먼저 공격해 온 뱀파이어나 혹은 인류에게 크나큰 위협이 되고 나아가 머지않은 훗날 암브로시아들도 위험에 빠트릴 뱀파이어나 이류만 타깃으로 했다. 하지만 그것조차 꺼리는 암브로시아도 있어, 모두 다 사냥을 나가는 것은 아니었다. 암브로시아들 중에서도 기꺼이 '진정한 사냥꾼'이 되는 것을 받아들이는 자들만이 무기를 들었다. 그리고 그 가운데 아라가 있었다.

수녀는 아라가 사라진 예배당의 문을 바라보며 읊조렸다.

"하지만 그리고 보면 그렇군요. 그런 '숙명'을 타고나지 않았더라면……."

미하엘의 입가에 쓴웃음이 배어났다.

"자기 나름대로의 비극을 겪어보지 않은 이들은 없지만……. 저는 아라가 헤쳐 와야 했던 길을 상상도 할 수 없습니다. 그런데 '숙명'이라는 단어 하나로 정리하기에는, 너무 잔인한 일이 아닐까요. 저는 제가 선택했기 때문에 이 자리에 있는 것이지만, 아라는 자신의 의지와는 관계없이 말 그대로 끌려들어 와야만 했습니다. 뱀파이어에게 쫓기던 끝에 부모를 잃고, 겨우 생긴 양아버지마저 잃었습니다."

수녀는, 암브로시아 조직과 비밀리에 제휴한 수도회에서 헌터들과 통하는 창구역을 하는 그녀는 아무 말 없이 듣고 있을 뿐이었다.

"그 모두 그녀가 암브로시아이기 때문에, 그녀를 사냥하기 위해 온 뱀파이어들로 인해서였으니 그렇게 따지자면 암브로시아의 숙명인지도 모르겠군요. 하지만 아라에게 이 숙명은 언제까지 계속되는 것일까요? 끝나는 날이 있기는 한 걸까요?"

수녀는 답하지 않았지만, 그 답은 질문한 미하엘 자신이 더 잘 알고 있었다.

아마 끝은 없을 것이다, 아라의 생명이 다하는 그날까지…….

"불쌍하다 생각하십니까?"

수녀는 조용한 어조로 물었다.

"아뇨. 사실 연민은 가지지만 그다지 불쌍하다고 생각하진 않습니다. 그래도 라드는…… 아, 아라가 늘 애칭으로 부르다 보니까 만나보지 못한 분인데도 어느새 입에 익었군요. 그러니까 클라우드는 누구보다 아라를 사랑했다고 들었으니까요."

"그래요……. 그랬죠. 그 아이를 구하기 위해 대신 뱀파이어들에게 몸을 던졌을 만큼. 훌륭한 인간이었죠."

"꼭 수녀님께서는 인간이 아닌 것처럼 말씀하시는군요."

수녀는 후후, 하고 웃었다. 그 엄격한 분위기로 보면 아주 오랫동안 미소라는 걸 잊고 살았을 법했는데, 꽤 자연스러운 웃음이었다.

"항상 이류의 세계를 엿보며 살아가다 보면 어느새 자신이 인간이라는 자각도 희미해지더군요. 생명력이라든가, 희로애락의 감정이라든가, 그런 선명한 색들은 모두 자신에게서 떠나가고 늙은 여자의 무미건조한 껍질만 남은 것 같은 기분이 들어서 말이죠."

"여전히 인기 만점인 수녀님께서 무슨 그런 말씀을."

수녀는 살짝 눈을 흘겼다.

"그런 아부는 통하지 않는답니다. 미하엘."

"하하. 하지만 뭐……. 그렇게 생각하시는 것도 이해가 갑니다. 이류의 세계에 사는 인간이라면 누구나 죽음이나 삶에 무미건조해지죠. 뭐랄까, 조금 부질없어져 버린달까? 이류와 달리 고작 80년 정도밖에 살지 못하는 수명으로 아등바등하며 사는 것도 우습고……. 어제의 동료가 오늘의 시신이 되어 나가는 판국이니 웬만해선 그냥 멍하니 죽었구나, 생각하고 끝이죠. 세상이 모두 영정에 쓰는 흑백사진처럼 변해 버리는 느낌이랄까요."

일렁일렁 흔들리는 물너울처럼 바닥 위에 넘칠 듯 고여 있는 유리화를 바라보던 수녀의 시선이 다시 문가를 향했다. 그 눈은 의연했다.

"그런 의미에서 보면, 저분은 얼마나 선명합니까."

미하엘은 수녀를 돌아보았다. 그 시선의 의미를 느꼈는지 수녀가 먼저 말을 이어갔다.

"증오라는 감정이 그리 아름다운 감정이 아닌 것만은 분명하죠. 하지만 무엇이든 강한 것은 선명하고, 선명한 것은 때로 아름답죠. 어미를 잃은 새끼 짐승의 본능적인 증오도 그중 하나라고 생각합니다. 저분의 증오에는 불순물이 없죠. 상대에 대한 순수한 살의만 있을 뿐. 선홍색의 맑은 액체로 떨어지는 피처럼 선명하고, 강렬하죠."

그것은 마치 붉디붉게 타오르는 불꽃 같은…….

"이곳으로 옮겨진 후, 셉텝께선 한동안 죽느니 못한 상태였습니다. 바깥의 어떤 자극에도 반응하지 않았죠. 먹지도 않고, 기절하는 게 아니면 자지도 않고, 인간이라는 존재 가치를 상실한 것 같았습니다."

수녀는 그때 전혀 생명력이 보이지 않던, 둔탁한 빛의 초췌한 검은 눈동자를 떠올렸다. 너무나 검고 깊어서 흡사 블랙홀 같았던 그 눈은 마치 검은 물감으로 치덕치덕 발라놓기만 한 것처럼 명암도 윤기도 없었다.

그만큼 클라우드는 아라의 모든 것이었다. 사랑을 배울 틈도 없이 부모를 잃은 아라에게 끈기있게 사랑을 가르쳤고, 쉽사리 마음을 열지 않는 그녀에게 천천히 그러나 정성 들여 모든 것을 주었다. 어느새 옷이 흠뻑 젖었는지도 모를 가랑비 같은 애정을, 우정을, 존경을…….

호탕한 웃음이 초원에 부는 바람 같고 넓은 가슴은 바다 같았던 사내는 아라가 세상을 보는 패러다임 그 자체였다.

아버지였다.

"그런 셉텝께서 정신을 차렸을 때가……."

"아아, 그건 저도 들었습니다. 이름 때문이었다죠."

수녀는 살짝 눈을 내리감았다. 아직도 그날의 일이 생생하게 떠올랐다. 그건 양아버지의 처참한 죽음 이후 3개월째 되던 날. 아라의 상태가 날이 갈수록 나빠져 최선책으로 그녀에게 세 번째 가족을 찾아주려는 참이었다. 다른 가족이 생기면 시간은 걸릴지 몰라도 점차 나아지겠지 싶어서였다.

"한국인이니까 아무래도 한국 가정이 좋지 않을까요?"

"그럼 이름도 바꾸는 게 좋지 않을까? 아무래도 예전 일을 계속 떠올리게 할 테니……."

한 멤버가 아무 생각 없이 아라 앞에서 그런 소리를 했을 때였다.

"아라!"

비명 같기도 절규 같기도 한 고함이 터져 나왔다. 놀라서 돌아보자, 뼈가 없는 연체동물처럼 제대로 일어설 줄도 모르던 아라가 똑바로 일어선 채 이글이글 성운이 휘몰아치는 눈을 하고 있었다. 흑요석을 닮은 눈에는 강렬한 생기(生氣)가 넘쳤고, 작은 체구에서는 염화와 같은 기운이 넘실거리며 흘러나오는 게 보일 정도였다.

"아라, 거트루드, 바이어스."

아라는 오랫동안 말을 하지 않아 칼칼하게 갈라지는 목소리로 또박또박 잘라 말했다.

"내 이름은 아라 거트루드 바이어스!"

그리고 다시 절규처럼 외쳤다.

"바이어스의 딸 아라야!"

하도 난동을 부려서 결국 진정제를 놔야 했지만, 그 후로 아라는 제정신을 되찾았다. 그리고 몹시도 윤기 어려 묘한 이채(異彩)를 품은 것까지 한 눈으로 결연히 말했다.

"좋아요. 당신들이 제의한 대로 헌터가 되겠어요. 하지만 이름은 아라 거트루드 바이어스. 그건 변하지 않아요."

수녀는 심해 깊은 곳에서 떠오르듯 상념에서 깨어났다. 성가대의 노래는 〈생명의 양식(Panis Angelicus)〉으로 넘어가고 있었다. 파이프오르간의 웅장한 음향에 광휘 어린 노랫소리가 천상의 높은 곳에 앉은 신의 발치까지 울려 퍼지는 듯했다.

신은 과연 이 번민 가득한 지상에 울려 퍼지는 비탄의 기도 소리를 듣고 있을 것인가…….

"저분은 아직 개화하지 않은 꽃입니다. 그런데도 저토록 강렬합니다. 과연 '개화'하면 어떤 존재가 될까요……."

여명 빛에 물든 바깥으로 나온 아라는 깊게 숨을 들이쉬었다. 탁 트인 공기가 폐부까지 스며들어 왔다. 하지만 가슴에 돌덩이를 얹어놓은 듯한 찝찝함은 가시지 않았다. 그 남자, 루카 베르티를 만난 후로부터.

애써 지우려고 해봐도 드문드문 그 남자의 모습이 뇌리 속을 파고들어 왔다. 역시 그 눈 때문일까.

뭐랄까……. 뱀파이어들에게 추격당한 밤만큼이나 뒷덜미가 쭈뼛 곤두서게 하는 느낌이었다. 하지만 그날 밤은 질식할 것 같은 공포를 느끼긴 했지만 그건 아주 본능적이고 모호한 감각이었을 뿐, 잡히면 어떻게 되리라는 자각이 없었다. 그런데 지금은…….

그 몸을 보면 한 입에 집어삼켜 버릴지도 모르지.

아라는 씁쓸히 웃었다.

암브로시아로 태어나 암브로시아로 살았고, 헌터로서도 나름 중견이지만 아직까지 자신이 누군가에게 '음식'이라는 사실이 우스울 때가 있었다.

문득 아라는 비릿한 냉소를 지었다.

하지만 그 남자는 눈도 깜짝하지 않고 먹어치울 것이다. 뱀파이어는 뱀파이어니까. 불사를 얻기 위해서라면 기꺼이 이 피와 살을 삼켜보려고 하리라. 보통 인간도 불사라면 눈이 뒤집히는데, 반쪽만 뱀파이어인 탓에 영생을 눈앞에 두고 놓쳤을 테니 오죽할까. 탄탈로스(Tantalos)* 못지않은 갈증이 나겠지.

"아라!"

그때였다. 어둡고 습한 상념에 어울리지 않는, 빛이 넘치는 목소리가 들려왔다. 고개를 돌리자, 아까 예배당에 들어가며 보았던 흑인 성가대원 아이가 꽃다발을 한 아름 안고 뛰어오고 있었다. 그 천진한 모습에 아라는 무의식중에 살짝 미소 지었다.

"아라, 벌써 가는 거야?"

이것은 그 누구에게도 해가 되지 않는 따뜻하고 안전한 존재. 칼날을 바싹 세우고 경계할 필요가 없는 존재. 등에 철심처럼 박힌 긴장이 녹아내림을 느낀 아라는 자세를 숙여 아이와 시선의 높이를 맞추었다.

"조금만 더 있다가 갈까?"

아이는 활짝 웃으며 크게 고개를 끄덕였다.

"응!"

두 사람은 근처에 있는 벤치에 앉아 두런두런 대화를 나누었다. 별 대화는 없었다. 그냥 서로 성당이나 학교에서 있었던 이야기, 수녀님이 얼마나 엄한가에 대한 이야기, 성가대의 어느 여자아이가 가장 예쁘고 하는 그런 신변잡기식의 대화였다. 하지만 아라는 진심으로 마음의 안식을 느꼈다.

---

*Tantalos: 신들의 음식물을 훔쳐 인간에게 준 벌로 영원한 굶주림과 갈증을 겪게 된 제우스의 아들

수도회와 손잡은 것치고 아이러니하게도 암브로시아 조직은 신을 경배하지 않았다. 더 이상 그들의 신이 존재하지 않음을 알고 있기 때문이었다. 그것은 아라도 마찬가지였다. 아니, 헌터라는 걸 제외하면 성인(聖人) 같았던 라드가 그렇게 죽은 시점에서 아라에게 신은 실존 여부와 관계없이 무의미한 존재가 되어버렸지만, 그렇지 않더라도 암브로시아들에게 신은 없었다. 신씩이나 되는 주제에 이미 모두 죽어버렸으니까.

새로운 시대의 신은 존재할지도 모르겠지만, 적어도 고대의 신으로부터 내려온 암브로시아들은 그 권속이 아니었다. 그들은 과거의 유수(流水) 속에 잠들어야 했을 고대의 유물. 이 신세계와 조화할 수 없는 존재였다.

이류의 세계는 신에게서 버림받은 세계.

그들은 신에게서 버림받은 후예.

하지만 그런 것과 상관없이 언제 누구에게나 순정한 아이들.

그 존재 자체에서 안식을 느낀 아라는 동글한 아이의 머리를 다정히 쓰다듬었다. 그러자 한참 조잘조잘 작은 입을 잘도 놀리며 떠들어대던 아이는 아라를 올려다보고, 거울 같은 미소를 지었다. 연하게 번지는 아라의 미소를 그대로 투영한 그런 미소를.

"아 참, 아라. 나 새 찬송가 배웠는데 들어봐!"

아이는 그리 말하더니 폴짝 벤치 위에 올라서서 노래하기 시작했다. 아직 변성기가 오지 않은 미성(美聲)이 마치 소녀처럼 깜찍했다. 아라는 그 노래를 온기 어린 표정으로 들어주었다. 그러자 얼마 후에 노래를 끝낸 아이가 아라를 돌아보고, 주변의 어른들이 하는 대로 살짝 미소 지으며 말했다.

"자매님께 안식이 있으시기를."

이내 아이는 성가대의 담당 수녀가 저 멀리서 그를 찾는 탓에 먼저 '아라, 안녕!' 인사하고 멀어져 갔다. 아라는 끝까지 손을 흔들며 그를 배웅해 주다가 느릿하게 다른 곳으로 시선을 돌렸다. 새벽 미사에 참가하기 위해 오는 교인들의 모습이 하나둘 보이기 시작했다.

그들은 부모님과 누나, 남동생으로 이뤄진 가족이기도 했고 흰머리가 지긋한 황혼의 부부이기도 했고, 성실해 보이는 아가씨나 청년이기도 했다. 그리고 푸름이 가득한 새벽 공기 속의 그들은 모두 신을 향한 경외와 경건한 신앙을 품고 있었다. 하지만 그건 신을 믿고 싶어도 믿을 신부터 사라져 버린 아라에겐 전혀 관계없는 것들이었다.

아라는 언제나 고장난 테이프처럼 자신에게 되풀이해서 묻고 또 물어왔던 질문을 자문했다.

대체 나는 왜 존재하는 거지?

분명 암브로시아들이 존재했어야 할 '태초의 세계'는 아주 오래전에 끝났다. 그리고 새로운 시대가 찾아와 하늘에 새로운 태양이 떴으면, 과거의 망령은 시대의 흐름 뒤로 사라졌어야 하는 법. 그런데도 고대의 신이 낳은 암브로시아들은 여전히 이 새로운 신이 다스리는 세계에 존재하고 있었다.

도대체 왜?

단적인 예로 아직 살아남은 공룡이 있다면, 그들의 존재 가치는 도대체 무엇일까? 희귀한 구경거리? 중생대를 생생하게 경험

할 수 있는 살아 있는 학습교재? 동물원에 넣어둘 또 다른 종류의 동물? 그래도 한때는 이 지구를 지배했던 존재들인데, 만약 현대에 살고 있다면 '격리해 두어야 할 위험한 생물' 정도밖에 되지 않는 것이다.

그걸 비난하고자 하는 것은 아니었다. 각자 생태가 다르니 공존할 수 없는 게 당연하리라. 하지만 암브로시아들과 달리 적어도 공룡은 살아야 할 시대를 잘못 선택하지 않았다. 그들은 자신들의 시대가 끝났을 때, 현명하게 역사의 뒤안길로 사라지는 것을 택했으니까.

그게 당연한 일이었다. 암브로시아도 어련히 그랬어야 했다. 그런데 아직 여기 존재하고 있는 자신의 가치는, 이유는, 목적은 무엇일까?

수없이 되풀이되어 온 자문이지만 오늘도 해답을 찾지 못한 아라는 무의식중에 자신의 손바닥을 내려다보았다. 아까부터 약간씩 따끔거리더니 손바닥에 미세한 생채기가 나 있었다. 어디에 긁힌 모양이었다. 그런데 그 작은 생채기도 상처는 상처라고 꽤 쓰라렸다.

아라는 실소를 금할 수 없었다.

"아라 바이어스, 너 참 뻔뻔하다."

그토록 많은 이들을 상처 입혀놓고 자신은 고작 이런 상처에 아픔을 느낀다니.

살짝 생채기를 핥아보자, 비릿한 철 맛이 혀끝에 맴돌았다. 그 별로 상쾌하지 않은 맛을 꿀꺽 삼킨 아라는 천천히 눈을 감았다.

"안식이라……."

내게…… 안식의 자격이 있는 거니? 아무 죄 없는 사람들을 그런 꼴로 죽게 만들어 버린 내가……. 앞으로 사랑할 사람도 그게 누구든지 결국 죽게 만들어 버릴 내가…….

존재하는 것 자체가 유죄인 이 내가.

6

"어이, 루…… 응? 너 뭐 하냐?"

다음날 저녁, 막 루카의 방에 있는 거실로 들어온 리처드는 우뚝 멈춰 서고 말았다. 그리고 거실 중앙의 소파 옆에 서 있는 루카를 머리끝에서 발끝까지 훑어보고는 미간을 찌푸렸다.

"그 무서운 꼴은 또 뭐야?"

꼭 처음으로 할로윈 코스튬을 본 사람이 느끼는 기분이랄까. 그도 그럴 게, 웅장하기까지 한 방의 한중간을 떡 차지하고 서 있는 사람이라는 게…….

"사바트(Sabbat)*라도 나가냐?"

저렇게 무시무시한 복장이어서야.

사바트라고 하면 흔히 떠오르는 치렁치렁한 검은 로브라든가

---

* Sabbat: 악마와 마녀들의 집회

그런 것은 아니었지만, 그런 오컬트풍만큼이나 기피하고 싶게 만든다는 점은 동일했다. 일단 검은 바지는 그렇다 치자. 원래부터 무채색의 바지를 즐겨 입는 편이니까. 그런데 오늘은 와이셔츠가 아니었다. 보는 것만으로도 그 강도가 느껴지는 단단한 상체의 윤곽이 드러날 만큼 타이트한 검은 티셔츠에 검은 가죽 재킷 차림이었다. 그리고 그에 어우러지는 검은 담배는, 아무리 좋게 이야기해 줘도 마왕의 포스였다.

"캘리포니아 주지사님은 물론이고 람보도 울고 가겠는데. 이야, 너 여러 남자 울린다? 메피에 이어서 테스토스테론 교의 선택받은 신자들까지 울리다니, 마성의 남자가 다른 데 아니고 여기 있었구만."

터미네이터나 람보처럼 이두박근 삼두박근 하는 근육질과는 거리가 멀었지만, 태생의 문제인지 그보다 더 위험해 보이는 건 어쩔 수 없는 모양이었다. 야수의 핏줄 말이다. 게다가 이 남자의 문제는 나흘을 굶고 우리에서 풀려난 맹수처럼 위험하긴 위험한데 그게 묘하게 섹시하다는 데 있었다. 양복을 입고 있을 때도 충분히 드러나던 사실이지만, 양복일 때는 성인 남자의 관록과 도시적인 관능이 있었다면 지금은 확실히 야성미 쪽이었다. 그것도 사냥할 준비가 된 흑표범 같은.

"떠들지 말고 꺼져, 딕헤드."

리처드는 눈을 얄따랗게 떴다.

평소보다 말투도 더 재수없었다. 지금은 전혀 상대해 줄 생각이 없다는 뜻이었다.

"편지나 받아라."

오는 길에 들고 온 편지를 획 던지자, 루카는 허공에서 정확히 받아냈다. 편지는 뭐가 들었는지 상당히 묵직했으므로 던지는데 무리가 없었다.

손에 들고 있던 담배를 입에 문 루카는 바로 밀랍으로 단단히 밀봉된 봉투를 직— 찢어내고 몇 장의 편지로 이루어진 내용물을 꺼내었다. 그 모습을 보며 리처드는 물었다.

"혼자 사냥을 가려는 모양인데……. 왜? 가만히 있는데 피가 막 끓어오르디?"

루카는 편지에서 시선을 떼지 않은 채로 대답했다.

"헌터의 본분을 잊고 살았던 것 같아서 말이다."

"하아?"

"아무래도 몸으로 뛰어줄 때도 있어야겠지. 이런 건물 안에 앉아 손가락만 까딱이고 있다면 헌터로서 명분이 서지 않으니까."

"이런 건물이라니. 백작의 저택으로 시작해서 100년 가까이 이어져 내려온 레인스터 저택을. 500평에 달하는 부지와 정확히 99개의 방, 할리우드 스타들도 부러워한다는 하나의 예술품을 그런 식으로 표현하는 네게 저주가 내릴 거다."

리처드는 억양의 높낮이가 없는 어조로 대충 말했다. 그 정보를 주입시키는데 그다지 열정을 느끼지 못하고 있다는 증거였다.

그때, 루카가 읽고 있던 편지를 소파 위로 무성의하게 내던졌다. 그리고 봉투에서 꺼낸, 붉은 옥을 투각 기법으로 만든 패 같은 것을—아마 편지를 묵직하게 만든 이유였을—큰 주먹 안에 삼켜 그대로 부서트렸다. 카드득, 특유의 파열음을 내며 부서진 물건은 주먹 아래로 가루가 되어 떨어져 내리는가 싶더니, 훅! 난데없이 불이 붙었다. 그리고 소파 위에 던져져 있는 편지와 함께 흔적도 없이 사라져 버렸다. 하지만 소파 위에는 그을음 하나 남지 않았고, 다만 편지가 왔었던 사실만이 완전히 사라져 있었다.

"의뢰 온 거 아냐? 이번에는?"

"늑대인간 무리."

루카는 담배를 비벼 끄며 무심하게 대답했다.

"인간 여자들을 납치해 사라진다는군."

이 세계엔 '천적'은 있지만 '마녀 사냥꾼'이나 '뱀파이어 사냥꾼' 같은 것은 있을 수 없었다. 흔히 경멸조로 '청소부'라고 불리는 헌터는 말 그대로 청소부처럼 더러운 것이 있다면 처리해야할 종류를 가리지 않았다. 오히려 모든 이류가 헌터의 '사냥감'이 될 수 있기 때문에 그들이 공포의 대상이 되는 것이었다.

돌려 말하자면, 사냥감이 될 이유가 없는 상대를 사냥한다면 그다음의 사냥감은 사냥꾼, 그 자신이 되는 것이다. 아마존의 밀림을 닮은 세계의 구조 때문일까. 짐승은 이유가 없이는 자연을 위배하지 않듯이 이류 또한 그런 점에 있어서는 확고했다. 이 세계에서는 단지 꺼림칙하고 싫다는 이유만으로 사냥을 하는 것이 불가능했다. 심지어 흡혈이라는 기생성 생태 특징 때문에 가장 적이 많은 뱀파이어마저도 범죄를 저지르기 전까지는 논외였다.

"받지 않으려고?"

"늑대인간이 인간 여자를 탐하는 건 오늘내일 일도 아니니까."

루카는 문득 다른 화제를 꺼냈다.

"조사는 어떻게 됐지?"

"그런 성급한 질문을 하는 녀석은 똥구멍에 털 난다."

"하긴, 기대도 안 했지만."

그럴 줄 알았다는 말투에 리처드의 눈매가 홱 치켜 올라갔다.

"기대도 안 했다고?"

사람은 누구나 하나쯤 역린(逆鱗)이 있기 마련. 은근히 까칠한 완벽주의와 엘리트 근성이 있는 리처드는 자신을 무능한 인간으로 보았다는 듯한 말에 당장 고슴도치가 되었다.

"지금 가진 정보로 그 여자를 찾아내는 건 미합중국의 대통령이라고 해도 불가능하니까."

그 대답에야 리처드의 눈매가 진정되는 듯했으나…….

"그걸 알면서도 '물어와' 따위를 했단 말이냐!"

"불가능하다고 마냥 손 놓고 있는 것보다는 거북이 걸음이라도 걷는 게 낫지 않나?"

소파의 등받이에 뒷목을 기댄 리처드는 '어이구' 하는 소리를 내며 한 손으로 제 눈가를 덮었다.

"잘나셨습니다."

그는 그 상태로 한동안 움직임이 없었다. 평소와 다를 거 없이 깐족거리면서도 묘하게 될 대로 되라던 식이더니 피로 때문인 모양이었다. 하긴, 다른 이들은 리처드가 옛날의 악명대로 유유자적 놀고 있다고 생각하지만, 요즘 그는 거의 초인적인 스케줄을 소화하고 있었다.

솔직히 루카의 입장에서 보자면 악마에게 혼을 팔아 지옥을 산 얼간이가 바로 이 녀석이었다. 차라리 '세상에서 가장 가는 부자가 되게 해줘!' 라든가 하는 결론적인 소원을 빌었다면—물론 그는 진짜 악마가 아니므로 소원을 이뤄주는 능력 따위 없었다—그가 좀 더

영리하다고 생각했을 것이다. 하지만 리처드는…… 뭐랄까, 지나치게 남자답다고 해야 할까. 자신의 손으로 일궈낸 것이 아니라면 백만금의 가치가 있는 황금거위도 그냥 버려 버릴 정도니까. 물론 성도 바꿀 수 있다면 바꿨을 만큼 레인스터에 관련된 모든 것을 버려 버리고 싶어하는 녀석이니 더욱 그랬겠지만 말이다. 그러나 꼬리에 불붙은 망아지처럼 다니는 걸 보면, 역시 그냥 바보라는 결론에 도달할 뿐이었다.

"죽을상이군."

무뚝뚝한 어조로 빈정거리자, 졸고 있지 않았는지 바로 대답이 돌아왔다.

"나도 인간이라 지칠 때가 있소만."

"고작 그 정도로 앓는 소리를 하려고 이류의 세계에 들어왔나?"

"아, 거. 진짜 미안하군그래. 그냥 앞에 늘어져 있지 말고 꺼지라고 하시지. 이제 와서 돌려 말하면 누가 알아준다고 돌려 말하긴."

리처드는 투덜거리며 자리에서 일어났다. 이제 루카는 재킷의 지퍼를 목 끝까지 채우고 소파에 발을 올린 채 군용 워커의 끈을 매고 있었는데, 참……. 어딜 봐도 몇 명을 뒤뜰에 묻어둔 흉악범의 모양새였다.

"밤 마실 가는 것까지는 좋은데 이상한 친구들 끌고 오진 말라고. 그럼 이 엄마 화낸다."

리처드는 이내 밖으로 향하는 루카의 등을 보며 말했다. 그러자 루카는 모퉁이를 돌아가기 전에 흘긋 그를 보고는, 없는 정도 떨어지게 하는 한마디와 함께 사라졌다.

"잠이나 자라."

커다란 방에 혼자 남은 리처드는 뒷목을 감싸 쥐었다.

루카는 오랜만에 헌터의 본분이 어쩌고 했지만, 자신은 바보가 아니었다. 그 말 밑에 숨은 확실한 사실을 눈치 채지 못할 정도는 아니라는 의미였다. 자신에게만 맡겨두면 시간을 얼마나 잡아먹을지 모르니 한쪽으로는 정보력을 가동시키고 한쪽으로는 자신이 직접 발로 뛰어 찾아보려는 심산이 분명했다. 말은 이러니저러니 해도 다음 의뢰를 받지 않는 것 또한 다른 일에 몸이 달아 있다는 증거가 아닌가?

"저거 진짜 불사에 관심있나……."

여자를 가까이한 지가 너무 오래되어서인지, 리처드는 남자가 여자를 찾아 헤매는 가장 근본적인 이유를 미처 생각지 못하고 있었다. 아니, 정확히는 도저히 두 사람을 그런 의미로 매치시킬 수 없다는 쪽이 맞았다.

보름달이 가까운 달밤은 신비한 마력으로 가득 차 있었다. 공기 중에는 뒤엉킨 짐승들의 냄새가 부유하는 유령처럼 떠돌아다니고, 음산한 밤의 바람은 들리지 않는 장송곡을 연주했다.

세상 위로 밤이 떨어지면 화선지에 먹물이 스미듯이 나타나는 비인간의 세계. 바닷속에 가라앉은 전설의 왕국 아틀란티스처럼 보이진 않지만 분명 그곳에 존재하는 세계……. 오늘 그 밤의 세계에 처형자가 나타났다.

빛과 어둠이 융합하여 만들어낸 키메라이며, 실로 루시퍼의 현신 같은 아이러니의 전율체.

"크아아아아!"

고주파에 가까운 비명과 함께 파사삭 흩어진 재가 흐드러지게 흩날리는 가운데, 그는 담배에 불을 붙였다. 그리고 깊이 빨아들였다. 어둠 속에서 발갛게 빛나는 담배 끝이 지지직 소리를 내며 타 들어갔다.

"거르고 거르다 보면 모래사장의 사금 알맹이도 결국은 걸러지겠지."

그리고 왠지는 모르지만 알 수 있을 것 같았다. 그 여자의 기운이 희미하게나마 느껴졌다. 그다지 멀지 않은 곳에서……

그래. 뒤돌아보면 만날 수 있을 것 같은 멀지 않은 곳에서.

아라는 바닥을 내려다본 상태로 고민에 빠졌다. 그리고 빤히 바라보기만 한 채 얼마나 지났을까. 바닥에서 희미하게 보이는 물건을 주워 들었다.

"이거……"

그걸 살짝 돌려가며 확인한 그녀는 저도 모르게 중얼거렸다.

"흔한 거였나?"

익숙한 로고가 찍힌 검은색의 필터. 버려진 지 얼마 되지 않았는지 상태도 꽤 좋았다. 거의 원형을 유지하고 있었으니까.

'이 담배를 피우는 사람은 여태 딱 한 번밖에 못 만나봤는데.'

아라는 필터에서 시선을 떼고 어두운 주변을 둘러보았다.

뒷골목의 부랑자나 거지들을 중심으로 무분별한 흡혈과 살인을 계속하고 다닌다는 뱀파이어를 찾아왔는데, 엇갈린 건지 도통 찾을 수가 없었다. 요즘은 거의 매일 밤 나타난다고 들었건만, 역시 가는 날이 장날인 모양이었다.

아담 개리슨을 두 눈 시퍼렇게 뜨고 놓치더니, 이번엔 피라미 뱀파이어까지. 아무래도 마가 제대로 낀 것 같았다.

살풀이라도 해야 하나.

아라는 다시 꽁초로 시선을 돌렸다. 그리고 또 한참을 쳐다보고 있으려니, 왠지 모르게 등허리에 으슬으슬 한기가 몰려왔다.

"뭐, 이걸 피우는 사람이 꼭 그 남자일 거란 보장은 없지."

아라는 무심하게 중얼거리고 꽁초를 내던졌다. 그리고 골목의 어둠 속으로 천천히 모습을 감추었다. 어두운 물속으로 걸어 들어가듯 사라지는 등 뒤에 버려진 검은 필터가 을씨년스러운 밤바람에 데굴거리며 굴렀다.

제2장
The Chasing Night

1

아라는 고민에 빠져 있었다. 손바닥으로 입가를 짚고 팔꿈치를 테이블에 괸 채 한참이나 꼼짝도 하지 않았다. 약간 아래쪽을 내려다보는 시선은 심각했고 미간은 깊이 찌푸려져 있었다. 그리고 그 앞에는 무의식중에 스푼으로 휘젓기만 하고 있는 수프가 놓여 있었다. 생각하는 로댕상도 지금 그녀보다는 덜 심각해 보일 정도였다.

그때였다.

"어이!"

타악!

뒷머리를 강타하는 손길에 아라는 그대로 푹 고개를 숙이고 말았다. 그 상태로 멈춰 있기를 잠시. 곧 심통난 어린아이 같은 표정으로 맞은 부분을 문지르며 시선을 들었다.

"미하엘."

"누가 죽기라도 했냐? 왜 그런 표정을 하고 있어? 근데 이건 뭐냐? 엑, 버섯 수프! 너 또 이런 토 나오는 걸!"

미하엘은 자기가 물어놓고 애초에 답을 들을 생각은 있었던 건지, 아라가 먹는 둥 마는 둥 하고 있었던 버섯 수프를 보며 호들갑을 떨었다. 아니, 자기 취향이 아니면 아닌 거지 왜 남이 먹는 음식 가지고 시비일까…….

그건 어째도 좋은 아라는 잔뜩 찌푸린 미간과 함께 중얼거렸다.

"죽었다면 죽었달까…….."

"뭐?"

미하엘은 아라의 버섯 수프에서 버섯별 외계인이라도 튀어나올까 봐 걱정하는 듯 그릇을 저 멀찍이 밀어놓다 말고 눈을 동그랗게 떴다. 그래도 농담이길 바라는 눈치였지만, 아라는 여전히 진지하기 이를 데 없는 얼굴이었다.

"사냥감들이."

아라가 그리 덧붙였을 때야 미하엘은 안도하는 눈치였다.

"아— 난 또 뭐라고. 헌터가 있으면 사냥감이 죽는 건 늘 있는 일이지. 뭘 새삼…….."

"하지만 내가 아냐."

"뭐가?"

"사냥하는 거."

그때 미하엘의 표정을 설명하자면, 딱 '스무고개 하냐?' 였다. 그제야 아라는 자세히 설명했다.

"사냥할 목표물을 지정받아서 가보면, 없어."

"글쎄에……. 이류가 늘 다니는 동선으로만 다니는 아메바도 아니고, 항상 예상한 대로 되는 건 아니지."

"총 여섯 번인데?"

"응?"

"총 여섯 번이라고. 사냥할 목표물을 지정받아서 가보면 없는 게."

그렇다. 최근 아라의 고민은 그것이었다. 처음에 한두 번은 미하엘의 말마따나 그럴 수 있으려니 했지만, 세 번의 우연은 필연이라고 하던가. 도저히 더 이상은 그냥 '우연'이라고 치부해 버릴 수가 없었다. 대체 자신이 모르는 곳에서 무슨 일이 일어나고 있는 걸까.

"조직은 그렇게 허술하게 일을 하지 않아. 행여 예측이 빗나간다고 해도 최대 두세 번 이상 어긋났던 적은 없어. 게다가 사냥감들이 그냥 눈에 띄지 않는 게 아냐."

"그…… 럼?"

미하엘은 아라의 눈에 감도는 비장미에 압도된 듯 주춤하며 물었다.

"사냥당했어. 나중에 확인해 봤을 땐 이미 죽고 없었어. 여섯 마리 모두가."

"그럼 다른 헌터가 사냥했겠지?"

아라는 저 멀리 치워져 있는 수프 그릇을 다시 자신의 앞으로 가져왔다. 그리고 숟가락을 들어 올린 채 이어 말했다.

"미하엘, 이류의 세계가 얼마나 넓은 줄 알아?"

"그거야 당연히……. 어둠 속에 뭐가 숨어 있을지 모른다는 의미에서 60억 명이 사는 인간 세상보다 훨씬 넓을 거란 소문이지."

"맞아. 그런데 한 헌터의 목표물을 다른 헌터가 족족 앞서서 해치운다? 우연으로? 확률론으로 봤을 때 얼마나 가능성이 있다고 생각해?"

"엄……."

미하엘은 의자의 등받이에 비스듬하게 등을 기대었다.

"듣고 보니 좀 이상하긴 하네. 원래 하룻밤 사이에 뭔 일이 일어날지 모르는 바닥이라지만……."

"아, 그거 '금발의 악마' 아냐?"

아라와 미하엘은 동시에 오른쪽을 돌아보았다. 거기에는 마카로니 그릇을 들고 있는 중년 남자가 서 있었다. 아라의 기억에 의하면, 그는 현재 그녀가 임시로 머물고 있는 조직의 지청에서 사무직을 보는 남자였다. 특징은 코주부.

"하아? 금발의 악마? 뭐야, 그……."

"B급 호러 영화에서나 쓸 법한 악당의 별칭은? 이라고 하려는 거겠지?"

남자가 먼저 선수를 쳤다.

"빙고. 작명 센스 한번 극악한데? 하여간 뭐야? 금발의 악마란 건."

"나도 자세히는 몰라. 그냥 최근에 떠도는 소문인데…… 일단 그 남자가 나타나면 그 뒤는 모조리 잿길이란다. 재가 날아갈 틈도 없이 다음 놈을 재로 만들어버린다고 해서."

미하엘은 콧잔등을 찡그렸다.

"그러니까 결론은 갑자기 나타나서 미친놈처럼 누비고 다니는 헌터가 있다는 거지?"

"맞아. 뭐, 우리 일을 대신해 주는 거니까 좋은 게 아닐까 싶긴 한데……. 혹시 들으신 거 없습니까?"

남자는 아라를 돌아보고 물었다. 그들의 조직은 현재 열세 명인 암브로시아들을 주축으로 이루어져 있는 헌터 모임이니, 암브로시아인 아라는 엄밀한 의미에서 간부라고 할 수 있었다. 조직의 경영에는 전혀 참여하지 않는 일종의 명예 간부이긴 하지만, 헌터는 누구라도 일반 사무직보다 우위에 있고 소문에 민감할 수밖에 없는 위치이기 때문에 남자는 그녀에게 묻는 것이었다. 그러나 아라는 남자가 말하는 소문조차 처음 들었으므로 고개를 내저었다.

"어쨌든 미친개한테는 약도 없으니까 조심하십시오."

담백하게 납득한 남자는 그 말을 끝으로 그들에게서 멀어져 갔다. 아라는 다시 고민에 빠졌다. 남자의 말을 들은 순간 탁 귀에 걸려온 한 가지 정보.

"금발……."

그 중얼거림을 들은 미하엘은 '응?' 하더니 그제야 그도 뭔가가 연상된 듯 미묘한 표정이 되었다. 루카 베르티와 마주쳤던 게 벌써 한 달 전 일이니 의외로 단순한 미하엘은 잊고 있었을 가능성이 높았다. 하지만 아라는 아니었다. 잊은 적 따위, 없었다.

"나 지금 네가 무슨 생각을 하는지 알 것 같은데……. 야, 그래도 이 나라에 금발의 남자가 얼마나 많은데. 나부터 금발이다?"

"그거야 그렇지만……."

아라는 고갯짓으로 저쪽에 가고 있는 아까 그 사무직 코주부 남자를 가리켰다.

"물어봐. 어떤 색의 금발이냐고. 금발은 흔해도 그런 금발은 흔하지 않으니까."

미하엘이 알았다며 막 남자를 부르려는 순간이었다. 남자가 갑자기 뭔가 떠올랐다는 듯 먼저 그들을 돌아보았다.

"아 참, 움직임이 절대 인간으로는 보이지 않는다고, 하프 뱀파이어라고 소문이 무성한 루카 베르티일 거라는 이야기도 있더라?"

그러더니 남자는 고심하는 얼굴로 흠, 하는 소리를 내었다.

"이 바닥 것들은 지어내면 다 이야기가 되는 줄 안다니까. 한때 드래건의 수인이 있다는 소문이 돌아서 한참 떠들썩했던 거 기억하지? 하여간 그렇다니까. 하프 뱀파이어? 듣기에나 오싹하고 흥미로운 이야기지."

그는 혼자 중얼거리고 질린다는 듯 고개를 절레절레 흔들며 멀어져 갔기에 보지 못했다. 뒤에서 미하엘은 뇌에까지 소름이 돋은 것 같은 표정을 짓고, 아라는 얼굴을 와락 일그러트리고 있는 것을.

"정말 괜찮겠어?"

문가까지 아라를 배웅 나온 미하엘은 걱정스레 물었다. 하지만 오늘 밤 사냥을 위한 만반의 준비가 된 아라에게는 씨알도 먹히지 않는 것 같았다.

"문제없어."

아라는 고집스럽게 대답했다.

"다시 한 번 말하지만, 아무래도 오늘 밤은 그만두는 게 낫지 싶다. 그 남자가 널 찾고 있지 않다는 보장이 어디 있어?"

요컨대 미하엘의 걱정은 그랬다. 루카 베르티가 갑자기 여기저기 들쑤시고 다니는 것은, 암브로시아인 아라 때문이 아닐까 하는 것. 그런데도 아라는 지령이 내려왔다고 날름 오늘 밤 사냥을 나가겠다고 하니, 왠지 모르게 불안해질 수밖에 없었다. 오늘처럼 거물 사냥이 아닌 경우에는 그가 따라가지 않으므로 더욱 그랬다.

"헌터가 사냥을 다니는 건 당연한 거 아냐?"

"거기에 사심이 있다면 다르지. 게다가 나 방금 전에 떠올랐는데 말이다, 최근에 우리 요원 몇이 미행을 당하고 있다고 했거든? 어떤 악당 놈이 조직망이라도 가동했나 싶었는데……. 아직 나한테는 붙지 않았지만, 생각해 보니까 미행을 당하는 요원 모두가 금발 벽안에 나랑 키와 체형이 비슷해."

미하엘은 자기가 말해놓고도 오싹해졌는지 목을 벅벅 긁었다. FBI 요원도 헌터도 보통 간담으로 해낼 수 있는 일은 아니지만, 일이 이렇게까지 되니 그도 상당히 섬뜩해지는 모양이었다.

"FBI를 상대로 이 정도까지 해낼 수 있는 인간은 많지 않은 거 알잖아?"

"하지만 넌 그 남자들한테 얼굴이 팔리지 않았잖아?"

"이 바닥에서 어디 상식이 통하기나 해? 어떻게든 내가 네 동료라는 걸 알아낸 방법이 있었겠지."

"미하엘."

갑자기 아라가 냉혹해진 어조로 그를 불렀다. 미하엘은 은근히 긴장했다.

"만약 그 남자가 날 찾고 있다고 해도 그가 사냥을 그만두지 않는 한 마주칠 가능성은 언제든지 있어. 오늘 밤이 될 수도 있고, 일주일 뒤가 될 수도 있고, 한 십 년 뒤쯤이 될지도 모르지. 그런데 계속 숨어 있을까? 차라리 헌터를 그만두라고 하는 게 낫지 않아?"

미하엘은 제 관자놀이를 꾹꾹 주물렀다. 틀린 말은 아니었다. 오히려 속속들이 맞는 말이었다. 더구나 루카 베르티가 사냥을 시작한 것은 약 한 달 전. 물론 소문 속 금발의 악마가 그일 때의 이야기지만, 여태까지도 마주칠 가능성이야 얼마든지 있었다. 단지 무식하면 용감하다고 그걸 모르고 있었던 것뿐. 그러니 이제 와서 오늘 밤은 그만두라고 하는 것도 우스웠다. 하지만 알게 된 이상 걱정이 되는 건 당연한 이야기가 아닌가.

"저기 말이다……. 악의는 없지만 네가 암브로시아라는 걸 자각 좀 해라. 넌 잡히는 순간 형체도 남지 않은 시신 확정이라고. 불사에 눈 뒤집힌 것들이 뼈까지 싹싹 발라먹을 텐데 뭐 남아 있는 게 있기나 하겠어?"

잔인한 말이라는 건 알지만, 현실감을 심어주기 위해서는 때로 충격요법이 필요한 법이었다. 하지만 아라는 그 말을 들은 건지 만 건지 홱 몸을 돌리고 나가보려 할 뿐이었다. 그 무신경함에 약간 화가 난 미하엘은 외쳤다.

"아라!"

우뚝, 아라의 걸음이 멎었다.

"암브로시아라서 이러는 거야."

"뭐?"

뒤돌아보지 않은 채 말한 아라는 천천히 미하엘에게로 시선을 돌렸다. 그러자 한 갈래로 바싹 올려 묶은 머리카락이 사락 흩어지며 그 아래 날카로운 의지로 응축된 검은 보석을 내보였다.

"암브로시아이기 때문에 마냥 도망 다니거나 숨어 있어야 했던 꼴에는 지쳤어. 이제 와서 먹힐까 봐 숨어 있기만 할 거였다면, 헌터가 되지도 않았어."

미하엘은 아라가 문밖으로 사라질 때까지 아무런 말도 하지 못했다.

헌터가 되기로 결정했을 때, 이미 죽음을 각오해 두었다. 하지만 멍하니 앉아 당해주지만은 않으리라. 그때가 온다면 보란 듯이 자결해 줄 것이다.

불사를 눈앞에 두고 놓친 녀석들이 지을 표정을 상상만 해도 고약한 카타르시스가 느껴졌다. 물론 암브로시아를 먹어봤자 불사하지 못하지만 그들은 철석같이 그리 믿고 있을 테니 말이다.

아라는 다소 자학적인 생각을 하며 어둠 속을 걸었다. 한편에는 꿈과 희망의 결정체인 디즈니월드가 있는 도시인데도 그 뒷골목은 음산하기 그지없었다. 밤새도 울지 않고, 쥐조차 모습을 감춰 버렸다. 그들도 저주받은 자들이 어둠 속에 숨어 있다는 것을 아는 모양이었다.

오늘은 앞서 처리한 금발의 악마가 없었는지, 오늘의 사냥감과 아라는 이미 조우하고 난 뒤였다. 그가 막 인간을 덮치려는 찰나

아라는 몸을 날렸고, 헌터의 존재를 눈치 챈 사냥감은 잽싸게 달아났다. 뱀파이어는 종족 특성상 천성이 공격적이라지만 그들도 개체마다 성격의 차이는 있기 때문에 그는 공격 본능보다 목숨의 보존을 택한 것이었다.

아라는 조급해하지 않고 이류의 기운을 따라갔다. 마치 저 멀리까지 이어져 있는 한 줄기의 실을 따라 뭉치를 천천히 감아올리듯이. 그러자 점차 기운의 끝이 가까워져 갔다.

슬슬 새벽이 가까워 오는 어둠에는 그 어떤 생물도 살고 있지 않는 것 같은 적막이 감돌고 있었다. 이런 어둠이 익숙한 아라조차도 왠지 모를 위압감이 느껴지는 적막이었다. 특히 기운의 끝에 다다라 갈수록.

'뭐지…….'

그것은 마치 밤의 어둠마저 두려워하는 존재가 있는 듯한…….

움찔!

바로 그 찰나, 아라의 감각 기관이 반응했다. 예리한 이지(理智)를 품은 눈동자가 옆으로 날카로워졌다. 동시에 아라는 한 바퀴 구르며 앞으로 몸을 날렸다. 그리고 착지해서 홱 뒤돌아보자, 음습한 망령(亡靈)이 그곳에 있었다.

크르르르…….

목 안쪽에서부터 끓어오르는 가래처럼 울리는 그르렁거림에 아라는 미간을 찌푸렸다. 분명 저 얼굴은 아까 마주쳤던 뱀파이어가 맞을진대, 그녀에게서 달아났던 사이에 무슨 일이 있었는지 꼴이 말이 아니었다. 여기저기 찢긴 옷이며 몸 곳곳에서 흐르는 피, 그리고 핏발이 바싹 선 눈. 이미 고도의 지성과 이성을 상실하고 지극히 그들의 기본이 되는 '야수'의 상태로 되돌아간 것 같았다.

하지만 저것은 삶에 대한 엄청난 집착을 가진 그들의 본능이 급격한 생명의 위기를 느꼈을 때만 내보이는 상태였다. 그렇다면 자신에게서 도망간 그 짧은 사이에 그만한 생명의 위기와 마주쳤다는 말이 되는…….

생각을 끝내기도 전, 뱀파이어가 괴물 같은 소리를 내지르며 날카로운 손톱을 뾰족하게 세우고 공격해 왔다. 아라는 당장 반응하기 위해 전신의 근육에 힘을 주었다. 하지만 미처 움직이기도 전이었다. 몸을 날린 상태로 공중에 떠 있는 뱀파이어의 뒤에 검은 그림자가 나타났다.

아라는 눈을 크게 떴다.

보통 보기에는 허점이 가득한, 그냥 우뚝 서 있는 자세로 나타난 남자는 느릿하게 손을 들더니, 하늘 위로 뻗어진 뱀파이어의 팔을 덥석 움켜잡았다. 그리고 그대로— 뽑아 올렸다.

우드드득, 뼈가 으스러지는 소름 끼치는 소리와 함께 온갖 잔해가 느린 그림처럼 사방으로 흩어졌다. 아라의 눈이 더더욱 팽창하기 시작했다. 그 앞에 잔인한 다이애나 여신의 미소처럼 차가운 달빛을 반사한 흡혈귀의 손톱이 금속 같은 광채를 퍼트렸다. 동시에 남자의 팔에 최고의 탄성과 항장력을 지닌 나노튜브 같은 탄력이 들어가더니, 그것을 무기 삼아 그대로 내려쳤다. 그때 뱀파이어의 몸을 두 동강 내는 엄청난 힘이 피부로 아릿하게 전해져 올 정도였다. 하지만 그것은 고작 뱀파이어가 공중에 떠 있는 찰나에 일어난 일이었다. 민첩성에서는 따를 자가 없는 아라조차 쉬이 믿을 수가 없었다.

몸이 두 조각 난 뱀파이어는 그와 동시에 재로 화하여 소금 인형처럼 무너져 내렸다. 그리고 희미하게 불어온 밤바람에 잿빛 안개가 되어 사방으로 흩어졌다. 이내 흔적조차 남지 않았다. 하지만 아라는 꼼짝도 할 수가 없었다. 남자가 서서히 끝 부분부터 재가 되어 사라지고 있는, 주인을 잃은 팔을 무성의하게 내던지고 똑바로 그녀를 마주 볼 때까지도.

그는 처음 만났을 때와는 조금 다른 복장을 하고 있었다. 목 끝까지 채운 날렵한 디자인의 검은 가죽 재킷은 둔한 윤기를 흘렸고, 어둠 속에서도 희미하게 빛나는 금발은 아무렇게나 내려둔 상태였다. 하지만 극도로 절제된 듯한 모습은 변하지 않아, 저런 위험한 차림이면서도 묘하게 금욕적인 무언가가 있었다.

그의 입술이 움직이려는 순간, 누군가가 머리를 후려친 것처럼 아라에게 시간의 개념이 돌아왔다.

도망쳐.

본능이 외쳤다.

이건 네가 상대할 수 있는 존재가 아니야.

이건 아무도 상대할 수 없어.

달려. 도망가!

그것은 이성이라든가 의지와는 전혀 별개인, 생물의 세포에 각인된 본능이었다.

아라의 육체는 뇌가 명령을 전달하기도 전에 움직이기 시작했다. 홱 몸을 돌리는 동시에 도약도 없이 무작정 달렸다. 하지만 지금 상황에서는 도망도 갈 수 없다는 사실을 일찍이 인지했어야 했다.

덥석!

검은 그림자가 휙, 앞에 나타난 순간 양 팔뚝이 저릿하도록 꽉 붙들렸다.

"……!"

크게 뜬 눈으로 올려다 본 곳에는 하현달을 등진 푸른 눈이 있었다. 달의 마력을 품은 듯 몹시도 푸르게 빛나는…….

그가 그녀를 좀 더 위로 끌어 올리며 몸을 숙이자 빨려들 듯한 푸른 눈이 성큼 가까워졌다. 서로의 숨결이 피부를 간질일 정도의 거리. 그리고 그는 입가에 잔인할 만큼 짙은 미소와 함께 속삭였다.

"드디어 잡았군."

전율이…… 혈관을 타고 미끄러져 내려갔다.

2

쾅앙―!

폭발에 가까운 굉음에 사람들은 흠칫 놀랐다.

"미, 미스터 베르티!"

차분한 집사 세바스찬마저도 비명 같은 소리를 내지르고 말았다. 늘 조용히 움직이던 루카가 더없이 야만적으로 문을 발로 박차고 들어온 것은 둘째 치고!

"당장 내려놓지 못해!"

그 어깨 위에 웬 아가씨가 포대처럼 들려 있지 않은가!

어느새 나갔던 것인지, 그가 어디서 여자를 보쌈해 온 듯한 광경에 사람들은 어찌 반응해야 할지 전혀 감을 잡지 못하고 있었다. 다만 세바스찬만이 직업 정신을 발휘하여 다급히 그에게 다가갔다. 하지만 어깨 위에 들린 아가씨가 하도 발을 내저으며 난동을 부리는 바람에 좀 떨어진 곳에서 멈출 수밖에 없었다.

"미스터 베르티, 대체 이게 어떻게 된……."

세바스찬은 조마조마하며 물었다. 하지만 여자의 양 손목을 그녀의 등 뒤에서 한 손으로 잡은 채 아무렇지 않게 짊어지고 있는 루카는 그를 깨끗이 무시하고 지나갔다. 그리고 여자가 미친 듯이 발길질을 해대는 데도 아무런 영향을 받지 않는 듯 무심하게 위층으로 올라가 버렸다. 그렇게 뒤에 남겨진 사람들은 오랫동안 동결에서 풀려날 줄을 몰랐다.

"놓으라고 했잖아!"

아라는 있는 힘을 다해 저항했다. 목청껏 고함을 지르며 그를 저주하고 한시도 쉬지 않고 몸부림쳤다. 처음에는 정말 그와 마주쳐 버린 상황과 그 힘에 압도되어 말 한마디 제대로 하지 못했지만, 그의 어깨에 짐짝처럼 둘러메지는 순간 정신이 돌아왔다. 그리고 그때부터 시작해 지금까지 이 상태였다. 그러다 왕궁 같은 복도를 지나가는 도중 무릎으로 그의 가슴팍을 제대로 올려친 순간이었다. 돌덩이라도 넣어둔 건지 무릎이 아작나는 것 같은 통증에 욕지거리가 절로 나오는데, 여태 고집스레 다물려 있던 그의 입이 드디어 열렸다.

"소용없어."

그는 여전히 어디론가 가는 걸음을 멈추지 않은 채 말했다. 아라는 계속 거꾸로 매달려 있었던 탓에 얼굴이 터질 듯이 붉었고 머리 끈이 사라져 완전히 산발인 상태였다.

"저번에도 약간 이상하다 싶었는데, 민첩성을 제외한 네 육체

능력은 인간과 똑같아. 틀리나?"

아라는 반박하지 못하고 입술을 터트릴 듯이 깨물었다.

"그러니까 인간의 무기에 의존할 수밖에 없는 거겠지. 그래도 네 운동신경과 힘은 인간치곤 상당하지만, 내게 그 정도 힘으론 어림없어. 아마 그 민첩성은 암브로시아의 능력이나 뭐 그런 것일 테지?"

아라는 대답하지 않고 다시 난동을 부리기 시작했다. 하지만 그는 간지럽지도 않은 눈치였고, 오히려 그녀 쪽이 여기까지 오는 내내 거의 발광을 해댔더니 한계에 다다라 가고 있었다. 게다가 높은 곳에 거꾸로 매달려 배까지 압박된 채로 오래 있어서 그런지 속도 좋지 않았다.

여태 어떻게 살아남았는데!

가장 최악의 상황이 생길 경우 생각해 둔 자결도 시행해 보지 못하고 먹힌다면 그렇게 허무한 죽음이 또 없을 것이다. 애당초 곱게 죽을 수 있을 거란 꿈은 꾸지도 않았지만, 최소한 이런 꼴사나운 죽음을 당할 거라고는 생각해 보지 않았다.

하지만 아라가 난동을 부리든 고함을 지르든 곧장 목적지를 향해간 루카는 자신의 방문을 열고 들어갔다. 그리고 방 안에 있는 거실을 지나 또 하나의 방에 다다랐을 때였다. 갑자기 몸이 훌쩍― 떠오르더니 발이 바닥에 닿았다. 그 순간 머리에 몰려 있던 피가 퍼져 내리는 느낌에 현기증이 핑 돌았다. 덕분에 약간 비틀했지만 아라는 그 틈을 타 얼른 남자에게서 벗어나려고 했다. 하지만 몸은 내려줬어도 양 손목은 여전히 남자의 강한 손이 잡고 있었기 때문에 불가능했다.

머리 위로 까만 그림자가 드리워진 순간, 아라는 주춤 걸음을 물렀다. 손목을 잡고 있는 탓에 남자도 한 걸음 앞으로 내딛어 따라왔다. 남자의 몸이 뿜어내는 열기가 느껴졌다. 아라는 저도 모르게 떨리려는 입술을 꽉 다잡았다. 하지만 빛을 등진 채 서 있는 거대한 남자를 올려다보는 눈가가 멋대로 팔팔팔 떨려왔다. 심장의 고동이 거기서 느껴지는 것 같았다.

또 저 눈.

푸른 눈…….

마력을 품은 푸른 달. 이글거리는 파란 불꽃…….

그녀 따위 한 입에 먹어치우고도 남음직한, 숨이 막힐 정도로 강렬한 육식동물의 눈.

언젠가를 기점으로 완전히 사라져 버렸던 연약한 초식동물의 본능이 아라의 가슴속에서 팔딱거렸다. 다리가 의지와 상관없이 뒤로 물러났다. 하지만 남자는 사냥감을 궁지에 모는 사냥꾼처럼 느긋하게 따라왔다. 어느새 턱, 등에 벽이 닿았다. 더 이상 도망칠 곳은 없어. 그렇게 말하는 듯한 약탈자의 눈에 소름이 돋았다.

"날…….."

두려움 때문인지 그런 것을 느끼는 자기혐오 때문인지 아라는 뻑뻑한 목소리를 겨우 밀어냈다.

"날…… 먹어봤자 불사 따위 못해. 말해두지만."

루카는 무표정한 얼굴로 아라를 물끄러미 내려다보다, 이내 사악한 미소를 지었다. 사실 심술이 동한 악동의 미소였지만 아라는 그런 걸 알아챌 만큼 그를 잘 아는 것도 아니었고 경황이 있는 것도 아니었다. 그저 다분히 악마적인 미소에 그녀답지 않게 동요했을 뿐.

루카는 그녀의 양손을 머리 위로 들어 올려 벽에 고정했다. 당황한 아라가 반항했지만 역시 헤파이스토스의 수갑 같은 그의 손은 꿈쩍도 하지 않았다. 그리고 루카는 이런 상황에서도 고집스럽게 시선만은 피하지 않는 아라의 턱을 손가락 등으로 쓸었다. 손가락이 스치자 파들파들 떨리는 잔약한 턱이 느껴졌다. 흉포하게 깨물어보고 싶어졌다.

"글쎄……. 모르지. 그건. 확인해 보지 않는 이상."

검은 머리카락과 눈동자에 대비되어 유독 하얗게 보이는 피부가 창백하게 질렸다. 표정만큼은 강인함을 잃지 않으려 애쓰고 있었지만 공포로 짙어지는 검은 성운은 숨길 수 없었다.

검은 눈에 공포가 번져 갈수록 그녀에게서 묘한 향기가 나는 것 같았다. 꽃향기인지 초목의 향기인지는 불분명했지만 정확히, 남자를 미치게 하는 향기였다. 아마 격렬히 반응하기 시작한 호르몬의 향이리라. 그녀도 인간인 이상 그 향은 있을 테니까.

"전설이 사실인지 아닌지 곧 알 수 있겠지. 먹어보면."

그는 낮은 소리로 중얼거리고 고개를 내렸다. 아라는 질끈 눈을 감고 말았다. 하프라 그런지 송곳니는 없었지만 아무리 그녀라도 산 채로 살이 뜯길 고통을 상상하니 멀쩡히 버티고 있을 수가 없었다.

먹힌다!

"……!!"

하지만 고통을 상상하고 눈을 꽉 감은 그 순간, 무언가가 와락 입술에 부딪혀 왔다. 아라는 도로 번쩍 눈을 떴다.

눈앞에 희미하게 보이는…… 남자의 감은 눈. 그리고 코끝을 간질이는 의외로 결이 가는 금발과 턱을 꽉 잡은 큰 손, 입술에 와 닿은 촉촉한 감촉.

자신이 당하고 있는 일을 파악하지 못한 아라는 숨을 참은 상태 그대로 동그랗게 뜬 눈을 깜빡였다. 하지만 눈을 감았다 떠도, 눈앞에 있는 광경이나 직접 느껴지는 감촉은 사라지지 않았다. 그제야 상황이 파악되기 시작했다.

"뭐……!"

뭐라고 해야 할지도 모르면서 무작정 입을 연 순간이었다. 남자의 손이 턱을 밀어 올려 고개를 끝까지 들게 하는 동시에 뜨거운 유동체를 입술 사이로 밀어 넣었다.

"음!"

목줄기가 빳빳이 드러날 정도로 쭉 펴진 아라는 그 탓에 숨이 막혀 그에게 잡힌 손을 들썩였다. 그러자 혀를 뽑아갈 듯이 감아 올리던 유동체가 고르게 난 그녀의 앞 치열을 슥 훑어갔다. 그리고 이미 젖어든 그녀의 입술을 몇 번 빨았다 씹으며 잠시 숨 쉴 구멍을 터주었다. 그에 그녀가 본능적으로 숨을 들이쉬자 다시 입술이 깊이 겹쳐졌다.

"으음……. 읍……."

벽에 못 박힌 그녀의 손이 덜덜덜 떨려왔다.

살아온 세계의 특성상 그녀에게 남자란 조금 더 힘이 센 동료, 그 이상도 그 이하도 아니었다. 가끔 마음을 내비친 남자는 몇 있었지만 그들은 아라가 어떻게 돌변할지 몰라 담백 그 자체. 조금 거리를 두고 눈치 보듯 제안해 오는 식이었을 뿐이다. 하지만 이건…….

이건 다르다. 끈적끈적하고, 지독하고, 집요했다.

이런 행위, 아라는 몰랐다. 이렇게 악마가 사는 늪같이 질척한 건.

무릎에 쭉 힘이 빠지고 허벅지가 파르르 경련했다.

최대한 정신을 차려보기 위해 힘겹게 눈을 감았다 뜨자, 미친 듯이 질주하는 심장 소리가 들려왔다. 심장이 1분에 족히 200회 씩을 뛰는 것 같았다. 갈비뼈를 뚫고 나오려는지 흉곽 안에서 널 뛰기를 하듯 상하로 쿵덕쿵덕 뛰어댔다.

혈관을 타고 흐르는 피의 흐름 소리마저 들려오는 것 같았다. 마치 소라를 귀에 대고 있는 것처럼 쏴아아……. 쏴아아……. 파 도치는 소리가 되어 귓가에 이명을 퍼트렸다. 그뿐만 아니라, 긴 장이 절정에 달하면 아드레날린이 분비되는 것마저 느껴지듯 이 름을 알 수 없는 호르몬이 분비되는 감각이 소름 끼칠 만큼 생생 하게 전해져 왔다. 그 호르몬은 치명적인 바이러스처럼 순식간에 전신으로 퍼져 나가, 아라를 지배했다. 그리고 그녀가 여태 전혀 알지 못했던 감각을 일깨웠다.

그것은…… 질식할 것 같은 쾌감이었다.

남자는 너무나 능숙하게 여자를 몰아가고 있었다. 입술을 문지 르고, 겁먹어 움츠러드는 혀를 빨아올리고, 습윤한 점막을 교묘 하게 핥았다. 그리고 손은 계속해서 턱의 밑 부분에서 귀밑까지 나른하게 어루만지고 있었다. 그 부분과 말랑한 귓불이 몹시 달 아 보여 진짜로 씹어보고 싶은 충동이 드는 듯.

이내 그의 손이 쭉 뻗은 목을 훑으며 내려와 떨리는 목덜미를 어루만졌다. 그리고 좀 더 아래로 내려갔다. 하지만 여자는 아직 그것을 눈치 채지 못하고 있었다. 오로지 할딱거리느라 정신이 없었다. 티셔츠째로 한쪽 젖가슴을 아프도록 움켜잡았을 때야 번쩍 정신을 차렸다.

"그만……!"

아라는 떨리는 손을 아무렇게나 내저었다. 그래 봤자 소용없을 거라 생각했는데, 휘청거리는 몸이 벽에서 풀려났다. 그가 갑자기 그녀를 놓아준 것이었다. 무슨 심중인지는 모르겠으나 아라는 얼른 비틀거리며 도망갔다. 그를 돌아보지도 않았다. 사실 다리에 힘도 제대로 들어가지 않는 상태에서 도망가 봐야 얼마나 가겠느냐마는, 이성과 본능의 첨예한 대립 속에 다리가 무의식적으로 움직였다. 그런데 갑자기 주변이 어둑해지나 싶더니 뭔가에 걸려 넘어지고 말았다.

덜썩.

무언가 푹신한 감촉과 쿠션이 전신으로 느껴졌다. 덕분에 아프진 않았지만, 열기로 부옇게 흐려진 시야 때문에 뭔지조차 잘 알 수 없었다. 그래서 점자를 확인하는 시각장애인처럼 더듬더듬 쓸어보자, 매끈한 실크의 감촉이 손바닥 아래서 미끄러졌다.

아라는 숨을 헐떡거리며 이 감촉을 손안에 와락 움켜쥐었다.

뭔가가 이상했다. 절대적으로 이상했다.

남자와의 행위가 보통이 아니긴 했지만, 지금 자신은 꼭 엑스터시라도 한 것 같은 반응을 보이고 있었다. 아무리 황홀해도 고작 키스 한 번에 이렇게 되었다는 이야기는 들어본 적도 없었다. 하지만 자신은 남자의 입술이 닿은 순간부터 열사의 태양 아래 바싹 메마른 사막이 되어버렸다. 물이 쏟아지는 순간 빛의 속도로 흡수해 버리고, 더더욱 달라며 활활 타오르는 사막이. 오히려 탄탈로스의 갈증에 시달리고 있었던 이는 자신이었다는 듯이.

그때, 등 뒤를 점령하는 묵직한 열기가 느껴졌다. 움찔한 아라는 기어서라도 도망가려고 했지만 남자는 아주 간단하게 그녀를 내리눌러 제압했다.

신음하며 고개를 돌린 아라의 눈에 그제야 주변의 풍경이 들어왔다. 방의 가장 안쪽에 있는 침실인지 어둑한 공간에 킹사이즈의 침대가 놓여 있고, 문이 없는 입구에는 양옆으로 치워진 커튼이 걸려 있었다. 그리고 자신이 쓰러져 있는 곳은 실크 시트가 씌워진 침대였다. 남자는 침대에 가로로 엎드려 쓰러져 있는 그녀의 위에 올라타 있었다.

"헉, 허억……."

아라는 머릿속을 빙글빙글 휘저어대는 폭풍 같은 열기에 도무지 정신을 차릴 수가 없었다. 그래서 침대 위에서 본능적으로 꿈틀대는 허리의 놀림이 얼마나 남자를 자극하는지, 알지 못했다. 그저 이 무섭기까지 한 상태에서 어서 벗어나길 바랄 뿐이었다.

루카는 아라의 뒷목에 입술을 가져갔다. 혀끝으로 쓸자 촘촘히 솟아오른 솜털이 느껴지고, 촉감만으로도 달콤한 피부를 알 수 있었다. 그리고 뒷목의 근육이 바싹 긴장하는 게 전해졌다. 하지만 긴장하는 동시에 묘한 환희를 느끼듯 바르르 몸을 떨었다. 목석만큼 뻣뻣하게 굴며 발악해 댈 줄 알았는데, 의외의 반응이었다. 하지만 거의 흐물흐물 녹은 듯이 녹녹해져 있는 모습이 기대하지 않은 색향을 풍겨, 사나운 야수는 더욱 원초적인 욕망에 사로잡혔다.

조금 맛만 볼 생각이었는데, 멈출 수가 없게 되어버렸다.

루카는 아라의 머리 한쪽을 감싸고 입술을 그녀의 귀 쪽으로 옮겨갔다. 그 반드러운 머리카락을 입술로 쓸고 지나가 귓불을 깨물었다. 이 사이에 물고 가볍게 빨아들이자 이제 아라는 신음을 참지 못하는 지경에 이르렀다. 가슴을 들썩거리며 누가 들어도 놀라울 만큼 색스럽게 울었다.

이런 생물이 왜 이제야 눈에 띈 거지.

루카는 진심으로 아쉬워하며 그녀의 목덜미를 핥아가 귓가에 입술을 대었다. 그리고 목에서부터 진하게 우려져 나오는 쿡쿡, 웃는 소리와 함께 뜨겁게 속삭였다.

"처녀로군. 그렇지?"

대답이나 다름없는 신음이 들려왔다. 루카는 욕망이 뚜렷해진 하반신을 좀 더 그녀에게 밀착시켰다. 그러자 그녀는 아주 조금 이성이 돌아온 듯 힘겹게 한 팔을 뒤로 내저었다. 그러나 루카는 오히려 그 기회를 이용해 그녀의 팔 아래 빈 공간으로 손을 밀어 넣어 가슴을 쥐었다. 그리고 목덜미를 잘근잘근 씹으며 강약을 주어 쥐었다 놓았다 하자, 몇 겹의 옷감을 사이에 두고 완전히 밀착해 있는 하반신이 환희 어린 떨림을 전달했다.

"아주 귀여워. 아래가 떨리고 있군."

이건…… 내가 아냐……. 이런 건, 내가 아냐…….

하지만 남자의 품에서 벗어나려고 하면서도 어루만지는 대로 신음하는 자신을 막을 수가 없었다. 그러자 곧 아래로 내려간 그의 손이 티셔츠를 끌어올리고, 안으로 침범해 들어왔다. 그리고 스포츠 브라를 위로 밀어놓고 제 것인 양 지분거리기 시작했다. 그 손길에는 도저히 거침도 주저도 없었다.

뜨거운 손으로 와락 그러쥐었다가 젖을 짜듯이 꾹꾹 주무르고, 엄지와 검지 사이에 딱딱하게 망울진 유두를 끼워 문지르고 비볐다. 가슴이 욱신거렸다. 그가 민감한 해면체를 가지고 놀 때마다 융기의 정점에서 시작된 전류가 발끝까지 저릿저릿하게 울려왔다. 그녀는 염산에 빠진 구리보다 더욱 격렬한 속도로 부글거리며 녹아갔다. 허리가 휘고, 손은 시트의 파문 속을 헤매었다.

어느 순간 아라는 그에 의해 정면으로 돌려 눕혀졌다. 그녀에 비해 그는 크게 변화가 없어 보였다. 푸른 눈이 수천만도에 이르는 푸른 불꽃을 품은 것처럼 이글거리고, 밀착해 있는 하반신이 무서울 만큼 단단해져 있는 것을 제외하면. 그녀를 놓아준 사이에 재킷을 벗었는지 검은 티셔츠만 입고 있는 상체는 용암 같은 기운을 뿜어내는 바위처럼 단단하고 뜨거웠다.

루카는 밀려 올라간 티셔츠와 브라 덕분에 훤히 드러나 있는 그녀의 젖가슴을 보았다. 아직 조금은 덜 여물어 보이기에 이곳도 그럴 줄 알았더니, 요즘 애들 발육이 괜히 빠르다고 하는 게 아닌 모양이었다. 그의 손에야 약간 모자란 감이 있어도 충분히 풍만한 융기는 확실히 여인의 것이었다. 당도 높은 수밀도처럼 함빡 익어 사내가 한입 가득 깨물어주기만을 기다리고 있었다.

그는 천천히 고개를 숙였다. 그리고 살짝 혀를 내밀어 정점 위에 오똑 선 유두를 감싸듯이 핥으며 입속 깊이 머금었다.

아라는 목을 젖히고 울었다. 단단한 이가 생각지도 못한 곳에 닿는 찰나, 물어 뜯길지도 모른다는 공포와 함께 무어라 말할 수 없는 쾌감이 밀려왔다. 그 생소하고도 아득한 감각의 파도에 세상이 까마득히 멀어져 갔다.

"아, 안 돼……. 물면……. 물면……."

이제 거의 '아라 바이어스'라고 할 수 없는 상태가 되어버린 아라는 머릿속에 떠오르는 대로 내뱉으며 할딱거렸다. 그것도 말은 유독 높아진 목소리 덕에 어린아이가 앙탈을 부리듯이 흘러나왔다.

루카는 쿡쿡 웃더니 혀의 전면으로 유두를 핥아 올렸다. 그리고 보란 듯이 이 사이에 깨물어 잘근거리며 물었다.

"물면? 어쩔 거지?"

"하지…… 하…… 아……."

아라는 대답을 마저 끝내지 못했다. 안 그래도 그냥 흘려내던 말이 종래에 우는 듯한 신음으로 변했다. 그러자 어둑한 침실 안에는 살을 빨아들이는 마찰음과 아찔한 신음밖에 없었다.

루카는 한쪽 가슴만 성이 날 대로 날 때까지 괴롭히다가 고개를 들었다. 그리고 아라의 턱을 잡아 자신을 마주 보게 하자, 쾌락과 열기, 물기로 부옇게 흐려져 있는 검은 눈망울과 눈이 마주쳤다. 적어도 그 눈만은 순진한 처녀가 아니었다. 너무 깊어 진한 청록 빛으로까지 보이는 그 눈은 때로 완고한 늙은이 같기도 한 그의 가슴을 송두리째 흔드는 무언가가 있었다.

루카는 정말 오랜만에 뱃속 깊은 곳까지 저릿하게 울리는 욕망을 맛보았다.

저절로 고개가 내려가 그녀의 입술을 소유했다. 습하고 뜨거운 입안은 그녀의 좁은 내부를 상상할 수 있게 해주었다.

입술을 핥자, 금방 파르르 떨며 반응해 왔다. 아무래도 남자에 익숙하지 않다는 증거였다. 게다가 타인의 냄새가 묻어 있지 않은 여자를 안는다는 것이 이렇게 편한 일일 줄은 그도 생각지 못했다. 그의 예민한 후각을 자극하는 번잡한 향이 없으니 사소한 데 기쁨을 느낀다는 게 이런 일인가 싶어질 정도였다.

루카는 입술을 뗐다. 물론 그전에 한번 진하게 핥는 것도 잊지 않았다.

"울어봐. 좀 더."

젖은 입술 위에 대고 허스키하게 속삭이자 여자는 입술을 깨물며 고개를 돌렸다. 아직도 이성과 본능이 싸우고 있는 중인 것 같았다. 하지만 루카는 개의치 않고 드러난 귀에 입술을 묻었다.

"아까처럼 귀엽게 울어봐……."

귓속에 후텁지근한 숨결과 함께 불어넣어지는 짙은 목소리가 아라의 달팽이관을 강하게 진동시켜 왔다. 머리가 아찔해졌다. 그 울림이 깊은 목소리가 뱃속까지 휘젓는 기분이었다. 어떻게 이렇게까지 깊이 울리는 목소리가 있을 수 있는 걸까…….

두 사람 사이에 다시 소리가 사라졌다. 바스락거리는 소리 외에는 아라가 모질게 입을 다문 탓에 신음조차 없었다. 그런데 너무 집중을 했기 때문일까.

"어이, 루카. 새벽 댓바람부터 웬 소란……."

익숙한 목소리가 침실의 문가에서 들려올 때까지 그 인기척을 눈치 채지 못했다.

그대로 우뚝 멈춘 채 시선만 옆으로 보내자, 빛을 등지고 나타난 리처드가 말을 하다 말고 눈을 휘둥그레 뜨고 있는 모습이 보였다.

리처드는 정지 화면처럼 굳어 있다가 천천히 시선을 내려 루카의 아래 깔린 여자를 보았다. 그리고 저도 모르게 '아' 하는 외마디를 내었다. 루카에게 가려져 얼굴과 팔밖에 보이지 않겠지만 아마 누구인지 깨달은 것이리라. 하지만 루카는 조금의 동요도 보이지 않는 무표정으로 말했다.

"거기서 계속 보고 있을 건가?"

리처드의 얼굴에 드물게도 뚜렷한 난감함이 떠올랐다.

"어, 음. 미안하군. 자리 비켜줄 테니 신경 쓰지 말고 계속해."

그러더니 리처드는 깔끔하게 왔던 길을 되돌아갔다. 그 모습에서 시선을 떼고 여자를 내려다보자, 그녀도 리처드가 사라진 쪽을 보고 있었다. 입을 떡 벌린 채로. 그리고 곧 고개를 돌려 루카를 바라보았다. 다소간 열기가 가신 눈은 경악과 불가해, 이 상황을 믿고 싶지 않은 불신으로 가득 차 있었다.

루카는 그것이 마음에 들지 않았다. 뾰족하게 가시를 세우고 앙탈 부리는 것도 좋지만, 적어도 지금은 다시 그 여자를 되찾고 싶었다. 만지면 만지는 대로 솜사탕처럼 녹아들며 귀엽게 신음하는 여자를.

"근데 이건 진짜 순수한 호기심에서 묻는 건데."

아직 문 옆에 있는 줄이야 알았지만 금방 갈 줄 알았더니, 리처드는 모습을 보이지 않은 채로 말을 걸어왔다.

"서로 합의는 한 거겠지?"

"리처드 레인스터……."

오랜만에 루카가 감정을 드러내며 으르렁거리는 목소리에 생각보다 짙은 살의가 묻어 나왔다. 하지만 리처드는 태연하게 다시 말을 꺼냈다.

"난 정말 오지랖 넓게 굴고 싶지 않다? 솔직히 내가 나보다 큰 사내놈한테 간섭하고 싶겠냐고. 근데 거기 아가씨는 내가 첫사랑만 성공했어도 딸 같은 나이라⋯⋯."

서른다섯에 스물 초중반이면 부모 자식 관계로는 무리지만, 리처드는 한껏 오버해 주었다.

"가슴속에서 막 부정이 움틀거리네. 금이야 옥이야 기른 딸이 시커먼 산도적 같은 놈에게 보쌈당해 간 것 같은 기분이 드는 이유는 왜일까나."

루카는 침묵했다. 저 깐족거리는 놈이 저러고 덤비는 이상 어떻게든 물고 늘어질 게 자명했다. 이 저택이 아니라 다른 곳으로 갔어야 하는 건데, 가장 가깝다 보니 그냥 여기로 온 것부터가 문제였다. 게다가 이미 나간 줄 알았더니, 하필 오늘 평생 부리지 않던 게으름을 부리고 있었던 모양이다.

루카는 아라의 티셔츠에서 손을 빼고 일어나 앉았다. 그러자 이성이 돌아오고 있는 아라는 차갑게 그를 밀쳐 내고 몸을 반대쪽으로 돌렸다. 아직 일어설 힘은 없는 듯했다. 루카도 잠시 거기에 말없이 앉아 있었다. 개별의 생물체가 된 것처럼 살아 날뛰는 몸을 진정시키기 위해서였다. 한참 두 사람이 숨을 고르는 소리만 들려왔다. 마침내 먼저 일어난 인물은 루카였다. 루카는 죽은 듯이 누워 있는 아라의 등을 한 번 보고, 별다른 말 없이 밖으로 나섰다.

리처드는 장식장 앞에 팔짱을 끼고 서 있었다. 그러다 밖으로 나오는 루카를 발견하고는 매우 불량한 시선으로 머리부터 발끝까지 훑어보았다.

"너, 어쩐지 밤마다 발정난 개처럼 정신없이 싸돌아다닌다 싶었더니⋯⋯. 그런 거였냐?"

"그런 거였지."

루카는 담백하게 인정했다.

"하느님 맙소사."

리처드는 오랜만에 할 말이란 것을 잃었다. 몇 마디 과묵한 말로 그의 입을 다물게 하는 이는 실로 이 지상에 루카 베르티라는 생물밖에 없을 것이다.

솔직히, 아주 소올직히, 한번은 설마 이런 의미가 아닐까 생각해 본 적도 있긴 했다. 그래도 설마 싶었다. 딱 한 번 만났을 뿐이고, 그때도 결코 좋은 분위기는 아니었으니 그럴 건더기나 있었을까 하고 가볍게 치부해 버리고 말았던 것이다. 하지만 인간과 이류는 어디가 달라도 다른 건지 딱 한 번 만난 여자를 기어코 찾아내서⋯⋯.

게다가 헌터 셉텝이 예쁘장하긴 하나, 리처드에게 어필하기로는 '성격 나쁜 여동생' 정도였으므로 더더욱 설마 싶었다. 취향 차이라는 단어가 괜히 있는 건 아닐 테지만, 여태 봐온 루카의 취향 역시 헌터 셉텝은 아니었다. 그는 어쨌든 몸매가 훌륭한 요부가 취향이지 않던가. 아니, 뭐, 헌터 셉텝도 몇 년만 지나면 그런 여자가 될 것 같긴 해도 지금은 약간 부족한 감이 있었다. 아주 소녀는 아니지만 아직 어딘가 덜 핀 꽃 같다고 해야 할까. 딱히 어려 보이는 외모도 아닌데 그런 느낌인 것도 독특하기는 했으나, 그가 그녀에게 시선이 가는 것이라면 그 '독특함' 정도뿐이었다.

"나이 드니 싱싱한 영계가 고프디? 팔딱팔딱 살아 날뛰는 생명력이 필요해?"

리처드는 장식장 위에 놓여 있던 담배를 집어 들고 한 대 꺼내 무는 루카를 보며 매섭게 쏘아붙였다.

"원조교제는 이 엄마가 용서 못한다!"

이 녀석……. 얼마 전에 한 번 엄마라는 단어를 사용하더니 꽂힌 모양이었다. 그 후로 종종 써먹는 걸 보면.

"원조교제는 성인과 미성년 사이가 아니었나?"

"요즘 애들 겉늙어 보이는 거 모르냐? 미성년자 아니라는 확신이 어디 있어!"

"적어도 몸은."

"너 그러다 큰코다치……."

달칵.

들려온 소리에 리처드는 얼른 침실 쪽을 돌아보았다. 커튼의 그림자 아래서 가냘픈 인영이 걸어나오고 있었다. 사람이 살다 보니 이런 상황도 다 겪는구나 싶어 그답지 않게 은근히 긴장하는데, 마침 여자의 모습이 완전히 침실 밖으로 드러났다.

옷차림은 정리한 듯 크게 이상한 점을 찾을 수 없었지만, 가슴 밑까지 흘러내리는 머리카락은 아직 좀 어지러운 상태였다. 리처드를 놀라게 한 것은 그게 아니었다. 고개를 살짝 삐딱하게 꺾고 루카를 바라보는 그녀의 눈이었다. 도저히 인간이라 볼 수 없을 만큼 선명한 살기……. 소름 끼치도록 차가운 눈이 마치 파르무

레한 광채를 머금고 있는 것처럼 보일 지경이었다. 그와 대비적으로 새하얗게 질린 얼굴은 티끌만큼의 감정도 보이지 않아 무기질의 인형처럼 보여 더욱 섬뜩했다.

이성을 되찾고 좀 전과는 180도 변해 버린, '아라 바이어스'가 그곳에 있었다.

아라는 한 걸음 내딛더니 소리도 없이 그들에게 다가오기 시작했다. 루카는 담배를 피며 그 모습을 미동도 없이 지켜보았다. 그녀는 정확히 그의 앞에 섰다.

그때 리처드는 이 아가씨를 꽤 높게 쳐줄 마음이 생겼다. 사실 루카 앞에 똑바로 서는 사람은 많지 않았다. 리처드마저도 그의 바로 앞에 서는 일만은 되도록 피할 정도였으니까. 뭐랄까, 발로 걷어차 버릴 것 같다고나 할까. 꺼져, 하고. 하지만 적어도 이 아가씨는 전혀 위축되지 않았고, 루카도 그녀를 걷어차 버린다거나 하는 짓은 하지 않았다. 그저 내려다보고 있을 뿐이었다.

그녀가 루카의 앞에 서니 그제야 두 사람의 정확한 체급 차이가 보였다. 몸의 비율이 좋아서 그런지 좀 더 클 줄 알았는데, 그녀는 딱 루카의 어깨까지 왔다. 그런데 두 사람은 언밸런스하면서도 묘하게 조화를 이루는 무언가가 있었다. 금발에 푸른 눈과 흑발에 검은 눈동자라는 철저한 색의 대비 때문인지, 어설프게 차이나는 것보다 오히려 확실하게 차이나는 체급 때문인지는 알 수 없었다. 혹은 그 둘 다일 수도 있었다.

그런 두 사람은 한동안 서로를 응시하기만 했다. 리처드는 도저히 그 시선의 교차에서 어떠한 감정들이 오가고 있는지, 알 길이 없었다. 단지 서로를 잡아먹지 못해 안달난 두 마리의 맹수가 있다면 꼭 저런 모습이지 않을까 싶었다. 각자 의미가 상당히 다른 것 같긴 했지만.

터질 듯한 긴장감만이 가득한 순간, 갑자기 그녀가 손을 들어 올렸다. 그리고…….

짜악!

"헉!"

리처드는 막을 새도 없이 놀란 소리를 터트렸다. 얼마나 독기를 품고 날렸는지 소리가 정말 제대로 났다. 루카의 고개가 돌아갈 정도로!

리처드는 루카가 이 자리에서 셉템을 머리부터 씹어 먹을 거라고 생각했다. 하지만 루카는 묵묵히 고개를 원위치시킬 뿐이었고, 뜻밖에도 그 눈에는 전혀 노기가 없었다.

"그 정도 힘으론 어림도 없다고 했을 텐데."

그 순간 아라의 눈이 진심으로 살의에 빛났다. 그리고 오히려 불길할 만큼 건조하던 얼굴에 펄펄 살아 날뛰는 증오가 나타났다.

눈에 거의 광기와 흡사한 독기를 품은 아라는 두 번 생각할 것도 없이 옆 장식장 위에 놓여 있던 도자기를 들어 올렸다. 그 순간에는 손에 잡히는 거라면 아무거나 좋았다.

"워허우! 아가씨! 그게 얼마짜린 줄……!"

와장창창창!

리처드가 깜짝 놀라 말리려는 것도 헛되이, 결국 진품 빅토리아 여왕 시대의 도자기는 바닥에 부딪혀 완전히 산산조각나 버리고 말았다. 하지만 리처드는 그 자리에서 양손을 어색하게 들어

올린 채 굳어 있을 수밖에 없었다. 바로 그의 코앞을 스쳐 지나간 도자기 때문이었다.

"나한테 다가오지 마!"

방향을 틀어 도자기를 리처드 쪽으로 내던져 버린 아라는 위험한 짐승처럼 으르렁거렸다.

자신이 남자의 손길에 그런 반응을 보인 건, 정말 뭔가 씌었다고 할 수밖에 없었다. 중간부터 기억이 날아가다시피 해서 무슨 일이 일어난 건지도 확실하지 않았지만, 그건 절대 그녀가 아니었다. 그럼 누구냐고 물어도 소용없는 일이었다. 뭔가 어떻게 된 건지 모든 게 불확실한 이 상황에 딱 한 가지 확실한 게 있다면, '그건' 아라 바이어스가 아니었다는 것.

분명 뭔가가 잘못되긴 잘못되었다. 하지만 아라는 어디서부터 그 잘못을 바로잡아야 할지 알 수 없었고, 정확한 이유가 뭔지도 알 수 없었다. 그런데 이 카오스 같은 상황을 만들어낸 '원인'이 바로 눈앞에 있었다. 가슴속에서 극렬하게 발화하는 감정을, 폭발시키지 않고는 견딜 수가 없었다. 그에게 빼앗긴 총이 손에 있었다면 당장 방아쇠를 당겼으리라.

양손을 들어 올린 미묘한 자세로 그런 그녀를 쳐다보던 리처드는 말없이 손을 내렸다. 그리고 갑자기 태연해져서는 빙긋이 웃었다.

"아침 식사 전이죠?"

"뭐?"

아라는 저도 모르게 반문했다. 그러자 리처드는 손목시계를 확인하더니 말했.

"전 아직 아침을 먹지 않았거든요. 여기 이 친구도 밤새 이류 친구들을 상대해 주느라 빈속일 테니……."

리처드는 무표정하게 서 있는—그러나 눈으로는 또 무슨 헛소리를 지껄이려고 하는 거냐, 라고 묻는 듯한—루카를 흘긋 보곤 다시 아라에게 시선을 돌렸다. 그리고 아침 햇살마냥 화사하게 웃었다.

"마침 여기 있는 모두 배가 고픈 상태로군요. 함께 식사를 하라는 계시로 느껴지지 않습니까?"

반가운 지인이라도 만난 듯 환한 미소와 물 흐르듯 걸리는 구석이 전혀 없는 언변에 아라는 빛을 본 뱀파이어처럼 주춤하고 말았다. 그 눈에는 '뭐지, 이 외계인은'라고 말하는 듯한 감정이 고스란히 드러났다.

"일단 위험한 동물을 경고도 없이 풀어놓은 건 사과드리죠."

"뭐?"

아라는 또 반문할 수밖에 없었다. 하지만 리처드는 진지하기 이를 데 없는 표정으로 팔짱을 끼고 매우 곤란하다는 듯 말을 계속했다.

"우리에 가둬두려고 해도 포악하기 이를 데 없는 동물이라 그게 또 쉽지 않단 말이죠. 게다가 이 동물을 가둬둘 수 있는 우리는 일단 지구상에 존재하지 않는 터라……. 웬만한 건 발길질 한 방이면 날아가 버리거든요. 무식하게 힘은 어찌나 좋은지."

아라는 저도 모르게 루카를 돌아보았다. 그는 팔짱을 낀 채 비스듬히 담배를 물고 있었다. 얼굴은 변화없이 무표정했다.

위험한 동물…… 이라면 위험한 동물이지만, 저 남자를 그렇게도 표현할 수 있나 싶어 당황스럽기까지 했다.

"게다가 몰랐는데 식사 매너까지 좋지 않군요. 다 익었는지도 모를 걸 냉큼 주워와서는 먹어버리려고 하다니……."

리처드는 물끄러미 아라를 내려다보며 중얼거렸다. 하지만 아라는 루카를 보고 있느라 그 말을 놓쳤으므로 어떤 의미에서는 다행이었다.

"아무래도 교육을 다시 시켜야 하나 봅니다. 정말 남 보기 부끄러워 밖에 내놓을 수가 없군요. 어쨌든 주인으로서 책임감을 느껴 대신 사과하는 의미에서 식사를 대접하려고 하는데, 어떻습니까?"

"누가 주인이냐."

그제야 루카가 입을 열었다.

"거기 버릇없는 축생은 입 다물고 있으시지?"

루카는 필터를 가볍게 이로 물었다. 최근 너무 기어오르게 놔둔 모양이었다. 이제 아주 생각나는 대로 그냥 말하는 걸 보면.

"웃기지 마!"

정신 좀 차리게 해줘야 하나 생각하고 있는데, 여자가 다시 고양이처럼 바싹 털을 세웠다.

"누가 뱀파이어 따위와!"

"전 순도 100%의 불순물 없는 인간입니다만?"

순금도 아니고, 리처드는 억울하다는 듯 선서하는 손동작과 함께 말했다.

"뱀파이어나 그 동료나 내겐 똑같아! 누가 이런 곳에 1초라도 더 있을 줄 알아!"

악에 받쳐 외친 아라는 세 방향으로 뚫린 입구 때문에 어디로 가야 할지도 모르면서 무작정 걸음을 옮겼다. 하지만 곧 등 뒤에서 들려온 말에 멈춰 설 수밖에 없었다.

"이런, 아가씨. 오해하면 곤란합니다. 분명 여기 있는 이 무서운 오빠의 반쪽은 뱀파이어일지도 모르겠지만, 저는 뱀파이어인 그를 돕고 있는 게 아닙니다. 제가 돕고 있는 건 그의 다른 반쪽, 인간입니다."

아라는 여전히 독이 묻어 있는 눈으로 그를 돌아보았다.

"저는 이 남자에게 흡혈을 종용한 적도, 살인을 도운 적도 없습니다. 물론 보시다시피 그는 흡혈을 하지 않고 햇빛 아래서도 멀쩡히 돌아다닐 수 있지만요."

아라는 그제야 깨달았다. 방은 이미 아침 햇살로 인해 환하게 밝아와 있고, 루카 베르티는 너무나 멀쩡하다는 걸.

오히려 그는 햇빛 속에서 더 환해 보였다. 여신의 금색 머리채 같은 햇빛이 전면 창을 통해 가득 쏟아져 내리는 아래, 그의 금발은 진짜 황금을 녹여 뽑아놓은 것 같았고 여전히 강렬한 푸른 눈은 진한 물빛으로 보였다. 그리고 백인이라고 해도 유독 흰 피부는 햇빛과 구분이 되지 않을 정도였다. 빛 속에서 찬란한 금발과 어우러지는 피부는 과장없이도 천상의 혈통으로 느껴졌다.

문득 그의 등 뒤에 걸려 있는 그림이 눈에 들어왔다.

그의 세 배쯤 될 듯한 커다란 액자에는 르네상스풍의 그림이 걸려 있었는데, 대천사 미카엘이 금빛 머리칼과 흰 토가(Toga)*를 휘날리며 정의의 창을 쥔 채 구름을 타고 지상으로 강림하는 모습을 옆에서 본 듯한 그림 아래의 루카 베르티는······.

＊Toga: 고대 로마 시민이 입은 겉옷

뭐라고 설명할 수가 없었다.

위아래로 검은색 일색의 옷이나 전혀 겸손함이 보이지 않는 자세, 그리고 존재감 자체는 천사라기보다 확실히 악마에 가까웠지만, 확신이 흐려졌다. 외모 따위에 흔들린 건 아니었다. 단지 '뱀파이어는 햇빛 아래 존재할 수 없다' 라는 명제가 부정도 할 수 없을 만큼 절대적이기 때문이었다.

그렇다면 '저건' 뭐지? 남성적인 형태의 천사 같기도 하고, 천사가 타락한 악마 같기도 하고, 위험한 금빛의 야수 같기도 한…….

그와 교환하고 있는 시선 아래 그녀의 숨이 약간 가빠졌을 때였다.

"물론 그가 당신에게 신용을 잃은 건 이해합니다. 자업자득이죠."

아라는 리처드를 돌아보았다. 짧게 깎은 손톱이 손바닥에 박힐 만큼 주먹을 꽉 쥐고 있다는 걸 깨달았지만, 손에 힘을 풀 수가 없었다.

"하지만 적어도 저는 아니지 않습니까? 그가 저와 관계없이 한 행동 때문에 저까지 평가절하당하는 건 참을 수 없군요. 기회란 건 모두에게 평등할진대, 제게 기회도 주지 않는 건 좀 잔인한 짓이라고 생각하지 않으십니까? 아, 이상한 의미는 아니니까 걱정 마십시오. 악의는 없지만 아가씨는 아무래도 좀 어린 것 같은데……. 전 확실히 성인 여성 취향이거든요."

리처드는 빙긋이 웃으며 말을 마쳤다.

"난……."

흥분했을 때처럼 무례한 말투로 말하려던 아라는 잠시 말을 삼켰다. 아직 적개심은 그대로였지만, 좀 차분해지고 나니 그마저 이런 말투를 들을 이유는 없다는 생각이 들었기 때문이다.

"당신 취향은 아무래도 좋지만 성인이 아니라는 말을 들을 이유는 없어요."

"흠, 역시 동양인은 좀 어려 보여서……."

그러는 남자도 섞인 것 같았지만 굳이 지적하지는 않았다.

"스물네 살이면 법적으론 확실히 성인인 거 아닌가요."

리처드는 왠지 흐뭇한 눈으로 루카를 돌아보았다. 적어도 원조교제는 아니니 안심하라는 눈치였다. 그걸 확인하기 위해 일부러 교묘하게 말을 돌린 것 같았다. 자기 옆에 원조교제범이 있을까 그리도 걱정이 된 모양이었다. 묘한 데서 보수적이랄까.

"어쨌든 그럼 외박했다고 큰일 나는 어린아이도 아니고, 기왕 외박한 거 아침까지 먹고 가는 게 낫지 않겠습니까?"

그를 바라보는 아라의 눈매가 길게 찢어졌다.

"당신들의 장난에 휘둘릴 생각은 없어요. 조직에 대해 물을 생각이면 차라리 혀를 깨물고 죽을 거니 소용없다고 하겠고, 불사할 수 있는지 확인해 볼 생각이라면 말리진 않겠지만 그만한 대가를 내놔야 할 거예요. 이를테면."

냉혹하게 빛나는 검은 눈동자가 두 남자를 훑어갔다.

"심장이라든가."

리처드는 '어라' 하고 생각했다. 이 아가씨, 의외로 뒤에 도사리고 있는 위험한 축생과 비슷한 종류가 아닌가 싶어서. 다분히 스테레오 타입의 악마 같은 요구이긴 했지만 대가로 심장 운운하는 것부터가 그러했다. 특히 그걸 진심으로 말한다는 것 자체가 보통 사람들에게선 찾아보기 힘든 공통점이었다.

그런데 공통점도 꼭 그리 무서운 거여야 하는 건가.

루카라면 또 모르겠지만, 적어도 이 아가씨는 피만 봐도 기절할 것 같은 외모를 지니고 있으면서 말이다. 성격 탓인지 눈매가 탁 치켜 올라간 게 자못 날카로워 보이긴 했지만 기본적으로는 '선이 가는 소녀'라는 느낌이었다.

"제가 허튼짓을 한다면 그땐 제 심장으로 푸아그라를 해먹든 대학 실습교재로 기증하든 상관하지 않아요. 하지만 그전까지는 괜찮은 거겠죠? 원한다면 헛짓거리하지 않겠다고 각서라도 쓰죠. 솔직히 전 아가씨 조직에 관심이 없으니까요. 불사에는 약간 흥미가 있지만…… 흠, 아직 인간을 그만둘 생각은 없군요."

아라는 도대체 이 남자가 자신과의 아침 식사에 집착하는 이유가 뭔지 불가해했다. 누군가처럼 흑심이 있어 보이는 것도 아니고, 다른 특별한 이유가 있는 것 같지도 않은데……. 하지만 아라는 정말 1초도 더 이곳에 있고 싶지 않았다.

아직도 자신을 삼킬 듯이 바라보고 있는 한 남자 때문에.

저 눈빛에 질식할 것만 같았다. 저 눈빛이 피부로 스며들 때마다 아직 성나 있는 가슴이 욱신거리고, 왠지 모르게 오금에 힘이 빠졌다. 그 감각에 자신이 뭔가 다른 생물이 된 것만 같아서, 아라는 공포까지 느꼈다.

"필요없으니 돌아가겠……."

"먹고 가는 게 좋을걸."

불쑥 루카가 말했다. 아라는 움찔했다. 하지만 그는 아라 쪽은 쳐다보지도 않고 탁자 위의 재떨이에 담배를 비벼 끄고 있었다.

"한 번 그러기로 결심한 걸 순순히 무를 녀석이 아니니까."

그 어조는 그녀와 아무 일도 없었던 사람 같았다. 무심하고, 무감동하고, 무관심했다. 침대 위에서는 꽤 웃음이 잦았던 것 같은데, 그에게는 저 상태가 보통인 모양이었다.

순간 아라는 턱이 아릴 정도로 이를 악물었다.

침대 위라니, 미치지 않고서야 그런 걸 다시 떠올릴 리가……

"식사 후에는 고이 집으로 돌려보내 드린다고 약속하죠."

리처드는 온화하게 웃으며 쐐기를 박았다. 그래도 한참 가만히 서 있기만 하던 아라는, 사나운 눈으로 으르렁거리듯 말했다.

"정말 그뿐이겠죠."

사실 아라는 불현듯 급격한 피로가 몰려오기 시작해 더 이상 그와 입씨름하고 있을 기운이 없었다. 게다가 이러고 있으니 대충 아침 식사를 하고 가는 게 더 빠를 것 같다는 생각이 들었다. 그러자 리처드는 인심 좋은 옆집 오빠처럼 웃으며 다가와 아라에게 손을 내밀었다.

"그럼 늦었지만 제 소개를 하죠. 리처드 레인스터라고 합니다."

"아……"

거의 자동적인 반응으로 손을 내밀며 본명을 말할 뻔했던 아라가 움찔하면서 멈춤과 동시였다.

"리처드 레인스터."

리처드도 움찔했다. 쫙 깔리는 목소리도 목소리거니와 루카가 그를 풀 네임으로 부르다니……. 그건 그가 기분이 아주 좋을 때나 아주 나쁠 때 나타나는 증상인데, 아무리 봐도 저 목소리가 기뻐서 그러는 것 같지는 않았다. 오히려 이쪽의 머리를 뽑아버리고 싶을 만큼 기분이 나쁘면 나빴지.

리처드는 아라에게 애매한 웃음을 지어 보이며 어색하게 손을 거두었다.

"자, 그럼 식당으로 가볼까요?"

동의는 했지만 역시 선뜻 내키지가 않아 떨떠름한 표정으로 올려다보는데, 문득 리처드가 루카를 돌아보고 말했다.

"어? 넌 안 가?"

아라도 루카 쪽을 돌아보았다. 의외로 그는 함께 식사할 의향이 없는지 방의 다른 쪽에 있는 문으로 다가가고 있었다. 곧 그에 의해 열린 문 너머를 힐끗 보니 고급 인테리어 전시장인지 욕실인지 알 수 없을 만큼 호화로운 욕실이었다.

루카는 흘긋 두 사람을 돌아보더니, 아무 말 없이 욕실 안으로 사라져 버렸다. 그러자 리처드는 쯧쯧 혀를 내찼다.

"저런 무심한 태도라니, 섬세한 마음은 넝마가 된다고."

그렇다는 건 함께 식사할 마음이 없다는 의미리라. 순간 뭐라이루 말할 수 없는 안도가 느껴지는 동시에 아라는 '뭐야?' 하고 울컥한 마음이 들었다. 그와 한 식탁에서 하하호호 밥을 먹는 장면 따위 상상조차 하기 싫지만, 이건 꼭…… 먹다 버려진 음식이 된 것 같은 기분이랄까. 그렇게 생각하자 뭔가가 더 울컥 치받쳐왔다.

좀 전까지만 해도 물고 빨며 좋아하던 게 누군데 이젠 저런 자기 알 바 아니라는 태도라니!

"당신."

아라는 여전히 루카가 사라진 욕실에서 시선을 떼지 않은 채 살기가 담긴 목소리로 읊조렸다. 그러자 리처드가 자신을 쳐다보는 게 느껴졌다.

"새로 보기로 했어요."

그 말에는 리처드마저도 의아한 기색이었다. 그녀를 설득하기 위해 수면 위에 입만 뜬 붕어처럼 열심히 입을 놀리긴 했지만 이 시점에서 그리 새로 볼 건 없을 것 같은데…….

"저런 머리까지 근육으로 됐을 것 같은 남자랑 잘도 지내는 거 보니까 존경심까지 느껴지는군요."

순간 리처드는 손으로 턱! 제 입가를 막았다. 아, 안 돼. 리처드 레인스터. 진정해. 지금은 때가 아냐. 하지만…….

"으하하하핫!"

아라는 진심으로 깜짝 놀랐다. 그래서 욕실을 노려보던 것도 잊고 화들짝 리처드를 돌아보자, 그는 배를 부여잡고 웃고 있었다.

"루, 루카가 머리…… 근육……. 저 녀석에게 그런 표현, 방법이 또……. 크하하핫…….."

"뭐, 뭐……."

당황한 아라가 더듬거리기까지 했지만, 리처드는 옆의 장식장을 잡으며 곧 죽을 것처럼 웃어댔다. 겉보기에는 참으로 허우대 멀쩡한, 아니, 이제 보니 꽤 잘생기기까지 한 남자가 장식장을 끌어안고 실성한 것처럼 웃는다……. 아라는 그가 광우병에 걸린 소나 돼지 콜레라에 걸린 돼지고기를 먹었을 가능성이 얼마나 되는지 매우 궁금했다.

"아가씨."

리처드는 한참을 그렇게 웃더니 또 이번에는 너무나 진지하기 그지없는, 회의장에 들어선 사업가 같은 눈으로 그녀를 바라보았다. 그리고 엄지손가락을 치켜세웠다.

"You Win."

아라는 머리가 아찔해졌다.

'에블린…… 너.'

아라는 진심으로, 매우, 아주, 진지하게 그녀의 동료에게 묻고 싶었다.

'이 남자가 외계인인 건 알고 있니.'

뇌까지 근육으로 찼을 것 같은 하프 뱀파이어와 소행성 B613호에서 온 게 분명한 외계인…….

여기는 악의 소굴이다.

아라는 단정 지었다.

3

　욕실에 들어온 루카는 휙 티셔츠를 벗어 올렸다. 그리고 욕조의 반대편에 있는 벨벳 소파에 아무렇게나 던져 놓고 막 거울을 보는데, 밖에서 이상한 웃음소리가 들려왔다. 처음에는 뭐냐, 하고 문 쪽으로 시선을 돌렸지만 웃음소리의 주인공이 리처드라는 걸 인식하자마자 다시 고개를 돌려 버렸다. 저 실없는 게 그 여자 앞에서 웃는다면 뭔가 자신의 욕을 들었다는 의미일 테니까.

　루카는 세면대에 양손을 짚고 거울을 바라보았다. 잠시 반사된 빛이 스쳐 지나간 은빛 거울에 금빛의 남자가 비춰졌다. 무표정한 얼굴에는 아무런 감정도 없었다. 애초에 나기를 그다지 감정의 굴곡이 없는 성격으로 났지만, 이제 와서 감정이란 것의 영향을 받기에는 그는 비 온 뒤 너무도 단단해진 땅이었다.

　완고함. 공포. 무자비함. 압도적. 비도(非道). 냉혈.

모든 게 그를 지칭하는 이름.

그가 타인에게 그런 인상을 주는 건 핏줄상 당연한 이야기인지도 몰랐다. 실제로도 그리 다르진 않았고. 그 여자 역시 그에게서 그런 인상을 받는 모양이었다. 하지만 적어도 그녀는 그것이 자신을 압도하게 내버려 두지 않았다.

공포는 느끼지 않는 게 아니라 극복하는 것이라 했던가.

느릿하게 손을 들어 제 볼가를 감싸 쥔 남자의 표정이 아주 약간이지만 미묘해졌다.

"여자에게 뺨을 맞은 건 처음이로군."

때로 여자란 생물은 남자보다 강한 존재라, 남자라면 엄두도 못 낼 그의 앞에서 화를 내거나 짜증을 부린 여자는 몇 있었지만 뺨은 최초였다. 더욱 놀라운 것은 전혀 화가 나지 않는다는 점이었다. 오히려 그녀가 공포에 짓눌리지 않고 뺨을 날려줄 정도의 강단을 가지고 있다는데 다행이라는 생각이 들었다.

"그래야지."

문득 루카의 입가에 핏물이 밴 듯한 웃음이 살아났다. 잔인한 웃음이었다.

"그래야 사냥이 더 재미있어질 테니까."

아라는 갑자기 등골이 오싹해졌지만, 신경 쓰지 않았다. 어차피 여기는 두 괴물이 도사리고 있는 악의 소굴. 편안하다면 더 이상한 이야기였다.

"아 참, 숙녀분의 이름은? 아까 다시 묻는다는 걸 깜빡했군요."

시선을 들자, 식탁의 반대편에 앉은 리처드가 빙그레 웃으며 물었다.

"셉템."

아라는 단호히 대답했다.

"그 이름 말고……."

"셉템이면 충분해요."

졸라볼 틈도 주지 않는 고집스러운 말에 리처드는 미묘하게 웃었다. 그리고 으쓱 어깻짓을 했다.

"뭐, 그러시다면."

그 담백한 수긍을 끝으로 어색한 침묵이 감돌았다. 하지만 리처드는 그 침묵에서 전혀 어색함을 느끼지 않는 듯 자못 우아하기까지 한 태도로 차를 음미하며 마셨고, 점차 초조해지는 것은 아라뿐이었다. 결국 기나긴 침묵의 끝에, 대못들을 거꾸로 박아놓은 것 같은 가시방석에 앉아 있던 아라가 먼저 말을 꺼냈다.

"저 남자는 뭐죠?"

리처드는 '음?' 하고 고개를 들었다. 그리고 아라가 그들이 온 방향 쪽으로 흘긋 고갯짓하는 것을 보더니, '아아' 하고 꽤나 느긋한 소리를 흘렸다.

"루카 베르티죠."

"그게 아니라……."

성마르게 입을 열었던 아라는 도로 입을 닫았다. 자신이 무엇을 묻고 싶은 건지 스스로도 알 수 없어서였다.

"루카 베르티다―라고 말씀드릴 수밖에 없군요. 뭐, 절대 본명은 아닐 거라고 생각하지만요."

아라는 의아하게 그를 바라보았다. 하지만 리처드는 여전히 여유로운 태도로 차를 음미하고 있을 따름이었다. 그 사실이 전혀 그를 괴롭히지 않는다는 듯이.

"왜 그렇게 생각하는 거죠?"

"간단하죠. 베르티라는 성은 너무 흔하거든요. 절대 저 녀석의 진짜 성일 리가 없어요."

평범한 것이 어울리지 않는 남자……. 우스운 잣대지만, 납득은 되었다. 하지만 그런 것보다…… 뭐라고 해야 할까…….

"당신들, 서로를 믿지 않는군요."

단어를 고르고 할 틈도 없었다. 아라는 머릿속에 섬광처럼 떠오른 생각을 바로 내뱉었다.

찻잔을 기울이던 손이 멈칫했다. 그리고 리처드는 슥 눈만 들어 그녀를 보았다. 그 눈빛에 아라는 자신이 제대로 맞혔다는 것을 알았다.

"이름조차 제대로 본명을 말할 거라고 생각하지 않고 있어요."

조금은 불쾌한 표정을 지을 거라 생각했건만, 리처드는 빙그레 웃으며 전혀 노기가 묻어 있지 않은 동작으로 조용히 찻잔을 내려놓았다.

"글쎄요, 조금 다르다고 말씀드려야겠군요. 솔직히…… 본명을 말했을 거라고 믿지 않는다고 하신다면, 네. 믿지 않습니다. 하지만 저 녀석이 절 죽이거나 약속 사항을 위배할 거라고 생각하지 않느냐고 하신다면, 아뇨. 그 녀석을 믿는다고 해야겠죠."

아라는 무어라 답해야 할지 알 수 없었다. 그녀로서는 이해하기 힘든 잣대였다.

"저희 할아버님, 아서 레인스터 경께서는 상당히 대하기 힘든

분이셨거든요."

그런데 리처드는 갑자기 뜬금없는 이야기를 시작했다.

"……?"

"노인네가 꼬장꼬장해서 성질은 얼마나 독불장군인지 뭐만 조금 마음에 들지 않으면 대번에 밥상부터 엎었죠. 그분의 머리 위에는 사람이고 신이고 없었거든요. 신이 있다면 자기 발치에 내던지고 '네놈이 감히 어딜!' 하고 역정을 내실 분이었죠."

아라는 살짝 미간을 찌푸렸다. 왜 갑자기 그런 이야기를 하는지 알 수 없기 때문이기도 하고, 스크루지 영감이 울고 갈 심술쟁이 할아버지가 떠올랐기 때문이다. 무엇보다 아라는 애초부터 고압적인 사람과는 맞지 않았다. 그 또한 단 한 번도 고압적이지 않았던 라드의 영향이리라.

라드는, 그 커다란 몸집에 비해 상당히 섬세한 사람이었다. 그녀가 잘못한 게 있으면 혼을 내기보다 자신이 잘못 키운 거라며 펑펑 눈물을 쏟는, 그런 사람이었다.

"그런 노인네가 유일무이하게 마음에 들어했던 사람이 루카 베르티였단 말이죠."

아라의 눈매가 의문을 품고 치켜 올라갔다.

"루카가 성격은 좀 극약 처방이 필요하지만 그래 봬도 외모는 꽤 혈통이 있어 보이지 않습니까? 객관적으로 말이죠. 최고급과 최우성만 수용하던 양반이었으니 그게 마음에 들었는지……."

거기까지 말하던 리처드는 잠시 무언가 생각하더니 이야기의 방향을 바꾸었다.

"하여간 자기 핏줄도 가치를 따져 애정의 강도를 달리하던 제 할아버님께서 유일하게 무조건적으로 믿은 사람이 루카였죠. 그리고 루카가 제 편이 되어주지 않았다면 전 이 자리에 앉아 있지 못했을 겁니다."

이미 제 핏줄의 손에 쥐도 새도 모르게 죽지 않았을까, 하고 그는 홀로 생각했다.

"일종의 계약이라고 생각하시면 편합니다. 거래에 관해서만 정확하고 깨끗하다면 사생활 쪽은 어때도 좋다…… 뭐 그런 거죠."

아라는 뭔가 목에 걸린 것 같은 표정을 숨기지 못했다.

솔직히 스스로 그렇게 타인과 사회적이거나 친화적인 타입이라고 생각하지는 않았다. 한 몸처럼 움직여야 하는 팀인 에블린과 미하엘도 어느 정도 선에서 더 이상 그 안으로는 들여놓지 않았다. 하지만 그 둘과의 관계가 철저한 계약이라고는 생각하지 않았다. 그들이 거짓말을 하면 배신감을 느낄 테고, 위험에 처하면 대가 따위 생각하지 않고 구하러 갈 것이다. 꼭 서면에 A조항까지는 해주고 B조항은 해주지 않고 C조항은 옵션이라는 규칙이 빽빽이 쓰여 있는 것 같은 두 남자의 관계는…….

아니, 오히려 이 남자들이 어떤 존재인지 확실히 각인시켜 주는 좋은 예였다.

"믿는 것과 신용하는 것, 그 둘은 조금 차이가 있죠."

"하여간 그 입은 한시도 쉬질 않는군."

그때 불편하리만치 큰 식당을 가로지르고 날아오는 목소리가 있었다. 몹시도 낮은 저음. 안 그래도 의자에 반듯하게 앉아 있던 아라의 등허리가 곧추섰다.

"여어, 근육 머리."

리처드는 막 이쪽으로 다가오고 있는 루카를 보고 능글맞게 히죽거렸다. 그러자 루카는 얼핏 의아해하는 눈치였지만 별로 알고 싶지 않은지 뭐냐고 묻지도 않았다. 그에 김이 빠진 리처드는 쯧 혀를 내차고 아무 말 없는 아라를 바라보았다. 그리고 입안으로 '호오' 하는 소리를 삼켰다.

미동조차 하지 않고 앉아 있는 아라는 완전한 인간인 리처드도 알 수 있을 만큼 바싹 곤두선 기운을 내뿜고 있었다. 표정은 눈의 여왕 같았지만 뿜어져 나오는 경계의 기운은 검고 뜨거웠다. 살짝 내리깔린 눈이 오싹할 정도로 동물적이라, 루카가 그녀의 어디에 끌렸는지 알 것도 같았다.

한 떨기 야생의 꽃 같은 존재. 아름답지만 순순하지 않고, 곱다 싶으면 독을 품은……. 동물적인 감각이 조금이라도 발달해 있는 자라면 왠지 모를 끌림을 느끼리라.

그건 그녀가 여신의 후예라는 암브로시아이기 때문일까? 아니면 단순한 개체의 매력일까?

그래 봤자 리처드에겐 여전히 '혀끝으로 작두 타는 여동생님'이었지만.

"안 먹을 것처럼 튕기시더니?"

리처드가 빈정거려도 루카는 깨끗이 무시하고 자리에 앉았다. 마주 보고 앉은 리처드와 아라 사이의 식탁 옆쪽이었다. 그리고 식탁 옆 은색 카트에 곱게 손질되어 있는 신문의 물결 중 하나를 집어와 턱 테이블에 얹었다. 그러고는 식탁 중앙에 어련히 준비되어 있는 담배를 가져와 물더니 불을 붙이고 단숨에 신문 읽기에 몰두해 갔다.

아라는 식탁에 혼자 앉아 있는 것 같은 태도의 그를 황당하게 보았다.

샤워를 하고 왔는지 머리가 젖어 있었다. 보통 금발은 물에 젖으면 짙은 꿀 빛으로 보이는데 그의 금발은 물에 젖었음에도 보통 때와 같은 색을 유지하고 있었다. 아니, 오히려 물기 때문에 묘한 반짝임이 더해진 것 같았다. 차림은 또 아까와 달리 간단한 와이셔츠에 바지였다.

하지만…….

아라는 눈꺼풀이 미미하게 떨려왔다.

여전히 거북할 만큼 남성적이다.

"뭘 그렇게 보는 거지?"

루카의 목소리가 들린 순간, 아라는 탁 눈을 치켜들었다.

"재수없어서."

그가 여러 번 씹은 탓에 아직 부어 있는 입술에서 예리한 칼날이 날아왔다. 사실 그녀에겐 그와 함께 이 자리에 앉아 있다는 것만으로도 미하엘과 에블린이 기립박수를 칠 일이었다. 솔직히 그렇지 않은가. 어느 여자가 자신을 막무가내로 납치해 와 그런 짓을 하려고 한 남자와 태연히 앉아 있을 수 있단 말인가.

루카는 잠깐 담배를 피우며 그녀를 보더니, 물었다.

"항상 말을 그렇게 하나?"

"그럴 상대라면."

"내가 하프인 것 말인가?"

잠시 아라의 표정이 묘해졌다. 그가 너무 쉽게 스스로를 하프 뱀파이어라고 인정했기 때문이다. 어쨌든 헌터는 헌터인데…….

하지만 금방 납득했다. 부정해도 달라지지 않는 현실이라면, 차라리 속 시원히 인정해 버리는 게 낫다는 것쯤은 그도 알고 있을 테니까.

아라는 다시 밤송이처럼 까칠한 상태로 되돌아갔다.

"그거 말고! 물론 그것도 그렇지만 당신이 지금 무슨 짓을 했는지 몰라서……."

"내가 무슨 짓을 했나?"

"당연히 아까 그……."

아라의 말이 뚝 멎었다.

"아까 그?"

아라는 분한 듯 입술을 씹었다. 이 남자, 자신을 가지고 놀고 있었다. 눈 하나 깜빡하지 않는 뻔뻔한 낯짝으로.

"밥은 대체 언제 오는 거예요!"

아라가 찢어 죽일 것 같은 눈으로 노려보자, 리처드는 불똥이라도 튈까 싶어 시선을 피하며 괜히 주변을 둘러보았다. 그런 그를 하늘이 도와주듯이 그때 마침 음식을 준비해 오는 메이드들이 문가에 모습을 나타냈다.

"아, 저기 오는군요."

그런데 정작 두 사람은 듣고 있지 않았다. 아라와 루카 말이다. 정확히는 루카가 담배를 피우며 하도 아라를 빤히 쳐다보고 있어서 그녀도 눈싸움하듯 눈을 부릅뜬 채 마주 보고 있는 상태였다. 이미 짐작은 했지만 지는 걸 상당히 싫어하는 성격인 것 같았다.

이내 부담스러울 정도로 그녀를 주시하고 있던 루카가 입을 열었다.

"칼슘 부족인가?"

"뭐?"

루카는 테이블에 댄 손으로 턱을 괴고 있느라 조금 굽히고 있던 허리를 쭉 폈다. 그리고 신문을 털 듯이 탁, 펴며 덧붙였다.

"화를 너무 쉽게 내는군. 뭐, 최소한 멸치 비린내는 안 날 테니 다행이지만."

리처드는 한심하다는 표정을 지으며 끼어들었다.

"웃기는 놈. 칼슘이 많으면 다 멸치냐?"

물론 모르고 하는 소리야 아닐 테지만, 너무 진지하게 말하니 우습지도 않았다.

"정말 상대를 못해주겠군."

아라는 펄펄 날뛰는 대신 차갑게 탁 탁자를 치고 일어섰다. 그리고 천한 것들 앞에서 물러가는 여왕처럼 홱 몸을 돌렸다. 여기까지가 그녀의 한계인 모양이었다. 리처드는 어깨를 으쓱였다.

"그럼 보내 드리죠."

루카는 탁 눈을 치켜떴다. 하지만 리처드는 두고 보라는 듯 손을 올려 보이고, 꽤 멀리까지 간 아라 때문에 조금 소리 높여 말했다.

"그전에 한 가지만 알려주신다면."

그때에도 아라는 뒤돌아보지 않고 멀어지고 있었다. 그러나 리처드는 개의치 않고 덧붙였다.

"당신 이름."

그제야 아라가 그를 찔러 죽일 듯한 태도로 홱 돌아보았다.

"그건 알 필요 없다고 했을 텐데요."

리처드는 깍지 끼고 있던 손을 잠시 폈다가 다시 닫았다.

"사실 저도 살아보려고 발악하는 거랍니다. 당신 이름이라도 알아두지 않으면 여기 이분께서 또 얼마나 절 볶아댈지 알 수 없으니까요. 아무튼 그럼 저로서는 선택 사항이 없군요. 도와드릴 수가……."

"됐어."

불쑥 끼어든 목소리에 리처드는 '됐어?' 하고 루카를 돌아보았다. 그러자 무표정하게 아라를 바라보고 있는 루카의 입가에 예의 그 웃음이 살아났다. 사냥감을 끝내기 직전의 포식자 같은 웃음.

"난 쫓아가서 끝내는 게 더 취향에 맞으니까."

여자와 남자의 시선이 허공에서 얽혀들었다. 마치 헤어날 수 없는 늪처럼……. 헤맬수록 더 깊은 곳으로 빨려드는 숲의 미로처럼. 그 끝을 알 수 없는 심해(深海)처럼.

"도망갈 수 있는 곳까지 도망가라고. 그래야 쫓아가는 재미가 있을 테니까."

그때 리처드마저 살짝 소름이 돋은 것은, 무리도 아니었으리라.

그런데 그 여운이 채 가시기도 전에, 루카는 아무렇지 않게 고개를 돌리고 신문을 읽으며—장담하건대 정말 읽고 있었다—툭 내어뱉듯 말했다.

"지금 가도 상관은 없지만, 뭐, 멀쩡히 살아나갈 수 있다면."

아라는 엄혹한 분노가 휘몰아치는 눈으로 리처드를 보았다. 대답해 달란 말도 아니고 얼른 대답하란 명령이었다. 리처드는 또

한 번 어깨를 으쓱였다.

"쓸데없이 넓은 집인 데다가 좀 교외라……. 아무래도 차가 없으면 나가기 힘들 겁니다. 정원에서 미아가 되면 헬기 띄우지 않는 한 못 찾아요."

아라는 차를 빌려달라거나 지금 당장 데려다 달라거나 하는 말을 하지 않았다. 그냥 자리에 되돌아와 앉았다. 현명하게도 아무리 발악해 봤자 이 남자들이 순순히 말을 들을 리가 없다는 걸 이제야 깨달은 모양이었다. 하지만 건드리는 순간 살쾡이로 화하여 팔째로 물어뜯어 버릴 것 같은 살벌하기 이를 데 없는 표정은 차마 감추지 못했다.

이런 여자를 잠시나마 침대 위에 눕혔었다니, 리처드는 진심으로 루카 베르티라는 생물이 존경스러워지기 시작했다.

4

"이야기가 다.르.군.요."

아라는 이제 어금니가 부서지지 않을까 하는 걱정이 들 정도로 이를 악문 채 스타카토를 넣었다. 하지만 눈앞에 서 있는 두 남자는 역시 마이동풍일 따름.

"아가씨, 요즘 기름 값이 얼마인 줄 압니까?"

리처드는 진지하기 이를 데 없는 어조로 훈수를 놓았다.

"이 고유가 시대에 기름 낭비가 얼마나 큰 죄인데요. 마침 나가는 길에 데려다 드리겠다는 건데, 한 차를 타고 간다고 이렇게 이를 악물 것까지는 없지 않습니까? 그러다 치아 상해요."

"그럼 제가 기름 값을 대죠. 다른 차를 준비해 주세요."

리처드는 '저런' 하는 소리를 내더니 사르르 녹아나는 미소를 지었다. 하지만 아라에게 그 미소는 진정 악마 외계인의 간드러짐이요, 얄미움의 절정이었다. 루카 베르티는 복부에 니킥을 먹여주고 싶다면 이 남자는 빤질거리는 얼굴을 확 할퀴어 버리고 싶었다. 역시 끼리끼리 논다는 말이 괜히 있는 게 아니었다.

"그럴 순 없죠. 손님에게 돈을 받는다니."

"정확히 짚고 넘어가죠. 전 유괴됐거든요."

"그래도 이 집을 방문했다는 의미에서 포괄적으로 보면 '손님'의 카테고리에 들어가죠."

"그럼 도둑도 손님이겠군요?"

"물론 밤손님도 손님은 손님이죠. 마타하리가 와도 안 된다는 경비 시스템을 뚫고 들어올 수 있다면 말이죠."

아라는 입을 다물고 리처드를 노려보았다. 그때, 여태 서로 탁구 치듯 말을 주고받는 두 양(?)을 방목하고 있던 호랑이 과(科)의 양치기가 입을 열었다.

"여기 계속 있겠다면 상관없겠지."

그 말에 아라는 당장 팍! 루카를 가리키더니 리처드에게 차가운 어조로 따졌다.

"당신은 이해하겠어요. 그런데 저 남자는 왜 따라오는 거죠?"

리처드는 슬쩍 눈짓으로만 루카를 돌아보았다.

"엄……. 산책?"

아라의 눈동자가 더욱 냉랭하게 가라앉았다.

"말이 되는 소릴 하시죠."

루카가 끼어들었다.

"산책이 왜 말이 안 되지?"

"그걸 지금 말이라고……."

다시 루카를 돌아보며 말하던 아라는 갑자기 말을 멈추었다. 그리고 안 그래도 큼지막한 눈을 이글이글 불태우나 싶더니, 곧 몸을 돌리고 기사가 열어둔 문을 통해 리무진 안으로 들어갔다. 이 상황에서는 자신이 질 수밖에 없다는 걸 인정했기 때문이다. 그녀가 여기서 할 일은 두 번 다시 보지 않을 남자들과 입씨름을 하는 게 아니라 한시라도 빨리 이 장소를 벗어나는 거였다. 그래서 누가 따라오든 말든 차에 타자, 곧 두 남자도 차에 올랐다. 이 널찍한 내부에 하필이면 루카가 옆자리에 앉았지만, 아라는 반대쪽 문가에 최대한 몸을 붙이고 단단히 팔짱을 꼈다. 그리고는 고집스럽게 아무 말도 하지 않았다.

차 문이 닫히자 리무진은 우아하게 뻗어 있는 정원 길을 따라 달리기 시작했다.

아라의 진짜 문제는 거기서부터 시작되었다. 한마디로 말하자면, 졸렸다.

일주일 밤낮을 새우고 나도 긴장이 계속되는 상황이라면 완전히 깨어 있을 수 있는데, 지금은 몰려오는 잠의 해일을 감당하기가 불가능한 지경이었다.

'미치겠네. 왜 이렇게 졸린 거야.'

아라는 미간 사이를 꾹 눌렀다. 하지만 벌써 부옇게 흐려진 시야는 조금도 개선되지 않았다. 그러고 보니 이 급격한 피로는 아까부터 시작되었다. 그 말하기도 민망한 일이 뜻밖의 구원으로 중단되고 온 몸속을 휘휘 저어대는 듯했던 열기가 가라앉고부터. 마치 익숙지 않은 몸으로 풀 마라톤을 달리고 나면 진정되기 무섭게 격렬한 피로가 몰려오는 것처럼.

'그러고 보니 아까 내가 왜 그렇게 반응했던 거지…… 여자라면 모두가 그렇게 반응하는 건가?'

다른 남자와 그런 짓을 해본 적도 없고, 자세히 이야기를 들어본 적도 없으니 알 턱이 없었다. 아니, 여자는 처음이라면 아프다고 들은 것도 같은데…… 그런데 그냥 만지는 것도 아프다는 건지, 최종적인 행위까지 가서야 아프다는 건지 도통 알 길이 없었다.

'젠장, 내가 왜 이런 고민을 하고 있는 거야.'

아라는 신경질적으로 미간을 문질렀다. 하지만 지금 당장 당면한 문제는 시간이 갈수록 더 졸려진다는 것이었다. 차는 요람처럼 부드럽게 움직이지, 내부는 적당히 따뜻하지…… 특히 두 남자는 그녀를 없는 사람 취급하고 아까 하던 주식 이야기를 계속하고 있었는데, 둘 모두 목소리가 낮고 침착한 편이다 보니 이런 자장가가 또 없었다.

'제발. 아라 바이어스. 정신 차려…… 지금 자면…….'

그녀를 노리고 있는 사냥꾼 앞에서 잠들다니, 차라리 죽여달라는 말이 덜 적나라할 지경이었다. 하지만 아라는 깊은 곳으로 꺼져 가는 정신을 끌어올릴 재간이 없었다. 금세 시야가 까마득히 멀어졌다.

클라우드 바이어스는 한 가정의 가장이었다. 비록 사냥꾼 일족의 후예로서 어렴풋이 이 세계의 이면에 존재하는 '미지의 것'들에 대해 인식은 하고 있었으나, 평범한 인간으로서 평범하게 살아갔다.

든든한 남편과 고운 아내, 그리고 어린 딸. 그런 바이어스 가정은 예쁘게 찍어둔 스냅사진처럼 행복의 프레임 그 자체였고, 말다툼 한 번 하지 않았을 만큼 다복했다. 하지만 어느 날 그 프레임 위에 격렬한 금이 갔다. 잠깐 밖에 나갔던 딸과 아내가 납치되어 며칠 후 시신으로 발견된 것이다.

경찰은 미해결 납치 및 살해 사건으로 종결지었지만, 클라우드는 알고 있었다. 이 세계의 이면에 인간들이 모르는 존재가 있다는 것을. 가족의 시신에서 발견된 흔적은 바로 그들이 남긴 것이라는 것을.

그런 사실을 알게 된 라드가 헌터가 된 것은, 어찌 보면 당연한 선택이었다. 가족을 잃은 자의 분노, 세상에 혼자 남은 자의 절망, 풀어놓을 곳이 없는 증오…….

덩치만 컸지 영 숙맥이었던 라드는 단번에 흉포한 야수 그 자체가 되었다. 매일 밤 분노를 토하듯이 사냥하고, 누군가 자신을 막는다면 제어할 수 없을 만큼 난폭해졌다.

그렇게 십여 년. 라드에게 찾아왔던 길고 긴 밤의 그림자가─아라라는 소녀를 만나며 물러갔다.

아라의 부모가 살해당하던 날 밤, 그녀를 구하기 위해 동방의 작은 이국으로 파견된 구조대에 라드가 있었다. 하지만 그를 포함한 구조대는 너무 늦어버렸고, 잔인한 살육의 밤을 견딘 소녀는 구석에서 공포에 질린 채 다가오는 라드를 향해 기절할 듯이 비명을 내질렀다. 어스름하게 밝아오는 여명을 등지고 우뚝 서 있는 그의 다락 같은 몸집이 가족을 죽인 살인자들보다 더 두렵게 비친 탓이었다. 그러자 한참 거기 서 있기만 하던 라드는, 몸을 숙이고 앉아 아주 낮게 중얼거렸다.

"미안하구나, 아이야. 너에게 그런 장면을 보이려 했던 것은 아니었는데……. 넌 나와 같은 걸 보지 않길 바랐는데."

그 당시의 아라는 영어 따위 알아듣지 못했다. 하지만 그 나직한 목소리 때문이었을까? 아니면 새벽의 어스름 속에 희미하게 비치는, 지독한 아픔이 서린 푸른 눈동자 때문이었을까? 아라는 와락 그에게 안겨들어 그때까지 목구멍에 막혀 토해내지 못했던 울음을 엉엉 토해냈다. 사실 그때는 안전한 누군가의 품이라면 어디라도 좋았지만, 작은 몸을 꼭 안아주던 커다란 손은 그렇게도 따뜻했다.

"아라, 난 네 이름이 좋아. 예쁘고 사랑스럽거든. 하지만 내가 이름을 지어줄 수 없다는 게 아쉽구나. 그러니까 미들네임은 내가 지어주마. 거트루드. '사랑받은…….' 아라, 기억해. 그게 내가 너에게 준 이름이다."

거트루드란 이름을 주었다.
클라우드 바이어스.
그는 인종마저 다른 아이를 선뜻 딸로 받아들여 주었고, 암브로시아라는 엄청난 핸디캡이 있는 그녀를 지켜주겠노라고 맹세했다. 실로 빛나는 영혼의 소유자였고, 발할라(Valhalla)＊에 첫 번

＊ Valhalla: 영웅의 전당

째로 들어갈 자격이 있는 용감한 전사였다.

오랜만에 꾸는 라드의 꿈 때문인지 그가 볼을 쓸어주는 감촉마저 느껴지는 것 같았다. 그에 아라는 무의식중에 손을 뻗어 제 볼을 어루만지고 있는 큰 손을 살며시 잡았다. 그러자 그 손이 잠시 멈칫하는 게 느껴졌다.

"라드……."

단단하고 커다란 손이 틀림없이 라드였다. 이 정도로 생생한 꿈도 다 있구나 싶었지만 이렇게나마 라드를 느낄 수 있다면 아무래도 좋았다.

"라드?"

누군가가 멀리서 중얼거렸다. 하지만 잠 속에 빠진 아라는 신경 쓰지 않았다.

"남자 이름인데?"

"남자 이름……."

"동양인이니 가족의 이름은 아닐 거고?"

누가 자꾸 이렇게 시끄럽게 구는 거지.

아직 꿈에서 깨어나고 싶지 않은 아라는 몸을 꿈틀거리며 자세를 더 편히 잡으려고 애썼다. 그런데 어디에 머리를 대고 있는 건지 몹시 딱딱했다. 그래서 무의식중에 손을 내려 베개로 추측되는 무언가를 더듬자, 더 딱딱해졌다.

"딱딱해……."

아라는 미간을 찡그리며 불만족스럽게 중얼거렸다.

"풋……. 이 아가씨 은근히 웃기단 말이지. 큭……."

잠시 침묵. 웃음소리가 빨려들 듯이 사라지고 뭔가 무시무시한 기운이 머리 위를 감돌았다.

"좀 웃었다고 그렇게 노려보기는. 배신감 느껴지려고 하네."

다시 느긋하게 볼과 턱을 어루만지는 손이 느껴졌다. 입가에 어렴풋이 미소가 어릴 정도로 부드러운 손길이었다. 라드의 손길치고는 묘하게 집요했지만 아라는 그 손이 주는 감촉에 빠져 사소한 점은 무시했다. 그런데 한참 볼을 쓸던 손가락이 입술로 내려오더니, 살짝 벌어져 있는 입술을 가볍게 훑었다. 그 감촉이 간지러워진 아라는 입술을 우물거렸다. 그러자 입술을 쓸던 손가락이 거의 지분거리듯이 변했다.

"어이, 보고 있기 민망해지려고 한다."

"그럼 나가."

불친절한 목소리 끝에 입안에서 씹는 듯한 투덜거림이 들려왔다.

"나가지 말라고 바짓가랑이 붙들어도 나간다. 젠장, 커피나 마셔야지."

그러더니 누군가 일어서는 인기척이 느껴지고 열렸던 문이 타악, 하고 닫혔다. 이내 침묵밖에 남지 않았다. 그때쯤에 설핏 이 상황을 느끼긴 했지만 아직까지는 '이제 편히 잘 수 있겠다' 라는 생각이 더 강했다. 그런데 입가에 놓여 있던 손이 어깨와 팔을 타고 내려가더니, 배 쪽에서 침범해 들어왔다. 군살 없이 탄탄한 배를 어루만지는 따뜻한 손이 느껴졌다. 가만한 손길이 기분 좋기는 했는데, 왜 순간 오싹 소름이 돋았는지 알 수 없는 일이었다.

배를 타고 올라온 손이 브라를 들추고 한쪽 가슴을 손안에 가득 담았다. 그리고 벌써부터 단단하게 일어서 있는 유두를 꼭 꼬집자 짜릿한 전류가 퍼져 나갔다. 곱게 포개져 있는 다리가 움찔했을 정도였다.

그제야 아라는 생각했다. 가슴을 만지는 손이…….

"라드일 리가 없잖아!"

누굴 변태로 만들어!

치밀어 오르는 분노에 저도 모르게 그리 외치며 벌떡! 일어선 순간, 아니나 다를까, 눈앞에 무심하게 앉아 있는 루카 베르티가 보였다. 그것도 한 팔은 창가에 걸치고 얼굴을 괸 채 거만하게도 앉아 있었다.

'빌어먹을! 내가 머리를 기대고 있었던 게 이 남자 허벅지란 말이야?!'

그런데 다음 말을 하기도 전, 배까지 미끄러져 내렸던 손이 와락 허리를 감싸 안고 끌어당겼다. 반항할 새도 없이 등이 단단한 가슴에 들이받혔다.

"라드가 누구지?"

낮은 숨결과 나직한 목소리가 귓가에서 속삭였다.

"말할 거라 생각했다면 꿈도 야무지…… 읍……."

그의 손이 턱을 틀어쥐어 고개가 꺾이고, 입술이 잡아먹혔다. 말 그대로 삼켜졌다. 그리고 잠시 멈추어 있던 손이 다시 가슴을 희롱하기 시작했다. 말캉한 살덩이를 이지러트릴 듯이 움켜쥐고, 유두가 아릿하도록 문질렀다.

"으음, 읍……. 하지…….."

기회만 있으면 깨물 거라 생각했는지 턱을 쥐고 있는 손이 더욱 힘을 주어 억지로 입을 벌리게 했다. 끝까지 저항하던 아라가 결국 버티지 못하고 입을 열자, 깊이 혀를 밀어 넣었다. 그리고 진득하게 빨아올렸다. 입술이 쓰라리도록 빨 듯이 하며 물러가 아랫입술을 씹었다. 그러고는 다시 밀고 들어와 진탕한 키스를 퍼부었다.

머릿속이 다시 어지러워지고, 빠르게 뛰는 심장을 따라 몸속에서 탁류가 흐르는 듯한 감각이 느껴졌다.

아라는 마지막 이성을 모아 떨리는 손을 올렸다. 그리고 가슴을 주무르고 있는 그의 손을 제지하기 위해 잡았는데, 오히려 그는 덥석 그녀의 손을 잡아다 가슴 위에 올렸다. 샤워할 때나 무심결에 만지곤 하던 부분을 남자의 손에 의해 적나라하게 쥐게 되자, 아라의 얼굴에 확 열이 올랐다.

"어때? 부드럽지?"

루카는 아라의 입술을 핥으며 음란하게 속삭였다. 하지만 대답할 틈도 주지 않았다. 도로 입술을 겹치고 속속들이 맛보며 아라의 손 위에서 가슴을 애무했다.

"싫……. 그만…… 해……."

그에 의한 강제이긴 하지만 제 손으로 제 가슴을 주무를 때마다 치명적인 금기를 범하고 있는 기분이었다. 배덕의 세계에서 살아가면서 우스운 잣대일지는 모르겠지만, 지금만큼은 저항감보다 수치심 때문에 목소리가 떨릴 정도였다. 하지만 남자는 그녀가 싫다고 할 때마다 더 타오르는 듯 이내 그녀의 손을 데리고 아래로 내려가기 시작했다.

손끝이 살짝 바지를 파고들었다. 그 순간.

벌컥!

"이 녀석! 내 차를 호텔 룸으로 만들 셈이냐!"

고개를 돌리고 있었던 탓에 아라는 난입하듯 차 문을 열어젖힌 리처드와 눈이 딱 마주치고 말았다. 하지만 여전히 루카에게 키스당하고 있는 채였기 때문에 그 상태 그대로 눈을 동그랗게 뜰 수밖에 없었고, 리처드도 아라와 눈이 마주칠 줄은 몰랐던 듯 일순 머쓱한 표정이 되었다. 하지만 루카는 그 몇 초 후에야 입술을 떼었다. 그것도 마지막으로 입맛을 다시듯 아라의 입술을 깨물고 나서 밖에 서 있는 리처드를 돌아보았다.

"리처드 레인스터. 죽고 싶나."

목소리와 어조는 평이했지만, 그 말에 담긴 뜻은 전혀 그렇지 않았다. 몹시도 진심이라는 것을 아라도 느낄 수 있었다. 하지만 그보다 훨씬 큰 문제가 있는 아라는 크게 떨리는 목소리를 내었다.

"서, 설마 밖에서 안이 보였던…… 건…….."

스타벅스 컵을 든 리처드는 머쓱하게 '아' 하는 소리를 내었다.

"선팅되어 있어서 안은 보이지 않지만 이 녀석이 무슨 짓을 하고 있을지야 눈에 선하죠."

그래 봤자 위로 따위 안 돼!

아라는 눈동자만 굴려 빠르게 차 밖 풍경을 훑어보았다. 그녀를 내려주려고 했는지 인기척이 없는 곳이었다.

아라는 휙 다리를 들어 올렸다. 그리고 천장의 손잡이를 잡는 동시에 앞좌석을 박차고 바람 같은 몸놀림으로 리처드의 옆에 비어 있는 공간으로 빠져나갔다. 그 공간으로 빠져나갈 수 있으리라 예상치 못하기도 했지만 몹시 순식간이라 루카조차 잡지 못했다. 리처드는 뭐가 지나갔나 싶어 눈을 휘둥그레 뜨고 있을 뿐이었다.

한 마리의 연어처럼 유려하게 미끄러져 나간 아라는 한 바퀴 구르며 착지하더니, 바닥에 닿기 무섭게 일어나 골목으로 달려 들어 갔다. 그리고 어느 지점에서 탁, 자리를 박차고 뛰어올랐다.

철 베란다의 난간을 잡은 그녀는 몸에 한 번 반동을 주어 회전하며 덜컹! 베란다 위로 올라섰다. 하지만 거기서 끝내지 않고 다시 난간을 박차고 올라 6층 높이까지 그 몸놀림으로 순식간에 올라갔다. 그리고 마침내 6층쯤에 다다랐을 때, 난간을 도약대 삼아 반대편 빌딩 옥상으로 훌쩍 넘어갔다.

그 난간에 섰을 때야 그녀의 화려한 묘기 같은 움직임이 멎었다. 리처드는 떡 입을 벌렸다.

인간의 한계를 뛰어넘었을 정도로 민첩한 줄이야 알고 있었지만, 저건 말도 되지 않는 수준이었다.

아라는 그 난간에 서서야 뒤를 돌아보았다. 휘이이— 둔탁하게 불어온 바람에 검은 물결 같은 머리카락이 흩날리고, 그 아래 루카 쪽을 노려보는 눈이 멀리서도 차갑게 끓고 있음을 알 수 있었다.

루카는 저절로 입가에 지어지는 웃음을 숨길 수가 없었다.

'그래, 저런 생물은 또 없지.'

가슴속에서부터 끓어오르는 희열을 저 생물은 알기나 알까. 모르겠지. 알았다면 저런 모습 따위 보여주지 않았을 테니까. 저렇게 잡아다 새장 속에 가둬놓고 평생 지켜보고 싶게 하는 모습 따위…….

이내 아라는 난간에서 휙 뛰어내려 모습을 감추었다. 한참 믿을 수 없다는 듯이 그쪽을 바라보고 있었던 리처드는 절레절레 고개를 내저으며 차에 올라탔다.

"저 아가씨 다시 잡으려면 고생 좀 하겠는걸. 민첩하기가 소름 끼칠 정도네."

루카는 대답없이 담배를 꺼내 물었다.

"꼭 야생 다람쥐 같지 않아? 귀여운 얼굴로 포악한 성질에 자그마한 몸으로 뽀르르 달아나는 게."

루카는 잠시 담배를 문 채 허공을 쳐다보았다. 그러고 보니 그 묘사가 꼭 어울린다는 생각이 들었다. 특히 사람이 다가가기만 해도 가르랑거리며 달아나기 급급하다는 점에서 유독 야생인.

아무튼 고개를 내리고 막 불을 붙이려는데, 갑자기 어디선가 음악 소리가 들려오기 시작했다. 커피 컵을 입에 댄 리처드는 뭐냐는 듯 주변을 둘러보았다. 그러다 소리의 발원지가 루카임을 깨닫고는 잠시 보다가…….

"풉! 너 뭐야! 그건!"

어찌 웃지 않을 수 있을까.

"벨소리가 왜 포카혼타스야!"

〈포카혼타스〉의 OST인 〈Colors of the Wind〉는 리처드도 좋아하는 곡이었지만, 생각해 보라. 루카 베르티의 핸드폰 벨소리가 디즈니 애니메이션의 삽입곡인 것을. 미치지 않고서야……. 그래서 웃음을 참을 수가 없는데, 루카는 역시 별다른 반응 없이 등 뒤에서 핸드폰을 꺼내 들었다.

응? 등 뒤라고?

"……."

루카는 전화를 받고도 가타부타 말이 없었다. 그러고 보니 핸드폰도 라임 색 모토로라로, 그의 것이 아니었다.

[여보세요? 어이, 아라? 너 대체 어디서 뭘 하고 있는 거냐. 일 끝나면 퍼뜩퍼뜩 기어들어 와야지 사람 걱정하게 왜 이 시간까지 연락도 없이…….]

루카는 무표정하게 리처드를 바라보며 천천히 입모양으로만 읊조렸다.

아…… 라…….

[음? 아라 핸드폰 아닌가요?]

"맞는 것 같은데."

루카는 그제야 입을 열었다.

[에? 누…….]

핸드폰 너머의 남자가 퍼뜩 무언가를 깨달은 듯 침묵하는 동안 루카는 태연하게 담뱃불을 붙였다.

[당신! 루카 베르티지! 이 자식! 아라를 어쨌어!]

"……."

[아라를 어쨌냐고!!]

상대편 남자는 피를 토할 듯이 외쳤다. 거기에 루카는 조용히 입을 열고, 딱 한마디를 했다.

"먹었어."

[……!!]

남자는 심하게 충격을 받은 듯 한참 말이 없었다. 그러다 그냥 뚝! 전화를 끊어버렸다. 루카는 손가락만 살짝 움직여 탁, 폴더를 닫더니 그걸 휙 리처드에게 던졌다. 리처드는 정확히 공중에서 핸드폰을 받아냈다.

"등록자 조회해 봐."

리처드는 커피를 마시며 시트에 푹 몸을 기대더니 제 것처럼 폴더를 열고 이것저것 눌러보았다.

"흐음. 역시 비밀번호가 걸려 있군. 뭐 이거 푸는 거야 일도 아니지만……. 근데 너 솜씨 좋다? 어느새 슬쩍했대? 하긴 네가 순순히 보내줄 리가 없다고 생각하긴 했지만."

루카는 꽤 기분이 좋은 상태인지 피식 웃었다.

"몰래 성의 아랫마을에 놀러 갈 때마다 거기 녀석들과 어울려 다니면서……."

거기까지 말하던 루카는 멈칫하고 입을 다물었다.

"응? 성 아랫마을?"

루카는 입안으로 춧, 혀를 내찼다. 요 근래, 아니, 여태까지 이렇게 흥분되는 일은 없었다 보니 저도 모르게 말이 나왔다. 굳이 숨겨야 할 일은 아니지만 굳이 말할 필요도 없는 일.

"통화 기록도 뽑아봐."

커피 컵 너머 리처드의 눈이 예리하게 가늘어졌다.

여전히 말이 없는 녀석. 하지만 굳이 말하지 않겠다는 녀석을 물고 늘어지는 지리멸렬한 취미는 없었다. 말할 때가 오면 말할 테고, 아니라면 아닌 거겠지.

리처드는 말없이 핸드폰을 양복 안주머니에 넣었다.

아라는 그다음에 다음, 다음의 다음 빌딩 옥상까지 가서야 멈춰 섰다. 그리고 아무도 따라오지 않는 것을 확인한 후 미하엘에게 연락하기 위해 핸드폰을 꺼내려고 재킷의 안주머니에 손을 넣었다. 하지만 바로 다음 순간, 우뚝 손이 굳었다. 절로 욕지거리가 밀려왔다.

'젠장! 그 남자 소행이 분명해!'

그녀는 흔히 물건을 잃어버리는 타입도 아니었고, 리처드의 차에 탈 때까지만 해도 핸드폰은 분명 안주머니에 있었다. 그런데 없어졌다면 잠들었을 때나 그 짓을 할 때 그 남자가 빼간 게 틀림없었다. 무사히 풀려난 것만 해도 천운이지만 잠들어 버리는 멍청한 짓을 하다니! 그나마 불행 중 다행이라면 이런 상황을 예측하고 등록자를 자신의 이름으로 해두지 않았다는 점이었다.

아라는 뒤쪽을 돌아보았다. 물론 그 리무진은 더 이상 보이지 않았다. 황량하게 펼쳐진 건물들의 향연뿐이었다.

'도대체……. 그 남자의 목적은 뭐지? 내가 암브로시아라는 걸 알고도 그냥 풀어주다니……. 날 먹어봤자 불사하지 못한다는 말을 곧이곧대로 믿을 타입은 아닌 것 같았는데. 오히려 꼭 자기 눈으로 확인해 봐야 성이 풀리는 타입이었지. 하지만 고작 그런 짓을 하려고 한 달간이나 날 찾아다닌 건 아닐 테고…….'

불현듯, 아까는 경황이 없어서 미처 하지 못했던 생각이 떠올랐다.

"전설이 사실인지 아닌지 곧 알 수 있겠지. 먹어보면."

먹어보면…….

화르르르르! 아라의 얼굴이 거의 검붉게 익었다. 귀까지 새빨개진 느낌이었다.

아라는 아직도 남자의 감촉이 입술에 남아 있는 것처럼 입가를 벅벅 문댔다.

'제길! 그런 의미로 먹어보겠다는 거였어?'

자신과는 판이하게 다르던 단단한 몸. 아무리 발버둥 쳐도 꿈쩍하지 않을 만큼 강한 힘. 깊은 목소리와 귓속을 간질이던 숨결. 하반신에 와 닿던 뜨거운…….

'대체 내가 무슨 짓을 당한 거야!'

단 몇 시간 만에 일어난 일이었다. 하지만 24년 평생 일어났던 사건과는 비교 자체가 불가능했다. 굳이 비교하자면 아라의 인생을 송두리째 바꿔 버린 사건급이라고 해야 할까. 어쨌든 이제 예전처럼 남자를 보고 '그냥 인간'이라는 생각은 못 할 테니까. 유독 그만 그런 것인지 모든 남자가 그런 것인지, 여자를 희롱하는 야만성을 알아버리고 말았다.

아라는 무거운 한숨을 내쉬며 다시 움직이기 시작했다. 여기가 어디인지 모르니 일단 공중전화를 찾아서 미하엘에게 전화해 봐야 할 것 같았다. 나가지 말라고 했는데 기어코 나가서 루카 베르티와 대면해 버리고 말았으니 한동안 자기가 뭐라고 했느냐며 거만하게 퉁퉁거릴 모습이 보지 않아도 비디오였다. 그 생각을 하니 또 한숨이 나왔다.

마중 나온 사람의 차를 타고 지청에 돌아오니 하늘에서 부슬거리는 비가 내리고 있었다. 안개 같은 비였지만 꽤 짙어서, 차에서 내려 건물로 들어갔을 때쯤엔 이미 머리카락이 제법 젖어 있었다. 그래서 입구에 서서 머리카락을 쓸어 올리는데, 어디선가 급한 달음박질 소리가 들려왔다.

"아라!"

"미하……."

목소리로 미하엘임을 깨닫고 돌아보는 순간, 그의 품에 덥석 끌어 안겼다.

"이 자식아! 걱정했잖아!"

미하엘은 아라가 젖은 것도 신경 쓰지 않고 으스러트릴 듯이 끌어안았다. 그 악력에 숨이 막히기도 했지만, 아라는 예전처럼 그 포옹을 순수하게 받아들이기 힘들어 슬쩍 그의 품에서 빠져나왔다. 하지만 미하엘은 다른 데 정신이 팔려 아라가 피하듯이 품에서 빠져나왔다는 사실을 눈치 채지 못하고 있었다.

"미안."

사과하자, 미하엘은 크게 '어휴!' 하고 한숨을 내쉬며 아라의 젖은 머리를 흐트러트렸다.

"무사했으면 됐어."

"그런데 오늘 일 안 나갔어? 왜 지청에 있어?"

"이 바보. 네가 반 실종됐는데 내가 일 나갈 정신이 있었겠냐? 난 네가 정말 먹힌 줄 알고……."

아라는 멈칫했다.

"먹히…… 다니?"

"아! 그리고 보니 루카 베르티 그 자식! 그따위 거짓말을 해!"

"무슨 말이야?"

아라는 격하게 흥분한 미하엘을 어르듯이 침착한 어조로 물었다. 하지만 가슴은 설마 루카 베르티가 쓸데없는 소리를 한 게 아닌가 싶어 매섭게 뛰고 있었다.

"네가 안 들어와서 전화했더니 그 자식이 받더라! 그래서 널 어쨌냐고 물으니까 당당하게 먹었다고 하잖아! 젠장, 그때 내가 충격받은 걸 생각하면……. 하여간 너도 내 말을 들었으면……."

"먹히긴 누가 먹혔다는 거야!"

미하엘은 움찔하며 말을 멈추었다. 그러자 아라는 분노에 찬 표정으로 그에게 손을 내밀었다.

"핸드폰!"

놀란 미하엘이 거의 자동적으로 핸드폰을 꺼내 착 손 위에 올려놓자, 아라는 폴더를 꺾어버리려는 듯이 사납게 열더니 자신의 핸드폰으로 전화하기 시작했다.

한참 벨소리가 울리고 거의 음성사서함으로 넘어가려고 할 때쯤에야 누군가 전화를 받았다.

[누구야.]

굉장히 무례한 말씨의 굵직한 목소리가 흘러나왔다. 아라는 움찔했다. 자고 있었는지 유독 귓가에서 속삭이는 것처럼 들리는 목소리가 깊게 잠겨 있었다.

아라는 이를 악물고 잇새로 짓씹듯이 읊조렸다.

"루카 베르티."

미하엘은 그녀가 루카에게 전화를 걸자 그야말로 경악한 얼굴로 바라보았다.

[…….]

하지만 건너편의 그는 한참 말이 없었다.

[아아……. 넌가.]

잠깐 음질이 멀어졌던 걸 보니 잠결에 받아 들었던 핸드폰을 귓가에서 떼고 바라본 모양이었다.

"언젠가 기필코 네 머리에 총알을 먹여주겠어."

그랬더니 뜻밖에도 목을 굴리듯이 쿡쿡, 웃는 소리가 들려왔다.

[기대하지.]

"빌어먹을 자식."

안면에 침을 뱉듯이 말을 내뱉고 막 폴더를 닫으려는데, 그가 말했다.

[아라.]

흠칫한 아라는 그 자세 그대로 굳어버렸다. 어떻게 이름을?

[내가 한 말, 잊지 않았겠지.]

"무슨……."

[멀리멀리 도망가라고. 다음에 잡히면, 요번처럼은 놔주지 않을 테니까.]

그가 일부러 자신을 놔주었다는 것쯤은 아라도 알고 있었다. 그러니까 그게 '왜'인지 불분명했지만 이제 알 것 같았다. 오랜만에 발견한 가치있는 사냥감을 한 번에 끝내면 허무할 테니까. 천천히 숨통을 졸라가며 최대한 사냥을 즐기려는 속

셈이리라.

누구 멋대로!

핸드폰을 쥔 손에 꾸욱, 힘이 들어갔다.

"그럼 어쩌겠다는 거지?"

아라는 자신이 들어도 놀라울 만큼 전혀 아무렇지 않은 목소리로 비아냥거렸다.

[먹어야지. 하나도 남김없이. 싹 다.]

섬뜩한 기운이 뱀처럼 등허리를 훑고 지나갔다. 아라는 꼼짝도 할 수 없었다.

그녀가 한참을 대답없이 있자, 건너편에서 조용히 시트가 바스락거리는 소리가 들리고 그가 속삭였다.

[왜? 무섭나? 걱정 말라고. 부드럽게 해줄 테니까.]

일부러 그러는 건지 핥듯이 속삭이는 목소리가 마치 달콤한 사탕으로 교묘하게 아이를 유혹하는 납치범 같았다. 아라는 그 말에야 퍼뜩 정신을 차렸다. 그리고 이제는 손이 하얗게 질릴 정도로 핸드폰을 그러쥐었다.

저절로 입이 열리고, 혼합된 감정으로 인해 성대에서 꽉 억눌린 한마디가 흘러나왔다.

"죽어, 변태."

그 말이 끝나기 무섭게 아라는 타악! 폴더를 닫아버렸다. 그리고 두드러기가 돋은 사람처럼 벅벅 귀를 긁어댔다. 귓가에서 나직하게 울리던 목소리 때문에 귀가 간지러워 미칠 것 같았다. 그런 아라를 어이없게 바라보던 미하엘이 황당하다는 듯 중얼거렸다.

"너 어째 갈수록 에블린을 닮아간다?"

아라는 찌릿 미하엘을 노려보았다. 생각해 보니 무심결에 이름을 알려줘 버렸을 만한 인물이라면 그밖에 없었다. 아마 아까 전화했을 때 아무 생각 없이 말했으리라.

"왜, 왜 그렇게 봐?"

막 무슨 말을 토해내려던 아라는 그냥 한숨만 내쉬었다. 어차피 일차적인 잘못은 미하엘의 말도 듣지 않고 어젯밤 사냥을 나간 자신에게 있었다. 미하엘에게 왜 이름을 말했냐고 말도 안 되는 억지를 부려봤자, 치졸한 화풀이밖에 되지 않는 것이다. 게다가 다행히 아라라는 이름은 꽤 흔한 편인 데다가, 순수 동양인으로 보이는 외모에 비해 성은 영어식이니 웬만해서는 찾기 힘들 터였다.

"아무것도 아냐. 하여간 그 핸드폰은 당장 해지하라고 해줘."

"오케이."

미하엘은 당장 처리하러 가겠다는 듯 몸을 돌렸다. 하지만 한 걸음을 떼기도 전에 뭔가 떠올랐는지 슬쩍 아라를 돌아보았다.

"그런데 너."

"응?"

"정말 아무 일도 없었던 거지?"

아라는 살짝 미간을 찡그렸다.

"무슨 의미야?"

왠지 양심이 따끔거리는 이유는 뭘까.

"아니, 뭐랄까……."

미하엘은 아라를 머리끝에서 발끝까지 쭉 훑어보았다. 움직이

기 쉽게 늘 몸의 곡선이 드러나는 타이트한 옷을 선호하는 아라
였지만 오늘따라 유독 그게 섹시해 보이는 것도 그렇고, 젖은 머
리를 쓸어 올린 탓인지 묘하게 성숙해 보이는 것도…….

"좀 달라 보여서…… 랄까?"

아라의 미간에 잡힌 골이 좀 더 깊어졌다.

"무슨 실없는 소리를 하는 거야. 어서 가기나 해."

미하엘은 '뭐, 그런가' 하고 어깨를 으쓱이더니 저쪽으로 걸어
갔다. 그 뒤에서 아라는 말없는 한숨을 내쉬었다.

쿡쿡…….

일방적으로 끊긴 핸드폰을 바라보고 있는 루카는 목 안쪽에서
끓어오르는 웃음을 참기가 힘들었다. 무감동한 성격 때문인지 웃
고 싶어도 웃는 게 쉽지 않은 그인데, 이 여자의 반응에는 그 비싼
웃음이 잘도 나왔다. 비록 박장대소까지는 아니지만, 그에게서
이만큼 웃음을 끌어낸 것만도 대단한 일이었다. 어쨌든 그것 역
시 아무도 해내지 못한 일이었으니까.

침대 프레임에 비스듬히 몸을 기대고 있는 루카는 엄지손가락
으로 핸드폰 액정을 천천히 문질렀다. 그것이 마치 아라라도 되
는 양.

"정말 아주 귀여워……."

여자가 핸드폰에 개인적으로 해둔 것이라고는 포카혼타스 벨
소리 정도뿐이었다. 그 외에는 전화번호부 목록은커녕 통화 기록
마저 일일이 삭제되어 있었다. 문자보관함도 텅 비어 있기는 마
찬가지였다. 고작 있는 거라고는 누구에게 보내려다 임시보관함

에 저장해 두고 지우는 걸 깜빡했는지 'HOTEL QUEBEC UNIFORM ECHO' 까지만 쓰여 있는 문자 하나였다. 등록자나 전 문적인 통화 기록은 리처드가 결과를 가지고 돌아와 봐야 알겠지 만, 핸드폰만 보아도 그 정보가 여자에게로 연결되지 않음을 알 수 있었다.

이런 상황까지야 예상 못했겠지만 암브로시아니만큼 언제 생 길지 모르는 추격자에 대한 예방을 미리 해둔 것이리라. 현명하 다 싶으면서도 확실히 피곤한 인생이겠군, 하는 생각이 들었다. 텅 비어 있는 핸드폰이 꼭 그녀의 인생을 증명해 주는 것 같지 않 은가.

루카는 슬쩍 눈썹을 휘었다.

'고양이 쥐 생각해 주는 꼴이군.'

사냥꾼은 사냥감의 구구절절한 사연까지는 궁금해하지 않는 법이었다. 그저 그 연약한 살과 목적을 이루기 전까지의 유희만 이 필요할 뿐.

루카는 핸드폰을 원래 놓아두었던 침대 옆 탁자 위에 올려두었 다. 그리고 다시 잠 속으로 되돌아가기 위해 침대에 몸을 누였다. 그런데 위로 손을 올려 베개를 제대로 머리 뒤에 받치다가 문득 어둑한 천장을 보자, '라드' 라는 이름이 뇌리에 떠올랐다.

자면서까지 이름을 중얼거릴 정도라면 이성적인 의미든 아니 든 상당히 깊은 관계임이 분명했다. 전화했던 그 남자인가? 사실 이성적인 의미라도 그 성격에 처녀이니 깊어봤자 얼마나 깊겠는 가 싶었지만, 인간이란 묘한 생물이라 꼭 육체 관계만이 마음의 척도를 나타내는 것은 아니었다. 하지만……. 그래, 하지만.

"그것도 내 알 바 아니지."

단 한 마디로 일말의 찝찝함과 의문을 깨끗이 털어낸 루카는 옆으로 몸을 틀었다. 그리고 조용히 잠 속으로 빠져 들어갔다.

5

덜컹.

현관문을 열고 들어온 아라는 신발장 위에 아무렇게나 집 열쇠를 던졌다. 그리고 오는 길에 마켓에 들러 사온 물건들이 든 봉지와 가방을 식탁 위에 거의 내던지다시피 내려두었다. 그런 후 식탁 위에 양손을 짚고 고개를 숙이자, 당장이라도 이대로 쓰러질 것 같은 피로가 몰려왔다. 눈을 깜빡일 때마다 다시 눈꺼풀을 밀어 올리기가 힘들 정도였다.

그 상태 그대로 있기를 한참. 이러다간 정말 여기서 쓰러지겠다 싶어 기름칠하지 않은 고철 인형처럼 삐거덕거리는 몸을 겨우 움직였다.

옷을 뱀 허물처럼 벗어 던지고 화장실에서 반쯤 졸며 씻고 나오자, 조금 명확해진 시야에 폭격 맞은 전쟁터 같은 방 안의 풍경이 들어왔다. 최근 거의 집에 들어오지 않고 지청에서 지냈더니 폐허도 이런 폐허가 없었다.

딸을 잃고 십여 년 만에 겨우 생긴 딸이라 그랬는지, 클라우드는 별나다 싶을 만큼 아라에게 온갖 정성을 다한 편이었다. 그래도 무조건 다 받아주며 안하무인으로 키운 것은 아니었지만, 집안일에 관해서는 아낌없이 베풀기만 했다. 아마 아라가 아직 어리기 때문이기도 했으리라. 덕분에 아라는 지금까지도 정리정돈에 그다지 재능이 없었다.

쌀쌀한 겨울바람을 맞으며 창가에 앉아 있던 아라는 창문을 닫고 자리에서 일어섰다.

이제는 정말 단 1초도 더 눈을 뜨고 있을 수가 없었다. 사냥을 다녀오고 나서도 이렇게까지 피곤해 본 적은 없는데, 이번엔 정말 '죽도록 피곤'이라는 말을 글자 그대로 실감하고 있었다.

침실로 들어간 아라는 이불을 걷어내고 침대 위에 무너지듯이 덜썩 누웠다. 그리고 멍하니 어두운 천장을 응시했다.

'엄청난 하루였어…….'

체감하기로는 한 사나흘에 걸쳐 일어난 일인 것 같은데, 전부 고작 24시간 안에 일어난 사건들이었다. 사냥, 우연한 재회, 황당한 납치, 다시는 경험하고 싶지 않은 이름 모를 호르몬의 난동, 혀에 모터를 단 듯한 이상한 외계인, 그와의 입씨름, 전신에서 그녀를 자극하는 기운을 뿜어내는 것 같은 남자와의 신경전…….

그래, 피곤하지 않은 게 이상한 것이다.

'모르겠다. 생각은 나중에 하자.'

그것을 끝으로 아라는 까무룩 잠 속으로 빠져들었다.

봄바람처럼 나긋하게 올라간 여자의 팔이 남자의 목에 감겼다. 날씬한 허리를 안고 있는 남자의 팔에도 힘이 들어가고, 두 사람의 입맞춤이 더욱 깊어졌다. 그리고 남자의 손이 여자의 옷 속으로 파고들어 쭉 뻗은 등줄기를 나른하게 쓸어 올렸다.

단단한 손이 척추를 타고 올라와 견갑골의 윤곽을 따라 천천히 쓰다듬자, 한 치의 틈도 없이 맞닿은 입술 사이에서 얕은 신음이 흘러나왔다. 그 희열 어린 신음이 마음에 든 듯 남자의 입가에 살짝 미소가 어렸다.

순간 깊은 잠에 빠져 있는 아라의 미간이 꿈틀거렸다.

'뭐지, 이건. 꿈인가…….'

그때 남자의 다른 손이 아래에서 허벅지를 더듬듯 타고 올라가 수밀도 같은 엉덩잇살을 한 움큼 움켜쥐었다. 그러자 여자의 손도 나무를 타는 뱀처럼 미끄러져 내려와 남자의 옷 속으로 파고들었다. 그리고 강철 같은 근육으로 조여진 등을 가만히 어루만졌다. 보드라운 손이 매끄러운 피부를 쓸어갈 때마다 엉덩이에서부터 연약한 허벅지 안쪽 살까지 반복해서 어루만지는 손길도 집요해져 갔다.

여자는 신음하며 한쪽 다리를 남자의 다리에 둘렀고, 그의 손은 엉덩이 사이의 갈라진 틈을 따라 고지까지 내려왔다. 그리고 달콤한 꿀로 담뿍 젖어 있는 그곳을 애가 닳을 만큼 느릿하게 애무했다. 그러자 황홀할 만큼 아찔한 음색으로 신음하며 고개를 젖힌 여자의 곧은 목줄기가 눈부시게 드러났다.

남자는 고개를 내려 수맥을 찾듯이 그녀의 목과 목덜미에 반복해서 입 맞추었다. 때로 잘근잘근 씹기도 하고, 부드럽게 핥기도 하며 끊임없이 그녀를 절정으로 몰고 갔다.

그러는 사이 그녀의 옷가지들이 상아처럼 반드러운 피부 위를 흐르듯이 떨어져 내리고, 버드나무 잎처럼 낭창한 여체가 드러났다. 그 와중에도 넘실거리는 꿀이 흐르는 꽃잎을 괴롭히는 손길은 멈추지 않았다. 하지만 여자가 막 절정에 오르려는 찰나, 그만두라 한다고 해도 그만둘 것 같지 않았던 애무가 딱 멎었다.

흐릿하게 눈을 뜬 여자가 몸을 밀착시키며 애원하자, 남자는 천천히 그녀를 바닥 위에 눕혔다. 이미 바닥에 어지럽게 흘러내려 있는 검은 옷가지들 위에 하얀 꽃 같은 여체가 눈이 시리도록 아름다웠다.

그녀의 위를 점령한 남자의 손이 황홀한 듯이 하얗게 피어난 여체를 어루만지며 내려갔다.

여전히 잠 속에서 헤어날 줄 모르는 아라는 무의식중에 다리 사이가 욱신거려 몸을 크게 뒤척였다.

남자는 여자의 한쪽 다리를 잡아 수치스러운 부분이 훤히 드러날 정도로 넓게 벌렸다. 그리고 물기에 반짝거리는 검은 숲을 헤치며 내려간 손가락을 그 아래 잘팍하게 젖어 있는 곳으로 밀어 넣었다. 본능적으로 여자의 몸이 크게 휘었다. 남자는 더욱 흐트러져 가는 모습을 보여달라는 듯 여인의 약한 부분을 집중적으로 괴롭혔다. 여자는 남자가 원하는 대로 녹아내려 갔다.

이내 홀홀 옷가지를 털어버린 남자의 거물이 여자의 몸속 깊은 곳으로 밀고 들어오자, 아라까지도 아랫배가 뻐근해졌다. 그래서 또 한 번 무의식중에 몸을 뒤척였지만, 상황은 조금도 나아지지 않았다. 남자가 느릿한 허리 운동으로 시작해 천천히 속도를 높여갈 때마다 입에서 발작적인 신음이 터져 나올 것만 같았다. 두꺼운 거물이 민감한 여성에 거칠게 마찰하는 느낌이나 단단한 남체가 보드라운 여체를 뭉개 버릴 듯이 짓눌러 오는 무게까지도 지나치게 생생했다.

'대체 내 꿈속에서 무슨 짓을 하는 거야…….'

어느 순간 잠시 움직임을 멈춘 남자가 갑자기 자세를 바꾸었다. 남자에게 꿰뚫린 채 그 위에 걸터앉게 된 여자는 잠시 당황하는 눈치였지만, 이내 열기와 쾌락에 취한 듯 스스로 허리를 움직이기 시작했다.

남자는 가늘게 뜬 눈으로 그 모든 것을 하나도 빠짐없이 지켜보았다. 그것은 아무리 먹어도 포만감을 느끼지 못하는, 극도로 허기진 야수의 눈빛이었다. 그런 그를 내려다보는 여자의 입가에 설핏 고혹적인 미소가 어렸다.

그제야 뻔히 보고 있으면서도 이상하게 인식되지 않던 그녀의 얼굴이 서서히 아라의 머릿속에 떠오르기 시작했다.

'저 얼굴……. 어디선가…….'

쌍꺼풀이 없어도 큼지막한 눈과 매끈한 계란형의 얼굴, 흐트러진 검은 머리, 검은 눈동자…….

'누구…… 가 아니라, 나잖아!!'

절대 저 요부 같은 웃음은 그녀의 것이 아니었지만, 저 얼굴은 누구라고 할 것도 없이 그녀 자신이었다.

그때, 남자가 한 팔로 바닥을 받치고 비스듬히 상체를 일으켜 세웠다. 그리고 여자, 아니, 꿈속 아라의 뒷목을 감싸 쥐고 끌어당겼다. 그녀는 살짝 눈을 내리감으며 그에게로 고개를 숙였다. 나비 날개처럼 작게 팔랑이는 속눈썹이 눈 끝에 깜찍하게 내려앉고, 두 사람의 입술은 간지럽도록 살짝 맞닿았다가 점점 진해졌다.

'그, 그만 해! 넌 누구야!!'

꿈인 건 분명한 것 같은데 아라는 깨어날 수도 없고 눈을 돌릴 수도 없어 그저 소리없는 비명만 내질렀다.

한참 후에야 깊이 입맞춤을 나누던 남녀의 입술이 떨어졌다. 그리고 꿈속의 아라와 실제 아라의 시야가 합쳐진 순간, 아래에 있는 남자의 얼굴이 눈 안에 뛰어들 듯이 인식되었다.

눈부신 금발, 바다처럼 조용히 깊은 푸른 눈…….

"아악!"

현실과 꿈의 경계를 헤매고 있던 아라는 여성스럽지 못한 괴성을 내지르며 벌떡!! 몸을 일으켰다.

"앗!"

그런데 몸을 뒤척이고 뒤척이다 어느새 침대 끝까지 와 있었는지 온 힘을 다해 일어난 순간 몸이 바깥쪽으로 휘청했다. 잠이 덜 깬 상태로도 본능이 발동한 아라는 한 손으로 바닥을 짚는 동시에 훌쩍 회전해 바닥에 스코어 10.0의 솜씨로 안착했다.

그 상태로 굳어 있기를 잠시.

기운이 쫙 빠진 사람처럼 그 자리에 덜썩, 주저앉고 말았다. 그리고 멍하니 주변을 둘러보자, 아침 햇살 아래 더욱 적나라하게 드러난 난장판은 분명히 자신의 방이었다. 그런데 왜인지 아래가 묘하게 물컹거리는 느낌이 나서 슬쩍 내려다보다가, 팬티 속이 차갑다는 사실을 인지했다.

아라는 그 상태 그대로 넋이 나간 듯 중얼거렸다.

"몽...... 정?"

물론 남자가 아닌 자신이 몽정을 할 리 없다는 걸 알고 있지만, 그때 아라는 그것밖에 생각할 수 없었다.

"아하아암......."

나른한 아침 햇살에 길게 하품을 한 여자는 눈가에 맺힌 눈물을 손끝으로 훔쳐 냈다.

"아우, 5분만 더 잤으면 소원이 없겠다."

그녀가 불평을 터트리자, 커피 한 잔을 앞에 두고 함께 휴식을 즐기고 있던 다른 여자가 말했다.

"팔자가 좋다 못해 아주 늘어지네. 메이드 생활이 이 정도로 편하면 축복받은 줄 알아야지, 가장 바쁠 아침 시간에 5분 같은 소리는."

"얘는. 무슨 말도 못하니."

동료는 어깨를 으쓱였다.

"정말 이렇게 일하고 월급을 받는 건 거의 날로 먹는 거지. 우리야 좋은 일이지만, 세상 어느 천지에 아침 시간에 티타임을 즐기는 메이드들이 있다니?"

"그거야 아직 안마님이 없으니까 그런 거지. 생기기만 해봐. 얼마나 우리를 족치듯 잡겠어."

"흠, 안마님이라. 궁금하지 않아?"

"뭐가?"

"그러니까 레인스터 부인이 될 여자 말이야. 미스터 레인스터가 요즘 계속 밖에 다니는 걸 보면 머지않아 생길 것도 같은……."

"글쎄에……."

그다지 흥미를 느끼지 못하는 것 같은 그녀의 반응에 막 말을 한 동료는 놀란 눈치였다.

"네가 웬일로 그런 태도를 보여? 네 유일한 꿈이 돈 많은 남자 눈에 들어 뒤웅박 팔자 덕 한 번 보자는 거 아니었어?"

안 그래도 이 저택의 주인인 그를 유일하게 볼 수 있는 식사 시간에 당번만 되면 이런저런 유혹의 몸짓을 펼치며 예쁜 척은 혼자 다 하던 그녀가 말이다. 상대는 본 척도 하지 않으니 오히려 보는 사람이 다 민망했지만.

"생각해 봤는데 말이야."

갑자기 그녀는 턱, 테이블 위에 팔을 걸치고 비장한 태도로 입을 열었다.

"솔직히 나도 내 주제 정도는 파악하고 있단 말이지. 겨우 고등학교를 졸업한 내가 상류사회에 적응할 수 있을 거라고 생각하진 않아. 세상은 사랑만으로 살 수 있는 곳이 아니니까."

그게 어쨌다는 걸까? 그렇다고 깨끗이 '포기하겠어'라고 할 여자는 아닌데…….

"게다가 원래 둘 다 마음에 들어서 어느 쪽으로 해야 할지 고민했었으니까."

응? 둘?

"둘이라니……. 너, 설마……."

"응. 미스터 베르티로 노선을 바꿔볼까 하고."

"미쳤어!"

기겁한 동료는 갑자기 휙휙 주변을 둘러보더니 한껏 목소리를 낮추고 외쳤다.

"너 그 사람이 누군지 알고!"

그런 반응에도 불구하고 그녀는 별 대수로울 것 없다는 듯 어깨를 으쓱였다.

"그야 좀 대하기 힘든 구석이 있긴 하지만……."

"그게 아니야."

동료는 다시 한 번 신중히 주변을 살피더니 이야기를 시작했다.

"미스터 베르티가 미스터 레인스터의 먼 친척이라고는 하지만 사실 그 정도는 말하기 나름이잖니. 먼 친척과 함께 산다는 것도 좀 의심스럽고."

그녀는 '잠깐' 하고 중간에 말을 끊었다.

"먼 친척이라도 함께 살 수는 있는 거 아냐?"

동료는 한심하다는 눈길을 보냈다.

"몇 달간 일하면서 이런 기본적인 것도 알아보지 않고 뭐 했니? 그러니까 잘 들어. 미스터 레인스터는 전 회장의 장남이 동양인 여자와 바깥에서 낳아온 사생아야. 그것도 원래는 여자가 키우겠다고 데려갔는데, 어느 날 돌아와서 떠넘기고 갔단다. 레인스터 가문은 안 그래도 자식이 많은 집인데 그 애가 눈에 차기나 했겠어? 게다가 원래는 영국의 귀족 가문이기 때문에 엄청 보수적이었단 말이야."

"아, 그래서 미스터 레인스터가 영국 악센트를 쓰는 건가?"

"그래. 이제야 알았니?"

"뭐, 섹시하다는 생각은 했지만……."

그 말은 가볍게 무시했다.

"그러니 미스터 레인스터에게 파벌이 있으려야 있을 수가 없었겠지. 그런데 정말 기적이 일어나서 그가 모든 걸 물려받은 거야. 다음 일은 예상하겠지? 권력 싸움에 패한 다른 파벌, 그러니까 대부분의 가족들이 적출됐지. 아주 깡그리. 썩은 고름을 짜내듯이 꽉꽉. 그것 때문에 복수가 있을까 봐 미스터 레인스터가 아직도 경호원을 쓰는 거라고 하니까. 근데 그때쯤에 나타난 사람이……."

"미스터 베르티?"

"그래. 좀 의심스럽지 않아? 정리하자면 미스터 레인스터의 유일한 편은 미스터 베르티뿐이었다― 이거지. 아니, 극단적으로 말하자면 미스터 베르티가 없었더라면 미스터 레인스터는 후계자가 되지 못했을 거야. 그건 분명해. 동양인 사생아에게 전부 물려준다는 건, 우리 같은 사람들이 봐도 말이 안 되잖아? 미스터 베르티가 어떻게 도움이 됐는지는 그 누구도 몰라. 아무도 감히 묻지 않아. 그래서 항간에는 미스터 베르티가 진짜 레인스터의 아들이라는 소문까지 있는 모양인데."

동료는 어깨를 으쓱였다.

"뭐, 그건 정말 낭설이고. 레인스터 가는 검은 머리들이니까. 아무튼 그게 아니더라도 그 남자는 왠지 뭐랄까……."

동료는 한참 식탁을 뚫어져라 쳐다보며 단어를 골랐다.

"무섭…… 달까?"

가까이 갈 때라고 해봤자 음식을 나를 때뿐이지만, 그럴 때라도 가까이 가면 왠지 모르게 등골이 섬뜩해졌다. 그가 특별히 뭔가 한 것도 아니고 시선을 준 것도 아닌데, 본능이 공포로 저릿저릿 울려왔다.

"쯧쯧. 아직 어리구나. 나쁜 남자가 더 섹시하다는 만고불변의 진리를 아직도 깨우치지 못했다니. 그런 남자가 자기한테만 헌신적이라고 생각해 봐. 백이면 백 넘어가지 않을 여자가 어디 있어?"

그러더니 그녀는 이만 가보려는지 자리에서 일어섰다.

"내 말은 그런 의미가 아니라, 그 남자는 가끔 인간 같지 않을 때가 있다니까?"

문가로 다가간 그녀는 약간 히스테릭해진 동료를 보며 까르르 웃어버리고 말았다.

"인간이 아니면 뭔데? 흡혈귀라도 된다는 거야?"

"농담하자는 게 아니라니까."

"네이, 네이. 하여간 곧 식사 시간이지?"

그녀는 문가에 서서 뜬금없이 물었고, 의자에 앉은 채 뒤돌아보고 있는 동료는 의아한 표정이 되었다.

"그렇긴 한데, 갑자기 왜?"

"아무것도 아니랍니다~"

씩 웃고 난 그녀는 치맛자락을 팔랑이며 문 너머로 모습을 감추었다. 그 뒤에 남은 동료는 뭐냐는 듯 난색 어린 웃음을 지었다. 그리고 나머지 커피를 끝내기 위해 고개를 원위치시켰다.

"쟤가 또 뭘 꾸미는……."

머그잔을 입가에 가져가며 거기까지 중얼거린 동료는 섬광처럼 머리를 스치는 생각에 벌떡! 자리를 박차고 일어서고 말았다.

"설마!"

미스터 베르티가 자고 있을 때는 절대 방에 들어가면 안 된다는 규칙을 가볍게 여기고 있는 건!

문 앞에 선 그녀는 머리를 매만지고 옷매무새를 여러 번 손보았다. 그리고 앞섶의 단추를 몇 개 풀어 최대한 자연스럽게 가슴골이 보이게 하고, 립글로스를 바른 입술을 가볍게 마찰시켰다.

사실 그녀는 꽤 예쁘장하게 생긴 편이라 고등학교를 다닐 때는 제법 남자들의 추앙을 받기도 하고, 동네에서는 턱을 도도히 치켜들고 다니던 부류에 속했다. 하지만 바깥세상에 나와보니 예쁜데다 지적이고 심지어 가문까지 좋은 여자들이 차고 넘쳤고, 리처드 레인스터나 루카 베르티 같은 남자들에게는 그런 여자들마저 줄을 서 있다는 것을 알게 되었다. 그러니 정말 자신이 그를 잡을 수 있으리라고는 생각하지 않았다.

단지 한 꺼풀 벗겨놓으면 결국 남자란 생물은 다 똑같은 법이라, 그 욕망만 조금 충동질시켜 놓으면 한 번은 혹하기 마련이었다. 그래서 눈 안에 든다면 조금의 행운은 잡을 수 있으리라고 믿고 있었다. 지금 그녀에게는 그것만으로도 충분했다. 운이 좋아서 그보다 더 갈 수 있다면 정말 '럭키!'인 거고.

어차피 남자에 따라 태풍 속의 돛 없는 배처럼 흔들리는 여자

인생, 그녀는 순응하며 사는 편을 택했다. 저항보다는 순응이 훨씬 편한 길이니까.

막 문을 열고 들어가려던 그녀는 아슬아슬하게 생각난 듯 주머니에서 분무기형 향수병을 꺼내 들었다. 그리고 목덜미와 가슴골에 가볍게 분사했다. 은은하게 풍겨오는 향기가 자신이 맡아도 좋아 씩 웃음이 지어졌다.

이내 그녀는 작게 목을 가다듬고 문을 열고 들어갔다. 또 하나의 집이라고 해도 될 만큼 넓은 방 안은 물속에 잠긴 것처럼 평온했다. 불은 켜져 있지 않았지만 새어 들어오는 햇빛에 가구나 도자기들이 은연하게 반짝거렸고, 고요한 공기가 나른하기까지 했다.

"미스터 베르티?"

거실로 들어가는 문가에 서서 불러보았지만 돌아오는 대답은 없었다. 그녀는 용기를 내어 더 안쪽으로 들어갔다. 그 길목에 미켈란젤로풍의 그림이 있어 한 번 올려다본 다음, 커튼이 걷혀 있는 침실의 안쪽을 살그머니 들여다보았다.

'어머!'

너무 조용해서 혹시 없는 건가 싶었는데, 루카 베르티는 그곳에 있었다. 푸른 윤기가 흐르는 시트 위에는 빛의 강물이 넘실거렸고, 벌거벗은 남자의 등 근육은 완전히 이완되어 있었다. 처음 봤을 때보다 좀 더 긴 듯한 금발은 푹신한 베개 위에 흐트러져 있는 채였다.

'의외로 아이처럼 자네.'

양팔을 위로 올려 베개를 끌어안듯이 한 채 자고 있는 자세가 어린아이 같으면서도 의외로 어울려서, 작게 웃음이 나왔다. 덕분에 그에게서 받았던 위압적인 인상이 조금 완화되는 것 같았다. 동료 앞에서는 대범한 척했지만 그래도 속으로는 위축되어 있었는데, 마음이 많이 편해졌다. 의외의 면이 있을지도 모른다는 생각 덕분이었다. 게다가 이완되어 있음에도 불구하고 그 강도를 보여주는 늘씬한 몸매가 두려움을 멀리 떠내려 보내고 대신 욕심을 불러왔다. 굳이 뒤웅박 팔자 덕 좀 보겠다는 속셈이 아니더라도 이런 몸이라면 기꺼이 뛰어들어 안겨보고 싶지 않겠는가.

한편, 숙면 중인 루카는 꽤 기분 좋은 꿈을 꾸고 있었다. 그 여자와 섹스를 하는 꿈이라니, 실제로는 간밤에 못 봤건만 꿈속에서는 꽤나 본격적이었다. 특히 실제와 달리 여자는 전혀 그를 꺼려하지 않았고, 오히려 적극적으로 그의 위에서 허리를 움직였다. 그래서 그를 감싼 주변의 공기가 흐트러졌음을 희미하게 느꼈으면서도 그답지 않게 쉬이 일어나지 못하고 있었다.

일말의 걱정까지 모두 잊은 그녀는 침대 곁으로 다가가 살짝 그의 팔 위에 손을 얹었다. 그리고 최대한 꿀이 묻어나는 목소리로 속삭였다.

"미스터 베르티?"

그 순간이었다. 그녀의 손끝에 닿은 근육이 딱딱하게 경직되었다. 하지만 둔한 편인 그녀는 그에게서 생성되기 시작한 이상한 기류를 눈치 채지 못하고 있었다.

'향수 냄새……'

그 여자가 뿌리던 것과 같은 향수 냄새.

"도로(D' oro)……."

순간 TV가 꺼졌다 켜지듯 꿈의 장면이 바뀌었다. 황홀하고 따뜻한 색감을 가진 여자의 모습이 사라지고, 음침하고 을씨년스러운 색감이 그의 꿈을 물들였다.

"도로."

드라이아이스처럼 건조한 한기가 뿜어져 나오는 목소리에 꿈속에서 고개를 돌리자, 넘실거리는 황금빛이 서 있었다. 하얗다 못해 푸르스름한 기운까지 띠고 있어 시체처럼 보이는 피부와 차가운 광택이 흐르는 금발. 가늘고 가늘어서 히스테릭해 보이기까지 하는 얼굴선. 모든 게 부러질 듯 하늘거리는 여자.

"또 몰래 마을에 다녀왔더구나."
"……."
"내가…… 인간에게 가까이 가지 말라고 하지 않았니?"
"죄송합니다."

죽은 자가 입는 수의(壽衣)처럼 새하얀 옷이 하느작거리며 가까이 다가왔다. 아직 어린 그를 내려다보는 눈동자는 서릿발인 듯 차가웠다. 하지만 유령처럼 느릿하게 올라와 그의 머리카락과 얼굴을 쓰다듬는 손길은 다정했다.

"내 아이. 강하고 아름다운 도로. 널 낳은 건 내 인생에 다시없을 행운이야. 그러니까……."

흡사 연인을 애무하듯 목덜미를 어루만지던 손이 한순간에 흉기로 변했다. 손톱이 강철의 칼날처럼 길어 나와 왈칵 피부를 뚫고 들어오고, 혈관을 자르고 지나가는 예리한 통증에 반사적으로 몸이 움찔 떨려왔다. 그럼에도 그는 그 이상의 반응은 보이지 않고 그저 서 있을 뿐이었다.

"더러운 인간의 냄새 따위 묻히고 다니지 마!"

인간이 아님을 증명하는 걸걸하게 갈라지는 목소리가 귓가에서 짓씹듯이 읊조렸다. 그래도 그가 아무 말 없이 서 있기만 하자, 그녀는 손을 잡아 뽑듯이 거두고 홱 몸을 돌려 손끝에서 뚝뚝 핏물을 흘리며 가버렸다.

그는 서서히 고개를 돌려 미끄러지듯이 사라지는 여자의 뒷모습을 바라보았다. 한참을 말없이 응시했다. 그러는 동안에도 울컥울컥 흘러내린 검붉은 피가 그의 심장에 퍼지는 독처럼 옷자락을 새빨갛게 물들여 갔다.

어린 그는 아무런 감정 없이 읊조렸다.

"멍청한 여자. 나도 인간이야."

그때, 누군가가 한 번 더 그의 팔을 살짝 흔들었다.

"미스터 베르티. 식사가……."

다정한 척 쓰다듬던 그 여자와 같은 손길. 그것을 인식한 순간, 그의 안에 잠들어 있는 고삐를 맬 수 없는 야수가 울부짖었다.

펄럭!

"미……. 꺄아아악!"

찢어질 듯한 비명에야 루카는 번뜩 정신을 차렸다. 그리고 가장 먼저 깨달은 것은, 손바닥 아래서 펄떡펄떡 뛰고 있는 맥이었다. 미간을 찌푸리자, 흐릿한 시야가 명확해지고 창백하게 질려 극도의 공포에 떨고 있는 웬 여자가 보였다. 그다음으로는 그녀의 가는 목을 부러트리기 일보 직전까지 쥐고 있는 자신의 손이 눈에 들어왔다. 그 위에 불거진 뼈대와 혈관이 그의 살해 충동이 진심임을 보여주고 있었다.

루카는 목 안으로 신음하며 여자의 목을 내던지듯이 놔주었다. 그리고 눈가를 문지르며 무겁게 몸을 뒤척였다.

"꺼져."

"예…… 예?"

바닥에 주저앉은 여자는 한껏 목이 졸린 목소리를 겨우 흘려냈다.

"꺼지라고."

여자는 놀란 소리도 내지르지 못하고 완전히 파랗게 질린 채 경이로울 정도의 속도로 방을 빠져나갔다. 그 후 한참 그대로 누워 있던 루카는 천천히 몸을 일으켜 세웠다. 스르륵 시트가 흘러내리며 바지만 입은 강인한 몸을 내보였다.

흐트러진 머리를 한 번 쓸어 올리고 나자, 아직도 목덜미에 뻐근한 감각이 남아 있는 게 느껴졌다.

종족 특성상 그의 본성은 야수에 가까웠다. 인간의 모습을 가지고 있고, 인간의 말을 하고, 인간과 같은 생활을 하지만 그 실체는 흉포한 야수였다. 물론 정신이 또렷할 때는 온전히 제어가 가능하지만, 잠들었을 때와 같은 무의식 상태에서는 갑자기 난폭해지지 않는다는 보장을 할 수 없었다. 그래서 자고 있을 때는 리처드에게도 들어오지 말라고 분명히 말해뒀을 텐데, 정신없는 게 하나 향수 냄새까지 폴폴 풍기며 들어와서는…….

인간은 죽이지 않는다.

그것은 그 어떤 규율에도 제약받지 않는 그가 지키는 단 하나의 규칙이었고, 계약 당시 아무 조건도 내걸지 않은 리처드가 딱 하나 제시한 사항이었다.

"인간은 죽이지 않는다고 약속해 줘."

"돌변해서 널 죽이기라도 할까 봐 걱정되나?"

"여기까지 온 마당에 죽음이 두렵다는 건 어불성설이지. 아니, 나도 사람이니 조금은 두려울지도 모르겠지만 그건 차치하고……. 역성혁명에도 대의명분이 필요하다는 건 알고 있겠지? 난 명분이 있는 자를 돕겠다는 거지 자기 내키는 대로 죽이고 다니는 '살인자'를 돕겠다는 건 아니거든. 어린애들 게임에서도 아군과 적군은 확실히 하잖아? 그렇지 않은 사람을 우리는 '박쥐'라고 부르지. 네가 핏줄로는 박쥐든 아니든 신경 쓰지 않아. 그렇게 따지자면 동양인도 되고 서양인도 되는 나 역시 박쥐니까. 내가 알고 싶은 건……."

리처드는 조용한 암갈색 눈동자로 물었다.

"네 의지마저 박쥐인가?"

상념에서 빠져나온 루카는 지금은 흉터 하나 없이 매끈하기만 한 목덜미를 버릇처럼 문질렀다. 그러다 무언가 떠오른 듯 서서히 고개를 들었다.

그러고 보니 뭔가 좋은 꿈을 꾼 것 같았는데, 기억이 나질 않았다.

"도움이 안 되는군."

그는 드물게도 심통이 난 아이처럼 투덜거리고 말았다.

식당으로 들어온 리처드는 눈앞의 풍경을 어떻게 해석해야 할지 몰라 애매한 표정이 되었다.

"어제는 기분이 좋더니만 오늘은 왜 또 그렇게 저기압이야?"

물었지만, 평소보다 좀 더 힘있게 담배를 빨고 있는 루카는 대답이 없었다. 시선은 펼쳐 들고 있는 신문에 꽂혀 있었고, 슬리퍼를 벗은 한쪽 발은 발목을 다른 쪽 무릎 위에 턱 걸쳐 둔 채였다.

"인간을 죽일 뻔했다."

자리에 앉아 물 잔을 입으로 가져가던 리처드의 동작이 우뚝, 멎었다. 하지만 루카는 정말 그 말을 한 사람이 맞기는 한 건지 그를 본 척도 하지 않고 보던 신문을 접었다. 그리고 턱 카트 위에 올려놓고 다음 신문을 펼쳐 들며 덧붙였다.

"자고 있는데 기어들어 왔더군."

그제야 딱딱하게 굳어 있던 리처드의 어깨에 힘이 풀렸다.

"대체 메이드들이 왜 자꾸 네 침실로 기어들어 가는 거지? 들어가지 말라면 들어가지 말 것이지, 거기 금이라도 묻어놓은 줄 아는 거 아냐? 그런데 네가 그렇게 말할 정도면 요번에는 진짜 가까웠나 봐?"

루카의 미간에 희미하게 주름이 잡혔다.

왠지 굉장히 좋았던 것 같은 꿈만 아니었다면 여자가 근처에 온 순간 눈치 챘을 것이다. 여태까지는 계속 그랬기 때문에 오늘 같은 사고가 없었기도 했고. 그런데 기억도 나지 않는 꿈 때문에 첫 살인(殺人)을 저지를 뻔했다니, 너무 한심해서 할 말이 없을 지경이었다.

"뭐, 어쨌든 절대 수칙 중 하나를 어겼으니 규칙에 따라 해고로군. 얼굴 기억해?"

이름을 기억하고 있으리란 기적은 바라지도 않았다.

"몰라. 머리 아픈 향수 냄새밖에 기억 안 나는군."

리처드는 어깨를 으쓱였다. 이것 보라지. 하지만 뭐, 크게 상관은 없었다. 루카의 이름을 들었을 때 새파랗게 질리는 메이드가 있다면 바로 그녀일 테니까. 그도 처음엔 잘 때 다가오지 말라는 경고를 이해하지 못하고 잠든 루카를 한번 잘못 건드렸다가 세상에 다시없는 무서운 광경을 본 적이 있는 터라 그때의 공포를 충분히 이해하고 있었다.

"결과는?"

루카는 화제를 전환했다.

"아, 그거 말이지. 잘 물었다. 알아보니까 그 핸드폰 등록자의 이름은 마리 스미스던데……. 뭐야, 서울에서 김 서방 찾기냐?"

흔한 여자 이름 1위와 흔한 성 1위가 합쳐져 있으니 장난이 아닐까 하는 생각까지 들었다. 아니면 고의였다던가. 추격자에 대한 조롱마저 느껴지지 않는가.

"아라라는 이름도 그래. 내 예측대로 한국인이라는 거 하나는 확실해졌다만 아라라는 이름이 어디 한둘인 줄 알아? 한국의 사거리에 나가서 '아라야!' 하고 부르면 뒤돌아볼 소녀가 서너 명은 될걸. 근데 넌 사람이 말하는데 듣지 않고 뭐 하냐?"

리처드는 쉬지 않고 말을 마쳤다. 하지만 여전히 루카는 가운 주머니에서 꺼내 든 아라의 핸드폰을 삑삑거리고 있었다. 그래서 슬쩍 눈썹이 추켜올려지려는데, 루카가 먼저 보라는 듯 액정을 그에게로 돌렸다.

"뭐야, 이건? 호텔, 퀘벡, 유니폼, 에코?"

리처드는 루카의 손에서 핸드폰을 가져와 자세히 들여다보았다. 임시보관함에 저장된, 쓰다 만 메시지였다.

"이거…… 포네틱 코드(Phonetic Code)*잖아?"

"아마 그렇겠지."

리처드는 잠시 생각에 빠졌다가 금방 다시 떠올랐다.

"설마 이게 뭔가 실마리가 되지 않을까 생각하는 건 아니겠지?

---

* Phonetic Code: 무선 전화 통화표. 통신 상태가 나빠도 정확하게 문자를 알아들을 수 있도록 고안된 표

척 봐도 포네틱 코드인 게 보이는데, 암호라고 하기에는 좀 약하지 않아?"

"어떤 식으로 메시지를 전달하든 그건 발송자 마음이지."

"흠, 거야 그렇지만……. 근데 H, Q, U, E? 대체 무슨 소리를 하려고 했던 건지 감도 안 오네. 보내려다만 메시지라 누구에게 전송하려고 했던 건지도 모르겠고."

그건 루카도 마찬가지인지 말이 없었다. 그사이 리처드는 세바스찬을 불러 자신의 PDP를 가져오게 하더니 검색해 보았다.

"어디 보자……."

하지만 미간이 좁혀지는 걸 보니 그렇다 할 만한 결과를 찾지 못한 것 같았다.

"너 혹시 H에서 Q로 넘어가는 단어 아는 거 있냐?"

째깍 째깍 째깍…….

마침내 루카의 입이 열렸다.

"HQ(Headquarters)＊."

"아, 그 아가씨 조직 있잖아. 그 본부가 UE 어쩌고라는 거 아냐?"

루카 역시 충분히 그럴 가능성이 있다는 얼굴이었다. 사실 무슨 생각을 하고 있는지 알 수 없는 무표정이었지만 반박이 없다는 게 긍정임을 리처드는 알고 있었다.

"UE……. UE……."

리처드는 PDP의 스타일러스로 톡톡 식탁을 두드리며 고민에 빠졌다. 무슨 거리 이름인가 생각해 보기도 하고, 그런 건물 약자

＊ Headquarters: 본부

가 있나 최대한 기억을 헤집어보고, 우편번호인가까지 존재하는 가능성에 대해서는 모두 고려해 보았다. 하지만 딱히 '유레카!' 라고 외칠 수 있을 만한 게 없었다. HQUE라는 단어가 너무 애매모호한 탓이었다.

리처드는 탁 스타일러스를 내려놓았다.

"우선 밥부터 먹자. 공복에 해골 굴리려니 머리에서 쇳소리까지 나는 것 같다."

루카는 침묵으로 동의했고, 얼마 후 두 사람은 준비된 아침 식사를 눈앞에 두고야 다시 대화를 시작했다. 리처드가 먼저 말문을 텄다.

"근데 너 아담 개리슨은 어떻게 됐어? 잠적한 지 상당히 된 것 같은데 아직 못 찾은 건가?"

루카는 대답을 하는 대신 옆 카트에 놓아둔 신문을 들었다. 그리고 그것을 말없이 리처드에게 전해주었다. 탁자를 가로질러 신문을 받아 든 리처드는 물음표가 새겨진 눈으로 신문을 보았다가, 얼굴이 차갑게 경직되었다.

유기된 기묘한 사체의 컬러풀한 사진이 거의 1면의 반을 차지하고 있고, 갖가지 자극적인 헤드라인이 굵직굵직하게 자리를 메우고 있었다.

IS THERE SOMETHING NOT HUMAN?
인간이 아닌 것이 있는가?

A VAMPIRE MATERIALIZED IN THE REAL WORLD.

현실 세계에 나타난 뱀파이어.

B. STOKER IS LAUGHING IN THE GRAVE!
브람 스토커가 무덤 속에서 웃는다!

사진 속의, 거의 미라에 가깝게 졸아붙은 사체는 좀 지저분하긴 해도 번듯한 양복을 입은 채 롤렉스시계를 차고 있었고 입술이 부스러져 드러난 치아에는 번뜩이는 금니가 그대로 보이고 있었다. 그리고 목덜미에 선명히 찍혀 있는, 두 개의 송곳니 자국.

"독하게도 빨아 마셨군."

리처드는 조용히 신문을 내려놓았다.

"덜미를 잡힐 것 같으니 죽여 버린 건가?"

존 호프만의 사체는 라스베이거스에서 이송되어 온 쓰레기 더미에서 발견되었다고, 신문기사는 전하고 있었다. 아마 그날 클럽 '더 애플'에서 도망쳐 나가자마자 처리했으리라.

루카는 숟가락으로 수프를 서서히 저었다. 그러자 빙글빙글 돌아가는 노란 소용돌이가 최면이라도 걸 것처럼 일률적으로 회전했다.

"뱀파이어도 생물인 이상 음식을 섭취해야 하지. 더구나 육체 능력이 월등한 만큼 에너지 소비량도 큰 그 몸을 유지하려면 삼 일만 굶어도 움직이기 힘들어질 테니……."

고개를 든 루카와 리처드의 시선이 마주쳤다.

"동업자까지 처리하고 분분히 숨긴 했다만 사냥을 하기 위해 은신처에서 기어나오는 날, 목덜미를 낚아채 주지."

그가 손짓을 그만두고도 수프는 운명의 소용돌이를 예견하듯
한동안 회전을 멈추지 않았다.

제3장

사냥

1

아라는 앞에서 쿨렁쿨렁 헤엄쳐 가는 뱀장어를 빤히 쳐다보았
다. 눈앞으로 뱀장어가 헤엄쳐 가고 나서 얼마 지나지 않아 색색
의 열대어 무리가 기묘한 형태를 취한 채 지나갔다. 어쩐지 마음
을 평화롭게 하는 풍경이었다. 하지만 푸른색도 계속 쳐다보고
있으려니 눈이 피로해져서 고개를 들자, 고동색 원목 벽면에 그
려진 암브로시아 조직의 상징인 황금의 이각수(二角獸)* 사자 문
양이 눈에 들어왔다. 그리고 그 아래로 쪼르르 줄 맞춰 조밀히 정
리된 의학 기구들이 보였다.

희미하게 풍겨오는 약품 냄새…….

"뭘 그렇게 보고 있어요?"

카랑카랑한 여자 목소리가 불쑥 상념에 끼어들어 왔다. 고개를

---

* 二角獸: 두 개의 뿔을 가진 짐승

돌리니 흰 의사 가운을 입은 갈색 머리 여자가 앞에 서 있었다.

"그냥 구경하고 있었어요. 결과 나왔어요?"

여자는 '음……' 하는 소리를 내며 손에 들린 카르테를 내려다보았다.

"큰 문제는 없어요. MRI 결과도 깔끔하고."

아라는 푹 한숨을 내쉬고 싶은 걸 겨우 참았다. 검사라도 해보면 루카 베르티가 만졌을 때 그렇게 반응한 이유를 찾을 수 있을까 싶었더니…….

솔직히 남자 경험이 없어도 그가 능숙하다는 사실은 의심할 수 없었다. 그러니까 다른 남자보다 쉽게 여자의 쾌락을 이끌어낼 수 있을지는 모르겠지만, 아라는 자신이 그런 반응을 보였던 이유가 그 남자 때문이라고 믿고 싶지 않았다. 그냥…… 지푸라기라도 잡는 심정으로 암브로시아이기 때문에 그런 게 아닐까 하고 치부하고 싶었다. 사실 암브로시아는 보통 인간과 같은 유전 형태를 가졌음에도 불구하고 인간으로서는 불가능한 능력을 발휘하기도 하고, 과학으로는 설명할 수 없는 불가사의한 현상을 보이기도 했다. 그러니 그것도 그중 하나가 아닐까 싶었던 것이다.

아라는 문득 자신의 앞에 있는 조직의 고문 여의사를 물끄러미 바라보았다.

아니면 역시 모든 여자가 그런 걸까? 하지만 아무리 그녀가 의사라고 해도 그런 걸 물어보기는 꺼려졌다. 보건교사에게 성상담하는 중학생도 아니고……. 아니, 잘 모르는 남자가 만졌는데 엄청나게 느꼈어요, 라는 말 따위를 어떻게 하느냐 말이다. 특히 그남자와 그렇고 그런 짓을 하는 야한 꿈을 꿨다는 고백은 이 입이 찢어져도 할 수 없었다.

"근데 꼭 정기검진 받으라고 연락을 넣어야 오던 사람이 웬일로 부르기도 전에 왔어요? 토끼 머리에 뿔날 일이네."

여의사는 다른 쪽으로 또각또각 걸어가며 물었다.

"뭐, 그냥……."

결과에 아무 이상도 없다고 하니 흥미를 잃은 아라는 무심하게 턱을 괸 채 다시 벽으로 시선을 돌렸다. 수족관의 유리 표면에 자신의 심각한 얼굴이 희미하게 비쳤다.

"왜 하필 의무실의 벽을 수족관으로 만들었을까요?"

아라는 불현듯 늘 궁금했던 것을 물었다. 그러자 여의사는 뭔가를 부스럭부스럭 찾으면서 대답했다.

"글쎄요. 환자의 심신을 편하게 하기 위해서가 아닐까요?"

듣고 보니 그런 것 같기도 했다. 가끔은 두 벽이 모두 수족관으로 되어 있으니 거의 압도될 지경이지만. 하여간 그건 그렇고, 검사 결과는 아무 이상이 없다고 하니 대체 어디 가서 해답을 찾아야 좋을까.

에블린?

아라는 당장에 그 고려 사항을 기각시켰다. 에블린이라면 해답을 내어주기는커녕 깔깔거리며 웃기 바쁠 게 분명했다. 그리고 은근히 자신이 그에게 잡혔을 경우의 뒷이야기를 궁금해할 터였다. 아무튼 마녀라는 종족은 믿을 게 못 되는 것이다. 마녀에 따라 다르긴 하지만 악의는 없어도 좀 지나치게 짓궂다고 할까.

멍하니 수족관을 바라보고 있으려니 어쩐지 조금…… 지치는 기분이었다. 캔디는 슬프고 외로워도 울지 않고 하니는 힘들어도 달린다는데, 역시 자신은 명랑만화의 주인공이 될 수 없는 모양이었다.

난 정말 왜 태어난 거지? 왜? 왜? 왜? 그런 남자에게 쫓기기 위해 태어난 건 아닐 거 아냐.

그런데 부푸는 풍선처럼 끝도 없이 커져 가던 흉포함이 어느 순간 꽉 와해되어 버렸다. 그리고 수족관을 바라보는 아라의 입가에 곱다란 미소가 피어났다.

아라는 조심히 손을 뻗어 수족관의 유리벽에 대었다. 그러자 유리벽을 경계로 몹시 하얗고 가녀린 손이 아라의 손끝과 대칭으로 맞닿았다.

"안녕, 아모."

다정하게 말하자, 두꺼운 유리벽에 막혀 들을 수 없을 텐데도 반대편의 그녀는 알아들었다는 듯 모나리자처럼 어렴풋한 미소를 지어주었다.

"어머, 아모가 웬일로 여기까지 다 왔네요. 의무실은 무서운 기구가 많다고 거의 안 오는데."

유리벽 건너편에는 눈물이 날 정도로 아름다운 환상(幻想)이 펼쳐지고 있었다. 푸른 물결 속에 흔들리는 붉은 빛깔의 지느러미와 하얗게 빛나는 여인의 살결, 이 세상에 존재할 수 없는 '미(美)' 그 자체인 것 같은 천상의 외모, 물속에서 반짝반짝 빛나는 금발과 애련이 어린 연한 라벤더 빛 눈동자…….

이미 거의 사멸된 종이라 알려진 환상의 종족, 인어(人魚).

흔히 인어하면 상상하는 모습과 달리 그녀의 비늘은 옆구리의 일부와 팔 안쪽, 그리고 목과 턱의 일부까지 감싸듯 올라와 있었다. 다리만 물고기인 인어를 상상하고 그녀를 만나는 사람들은 좀 흠칫하겠지만, 오히려 그 비늘이 불꽃으로 짠 드레스 같았다. 특히 붉은 빛깔이라고는 하지만 오색 빛깔이 섞인 비늘이 그야말로 환상적이라고 할 수밖에 없었다. 그리고 그 지느러미는 몹시 하늘거려 물에 녹아들 것 같기도 하고, 반대로 아스라하게 불타오르는 듯도 했다.

촘촘히 컬이 들어간 금발은 다이아몬드를 갈아 뿌려놓은 듯 오팔 빛으로 반짝거렸고, 연약한 라벤더 빛 눈동자는 왠지 모르게 가슴이 저며지게 만들었다. 바스러질 듯한 유리 꽃 같아서일까? 그녀는 애달프도록 사랑스러운 공주님이었다.

"역시 셉텝을 느끼고 온 걸까요?"

함께 넋 놓고 아모를 바라보고 있던 여의사가 중얼거렸다. 그래서 쳐다보자, 여의사는 아라를 돌아보고 빙긋이 웃었다.

"아무래도 암브로시아와 인어는 여러모로 비슷한 면이 많으니까요."

"불사의 전설이라는 거요?"

인어 역시 익히 알려진 불사의 전설. 지역에 따라 조금씩 다르긴 하지만 '인어의 고기를 먹으면 불사할 수 있다'라는 전설은 꽤 보편적으로 퍼져 있었다. 인간 세상으로만 치자면 오히려 암브로시아보다 더 보편적이었다. 암브로시아가 형태는 달라도─음식이 아니라 여자─실존한다는 것은 어쨌든 이류의 세계에만 알려져 있는 전설이었으니까.

"그것도 그렇긴 하지만 그보다……."

여의사는 팔짱을 낀 채 아모를 올려다보았다.

"아름다운 환상의 종족이라는 거?"

"글쎄요……. 누가 봐도 아모가 더 예쁘다고 생각할 것 같은데요."

아모는 그냥 예쁜 수준이 아니었다. 말 그대로 환상적이었다. 그 어떤 명화가도 그녀의 미모를 화폭에 옮겨낼 수는 없으리라. 하지만 여의사는 조금 다르게 생각하는지 입가에 묘한 웃음이 어렸다.

"셉텝이 아직 '개화'하지 않아서 그래요. 아모에겐 미안한 말이지만 개화한 암브로시아보다 아름다운 존재는 없으니까요. 당연하죠. 여신의 후예인 걸요."

여의사는 다시 무언가를 찾으며 말했다. 하지만 아라는 다소 시니컬하기까지 한 어조로 대답했다.

"전 그런 거 믿지 않아요."

"뭘요?"

"사랑하는 남자의 손이 닿으면 '개화'한다니. 유치도 그런 유치가 없지."

여의사는 굽히고 있던 허리를 펴더니 한쪽 허리에 한 손을 얹고 삐딱하게 섰다. 뭔가 마음에 안 든다는 표시였다.

"개화하는 암브로시아를 목격한 적 있는 사람으로서 넘겨들을 수 없는 발언이군요. 게다가 사랑하는 남자의 손이 닿으면 개화한다는 건 일종의 캐치프레이즈라고 해야 하나……. 정확하게는 자기 자신에 대한 확신과 사랑이라는 감정을 느꼈을 때 개화한다는 게 맞죠. 보통 그런 땐 사랑하는 남자가 만졌을 때니까 일반적으로 그렇게 말하는 거구요. 모르는 것도 아니면서."

"그건 꼭 개화하지 않은 암브로시아는 자기 자신에 대한 확신과 사랑이 없다는 말 같잖아요."

볼멘 듯한 음성에 여의사는 피식 웃었다.

"셉텝이 아직 어려서 잘 모르겠지만…… '여자'로서 느끼는 건 질적으로 다르답니다."

듣고는 있는 건지 아라는 뚱하게 턱을 괸 채 유리벽을 뽀득뽀득 문지르고 있을 뿐이었다. 건너편의 아모는 그런 아라의 동작에 호기심을 느낀 듯 지극히 고양이 같은 눈길로 빤히 쳐다보고 있는 중이었다. 여의사는 몇백 년을 살아도 한 번을 보기 힘든 두 환상의 종이 한 컷 안에 있는 장면을 조용히 바라보다가 다시 말을 꺼냈다.

"하지만 자기 자신에 대한 확신과 사랑이 개화의 조건이라는 것도 보편적으로 그렇게 말할 뿐, 개체에 따라 조금씩 차이가 있죠. 깊은 사랑이라든가, 애절한 감정이라든가, 절절한 그리움이라든가, 강한 자기 확신이라든가……. 확실한 건 인생을 뒤바꿀 만큼 '강렬한' 그리고 '긍정적인' 감정이라는 거죠. 개화하는 시기도 개체마다 다르고."

일반적으로 암브로시아들이 개화하는 시기는 정신적으로 인생의 깊이를 알아가는 20대 중후반쯤이지만, 딱히 정해져 있다고 할 수는 없었다. 모두의 성격과 인생이 천차만별인만큼 '암브로시아의 성인식'이라고 할 수 있는 '개화'도 차이날 수밖에 없기 때문이었다.

"개화한다고 좋을 것도 없잖아요."

"어른이 된다는 건 그런 거랍니다. 좋을 건 없지만, 아니, 오히려 나쁜 것만 한가득이지만 필연적일 수밖에 없는 거죠. 그리고…… 알잖아요?"

마침내 목적하던 물건을 찾아낸 여의사는 흰 통을 들고 아라에게로 다가왔다.

"결국 개화하지 못한 암브로시아는 오래 살 수 없다는 거."

그때까지도 아라는 아모에게서 시선을 떼지 않았다. 물속에서 반짝반짝 하늘거리는 아모는 몇 시간이고 지켜보고 있어도 질리지가 않았다.

"그것도 정확히 얼마만큼 살 수 있다 정확히 정해져 있는 건 아니지만, 개화하지 못한 암브로시아가 개화한 암브로시아보다 단명하는 건 사실이죠. 그렇게 보면 암브로시아의 시조(始祖)가 꽃에서 태어났듯이 개화하는 게 암브로시아들의 의무일지도 몰라요. 자, 여기요."

여의사가 흰 통을 내밀었을 때야 아라는 뭐냐는 듯 그녀를 쳐다보았다.

"칼슘제요. 최근에 밥 제대로 먹고 다니지 않았죠? 다른 건 다 괜찮지만 약간 칼슘 부족이에요. 다음 검진 때까지 꾸준히 챙겨 먹어요."

아라는 물끄러미 약통을 내려다보았다. 그러다 묵묵히 받아 들고는, 여의사가 몸을 돌리자마자 약통을 노려보며 바득바득 이를 갈았다.

"그나저나 셉텝. 요즘 학교 제대로 나가지 않죠? 학점 위험한 거 아니에요?"

아라는 대학생이었다. 조직은 암브로시아들에게 '평범한 삶'

을 사는 것도 적극적으로 권장하고 있었기 때문이다. 그럼에도 아라에게서 돌아오는 대답이 없자, 에블린과 동족인 여의사의 얼굴에 안쓰러운 감정이 살아났다. 하지만 완고하게 걸음을 돌린 아라는 아모에게 가자는 손짓을 하며 의무실을 빠져나가기 시작했다.

"칼슘제 고마워요."

아라는 칼슘제 통을 흔들어 보이고 문 너머로 모습을 감추었다. 그 뒤에서 여의사 사라는 작게 한숨을 내쉬었다.

왜 저리 고집불통인지.

아라는 복도까지 쭉 이어진 수족관을 따라 걷다가 어느 지점에 멈춰 섰다. 그리고 어느새 유리벽 너머로 나타나 헤엄쳐 따라오고 있는 아모를 돌아보았다.

어둑하게 가라앉은 복도. 그 안에 푸르스름하게 빛나는 물빛. 달처럼 은은하게 발현하는 아모.

"미안해, 아모."

아모는 인간의 언어를 할 줄 몰랐다. 바다라는 특수한 생태에 적응하느라 인간과는 성대가 다르게 발달되었기 때문이다. 그것을 알고 있음에도 불구하고 아라는 중얼거렸다.

"내가 네 앞에서 너무 우는소리를 하는 거지?"

아모는 그녀의 무리에서 딱 하나 남은 인어였다. 나머지는 불사와 환상을 찾는 이들에게 모두 살해당하거나 납치되고, 백여 년 전 아직 어렸던 아모만이 한 암브로시아 헌터에 의해 발견되어 쭉 본부에서 보호되어 왔다. 몇 인어의 무리는 아직 저 대양

어딘가에 살고 있겠지만, 인어는 무리를 짓는 습성이 강한 종이라 다른 무리의 새끼는 절대 받아들이지 않기 때문이었다.

그런 아모와 달리 적어도 자신은 몇몇의 동족이 있었다. 암브로시아끼리 모여봤자 눈길을 끌 뿐이니 비상시가 아니면 거의 만나지 않지만, 최소한 이 세상에 혼자가 아니라는 위안 정도는 얻을 수 있었다.

그런데도 왜 전혀 위안이 되지 않는 걸까?

시리도록 푸른 물을 바라보는 눈에 희미한 물길이 차올랐다.

아직도 눈을 감으면 넓은 어깨 위에 목말을 타고 보았던, 손에 잡힐 듯했던 하늘이 떠올라. 귀를 기울이면 당신의 시원한 웃음소리가 들려.

아라는 이를 꽉 물었다. 넘실넘실 차오르던 눈물을 가까스로 막았다.

자신에게는 우는소리를 할 자격조차 없었다. 자신만 아니었다면, 라드는 그렇게 죽지 않았을 테니까. 자신을 사랑하지만 않았더라면. 그랬더라면.

지금 와 'If' 따위는 그 어떤 가치도 없었지만, 계속해 반복되는 상념은 불가피한 것이었다.

아라는 손에 들린 통을 내려다보았다. 한참 동안 물끄러미 보기만 하다가, 이내 통을 찌부러트릴 듯이 손에 꾹 힘을 주었다. 그리고 모질게 이를 물고 읊조렸다.

"그래, 쫓아와 봐. 갈 수 있는 데까지 가보자고."

척척 걸어가는 그녀의 뒷모습을 바라보는 아모의 눈빛이 애잔하게 흐려졌다. 그게 정말 그가 원하는 거였냐고 묻듯이……

끼릭.

쏴아아아…….

수도꼭지를 틀자 머리 위로 뜨거운 물이 쏟아져 내리기 시작했다. 정수리부터 쏟아진 물은 금세 남자의 금발을 적시고, 대리석 같은 피부를 훑으며 단단한 가슴으로, 굳건한 허벅지로, 우뚝 선 맨발로 흘러내렸다. 그리고 빙글빙글 돌아 하수구 안으로 사라졌다.

샤워실에 알몸으로 서 있는 루카는 머리를 쓸어 올리고 떨어져 내리는 물줄기를 응시했다.

이틀 내내 생각해 봤지만, 아무래도 HQUE라는 단어에 대한 수수께끼를 풀 수가 없었다. 리처드의 쓸모라고는 가끔 맛이 갈 때 빼고 잘 돌아가는 머리밖에 없는데 그도 영 아리송하다는 반응이었다.

HQUE. 뭔가를 나타내는 게 아니라 그냥 단순한 메시지일까? 하지만 단순한 메시지라면 굳이 포네틱 코드를 쓸 필요가 있었을까?

사실 꼭 그 단어의 해답을 풀지 않아도 그 여자에게 닿을 방법이야 찾아보면 있을 터였다. 그럼에도 어린애 장난 같은 암호에 집착하고 있는 이유는, 도전하는 듯한 암호를 그냥 보아 넘길 수 없는 성격 때문이었다. 풀어보라는 듯 떡하니 놓여 있는 거라면, 풀어주는 게 인지상정 아니겠는가.

'그런데 포네틱 코드로 암호라니, 어린애 장난도 아니고…….'

머리를 감기 위해 물줄기 아래에 고개를 댄 루카는 문득 머릿속을 스치는 생각에 우뚝 굳었다. 타닥, 타닥, 타닥. 그동안 물줄기가 욕조 위로 몸을 부서트리며 시끄럽게 떨어져 내렸다.

'어린애 장난……'

루카는 당장 수도꼭지를 잠갔다. 그리고 타앙! 샤워실 문을 열고 나가 물기도 제대로 닦지 않은 채 바지만 주워 입고 욕실을 나섰다. 그런 그가 똑바로 향해간 곳은 리처드의 방이었다.

"꺅!"

"어머!"

복도를 걸어가는 동안 반 벗은 그를 보고 기함하는 메이드들은 본 척도 하지 않고 쾅! 리처드의 방문을 열어젖혔다. 하지만 리처드를 찾는 대신 그의 방 한편에 있는 책꽂이에서 어떤 책을 꺼내들어 옆의 테이블 위에 올렸다. 그리고 장을 탁탁 넘겨가며 뭔가를 확인하고 있을 때, 소리를 들은 리처드가 안쪽에서 걸어나왔다.

"루카? 뭐야? 왜 그런 차림으로 내 방에 있는 거야?"

막 잠자리에 들려는 참이었는지 그도 잠옷 위에 가운만을 걸친 차림이었다. 하지만 루카는 신경도 쓰지 않고 책을 더 뒤지다가 몸을 돌렸다.

"딕헤드, 어린애들이 자기 멋대로 단어를 만들거나 암호를 만드는 걸 본 적 있나?"

같이 산 지 좀 됐다고 리처드의 뜬금 바이러스가 옮았는지, 루카도 난데없는 걸 물었다.

"그건 갑자기 왜……"

리처드는 말하다가 번뜩 깨달은 듯 소리없이 '어!' 하며 루카를 가리켰다. 루카는 흔치 않게 씩 웃었다.

"H의 HOTEL이 포네틱 코드가 아니라 보이는 대로 호텔을 나타낸다면? 그 여자는 묘하게 애 같은 구석이 있으니까."

"하지만 QUE라는 호텔은 없는데?"

"쓰다 만 메시지라는 걸 잊었나?"

그렇다면 뒤에 글자가 더 있을 수 있다는 의미. 리처드는 하드웨어에서 타는 냄새가 나도록 어느 때보다 맹렬하게 머리를 굴리기 시작했다.

"QUEASY(욕지기나게 하는)…… 라고 호텔 이름을 정하는 놈은 미친놈이고, QUESTION(질문)도 아닐 거고, QUECHUA*는? 호텔 오너가 케추아족 출신이라면 이건 좀 가능성 있을지도?"

루카는 단 한 마디로 그 수많은 가능성을 정리했다.

"QUEEN(여왕)."

"하지만 여왕이라는 호텔도 없…… 아! 호텔 빅토리아!"

리처드는 아르키메데스가 '유레카!'라고 외쳤듯 외쳤다.

"그래. 이 도시에는 호텔 빅토리아가 있지."

침묵이 두 사람 사이를 휩쓸고 지나갔다. 곧 리처드는 팔짱을 끼고 한 손으로 입가를 짚은 채 중얼거렸다.

"말은 되는데, 너무 끼워 맞추기인 거 아냐?"

루카는 대답없이 아까 보았던 책을 앞으로 가져왔다. 지도였다.

"라스베이거스에서 만난 건 제외하고, 여자와 내가 만난 곳은 이 거리였지."

---

* QUECHUA: 케추아 어. 잉카 문명의 공용어

루카는 지도의 한 지점을 가리켰다.

"그리고 이 거리를 중심으로 해서 부랑자들에게 물어봤을 때, 이 거리와 이 거리, 그리고 여기에서 여자를 본 적 있다는 놈들이 있었다. 호텔 빅토리아는 여기서 20분 거리에 있지. 끼워 맞추기라도 가능성은 꽤 높지 않나?"

리처드는 루카가 가리킨 부분들을 시선으로 뚫어져라 되짚어 보았다. 이내 말했다.

"좋아. 마리 스미스를 찾아내는 것보다는 빠르겠지."

2

힐끗, 웅장하게 서 있는 건물을 올려다본 아라는 조심히 입구의 유동인구 사이로 섞여들었다.

쉴 새 없이 움직이는 인간의 강물에 섞여 회전문을 통과해 들어가자, 우아한 호텔 로비가 그녀를 반겼다. 영국의 유명한 여왕에게서 이름을 따온 호텔답게 로비는 버킹검 궁전처럼 장식되어 있었고, 여러 가지 직업군의 사람들과 인종들로 꽤나 인산인해를 이루고 있었다. 그 안에 작은 동양인 여자는 그다지 특이할 것도 눈에 띌 것도 없었다.

잠시 서서 지켜보자니 이류로 보이는 사람은 없었다. 모두 그녀에게는 일말의 관심도 두지 않고 무심하게 스쳐 지나갈 뿐, 눈길을 주는 사람은 그녀의 캐주얼한 복장에 호기심을 느낀 이들일 따름이었다.

안심한 아라는 천천히 로비를 가로질러 가 엘리베이터에 올라 탔다. 그리고 최상층의 스카이라운지까지 올라가 그곳에 자리 잡은 레스토랑으로 들어섰다.

"어서 오십시오. 한 분이십니까?"

단정하게 유니폼을 차려입은 직원의 물음에 아라는 여전히 재킷의 양주머니에 손을 넣은 채 고개만 내저었다. 그리고 안내는 됐다는 듯 고개를 까딱이고 안으로 들어갔다.

우아한 점심식사를 즐기고 있는 사람들을 스쳐 지나간 아라가 멈춰 선 곳은 도시의 전경이 한눈에 내려다보이는 창가 자리였다. 그곳에는 곱게 손질된 손을 가볍게 깍지 끼고 창문 너머를 바라보고 있는 여자가 먼저 와 있었다.

"에블린."

에블린은 살짝 미소를 머금고 아라를 돌아보더니, 단번에 미간을 찡그리고 그녀를 머리끝에서 발끝까지 훑어보았다.

"저기, 난 스물네 살의 아가씨와 점심을 먹기로 했지 열두 살짜리 꼬마 남자애랑 데이트를 하기로 한 게 아니거든?"

아라는 에블린의 비아냥거림은 깨끗이 무시하고 맞은편에 앉았다.

"내가 원피스를 펄럭이며 올 거라고는 생각하지 않았을 거 아냐."

"아니, 왜? 넌 원피스 입으면 안 된다고 누가 그러디? 도대체…… 네가 가슴이 절벽이길 하니, 뱃살이 있길 하니, 다리에 흉터가 있길 하니. 뽐내도 부족할 몸매를 왜 그런 끔찍한 부대 자루 안에 숨기고 다니는 거야?"

에블린은 투덜거리며 하늘하늘 흘러내리는 머리카락을 살짝 귀 뒤로 쓸어 넘겼다.

그녀는 오늘따라 유난히 정성 들여 치장하고 온 모양새였다. 단정한 연분홍색 네일 폴리쉬가 칠해진 손톱도 그렇고, 노는 새에 꽤 관리를 열심히 했는지 곱기가 눈부실 정도인 손, 약지에 끼워진 작은 다이아몬드 반지까지 요조숙녀의 향기를 폴폴 풍겼다. 특히 오늘은 옷차림도 깔끔한 베이지색 원피스라 그녀답지 않게 청순해 보였다. 하지만 교과서적인 나이스 바디는 어디 가는 게 아니라서 관능적인 청순미라는 게 있다면 바로 이런 것임을 보여 주었다.

"그런데 꼬마는?"

"아, 주차하고 온다고……."

그때 마침 레스토랑의 입구에 모습을 보인 미하엘이 두 여자에게 다가왔다.

"여어."

그런데 에블린이 웬일인지 미하엘을 빤히 올려다보는 게 아닌가? 그러더니 다시 아라를 보고 말했다.

"사심을 떠나서 말하자면, 미하엘을 봐. 너보다 패션 센스가 열 배쯤은 더 좋을걸."

아라는 자신의 옆자리에 앉은 미하엘을 쳐다보았다.

"제비 같아 보여."

"뭐어? 요 녀석이! 내 눈을 보고 다시 말해보렷다!"

"아파! 하지 마!"

미하엘이 턱을 꽉 쥐고 돌린 탓에 아라는 바동거리며 벗어났다. 그러고 나니 얼마나 세게 쥐었던지 턱이 다 욱신거렸다. 루카 베르티가 쥐고 났을 때도 전혀 아프지 않았는데 하여간 무식하…….

멈칫한 아라는 저도 모르게 이제 테이블 위에 놓여 있는 미하엘의 손을 내려다보았다. 여자와는 판이하게 다른 큰 손. 아무리 가녀려 보이는 남자라고 해도 그 악력은 여자를 상회하기 마련이었다. 그럴진대 루카 베르티 같은 남자가 쥐었다 놨었는데도 아프지 않았다 함은?

"아라?"

"응?"

아라는 번뜩 정신을 차렸다.

"무슨 생각을 그렇게 해?"

"아무것도 아냐. 하여간 에블린, 어떻게 지냈어?"

에블린은 '음……' 하는 소리를 흘리며 머리를 가볍게 쓸어 넘겼다.

"할 일 참 더럽게 없더라. 400년 동안 이렇게 한가한 적이 또 있었나 싶을 정도야."

"22년은 왜 슬쩍 깎아?"

미하엘. 오늘은 왜 에블린을 걸고넘어지지 않나 했다.

"약으로 말한 거거든? 하여간 참새처럼 굴지 않으면 그 입이 아니지."

"저기, 22년이면 거의 여기 아라 바이어스 양이 살아온 인생이 거든요?"

"젠장! 그러니까 내가 진짜 늙은 퇴물 같잖아!"

"맞잖아?"

"홀딱 벗겨 시베리아에 떨어트려 주리?"

아라는 두 사람이 공방전을 펼치는 동안 그러려니 내버려 두고 물을 홀짝거렸다. 사실 처음에는 둘 다 진짜 분노에 차서 주고받았을지 몰라도 이제는 거의 그러면서 노는 것 같았다.

"하여간 본업이고 부업이고 하는 게 없으니까 우아한 백조 생활이 뭔지 알겠던데."

늘 그렇듯 에블린은 한참 딴 길로 샜다가 재주 좋게 본래 주제로 돌아왔다.

"특히 얼마 전에 여기로 옮겨오고 나서는 더 해. 이럴 줄 알았으면 그냥 다른 도시의 은신처에 있을 걸 그랬나 봐."

"호텔에서 유유자적하는 잠적 생활이라니 팔자도 좋아. 난 여기 뛰고 저기 뛰느라 꽁지가 빠지……. 아 참, 아라 이 녀석 루카 베르티하고 마주쳤던 거 알아?"

미하엘은 아라가 막을 새도 없이 폭로해 버렸다. 무심하게 이야기를 듣고 있던 아라는 흠칫했고, 에블린은 눈을 크게 뜬 채 그녀를 돌아보았다.

"아라 너! 내가 일도 하지 않고 처박혀 있었던 이유가 뭐였는데! 내가 조심하라고 몇 번이나…… 응? 근데 멀쩡한데? 혹시 보이지 않는 옆구리라던가 그런 델 물어뜯긴 거야? 그리고 구사일생으로 탈출?"

미하엘은 말도 말라는 듯 절레절레 손을 내저었다.

"내가 나가지 말라고 말린 날 밤 나갔다가 만났나 봐. 뭔 일이 있었는지는 죽어도 말하지 않는 거 있지. 그래도 무사히 살아왔으니 천만다행 아냐? 난 아라에게 전화했다가 우연히 루카 베르티와 통화했는데, 그 자식이 먹었다고 해서 꼼짝없이 아라 이름을 살해당한 암브로시아 리스트에 올려야 하는 줄 알고……."

그 입 좀 다물어주지 않을래.

미하엘이 조잘조잘 떠들어댈수록 에블린의 얼굴에는 의구심이 뭉글뭉글 솟아나더니, 이내 의심스럽기 그지없는 시선으로 아라를 응시했다. 아라는 발바닥에 홍건하게 땀이 맺히는 것 같았다.

여자의 일은 여자가 안다고 하던가.

"흐~ 으응? 먹었다아~?"

"무사히 살아왔으면 됐잖아."

아라는 오히려 방귀 뀐 놈 성내듯 뻗댔다. 항상 심증이 물증으로 연결되지는 않는 법. 본 것도 아니고 어떻게 알겠는가.

"뭐, 대전제는 그거긴 하지. 뺏기거나 남기고 온 건 없지?"

뺏긴 거라면…… 첫 키스…… 는 아니었다. 첫 키스는 아주 오래전— 학교의 클래스메이트였던, 조금은 좋아했던 남자아이에게 주었다. 사실 지금은 기억도 희미하지만, 그때는 꽤…… 좋아했던 것 같다. 하지만 그 당시 이런 세계에서 살아야 하는 자신을 받아들이는데 힘든 시간을 보내고 있었던 그녀는 그를 매몰차게 내쳐 버렸다. 다시는 그에게 말을 붙이지 않았고, 흔들린 자신을 탓하듯이 그 후로 그 누구하고도 연관되지 않았다. 그래도 지금 생각해 보면, 무화과 향이 났던 듯했던 첫 키스의 기억은 그녀에게 있는 얼마 되지 않은 좋은 기억 중에 하나였다. 돌려 말하자면 이성과의 경험은 그런 것이 전부였기에, 아라는 루카 베르티가 그녀에게 다가오는 방법이 너무나 생소했다.

“핸드폰 뺏겼대.”

대답하기도 전에 미하엘이 먼저 고자질을 했다.

“그 남자가 훔쳐 간 거야!”

에블린은 질렸다는 표정이 되었다.

“아니, 대체 민첩성 빼면 시체인 애가 훔쳐 가는 동안 넋 놓고 뭐 했어?”

키스당하고 있었지.

“하지만 핸드폰에 남아 있는 정보는 없…….”

새침하게 물컵을 들어 올리던 아라는 그제야 떠오른 기억에 멈칫하고 말았다.

“뭐야! 너! 설마 주소라도 남겨놨냐!”

미하엘은 그 침묵의 간격에 깜짝 놀라더니 거의 절규했다. 그에 아라는 애매한 표정으로 고개를 들었다.

“아니, 그건 아닌데……. 예전에 미하엘 네가 에블린이 묵고 있는 호텔이 어디냐고 문자로 물어봤었잖아. 그때 답변 전송하려다가 누가 불러서 임시보관함에 저장해 놨었거든. 나중에 네가 전화해서 물어보는 바람에 보내지 않은 채 잊어버렸고. 아마 그게 남아 있을 텐데…….”

에블린과 미하엘은 정말 한 치의 오차도 없이 동시에 벌떡! 자리에서 일어섰다.

하필이면 딱 이 장소라니!

“하지만 호텔 빅토리아라고는 적지 않았어.”

당장 가보려던 두 사람은 멈칫했다. 그리고 ‘그럼?’이라는 뜻을 담은 눈으로 아라를 내려다보았다.

"호텔 퀘벡 유니폼 에코까지 적었던 것 같아."

그제야 두 사람은 휴, 깊은 안도의 한숨을 내쉬며 도로 자리에 앉았다.

"그 도대체 뭔 소리인지 알 수 없는 포네틱 코드 놀이 말이야?"

"그거 완전 아기 옹알이라니까. 포네틱 코드를 쓰려면 일률적으로 쓸 것이지 어떤 건 단어 그대로였다가 어떤 건 포네틱 코드고……. 아니, 우리가 독심술사야? 네 마음을 어찌 다 읽으랴? 전화로 물어보길 잘했지."

아라의 입이 삐죽이 튀어나오기 시작했다.

"그래도 HQUEEN은 확실하잖아."

"확실하지 않아!"

미하엘이 외치고, 에블린은 까르르 웃으며 손을 내저었다.

"아라와 같은 수준이 아닌 한 그걸로 여길 알아내는 건 말도 안 되는 소리지. 특히 HQUE까지만 적었다면. 그 남자라면 오히려 복잡하게 생각하느라 정답 근처에도 못 갈걸. 하여간 밥이나 먹자고."

미하엘과 에블린은 아라 덕분에 오랜만에 한마음이 되어 훈훈해진 분위기 속에서 음식을 주문했다. 왕따가 된 아라만이 '그걸 왜 몰라?' 하고 투덜거릴 따름이었다.

루카는 지나가는 사람들을 하나하나 눈에 담으며 로비의 소파에 앉아 있었다. 그 같은 남자가 미동도 없이 인파를 훑어보고 있자 사람들은 하나같이 주춤하는 눈치였고, 호텔 경비원은 제지를 해야 하나 말아야 하나 무척 고민이 되는 얼굴이었다. 그를 둘러싸고 있는 경호원 부대만 없었더라면. 물론 경호원 부대가 없었다 해도 그 위압감에 눌려 다가오지 못했을 터였다. 백 보 양보해도 마피아로 보이는 것을.

그때, 또 하나 사람들의 시선을 독식하는 그룹이 나타났다. 왠지 모를 기품이 흐르는 남자를 위시한 검은 양복 부대였다. 그들은 루카 쪽으로 다가가 다른 이들의 시야에서 두 남자를 차단하듯 빙 두르고 섰다.

그 검은 양복의 벽 안, 루카는 척 자신의 앞에 선 리처드를 올려다보았다. 리처드는 잠시 무표정하게 그를 내려다보더니, 손에 든 파일을 루카에게 펼쳐 보였다. 그것은 상당히 정교하게 그려진 몽타주사진이었다.

리처드는 씩 웃었다.

"빙고. 이 여자가 여기 숙박하고 있다더군. 아무래도 눈에 띄니까 한번에 알아보던데."

루카는 시선을 리처드에게서 그림으로 옮겨갔다. 확실히 몽타주사진 속의 마녀는 어딜 가나 눈에 띌 법한 미녀였다.

"아무리 너라고 해도 숙박자의 정보를 그냥 알려주진 않았을 텐데, 뭐라고 했지?"

리처든 어깨를 으쓱이고 파일을 닫아 다시 비서에게 건넸다.

"간단해. 결혼까지 생각했던 여자인데 몸 뺏고 마음 뺏고 거액을 사기 쳐서 도망간 꽃뱀이라고 했지."

루카는 눈을 치켜들었다.

"하지만 경찰에 알려서 떠들썩하게 만들고 싶진 않으니 개인적으로 해결하게 해달라고 하니까 한 방이던데?"

기억하는 대로라면 확실히 꽃뱀 스타일이긴 한데……. 참 말을 만들어내는 것도 기상천외하다고 해야 할지.

그건 어쨌거나, 루카는 다리에 힘을 주어 천천히 자리에서 일어섰다.

"방 번호는?"

리처드는 턱짓으로 뒤쪽에 있는 엘리베이터를 가리켰다.

"802호."

"후아, 배부르다. 오늘 진짜 많이 먹었어."

방으로 돌아가는 길목, 한껏 배부르게 먹고 난 에블린은 만족스럽게 웃었다.

"그러게. 나보다 많이 먹더라?"

"넌 남자가 쪼잔하게 그것밖에 못 먹니?"

평소처럼 퉁퉁거리긴 한다만 배가 찬 탓에 둘 다 그다지 말에 가시가 서 있지 않았다. 아라는 그런 두 사람의 대화를 들으며 입가심으로 마시고 있는 사과주스를 빨대를 통해 쭉 빨아들였다. 아라 역시 만족스럽게 밥을 먹고 식사하는 내내 두 사람과 떠든 터라 상당히 나른한 상태였다.

문득 아라는 옆에 걸어가고 있는 에블린과 미하엘을 돌아보았다.

그러고 보면 자신이 평소처럼 날을 세우고 있지 않을 때는 이 두 사람하고 있을 때뿐이었다. 그래도 크게 웃거나 살갑게 대하는 것은 아닌데 본래 성격이 유쾌한 두 사람은 전혀 신경 쓰지 않았고, 오히려 그게 그녀의 개성이라는 듯 대해주었다.

세 사람이 한 팀이 된 것은 4년 전. 상부의 결정에 가장 격렬하게 반발했던 인물은 에블린이었다. 사실 그때 아라는 지금보다 더 배타적이었으니 그다지 호감이 가지 않았을 수 있겠지만, 나중에 에블린은 상부가 결정을 취하하도록 더 심하게 말했었다고 고백했다. 그런데 지금은 굳이 일이 아니더라도 함께 점심을 먹는 등 하고 있으니 참 신기한 일…….

"어!"

그때였다. 갑자기 에블린이 휘청하는 바람에 아라와 미하엘은 본능적으로 얼른 그녀에게로 손을 내밀었다. 그 행동이 얼떨결에 마음을 보여준 것만 같아, 시선이 마주친 아라와 미하엘은 서로 데면데면한 표정이 되었다. 그리고 둘 다 슬쩍 손을 거두었다. 하지만 에블린은 그것도 모르고 아래를 내려다본 채 투덜거리고 있었다.

"뭐야?"

"구두끈이 풀렸어. 처음 샀을 때부터 빡빡하더라니……. 젠장, 당장 환불해 버리겠어."

"끊어진 것도 아닌데 뭐 그래?"

"자꾸 풀린단 말이야."

에블린은 한참 구두끈과 씨름하더니 안 되겠다 싶었는지 핸드백 안에서 호텔 룸 키를 꺼내 들었다.

"아라, 가서 먼저 문 좀 열어."

아라는 군말없이 카드 키를 받아 들고 에블린이 묵고 있는 802호로 다가갔다. 미하엘은 구두끈과 씨름하고 있는 에블린의 지지대가 되어주느라 장승처럼 서서 그녀의 손을 잡아주고 있었다. 참 미묘한 포지션이었다.

아라는 좀 난감해하는 듯한 미하엘을 보고 피식 웃어버렸다. 그리고 카드 키를 꽂기 위해 손을 가져가는 순간이었다. 찰칵, 하고 먼저 문이 열렸다.

뜻하지 못한 풍경을 맞닥트린 아라가 가장 먼저 한 행동은, 그냥 빤히 쳐다보는 것이었다. 하지만 누구라도 그럴 수밖에 없지 않을까? 분명 아무도 없어야 할 '에블린'의 방문이 키를 꽂기도 전에 열리고 '루카 베르티'가 나타났는데 말이다. 그것도 마치 제 방인 양 문에 한 팔을 턱 걸치고.

최근 그 남자 생각이 뇌리에서 떠나질 않더니 기어코 환영까지 보는구나 싶을 뿐이었다. 하지만 인간이란 갑작스러운 사태에 놓이면 일단 뭔가를 확인하려는 본능을 보이기 마련이라, 아라는 극히 인간적으로 에블린에게 물어보기 위해 고개를 돌렸다. 그런데 에블린과 미하엘의 얼굴에 세상의 종말을 본 듯한 경악이 퍼져 가고 있었다.

그제야 아라는 깨달았다. 이건 환영이 아니라는 걸.

그와 동시에 우악스럽게 팔뚝이 붙잡혔다. 아라는 저도 모르게 손에 들고 있는 사과주스 팩을 꽉 쥐고 말았다. 팍, 터져 나온 주스가 손을 물들이고 얼굴에까지 튀었다. 하지만 정신을 차릴 틈도 없이 방 안으로 끌려들어 가는 동시에 사과주스 팩을 놓치고 말았다. 타악, 하고 카펫 위에 둔탁하게 부딪히는 소리와 함께 등 뒤로 타앙! 문이 닫혔다.

아라는 움직일 생각은 하지도 못한 채 루카를 올려다보기만 했다. 머릿속이 새하얘졌다. 아니, 완전한 혼돈이었다.

무감각한 푸른 눈동자가 아라의 얼굴에서 호박색 액체에 홍건하게 젖은 손으로 옮겨갔다. 이내 그는 느린 그림처럼 아라의 손을 들어 올리는 동시에 고개를 내렸다. 말은 없었다. 그저 그와 한 공간에 놓인 순간부터 극한까지 당겨진 긴장감 속에 그의 혀가 손바닥에 와 닿았다. 따뜻하고 간지러웠다. 그에 저도 모르게 손을 움찔하자, 가만히 있으라는 듯 팔뚝을 쥔 손에 조금 더 힘이 들어갔다.

그는 깊게 패인 손금을 따라 흘러내리는 주스를 핥고, 손가락 사이사이까지 혀를 밀어 넣어 핥았다. 남성적인 입술 사이로 나타났다가 사라지는 혀가 시선을 뗄 수 없을 만큼 선정적이었다. 무감동하되 도전적으로 바라보는 푸른 눈동자가, 그녀를 남김없이 빨아들일 것만 같았다.

이번에는 그가 아라의 얼굴로 고개를 내려왔다. 그리고 턱에 튄 주스를 핥았다.

"달군."

입술 위에서 허스키하게 속삭이는 저음. 뒷목과 팔뚝을 쥐고 있는 강한 손. 뒤얽히는 숨결.

그때였다.

쾅! 쾅쾅쾅!

"루카 베르티! 이 개자식아! 그 조그만 것 먹을 게 어디 있다고! 걔 먹어봤자 간에 기별도 안 가! 불사 따위 못한다고!"

"에, 에블린!"

"당장 문 못 열어! 열어! 열라고!"

아라는 홱 뒤를 돌아보았다. 문이 미친 듯이 덜커덩덜커덩 흔들리고 있었다. 그리고 포효하는 에블린의 고함과 욕지거리가 문에 걸러져 억눌린 채 들려왔다. 그제야 번뜩 정신을 차린 아라는 온 힘을 다해 루카의 손을 뿌리치고 얼른 방 안쪽으로 걸음을 물렀다.

"여길 어떻게……."

아라는 전신에서 전투적인 기운을 내뿜으며 가만히 물었다. 그러자 루카는 아직 입술에 조금 묻어 있는 주스를 혀로 핥았다. 그에게는 의미없는 행동이었겠지만, 아라는 그가 멍청하게 있었던 자신을 비웃는 것 같아 울컥하면서도 왠지 모르게 얼굴에 열이 올랐다.

더구나 자꾸만 그의 몸으로 내려가려는 시선을 어찌할 수가 없었다. 꿈속에서 오롯이 보았던 그의 알몸. 바위 같은 가슴이나 복부, 군마 같은 다리, 비교하면 한없이 작아 보이는 여자를 단단하게 끌어안던 강인한 팔……. 그의 몸 따위 본 일이 없으니 자신의 상상이 더해진 영상이었겠지만 실제로도 그다지 다를 것 같지는 않았다. 솔직히 조금은…… 그 몸이 아름답다고, 생각했다.

"HQUE."

아라는 화들짝 정신을 차렸다. 그리고 그의 대답을 인식하곤, 어떤 표정을 지어야 할지 알 수 없는 얼굴이 되었다. 그가 여길 찾아냈다는 데 기분 나빠해야 할지, 아무도 알아주지 않는 자신의 포네틱 코드 놀이를 풀어냈다는데 기뻐해야 할지 감을 잡을 수 없었던 것이다.

그때, 갑자기 루카가 다가오기 시작했다. 흠칫한 아라는 반사적으로 걸음을 물렀다. 하지만 루카는 다가오길 멈추지 않았다. 아라는 점차 코너로 몰려갔다.

"에비! 좀 진정해!"

"내가 지금 진정하게 생겼어! 아니, 넌 진정이 돼? 이 불알도 없는 녀석 같으니라고!"

멀리서 에블린과 미하엘이 서로에게 고함치는 소리가 들려왔다.

"내 말은 그게 아냐! 마법을 써서 안에 들어가면 되잖아! 네가 페나(Penna) 마녀라는 걸 잊었냐고!"

"젠장! 그걸 왜 이제야 말해!"

"그걸 잊고 있었던 게 말이…… 이봐! 혼자 가면 어떡해!"

그 고함에 아주 잠시 정신이 팔렸을 때, 루카가 다시 아라의 팔을 붙들었다. 그 손길에서 이번에는 그가 몹시도 진심이라는 걸 알 수 있었다. 척추가 전율했다. 그와 동시였다. 갑자기 평범한 방의 풍경을 그린 그림에 에블린의 모습이 일필휘지로 그려지듯 방의 한 중간에 그녀가 나타났다. 그것도 루카가 아라를 끌어당길 때 벗어 던졌는지 구두 한 짝을 손에 쥔 채.

"에블린!"

아라가 소리쳐 불렀지만, 당장이라도 달려올 기세였던 에블린은 더 이상 다가오지 못하고 멈칫했다. 그 모습에 루카는 한쪽 입꼬리를 비릿하게 말아 올렸다.

"미리 준비해 두지 않는 이상 페나 마녀는 신체가 접촉해 있을 때만 타인을 이동시키는 게 가능하지?"

아라와 에블린은 그 사실을 알고 있는 루카에게 놀란 듯 그를 돌아보았다.

인간들에게 마녀는 흔히 하나의 포괄적인 집단으로 분류되지만 사실은 이류 중에서도 가장 분파가 많은 종이었고, 그중에서도 에블린은 '페나'라고 불리는 마녀였다. 일반적으로 빗자루나 지팡이를 타고 다니는 등 비행능력이 있는 마녀가 보통 다 이 카테고리에 속한다고 보면 되는데, 잘 알려져 있지 않은 사실이지만 그녀들은 비행능력뿐만 아니라 공간이동도 가능했다. 오히려 현대에 와서는 편리한 공간이동을 더 선호하는 편이어서 작금에 하늘을 날아다니는 페나 마녀는 거의 없다고 해도 좋았다. 특히 중세시대의 마녀사냥 이후로 하늘을 나는 행위는 너무 눈에 띄기 때문이었다.

"젠장! 당신이 그건 또 어떻게 아는 거야!"

다혈질이라 금세 머리끝까지 흥분한 에블린은 손에 든 구두를 난폭하게 내저으며 소리쳤다. 사실 '미리 본인의 마법 식을 타인에게 그려놓지 않은 한 신체 접촉 시에만 공간이동 가능'이라는 명제는 페나 마녀의 취약점이라고 할 수 있기 때문에 페나 마녀가 아니라면 아는 이가 많지 않았다.

"예전에 만난 페나가 알려주더군."

에블린은 그 페나가 눈앞에 있다면 머리카락을 죄 쥐어뜯어 버릴 것처럼 사나운 욕지거리를 뇌까렸다. 취약점 발설은 거의 종을 배신하는 행위인데도 저지르고 말았다면 저 남자의 무엇에 넘어간 건지 알 것 같았기 때문이다. 하지만 더 문제는 그가 아라를 붙잡고 있는 이상 어떻게 이 상황을 타개할 방법이 없다는 점이었다.

그때, 뭐라도 도움이 될 만한 걸 찾기 위해 다급히 시선을 굴린 아라의 눈에 어떤 것이 들어왔다. 그 순간 팍 떠오른 생각에 아라는 약 2초간 주저했지만, 다른 방법이 없다면 어쩔 수 없었다. 다른 건 일단 이 남자에게서 탈출한 뒤에 생각할 수밖에.

결행을 결정한 아라는 휙 루카를 돌아보았다. 그리고 빠르게 그의 목에 팔을 감고, 끌어당겼다.

두 사람의 입술이 부딪힌 순간, 에블린은 떡! 입을 벌리고 말았다.

루카는 생각지도 못한 아라의 행동에 잠시 움찔했으나 먼저 적극적으로 나와주는데 밀어낼 이유가 없었다. 그래서 아라의 허리를 안고 키스를 더 깊어지게 했다. 아라 역시 꿈에서 봤던 대로 남자의 목을 감싸 안으며 동조했다.

순간 루카는 얼마 전에 꿨던, 내용은 기억나지 않지만 기분 좋은 잔영만큼은 계속 따라다니던 꿈이 무엇이었는지 기억났다.

'아, 그래. 그거였군.'

여자가 나긋하게 안겨오던 황홀한 꿈.

몸 깊은 곳에서부터 주체할 수 없는 열기가 올라오기 시작했다. 마치 이제껏 찾아오던 게 이거였다는 듯 갈증이 채워지는 동시에 새로운 갈증이 치밀어 올랐다. 이 새싹처럼 보드랍고 어린 몸을 원했다. 다른 걸 바랄 때와는 비교조차 할 수 없을 정도로 갈망하고, 또 갈망했다.

그런데 아라는 거기서 끝내지 않고 루카마저 놀랄 행동을 보여주었다. 그를 뒤에 있는 침대 위로 밀어트리더니, 꿈속에서처럼 그에게 올라탔다. 탄력있는 엉덩이가 사타구니에 스치자 아랫배가 들끓었다.

거기까지 경악한 채 보고 있던 에블린은 표정이 서서히 아니꼬 워지더니, 떡 팔짱을 끼고 뻐딱하게 서서 그들을 지켜보기 시작했다.

"혹시 잊고 있을까 봐 하는 말인데 거기 내 침대거든?"

누가 모르냐고! 이럴 땐 제발 시선 좀 돌려줘!

아라는 속으로 절규하며 예전에 그가 키스하던 방법을 필사적으로 떠올려 어설프게나마 혀를 움직였다. 이, 이렇게 하는 거였던가? 아니, 이렇게?

어수룩하기 그지없는 놀림이었을 텐데도 남자의 목에서 나직하게 그르렁거리는 소리가 올라왔다. 아라는 계속해서 미숙하게 그의 혀를 감아올리며 슬그머니 옆쪽으로 손을 뻗었다. 그러나 루카는 물론이고, 에블린마저 손톱을 내려다보며 '젠장, 내가 왜 이렇게 됐담' 하고 중얼거리고 있느라 아라의 비밀스러운 움직임을 모르고 있었다.

슬금슬금 손을 움직이는 동안 그가 척추를 훑듯이 쓸어내려 왔다. 순간 가슴 끝의 멍울이 짜릿하게 울리는 느낌에 아라는 신음을 삼키지 못했다. 게다가 입속으로 파고들어 온 그의 혀가 치열을 훑으며 안쪽을 자극하자 벌려진 아래턱에마저 쾌락의 전류가 흘렀다.

'왜 이렇게 기분이 좋지……'

뭔가 바깥세상이 모두 아득히 멀어지는 것 같았다. 뒤에 에블린이 서 있다는 사실도, 느끼고 있을 때가 아니라는 것도 모두 까마득해지고 전신의 모든 신경이 아래 있는 남자만을 인식하기 시작했다. 조금만 더 기분이 좋아진다면 발정난 고양이처럼 그에게 몸을 비벼댈 것만 같았다. 점차 숨결이 가빠졌다.

그런 아라를 겨우 일깨운 것은 일말의 저항감과 에블린의 욕지거리였다. 침대 옆 테이블 위에 놓인 차가운 감촉이 손끝에 닿은 찰나, 아라는 섬광처럼 그것으로 루카의 손목을 때렸다. 동시에 철커덕, 무언가 잠기는 소리가 들려왔다. 성공했음을 직감한 아라는 얼른 침대의 철 프레임에 나머지 부분을 때려 잠그고, 휙 그의 위에서 뛰어올랐다.

루카는 번뜩 자신의 오른 손목을 돌아보았다. 스산한 은빛으로 빛나는 수갑이 그의 손목을 침대의 난간에 묶고 있었다.

"에블린!"

다른 델 보고 있다가 놀라 고개를 돌린 에블린은 거의 자신에게 들이받듯 달려오는 아라를 반사적으로 잡았다. 그와 동시에 능력을 발동해 휙, 함께 사라졌다. 그 바로 직전에 루카와 눈이 마주친 아라는 발갛게 달아오른 낯빛으로도 그를 독하게 노려보고 있었다.

루카는 정말 드물게도 할 말을 잃고 한참 두 여자가 사라진 곳을 바라보았다. 그런데 얼마나 지났을까. 쿡, 쿡, 쿡, 갑자기 그의 목 안쪽에서부터 웃음이 올라오기 시작했다. 이내 커다란 웃음이 되었다.

어린 여자에게 뒤통수를 크게 얻어맞았음에도 불구하고 루카는 터져 나오는 웃음을 참을 수가 없었다. 이렇게 웃어보는 게 얼마 만이던가. 아니, 처음이던가? 하지만 덕분에 정말로 진심이 되었다. 정말로 그 가녀린 몸을 잡아 자신의 아래 짓누르고 싶었다.

이 손에 쥐고, 놓아주고 싶지 않아졌다.

루카는 아직 미약하게 흘러나오는 웃음과 함께 리처드에게 전화하기 위해 양복 안주머니로 손을 넣었다. 순간 남아 있던 웃음이 확 말라 버렸다.

천천히 손을 빼낸 루카는 아무것도 들려 있지 않은 자신의 손을 보고 쯧, 혀를 내찼다.

"정말 지기 싫어하는 성격이로군."

방에서 빠져나온 에블린과 아라는 문밖의 미하엘 앞에 나타났다. 하지만 미하엘이 무사한 아라를 보고 '어!' 라고 내지를 틈도 없이 에블린이 덥썩! 그의 목살을 움켜쥐었다. 그리고 세 사람은 그 자리에서 사라졌다.

옆방에 들어가기 위해 서 있던 남자의 손에서 툭, 키가 떨어졌다. 하지만 그가 얼이 빠진 채 응시하는 곳은, 바로 일 초 전까지만 해도 어떤 남자가 서 있던 장소는 텅 비어 있을 뿐이었다.

"왜 아직 안 오는 거야?"

리처드는 손목시계를 내려다보고 투덜거렸다.

"하여간 나 바쁜 사람이라고 해도 믿어주질 않지."

그는 정말로 바빴다. 등 뒤에 쌓여 있는 일을 생각하면 뒤돌아보기도 싫을 정도였다. 하지만 그를 로비에 떼어놓고는 기다리라고 하고 사라진 루카는 그저 함흥차사.

그냥 놓고 가버릴까를 진지하게 고려하고 있을 때, 갑자기 그의 앞에 한 덩어리로 뭉친 세 사람이 마술처럼 나타났다. 동시에 그들로부터 무언가가 날아왔다. 리처드는 무엇인지 확인할 새도 없이 반사적으로 손을 들어 그것을 턱! 받아 들었다. 그리고 의아하게 내려다보았다.

검은색 여성용 구두였다.

"켁켁! 숨 막혀! 에비! 목 좀 놔!"

"시끄러! 확 버려두고 올 수도 있었어, 너!"

"내 얼굴 시퍼레진 거 안 보이냐고!"

"그보다 내 구두! 내 구두가 날아갔어! 너 그게 얼마짜린 줄 알아!"

"둘 다 좀 그만 해!"

리처드는 자신의 손에 들린 구두와 세 사람 중 한쪽 발이 스타킹만 신은 맨발인 여성을 번갈아 보았다.

"혹시 이겁니까?"

들어 올린 채 말하자, 서로 투닥거리고 있던 세 명의 시선이 일제히 리처드에게 꽂혔다. 리처드는 그제야 그중 한 명인 아라를 발견했다. 그래서 오, 하고 알은체를 하려는데 그의 손에 들린 구두를 발견한 에블린이 어머, 하는 소리를 내더니 알 듯 말 듯하다는 표정을 지었다.

"감사한데……. 혹시 뵌 적이?"

아라는 황당하다는 표정을 숨기지 않고 에블린을 바라보았다.

"에블린?"

"가만있어 봐. 저런 미남이면 내가 잊을 리가……."

에블린은 정말 진지하게 고민하는 얼굴이었다. 그쯤에 리처드는 이미 에블린이 아라의 동료인 마녀임을 기억해 낸 상태였다.

예전과 이미지가 달라 잠시 알아보지 못하긴 했지만, 그녀는 정말 자신을 모르는 듯하자 왠지 모르게 불쾌해졌다. 자신의 인상이 그렇게 약했던가?

"외계, 아니, 리처드 레인스터잖아!"

아라가 외치자 에블린은 '맞아!' 하듯이 그녀를 쳐다보았다가 쩍 얼어 있는 주변을 발견하고 낭패스러운 표정이 되었다. 인파가 몰려 있는 로비의 한 중간에 떡 나타난 탓에 사람들은 눈을 휘둥그레 뜨고 굳어 있는 상태였다. 에블린은 다시 바빠지기 시작했다.

"이런 젠장!"

에블린은 어느 때보다 손가락을 강하게 부딪쳐 사람들의 기억을 지우더니 덥썩! 덥썩! 아라의 팔과 미하엘의 목살을 잡았다. 그리고 다시 휙, 사라졌다.

잠시 어질했던 리처드는 현기증이 걷히자 여전히 자신의 손에 들려 있는 구두를 황당하게 내려다보았다.

"이상한 신데렐라를 만났군."

그때, 리처드의 핸드폰이 울리기 시작했다. 리처드는 비서에게 구두를 가지고 있으라며 전해준 뒤에 핸드폰을 받아 들었다. 루카였다. 하지만 그는 뭐라고 불평하기도 전에 802호로 오라는 말만 하고 뚝 끊어버렸다. 리처드는 자신의 핸드폰 역시도 황당하게 내려다보았다. 정말 이게 날 제 시종쯤으로 생각하고 있는 건가 싶어 살짝 짜증이 나려 했다. 그러나 투덜거리며 802호로 올라간 그는, 거의 목소리가 뒤집어질 때까지 웃어버리고 말았다.

"크하하하하핫! 으하핫! 나 그 아가씨한테 완전 반해 버릴 것 같아!"

한 팔이 수갑으로 침대 프레임에 묶인 채 비스듬하게 앉아 있는 루카의 턱이 슬쩍 틀어졌다. 하지만 눈물까지 그렁그렁 매단 채 웃고 있는 리처드는 조금도 신경 쓰지 않았다. 오히려 한껏 웃다가 루카를 힐끔 돌아보더니, 다시 배를 잡고 웃어댔다.

"핸드폰 내놔."

자기 핸드폰을 두고 왜 남의 핸드폰을 달라는지 이해하기 힘들었지만 리처드는 웃는 일에 더 바빴으므로 그냥 핸드폰을 꺼내던져 주었다. 그러자 루카는 한 손으로 폴더를 열고 뭔가를 하더니 금방 도로 닫았다.

"근데 너 핸드폰은 어쩌고?"

조금 진정한 리처드가 웃음을 참느라 평소보다 근엄하게 물었다. 하지만 루카는 다시 턱을 슬쩍 틀 뿐, 대답이 없었다. 순간 리처드의 머릿속에 한 가지 가능성이 스쳤다. 그러고 보니 아까 전화했던 번호도 낯설었다. 아마 룸의 전화로 걸었던 것이리라. 그걸 깨달은 리처드는 다시 웃기 시작했다.

"그 아가씨가 훔쳐 간 거지! 그렇지!"

"절단기나 가져와."

그러나 리처드는 듣고 있지 않았다.

"나 그 아가씨한테 내 의동생 하라고 할까?"

루카는 잠시 눈만 치켜뜬 채 리처드를 쳐다보더니, 침대 아래로 다리를 내리고 일어나 앉았다. 그리고 한 손으로는 침대 프레임을 쥐고, 수갑에 묶인 손으로는 그 이음새를 쥐었다.

"너 뭐 하……."

양복 너머로도 꿈틀거리는 등 근육의 움직임이 선명하게 느껴졌다. 그 순간 루카가 뒤로 팔을 강하게 잡아 빼자, 콰드득! 하는 소리가 들리더니 끊어진 수갑의 이음새가 그의 손목 아래서 달랑거렸다.

"힘자랑하냐?"

인간으로서는 절대 불가능한, 두렵기까지 한 힘. 하지만 리처드는 그 힘이 발휘되는 장면을 정면에서 목격하고도 시큰둥하게 중얼거릴 뿐이었다.

지상 최대의 난폭동물이 묶여 있는 꼴을 좀 더 즐기려고 했더니만 좋지 않은 성질 광고하는 것도 아니고 그새 탈출해 버리다니.

무식하게 잡아뜯은 탓에 손목에 그로테스크하게 남은 상처를 혀로 핥은 루카는 이내 그 핏물이 배어나는 듯한 음성으로 중얼거렸다.

"점점 재미있어지는군."

"에블린! 어떻게 리처드 레인스터를 기억 못해? 난 그 남자 때문에 너한테서 목 졸라 버리고 싶다는 말을 50번 이상은 들었다고!"

아직 흥분이 가시지 않은 아라는 그녀답지 않게 언성이 높았다.

"아, 거! 기억 못할 수도 있지!"

"그런 남자가 어디 흔한 줄 아냐는 타령을 했던 사람은 대체 어디 사는 무슨 에블린 씨더라?"

아라는 에블린이 꽤나 오래전에 했던 말을 흉내 내서 비아냥거리기까지 했다. 그런데 갑자기 에블린이 부담스러울 정도로 빤히 쳐다보는 게 아닌가? 그리고 한다는 말이.

"너 그거 진짜로 믿었니?"

아라는 황당함에 말도 이을 수가 없었다.

"에블린!"

답답함에 이름만 내쳐 부르자, 에블린은 '뭐?' 라고 묻듯 한 손을 들어 보였다.

"돈 좋아하고 남자 타령하는 게 내 캐릭터잖아? 뭐, 물론 돈은 좋아해. 남자도 좋아하지. 하지만 나 적어도 남자를 빨아먹는 꽃뱀은 아니거든? 리처드 레인스터에게 혹했던 거, 섹스하게 된다면 오케이였던 거, 사실이지만 그 이상은 아니었어. 내가 설마 진짜 레인스터 부인 자리라도 노리는 줄 알았니?"

순간 아라의 몸에 들어가 있던 힘이 풀렸다. 허탈함 때문이기도 했고 동료를 정말 그렇게 생각했던 자신에 대한 혐오 때문이기도 했다.

"미안해. 난 그런 의미가 아니라……."

"뭐, 기억해 내고 나니 왜 잊고 있었는지 아깝기까지 하지만."

에블린은 평소처럼 가벼운 여자인 양 굴었지만 아라는 그게 그녀의 전부가 아님을 알고 있었다.

"그나저나 넌!"

에블린은 갑자기 아라를 찌를 듯이 손끝으로 가리켰다.

"그 남자랑 무슨 일이 있었던 거야?"

아라는 꿀 먹은 벙어리가 되었다. 그러자 에블린의 눈이 예리하게 가늘어졌다.

"너 설마 그 남자랑 잤……."

"그럴 리가 없잖아!"

"응? 뭐가?"

갑자기 끼어든 미하엘의 목소리에 두 여자는 화들짝 놀랐다. 그리고 다른 쪽으로 고개를 돌린 채 소곤거렸다.

"하여간 너 나중에 단 한 글자도 빠짐없이 무슨 일이 있었는지 다 털어봐."

"아무 일도 없었어."

"지금 그거 믿으라고 하는 소리야? 네가 남자한테 먼저 키스하는 장면을 생 라이브로 본 나한테? 그것도 엄청 진하게!"

자신이 저지르고만 짓이 떠오른 아라는 얼굴이 새빨갛게 익었다.

"그, 그건 어쩔 수 없이!"

"그러니까 네가 어쩔 수 없는 상황에 그런 앙큼한 짓을 떠올렸다는 게 뭐가 있어도 있었다는 증거야. 예전의 너라면 발길질을 먹였지 절대 미인계 같은 건 쓸 줄 모르는 목석이어야 했거든."

너무 맞는 말이라 반박할 건더기도 없었다.

"어이, 사람 여기 세워놓고 뭣들 하는 짓이야?"

미하엘이 불평을 터트렸을 때에야 아라와 에블린은 자세를 바로잡았다. 그리고 에블린은 숨길 게 있는 탓에 전혀 캐릭터에 맞지 않는, 간드러지는 목소리를 내었다.

"사왔어?"

미하엘은 에볼라 바이러스 감염자를 본 것 같은 표정을 지었지만 에블린은 개의치 않고 그의 손에서 쇼핑백을 뺏어 들었다. 그리고 앞에 있는 신문 자판기 위에 올려놓고, 미하엘이 막 앞의 가게에서 사온 구두를 꺼내 신었다.

"여기 여자가 두 명이나 있는데 대체 왜 남자인 나한테 구두 심부름 따위를 시키는 거야?"

"아라가 잘도 사오겠다."

"그럼 에비 네가 가면 되잖아."

"네 센스를 믿고 맡겨놨으니 불평은 좀 그만 하시지?"

"나 참."

사실 일부러 잠시 미하엘을 멀리 보내놓기 위해 시킨 거였지만, 에블린은 예상보다 새 구두가 마음에 드는지 흡족한 표정을 지었다. 그때 아라에게서 단조로운 딩동, 소리가 들려왔다. 문자가 도착했음을 알리는 알람음인 것 같았다. 그러자 아라는 주머니에서 웬 낯선 핸드폰을 꺼내 들었다.

"너 핸드폰 다른 거 샀어? 못 보던 건데?"

아라는 대답없이 탁, 폴더를 열었다. 호기심이 동한 에블린은 슬쩍 함께 액정을 바라보았다.

[다음부턴 키스할 때 이가 부딪히지 않게 조심해.]

발신자, 딕헤드.

아라는 얼굴에 확 홍조가 오르는 동시에 인상을 일그러트렸고 에블린은 미묘한 표정이 되었다.

"뭐야? 뭔데?"

미하엘이 다가오려는 순간, 아라는 핸드폰을 가로로 잡더니 빠드득! 폴더를 꺾어 그대로 두 동강 내버렸다. 그리고 앞에 있는 쓰레기통에 병균을 털어내듯이 던져 넣고는 홱 앞서 가버렸다.

"가자."

얼떨떨해진 에블린과 미하엘은 서로 시선을 교환한 다음 어깨를 으쓱여 보이고 어린 행동대장의 뒤를 따랐다. 그러는 통에 아라가 아주 찰나적이지만 굉장히 복잡 미묘한 눈으로 쓰레기통을 돌아보는 것은 발견하지 못했다.

세 사람은 금세 거리의 유동인구 사이로 섞여들었다. 그 가운데, 아라가 갑자기 떠올랐다는 듯 물었다.

"그런데 에블린, 왜 수갑을 가지고 있었던 거야? 진짜인 것 같던데."

"아, 그거."

"에비, 수갑을 가지고 있었어?"

"이틀 전까지 사귀던 남자가 경찰이었거든. 마지막에 대판 싸우고 깨졌는데 그때 놓고 갔나 봐."

"왜 깨졌는데?"

"미하엘, 그런 건 묻지 않는 게……."

"영 취향이 아니라서 계속 자주지 않았더니 근무 중에 하자고 잔뜩 흥분해서 뛰쳐나온 것도 모자라 후배위를 하려고 하잖아. 난 후배위는 절대 안 해. 그래서 발로 밀어버렸더니 온갖 쌍욕을 다하고 가더라. 이런 썩을. 누가 그런 자식 경찰대학 졸업시켰니? 근데 둘 다 어째 듣고 싶지 않다는 표정이다? 너희가 먼저 물어봤거든?"

아라와 미하엘은 이구동성으로 중얼거렸다.

"그런 건 제발 걸러서 말해줘……."

3

아라는 음침하기 이를 데 없는 표정으로 식당의 구석 자리에 앉아 있었다. 무겁게 짓눌린 어깨 위로는 이상한 망령이 앉아 있는 게 보일 듯했고, 눈 아래 자리 잡은 다크서클에서는 백팔번뇌의 잔여가 느껴졌다. 덕분에 지나가던 사람들은 아는 척을 하려다가도 그냥 슬금슬금 가던 길을 갔고, 어떤 이들은 슬쩍 다른 사람에게 셉텝이 왜 저러냐며 물어보기도 했다. 물론 질문을 들은 모두 모르겠다는 듯 어깨를 으쓱일 뿐이었다.

시켜놓은 음식을 앞에 두고 제사만 지내고 있던 아라는 숟가락이 천 근은 된다는 양 힘겹게 들어 올렸다. 그리고 피곤을 잔뜩 흡수한 눈가를 꾹꾹 주무른 찰나였다.

콰앙!

문가에서 굉음이 들리더니, 거의 괴성에 가까운 고함이 넓은 식당을 쩌렁쩌렁 울려왔다.

"아라 거트루드 바이어스!"

웬만해선 잘 붙이지 않는 긴 미들네임까지 더해 외치는 부름에 아라는 의아하게 고개를 들었다. 그러자 문을 발로 걷어차고 들어온 에블린이 한 마리의 야수로 화한 듯한 형상을 한 채 돌진해 왔다. 그리고 뭔가 심상치 않음을 느낀 아라가 재빨리 그릇을 들어 올린 찰나, 식탁을 쪼개 버릴 것처럼 콰앙! 내려쳤다. 덕분에 아직 식탁 위에 놓여 있던 숟가락이 반동에 튀어 올랐다가 덜커덕! 하고 다시 떨어져 내렸다.

"리처드 레인스터 그 개자식 전화번호 불러!"

어정쩡하게 그릇을 들어 올린 자세의 아라는 '하?' 하며 에블린을 보았다. 그녀는 머리카락 나고 이토록 분노해 본 적이 없다는 듯 이글이글 끓는 눈을 하고 있었다. 누구 하나 걸리기만 하면 당장 정확히 여섯 조각으로 나눠 버릴 것 같다고 해야 할까.

"무슨 소리야……. 내가 외계인의 전화번호를 알 리가 없잖아."

피곤해(海)에 빠진 아라는 그릇을 내려놓으며 기운없는 목소리로 말했다. 그러자 에블린은 분해 죽겠다는 듯 두어 번 더 식탁을 탕탕! 내려치더니 몸을 돌리고 가보려고 했다.

"무슨 일인데 그래?"

에블린은 잘 물었다는 듯 다시 홱 몸을 돌렸다.

"내가 꽃뱀이란다!"

아라는 물음표가 가득한 표정일 따름이었다.

"물건을 가져오려고 호텔에 갔더니 매니저가 그러더라. 내가 리처드 레인스터의 몸과 마음을 뺏고 거액을 사기 쳐서 도망간 꽃뱀이라고! 그 자식이 그랬다는 거야!"

아라는 다시 '하?' 하는 표정이 되었다.

"그러니까……."

"그게 루카 베르티가 내 방에 들어올 수 있었던 이유였어! 호텔 측에서는 나처럼 소리 소문 없는 수상한 손님보다 그쪽의 말에 더 믿음이 갔을 테니까!"

아라는 무슨 말을 해야 할지 몰라 그저 에블린을 올려다보기만 했다. 그녀는 곱씹으면 곱씹을수록 주체할 수 없는 분기가 치미는지 계속해서 씨근덕거리고 있었다.

"감히 날 꽃뱀이라 했다 이거지? 게다가 뭐? 결혼까지 생각했던 여자? 진지하게 대화를 해보지 않으면 마음의 상처가 회복이 안 돼? 이 자식이 정말 몸 뺏기고 마음 뺏기고 전 재산 다 털리고 싶나! 진정한 꽃뱀이 어떤 건지 보여줄까? 앙?"

에블린은 불량하기 이를 데 없는 표정과 동작으로 리처드 대신 아라에게 분을 토해냈다. 졸지에 화풀이 대상이 되고 만 아라는 미간을 찡그렸다.

"왜 나한테 그래?"

"둘 다 한국인이잖아!"

"무슨 소리야. 한국 인구만 해도 5천만 명이야. 게다가 그 남잔 튀기잖아."

"지금 그런 건 관계없어! 그 남자의 피가 너에게도 흐르고 있다는 사실이 중요해!"

에블린은 손끝으로 아라를 찔러 버릴 듯이 가리켰다.

"한국인이라고 다 형제, 자매는 아니거든?"

"어쨌든 같은 피가 흐르잖아!"

"가족이 아니면 같은 피가 흐른다고는 하지 않아."

"네 검은 머리가 날 분노하게 해!"

"삭발해?"

"아악! 젠장! 리처드 레인스터 이 자식!"

결국 에블린은 머리카락을 쥐어뜯으며 폭주했다. 하지만 아라는 이제 좀 편해졌다는 듯 태연하게 음식을 먹기 시작했다. 그러나 한참이 지나도 에블린의 폭주가 끝나질 않자, 물끄러미 쳐다보았다.

그러고 보면 에블린은 확실히 '근로자'의 근성이 강했다. 물론 보기에는 전혀 그렇지 않지만, 스트리퍼로 일하며 번 돈도 자신이 옷을 벗고 웃어준 데에 대한 대가일 뿐, 그 외에 남자가 선물이랍시고 주는 물건이나 돈은 절대 받지 않았다. 거기에 불쾌해하는 손님이 있으면 '그런 것 따위로 살 수 있을 만큼 난 싸지 않답니다. 날 살 수 있는 건 당신의 마음뿐이에요.' 이런 소리를 어떻게 하는지 아라는 신기할 따름이었지만, 어쨌든 에블린은 그런 일을 해도 자신에게만큼은 당당한 여자였다. 그런데 리처드 레인스터는 무슨 생각이었는지 거기에 흙탕물을 뿌렸으니…… 살아남을 수 있을까?

"근데 넌 왜 무덤에서 기어나온 것 같은 얼굴이야?"

에블린은 적응할 시간도 주지 않고 갑자기 정신을 차리더니 덜썩, 맞은편 의자에 앉아 물었다. 동시에 아라의 숟가락질이 움찔하고 멎었다.

"아무것도 아니……."

"지 않아. 절대. 절대로. 무슨 일이야? 불어."

아라는 무겁디무거운 한숨을 내쉬었다. 하지만 선뜻 말문을 트지 못하고 한참이나 음식 그릇을 내려다보며 고민했다.

"너 5초 내로 말하지 않으면 리본 묶어다가 루카 베르티한테 던져 줘버린다?"

루카 베르티가 호랑이나 망태 할아범도 아니고 던져 주긴 뭘 던져 줘.

"그러니까 그게……."

아무튼 힘겹게 입을 열기는 했으나, 차마 본론의 첫마디조차 떼지 못하고 목소리가 서서히 작아지다가 이내 완전히 사라져 버렸다. 그러자 에블린이 갑자기 아라의 손을 잡더니 빙그레 너무나 온화하게 웃었다.

"가자. 홀딱 벗겨다가 '맛있게 드세요♡' 하는 카드까지 꽂아서 떨어트려 주마."

"에블린!"

며칠 전부터 자꾸 그 화제로 괴롭히는 에블린의 짓궂은 농담에 아라는 결국 날카로운 목소리를 내지르고 말았다. 하지만 에블린은 으쓱하고 한 손을 들어 보일 뿐, 아라의 손은 놓지 않았다. 오히려 사르르 웃으며 달콤한 목소리로 말했다.

"간다?"

실수다. 인생 최대의 실수였다. 루카 베르티와 무슨 일이 있었는지에 대해 에블린에게 털어놓은 건.

어쩐지 교주의 설법을 듣는 신자처럼 단 한 글자도 빠트리지 않고 초롱초롱한 눈으로 듣는다 싶었더니, 그 이후로 계속 이 상태였다. 아라가 뭔가 마음에 들지 않는 일을 하면 생긋 웃으면서 이런 식으로 협박 아닌 협박을 하는 것이다. 뭔가 굉장한 약점이 잡힌 것 같은 기분이랄까. 그런데 오늘은 열도 받은 김에 짓궂음의 강도가 더 높아졌는지 정말 공간이동을 하려고 하는 게 아닌가? 아라는 급한 마음에 될 대로 되라 싶어져서 버럭 외쳤다.

"자꾸 꿈을 꾼다고!"

에블린은 '엥?' 하는 표정이 되었다. 그러자 아라는 벌써부터 벌겋게 달아오른 얼굴로 제 관자놀이를 감싸 쥐었다.

"자꾸…… 꿈을 꿔."

"무슨 꿈?"

"……는 꿈."

"응? 뭐라고?"

관자놀이를 감싸 쥔 손에 힘만 꾸욱 들어갈 뿐, 아라는 또 한참 말이 없었다.

"그 남자랑…… 자는 꿈."

에블린은 그 말이 확실히 와 닿지 않은 듯 잠시 의심스러운 표정으로 아라를 보더니, 단도직입적으로 되물었다.

"꿈에서 그 남자랑 섹스를 한다고?"

"에블린!"

아라는 양 주먹으로 쾅! 식탁을 내려쳤다.

"어감이 완전히 다르잖아!"

"그거나 저거나. 별걸 가지고 다 트집이네."

"네 말은 내 의지로 하는 것 같잖아!"

"뭐, 그러면 좀 어때?"

아라는 '뭐?' 하고 멈칫했다. 그러자 에블린은 삐딱하게 턱을 괸 자세로 말했다.

"섹스는 네가 생각하는 것만큼 심각하거나 비밀스럽거나 필사의 결심을 하지 않으면 할 수 없는 뭐 그런 게 아니거든? 물론 섣불리 임신까지 가면 심각해지는 거지만, 그게 아닌 한 여자와 남자가 즐길 수 있는 가장 짜릿한 놀이라고 생각해. 너 혹시 고리타분하게 혼전순결주의자니?"

"저기…… 난 꿈 이야기를 하는 거거든?"

"난 현실을 이야기하는 거거든. 아니, 꿈이라도 그래. 여자에게도 성욕이란 게 있단다. 섹시한 남자를 보면 해보고 싶고, 만져보고 싶고, 오르가즘이라는 황홀한 신세계를 경험해 보고 싶은 게 당연하지. 그게 자연의 법칙이야. 그러니까 거기에 반발하는 넌 자연을 거스르고 있는 거야!"

마지막에는 열변까지 토하며 일장연설을 끝낸 에블린은 또 손끝으로 아라를 찌를 듯이 가리키고 있었다. 거기에 이제는 아라가 의심스러운 표정을 지었다.

"대체 무슨 말이 하고 싶은 거야?"

거의 반쯤 식탁 위로 올라갔던 에블린은 제대로 자리에 앉았다. 그리고 빙긋, 웃으며 과감히 폭탄을 투하했다.

"그러니까 내 말은 정말 그 남자랑 한 번 자봐도 상관없지 않아? 라는 거지."

아라는 아무런 반응도 보이지 않았다. 그저 에블린이 지금 그런 말을 했다는 사실 자체를 믿고 싶지 않다는 얼굴일 따름이었다.

"에블린……. 미쳤어?"

"솔직히 그 남자, 불사 때문에 널 쫓는 게 아니잖아. 그럼 일단 넌 그 남자한테 '암브로시아'가 아니라 '아라 바이어스'라는 거 아냐? 생살이 뜯길 염려도 없겠다, 테크닉도 좋을 거겠다, 너랑 하고 싶어서 몸 달아 있겠다, 도대체 뭐가 문제야? 너, 그 정도 물건이 한 여자한테 몸 달아 있기 쉽지 않다?"

"그래서 내가 넘어가 줘야 한다는 거야?"

에블린은 한 손가락으로 볼가를 짚더니 흠, 하는 소리를 흘렸다.

"솔직히 말해봐. 너, 단 한 번도 그 남자가 만졌을 때 느낀 적 없어?"

"없, 없어!"

당황해 발작적으로 대답하고 난 아라는 속으로 신음했다.

아라 바이어스. 이 거짓말쟁이. 그 남자가 만질 때마다 질식할 것처럼 느꼈으면서.

그런데 갑자기 에블린이 손을 뻗어 아라의 코를 만졌다. 그다지 좋은 의도는 아닌 것 같아 아라는 뭐냐는 듯 그 손을 치워냈다. 그러자 에블린은 손을 거두고 짓궂게 웃었다.

"요 깜찍한 거짓말쟁이의 코는 왜 자라지 않는다니? 난 네가 내 호텔방에서 그 남자랑 키스할 때 신음하는 걸 들은 사람이거든?"

아라는 '핫!' 하며 의미없이 얼른 자신의 입을 막았다. 그래 봤자 신음했던 게 없었던 일이 되는 것도 아니고 이미 내뱉은 거짓말이 도로 들어오는 것도 아닌데.

"그러니까 왜 그렇게 저항하느냐는 거지. 그냥 어쩔 수 없는 척 잡혀주면 되잖아."

"그건……."

그래, 한 번 정도는 동티날 것도 없잖아?

무엇보다 너도 그 남자가 주었던 감각 뒤에 무엇이 있는지, 궁금하잖아.

또 다른 아라가 이브에게 금단의 열매를 권한 뱀처럼 교활하게 속삭인 순간, 아라는 그런 자신을 믿을 수가 없어 손바닥이 아릿할 정도로 주먹을 꽉 쥐었다.

아라는 거의 오기로 소리쳤다.

"말도 안 되는 소리하지 마!"

에블린은 졌다는 듯 제 관자놀이를 짚었다.

"그 남자 취향도 참 특이해. 요 지기 싫어하고 성질 독한 꼬맹이의 어디에 꽂힌 걸까."

아라야말로 왜인지 알고 싶었다.

"변태 심리를 내가 어떻게 알겠어."

"여자에게 끌리는 건 남자의 당연한 본능인데 변태일 건 또 뭐 있어? 네가 다섯 살 정도 더 어렸다면 모를까."

"에블린, 그만 해. 나 오늘 진짜 그럴 기분 아냐."

"뭐, 그래. 그럼 꿈 이야기로 돌아가 보자. 꿈을 뭐 어떻게 꾼다는 거야?"

에블린이 진지하게 묻자 아라도 좀 차분하게 말해볼 생각이 들었는지 순순히 말했다.

"모르겠어. 그냥 자꾸 그런 꿈을 꿔. 하루 걸러 하루 정도. 자꾸 이상한 꿈을 꾸니까 이제 자고 싶지도 않아."

그건 네가 루카 베르티를 아주 강렬하게 남자로 인식하고 있다는 증거란다.

참으로 그 말이 하고 팠으나 어차피 소 귀에 경 읽기일 테니 에블린은 대신 다른 말을 꺼냈다.

"확실히 좀 희한하긴 하네. 같은 꿈을 계속해서 꾼다는 건……."

어라? 그런데 그 말을 듣는 아라의 얼굴이 붉었다. 그것도 그냥 붉은 게 아니라 살짝 찌르면 펑! 하고 터질 것만 같았다.

설마 싶어진 에블린은 천천히 턱에 대고 있던 손을 내렸다.

"같은 꿈이 아냐?"

"듣도 보도 못한 짓까지 해……."

확실히 아라의 성적 지식은 그리 풍부하지 못했다. 대충 두루 뭉술한 이미지로 알고 있을 뿐, 어떤 체위가 어떻고 하는 건 알 턱이 없었다. 누구보다 곧은 만큼 속은 그야말로 순진하고 건전한데, 꿈에서 처음 그런 걸 보고 얼마나 충격을 받았을까. 이제야 에블린은 삼가 동정이 느껴졌다.

"그……."

그런데 에블린이 무어라 막 말하려는 찰나, 그녀가 거의 흉기로 휘두르며 들어왔던 핸드백 속에서 벨소리가 들려왔다. 에블린은 아라에게 '잠깐만' 이라 말하고 핸드폰을 꺼내 들었다.

"여보세요? 어머~ 물론 만나기로 한 약속 기억하고 있죠. 지금 막 가려던 참이었어요. 네에, 조금 있다 봬요."

애살스럽다 못해 간드러지는 목소리에 아라는 절레절레 고개를 내저었다. 리처드 레인스터 이 개자식 하고 포효하던 목소리와는 너무도 다르지 않은가.

전화 통화를 끝낸 에블린은 핸드폰을 다시 핸드백 속에 넣고 자리에서 일어났다.

"나 데이트가 있어서 먼저 가봐야 할 것 같은데, 검사는 해봤어? 네가 알지도 못하던 걸 계속 꿈으로 꾼다는 건 확실히 이상하잖아."

"올 클리어."

서서 립스틱을 다시 바른 에블린은 탁, 하고 콤팩트를 덮었다.

"렘 수면 검사도 해봐. 꿈에 대해서라면 그쪽이 가장 확실하겠지. 하여간 암브로시아는 어떤 현상을 보일지 감도 잡을 수 없는 종이라서 피곤하다니까. 어쨌든 이 이야기는 다녀와서 계속하자고."

아라는 불퉁하게 턱을 괸 채 손을 흔들었다.

"잘 다녀와. 이번엔 누군지 모르겠지만."

"어제 바(Bar)에서 말 걸어온 남자. 의사라는데, 인상 괜찮고 어디 빠지는 데도 없는 것 같아. 그 정도면 합격이지. 그럼 이 언니는 너와 달라서 여자의 황홀경을 찾으러 간단다. 나중에 봐."

에블린은 살랑살랑 손을 흔들고 분노에 울부짖으며 들어왔던 게 언제냐는 듯 식당에 있는 남자들의 시선을 한 몸에 받으며 도도하게 걸어나갔다. 그 모습을 배웅하고 난 아라는 한참 방치되어 있던 음식으로 시선을 내렸다. 그리고 푹 한숨을 내쉬었다.

"다 식었잖아……."

그럼에도 아라는 미지근하게 식은 음식을 고집스럽게 꾸역꾸

역 먹어치웠다. 이것도 다 루카 베르티 때문이라 중얼거리며.

리처드는 한참 시간 가는 줄도 모르고 검토하고 있던 서류를 내려놓았다. 그리고 서재의 벽걸이 시계를 확인하자, 열 시가 가까운 시간이었다. 시간을 인식하니 어깨가 뻐근하게 울려오는 게 너무 장시간 한 자세로 있었던 모양이다. 그래서 좀 쉴까 싶기도 하고 따뜻한 티가 한 잔 생각나서 내선 전화 버튼을 누르려다가, 문득 오늘 하루 종일 루카의 모습이 보이지 않았다는 사실을 깨달았다.

"그러고 보니 이 녀석이 어딜 간 거지?"

물가에 내놓은 어린애도 아니고 옆에 두고 계속 보고 싶은 아리따운 아가씨도 아니고 뭘 하든 신경 쓸 바는 아니지만, 또 너무 보이지 않으면 무슨 짓을 꾸미고 있나 궁금해지는 것이다. 리처드는 티를 가지러 갈 겸 확인도 할 겸 서재를 나섰다. 그리고 텅 빈 식당에서 홀로 앉아 있는 루카를 발견했다. 차림은 정장 바지에 검은 와이셔츠. 옆 의자에 회색의 트렌치코트가 걸려 있는 걸 보니 곧 외출을 하려는 모양이었다.

"뭐 하냐?"

물었건만 뭔가에 고도의 집중력을 쏟아붓고 있는 루카는 입에 문 담배도 피는 둥 마는 둥 하며 대답이 없었다. 그래서 다가가 뭘 하고 있는 건지 슬쩍 내려다본 순간, 리처드의 얼굴에 대형 물음표가 떠올랐다.

"너…… 진짜 사바트*에 나가지?"

---

* 사바트: 악마와 마녀들의 집회

흔치 않게도 루카가 그 아라라는 아가씨를 제외하고 강렬한 집중력을 보여주고 있는 것은 그림 그리기였다. 하지만 단순한 그림 그리기였다면 귀엽기나 했을 것을, 지금 그가 그리고 있는 그림은 사바트가 열리는 곳에 혈액으로 그려져 있다고 해도 그다지 놀랍지 않을 만한 것이었다.

"웃기는군. 사바트에서는 이걸 보는 순간 뒤집어질걸. 그리고 사바트는 더 이상 열리지 않는다고 말하지 않았던가?"

"그랬지. 중세의 마녀사냥 때문에 폐지됐다고. 하여간 사바트에 나가는 게 아니라면 악마를 소환하려는 것도 아니고 이런 건 왜……."

리처드가 덧붙여 물어보려는 찰나, 새로 장만한 루카의 핸드폰이 울리기 시작했다. 루카는 가볍게 받아 들었다.

[찾았습니다.]

단 한 마디. 하지만 그것만으로도 루카의 입가에는 희열과 비슷한 웃음이 살아났다. 그에 여태까지의 경험상 리처드는 왠지 모르게 불안해지기 시작해, 얼핏 미간을 찌푸렸다.

아무래도 오늘은 날이 아닌 것 같다고, 에블린은 생각했다.

아침부터 리처드 레인스터가 뒷골을 아릿하게 만들더니, 저녁에는 이 정도면 좀 더 사귀어봐도 괜찮을 것 같다고 생각했던 의사 자식이 뒤통수를 있는 대로 후려쳤다. 저녁 식사를 끝내고 분위기가 농밀해졌을 무렵 진지하게 귓가에 속삭인다는 말이 '묶어도 괜찮습니까?' 라니. 불알을 확 터트려 버리려다가 말았다. 빙긋이 웃으며 가랑이 사이를 쥐고 '그럼 난 이거 터트려도 되니?'

라고 속삭이니 시퍼렇게 질리는 꼴이란.

거의 쫓겨나듯이 한 호텔방을 대신해 임시로 얻은 아파트의 엘리베이터에서 내린 그녀는 거칠게 머리를 쓸어 올렸다.

"젠장, 요즘 왜 이렇게 괜찮은 남자가 없담. 수돗물에 독극물이라도 퍼졌나. 예전엔 그래도 열에 다섯은 쓸 만했는데 이젠 다들 못생긴 변종이 되어버렸어. 진짜 오 마이 갓이다."

짜증이 위험수위까지 치민 에블린은 평소 하지 않는 혼잣말까지 중얼거리며 열쇠를 꺼내 들었다.

"아라 고것은 복받은 줄 알아야지."

열쇠가 달린 열쇠고리를 한 번 흔들자 찰그랑…… 열쇠들이 부딪히며 만들어낸 금속성이 느릿하게 텅 빈 복도를 울렸다. 그리고 막 손을 어깨까지 들어 올린 찰나, 왠지 모를 섬뜩한 기운이 등줄기를 울려왔다. 그에 놀라 얼핏 고개를 돌리려는 순간이었다. 등 뒤로 검은 그림자가 드리워지고, 미처 내리지 못한 손목이 파악! 무언가 탈 듯이 뜨거운 것에 움켜쥐어졌다.

치이익!

"……!!"

자유를 빼앗긴 손목에서 한순간 화륵! 불꽃이 튀고 화상을 입은 것처럼 희뿌연 연기가 피어올라 왔다. 하지만 손목에서부터 무언가 토할 것 같은 기분이 초속으로 번져 나가는 감각에 에블린은 비명조차 내지를 수가 없었다. 그리고 손목이 물리적인 압력에 의해 현관문에 꽂히는 동시에 타앙! 뭔가가 얼굴 옆을 짚어 왔다.

크게 뜬 에블린의 눈앞에는 무표정한 얼굴의 루카가 있었다.

위에서 조용히 여자를 내려다보는 눈이, 왜 아라 정도나 되는 헌터가 옴짝달싹못했는지 알 것 같았다. 굳이 성적인 긴장감이 아니더라도 저 눈은 뭔가 상대를 절대적으로 압도하는 힘이 있었다. 그에 자기보호본능이 발동한 에블린은 얼른 공간이동을 하려고 했다.

하지만 되지 않았다.

왠지 모르게 몸이 무거웠다. 라틴어로 '날개'라는 뜻의 이름이 알려주듯 비행을 할 수 있는 페나 마녀가 느끼는 체감 중력은 인간보다 훨씬 가벼운 편인데, 지금은 꼭 인간이 된 것처럼 몸이 묵직했다.

에블린은 루카에게 잡혀 있는 손목을 힐끗 쳐다보았다. 그때 마침 그가 손을 펼치자, 아무것도 그려져 있지 않은 백지가 팔랑이며 떨어져 내렸다. 그리고 그 종이에서 옮겨온 듯 손목 위에 그려져 있는 기묘한 문양을 발견한 그녀의 눈이 경악으로 크게 팽창했다.

그것은 마녀나 마법사라면 기함을 하며 기피하는 문양. 그들의 능력을 한동안 무효로 되돌리거나 파훼하는 마법의 증거였다.

에블린은 휙 루카를 돌아보았다.

"당신이 어떻게 마법을 쓰는……!"

거기까지 말하던 에블린은 아, 하고 말을 멈추었다. 그리고 욕지거리를 뇌까렸다.

이 남자의 반은 인간이라는 것을 깜빡하고 있었다. 아니, 그 점은 상기하고 있었지만 반쪽짜리 인간도 마법을 쓸 수 있다는 생각은 미처 하지 못했다고 해야 할까. 영생에 대한 대가로 마력을 잃은 뱀파이어라면 개체에 상관없이 전혀 쓸 수 없으나, 이 남자의 반쪽인 인간이 마법을 가능하게 하는 것이리라.

이 남자는 의심할 것도 없이 헤테로시스(Heterosis)*였다.

"호텔에서…… 미행을 붙였었군?"

에블린은 애써 태연한 얼굴로 말했다.

공간이동으로 움직이니 호텔 정도라면 다녀와도 상관없을 거라고 생각했다. 하지만 페나 마녀는 신체가 접촉해 있어야만 타인을 이동시킬 수 있다는 사실을 아는 남자가 페나 마녀의 공간이동은 한번에 이동할 수 있는 거리가 한정되어 있다는 사실을 모를 리가 없었다. 그러니 공간이동으로 움직였어도 연계작전으로 그녀의 거처를 알아내는 일이 그다지 어렵지 않았을 것이다.

"공연한 시간 낭비는 하고 싶지 않군. 내가 찾아온 이유를 알겠지?"

왜 모르겠는가. 그런데 여자 하나 잡으려고 이런 짓까지 하다니, 이제야 조금 무서워지기 시작했다.

에블린은 약간 위축된 속내와 달리 보란 듯이 '흐응' 하는 표정을 지었다. 살짝 눈을 내리깔듯이 하다가 고혹적으로 치켜뜨는 기술에는 녹지 않던 남자가 없었다.

"그런 어린애보다는…… 우리가 더 서로에게 잘 맞을 것 같지 않아?"

왠지 모르게 아라를 순순히 이 남자에게 건네주면 안 될 것 같은 생각이 들었다. 그래서 이 순간을 모면해 보고자 그녀가 가장 유용하게 쓰는 무기를 꺼내 들었는데, 루카는 무감동하게 내려다

---

* Heterosis: 잡종 제1대가 순종인 양친보다 형태, 내성, 다산성 따위에서 뛰어난 현상

볼 뿐이었다. 왠지 모를 긴장감에 에블린은 몰래 꼴깍, 침을 삼켰다. 그러자 루카가 고개를 좀 더 내려왔다. 이내 귓가에 소름이 돋을 것 같은 목소리로 나른하게 속삭였다.

"나랑 하는 건 좀 아플 텐데?"

에블린은 바싹 굳었다.

미안, 아라. 아까 했던 말 취소할게. 넌 절대 복받은 게 아니야. 명복을 빈다. 설마 죽이기야 하겠니.

4

익숙한 벨소리에 아라는 핸드폰을 꺼내 들었다.

"여보세요."

[아라.]

에블린이었다.

"왜?"

[너 어디야?]

아라는 어둠이 내려앉아 고적한 주변을 둘러보았다.

"집에 가는 길인데?"

[나 문제가 생겨서 그러는데 와줄 수 있겠어? 정 뭐 하면 오지 않아도 상관없…… 아니, 꼭 와줘. 좀 곤란해.]

아라는 고개를 갸웃거렸다. 에블린이 이런 식으로 도움을 요청하다니, 별난 일이었다. 하지만 그만큼 곤란한 일이려니 싶어진 아라는 별 의심 없이 물었다.

"어딘데?"

[정말 와줄 거야?]

"응. 갈게."

[정말? 뭐 아주 급하거나 그런 일 없어?]

어째 어감이 묘했다. 보통 미안해서 묻는 거라면 '급한 일은 없지?'라고 물어야 하지 않나? 그런데 왠지 모르게 에블린이 그 말을 하고 나자 수화기 너머에서 뭔가 무시무시한 기운이 흘러나오는 것 같았다. 그 뒤를 따라 에블린이 침을 삼키는 소리가 들리는 것 같기도 하고…….

아라는 살짝 미간을 찌푸렸다.

"와달라는 거야 말라는 거야?"

[아, 아니. 와줘. 그러니까 여기가 어디냐면…….]

아라에게 장소를 말하고 통화종료 버튼을 누른 에블린은 핸드백 속에 핸드폰을 거의 처박다시피 했다. 그리고 옆에서 자신을 무시무시하게 바라보는 남자를 차마 돌아보지는 못하고 뾰루퉁하게 중얼거렸다.

"그렇게 보면 어쩔 거야 정말."

"쓸데없는 소리는 하지 않는 게 좋아."

루카는 담배를 꺼내 물며 말했다. 그러자 에블린이 홱 그를 노려보았다.

"당신, 아라에게 애먼 짓 하지 않는다고 약속해."

솔직히 그가 아라를 죽이거나 하진 않을 거라고 확신하기 때문에 협박에 지는 척 불러내 준 거지만, 확답은 들어둬야 할 것 같았다.

루카는 힐끗 에블린을 바라보았다.

"그런 짓이라면?"

"불사 따위에 혹하지 말란 말이야. 암브로시아를 먹어봤자……."

"불사하지 못하지. 알고 있어."

그가 담배 연기를 내쉬자 불빛이 점점이 빛나는 거리에 뿌연 연기가 일렁일렁 번져 갔다. 그때 담배를 쥔 쪽의 손목에 가볍게 감긴 붕대를 발견한 에블린은 이 남자가 어디서 다쳤나 싶어졌지만, 그거야말로 그녀가 알 바 아니었다.

"원래 상태 그대로 돌려보내 준다고 약속……."

"그건 좀 곤란하군."

그는 담배 연기를 뿜어내며 단언했다. 잠시 멈칫했던 에블린은 휙 눈썹을 추켜들었다.

"강간은 안 돼. 아라가 울면서 들어오거나 실낱 같은 상처라도 입었다간 그 물건 잘못 놀린 걸 죽을 때까지 후회하게 해주겠어. 똑똑히 알아두라고."

진심에서 우러나는 경고를 날렸건만, 그는 무슨 생각을 하는지 알 수 없는 표정으로 빤히 쳐다볼 뿐이었다. 이내 다시 담배를 물며 슥 다른 쪽을 돌아보더니 중얼거렸다.

"그 말버릇을 어디서 배웠나 했는데 여기였군."

에블린이 의아하게 '무슨 소리야?' 하고 물었지만 루카는 대답이 없었다.

조수석에 놓아둔 가방을 꺼내 어깨에 둘러멘 아라는 차 문을 밀어 닫았다. 그리고 벌레들이 바글바글하게 꼬인 나트륨 등이 어렴풋하게 비추고 있는 어두운 주차장을 나와 거리를 따라 걸었다.

자정이 넘은 거리는 바(Bar)나 클럽의 네온사인만이 싸구려 불빛을 빛내고 있었고, 보행자라고 해봤자 어딘지 눈빛이 퀭한 이들이 전부였다. 아니면 이 밤을 즐기는 젊은이들 무리나 바이크족들, 거리 구석의 그늘에 술병을 낀 채 낯선 이를 경계하며 웅크리고 있는 노숙자들뿐이었다. 여자 홀로 걷기에는 위험한 냄새가 물씬 풍겨오는 곳이었지만 아라는 조금도 위축되지 않고 걸어갔다. 종종 만취한 남자들이 휘파람을 불며 야한 농지거리를 던졌으나 시선 한번 주지 않았다. 그런 그녀에게서는 뭔가 쉬이 접근할 수 없는, 싸울 줄 아는 여자의 기운이 풍겨와 남자들은 서로 수군대면서도 함부로 다가오지는 못했다.

그렇게 얼마나 걸었을까. Close 사인을 내보이고 있는 어두운 카페의 앞, 원색의 네온사인이 번쩍거리고 있는 간판 아래 에블린이 서 있는 모습이 드디어 눈에 들어왔다. 몸의 굴곡이 온전히 드러나는 블랙 원피스 차림의 그녀는 며칠 전에 새로 장만했다고 자랑한 샤넬 핸드백을 어깨에 걸고 팔짱을 낀 채 뻐딱하게 서 있었는데, 혼자였고 딱히 곤란한 일이 있는 것 같지도 않았다. 그녀가 이렇게 도움을 요청하는 것도 드문 일이었고 아라는 얼핏 의아해졌지만 일단은 계속해 걸어갔다.

"에브……."

5m 정도쯤 남겨놓은 거리까지 다다를 때에도 에블린은 그 자리에 그려놓은 듯 아무 반응 없이 서 있을 따름이었다. 그런데 불현듯 불어온 밤바람에 그녀의 금발이 느릿하게 흔들리고, 그 아래 입술이 소리없이 속삭였다.

달. 아. 나.

아라가 멈칫한 순간, 에블린의 옆에 있는 모퉁이에서 커다란 그림자가 움직였다. 그리고 느린 그림처럼 나타나 그녀의 옆에 서는…… 루카 베르티.

밤바람에 트렌치코트의 깃이 느리게 팔락이는 모습이 마치 느와르 영화의 한 장면 같았다.

아라는 생각을 하기도 전에 당장 몸을 돌려 달리기 시작했다. 빠르게 멀어지는 그 뒷모습을 보며 루카는 비웃듯 한쪽 입꼬리를 말아 올렸다.

"달아날수록 쫓아가고 싶어진다는 걸 모르는군."

그렇게 중얼거린 그 역시 당장 쫓아가 보려는 듯 걸음을 앞으로 내딛었다. 그때 당황한 에블린이 덥석 그의 팔을 붙잡았다.

"이봐! 이 빌어먹을 무효화 마법은 풀어주고 가야지! 난 어떻게 집에 가라는 거야?"

루카는 힐끗 그녀를 보더니 주머니에서 핸드폰을 꺼내 휙 던졌다. 에블린은 얼떨결에 그의 팔을 놓고 아직 새것의 윤기가 가시지도 않은 신기종의 핸드폰을 받아 들었다.

"2번."

그 한마디만 던져 놓은 루카는 그녀가 또 잡기라도 할까 봐 그런 것인지 휙, 하고 영화의 장면이 바뀌듯이 바로 눈앞에서 사라졌다. 창졸간에 혼자 남게 된 에블린은 황당함에서 벗어날 줄 모르다 밑져야 본전이다 싶어 그가 말한 대로 핸드폰의 단축키 2번을 눌러보았다. 그러자 액정에 화려한 3D 영상과 함께 예전에 봤던 '딕헤드'라는 이름이 떠올랐다.

'딕헤드? 그건 또 뭐야?'

의아해하고 있는데, 한동안 신호음이 간 후에 누군가가 전화를 받았다.

[어이, 루카. 나 지금 바쁘니까 그 아가씨한테 총 맞아서 의식이 오락가락하지 않는 이상 나중에 다시 전화해.]

낯익은 중저음의 목소리. 순간 에블린의 입가에 사악한 웃음이 그려졌다.

거지 같은 하루, 그래도 그 끝에 복수의 기회는 오는구나.

"안녕, 자기."

핸드폰을 귓가에서 떼고 의아하게 쳐다보는 그가 눈앞에 보이는 것만 같았다.

길가에 도도하게 서 있는 에블린 앞에 유려한 차체가 아름답기까지 한 검은 리무진 한 대가 부드럽게 멈춰 섰다. 그리고 이런 시간에도 주름 하나 없는 제복을 갖춰 입은 운전기사가 먼저 내려 뒷문을 열어주자, 어디 있다 왔는지 정장 바지와 와이셔츠만 입은 리처드가 차에서 내렸다.

리처드는 어딘가 몹시도 삐딱한 표정의 에블린을 보더니, 어디 하나 흠잡을 곳 없는 우아한 미소를 지었다.

"이렇게 다시 뵙는군요."

"뭐, 그렇군요. 근데 쳐다보는 시선들이 불편해서 그러는데 먼저 차에 타도 될까요?"

확실히 이런 시간에 이런 거리에 이런 여자를 데리러 온 이런 리무진이니 시선을 모으는 것도 무리는 아니었다.

"물론이죠."

리처드가 옆으로 몸을 비켜주자, 에블린은 거만한 공주님처럼 걸어와 눈을 치켜들고 그를 보았다. 그리고 오만하게 말하고 먼저 안으로 들어갔다.

"결혼할 사이였으니 굳이 데리러 와줘서 고맙다는 인사는 할 필요 없겠죠?"

리처드는 일순 무슨 말인가 하다가 자신이 호텔 매니저에게 했던 거짓말을 기억해 내고 애매한 웃음을 지었다. 이렇게 다시 만날 거라고는 그로서도 생각지 못했었는데, 이래서 죄짓고는 못 산다는 모양이었다. 어쨌든 리처드도 차에 올라탔다. 그러자 지금 콘셉트가 '오만, 거만, 도도'인 에블린은 오만하게 다리를 꼬고 앉아 리처드를 훑어보았다.

저 입술로 그녀를 꽃뱀 취급했을 걸 생각하면 또 뒷골이 당겨오지만, 역시 보기 드문 남자라는 데는 이의를 제기할 수 없었다. 루카 베르티와 타입이 너무 달라서 비교는 불가능했다. 루카 베르티의 이미지가 강렬한 붉은색이라면 이쪽은 시원한 푸른색. 빙긋이 웃는 얼굴은 가슴에 불어드는 한줄기의 바람처럼 청량한 느낌이었다.

도저히 한때 도시를 들었다 놨다 하던 플레이보이라고는 생각되지 않았다. 어딘지 정결한 무사(武士) 같은 느낌까지 있어 그의 실체를 알고 있는 자신마저 누가 지금 그를 가리키며 카사노바의 현신이라고 한다면 비웃을지도 몰랐다.

그러나 꽃뱀…….

에블린은 당장 혈압이 위험해지는 걸 느끼고 다혈질이 욱하기 전에 끝내야 할 필요성을 느꼈다.

"참 궁금한 거 있죠."

이번에도 에블린은 일부러 몹시 유혹적인 태도로, 다른 남자라면 자신에게 관심이 있다고 철석같이 믿을 법한 목소리로 말을 꺼냈다.

"제게 언제 기억도 나지 않는 약혼자가 생겼었는지. 기억상실에라도 걸렸던 걸까요?"

리처드는 조금 난색이 섞인 얼굴이 되었다.

"그 점에 대해서는 사과드립니다. 악의가 있었던 건 아닙니다. 그때는 그나마 가장 나은 방법이라 생각해서……."

"뭘요. 그렇게 사과하실 필요 없어요. 결혼할 사이였는데 그 정도야."

"……."

이 여자, 과연 내공이 보통이 아니었다. 척 봐도 인생의 쓴맛 단맛 심지어 신맛까지 다 본 것 같은 타입이긴 했지만, 목소리와 태도에서는 전혀 적의가 느껴지지 않는데도 그 암브로시아 아가씨보다 더 선명한 적의를 발산하고 있었다.

"아, 잊을 뻔했군요."

계속 사과해 봤자 통할 것 같지도 않아 리처드는 화제를 바꾸었다. 그리고 옆에 놓아두었던 상자를 그녀에게 건네주었다. 그러자 에블린은 의아하게 상자를 받아 들고 열어보았다.

"어머, 이거."

보석함 같은 상자 안에는 얼마 전 잃어버렸던 구두 한쪽이 신데렐라의 유리 구두처럼 곱게 들어 있었다.

"두고 가셨던 물건입니다. 혹시 몰라 가지고 있었는데 그러길 잘했군요."

조금 놀란 듯 리처드를 보자, 그는 또 빙긋이 웃어주었다. 그 순간 에블린과 리처드는 동시에 생각했다.

'이 남자, 웃음이 너무 헤픈데.'

'나, 왜 이렇게 웃음을 뿌리고 있는 거지.'

그가 잘 웃는 타입이긴 했지만 이제 결혼할 여자가 아니면 섹스하지 않겠다는 중대한 결심을 한 후로 여자에게는 웃어주기를 최대한 자제하고 있었다. 괜한 기대를 품게 하고 싶지 않았기 때문이다. 그런데 이 여자는 왠지 눈만 마주치면 저도 모르게 최대한 매력적으로 웃어 보이고 있었다. 그녀가 자신을 기억하지 못했던 것에 대한 보복 심리일까?

리처드는 힐끔 에블린을 훑어보았다. 확실히 몸매는 두말할 것도 없이 '훌륭함' 그 자체였다. 나이스 바디로 교과서에 실려야 할 몸매가 있다면 바로 그녀랄까. 특히 엄지손가락을 치켜세워주고 싶을 정도로 바람직한 크기의 가슴은 두말할 것도 없이 그의 취향이었다. 그래도 라스베이거스에서 봤을 때는 그냥 딱 '스트리퍼'라는 느낌이라 별 생각이 없었는데─그녀가 눈앞에서 엉덩이를 흔들고 갔을 때는 좀 동했지만─지금은 묘하게…… 섹시한 여교수 같은 느낌이었다. 옷과 화장, 머리스타일이 달라서 그런지

도도하고 이지적인 껍질 안에 사나운 야성미와 정열을 감춰 둔……

'어라.'

몸이 뜨거워졌다.

이건 좀 예상하던 방향이 아닌데.

'다른 걸 생각해 보자.'

루카의 말에 의하면 마녀는 꽤 오래 산다고 했으니 그녀도 적은 나이는 아닐 것이다. 루카는 '인간으로 치면 이미 미라가 됐을 나이일걸'이라고 했다. 그러니까 겉으로는 30대 초반으로밖에 보이지 않아도 그 속은……

저 원피스 속이 어떨지 흥미로워지는데.

'아, 이것도 아닌가.'

불편할 정도로 진해진 공기에 에블린은 흠흠, 하며 목을 가다듬었다.

자신은 아라가 아니니 이 확연한 공기를 모를 리가 없었다. 하지만 그녀는 자존심에 죽고 사는 자존심 인생이었다. 그가 그녀의 자존심에 흙탕물을 튀긴 이상 아무리 맛있어 보여도 그는 그녀의 리스트에서 영원히 아웃. 더구나 그는 자신이 스트리퍼일 뿐만 아니라 마녀라는 것을 알고 있었다.

그녀는 마녀에 대한 선입견과 스트리퍼에 대한 시선을 모르는 바보도 아니고 낙관적으로 생각하는 얼간이도 아니었다. 그러니 이 공기는 여자와 남자가 한 공간에 단둘만 있으면 어련히 일어날 수 있는 화학적 작용, 그 이상 그 이하도 아니었다. 그도 이 공간을 벗어나면 그녀가 어떤 존재인지 떠올리고 인상을 찌푸리리라.

그렇다고 상처받을 군번이 아니었다. 늘 그렇듯 목적만 달성하고 고고히 사라져 주면 되는 것이다.

"이렇게까지 하지 않으셔도 되는데……."

에블린은 고혹적이기 이를 데 없는 어조로 말하며 상자를 옆에 내려놓고 리처드의 옆자리로 옮겨갔다. 버드나무 잎처럼 살포시 앉아 천연덕스럽게 그의 무릎 위에 살짝 손을 얹었다. 그리고 천연덕스럽게 살살 쓰다듬다가 안쪽에서 슥 허벅지 중간까지 쓸어 올렸다.

'허벅지도 튼실하네.'

그런 생각을 하며 지그시 눈을 쳐다보자, 리처드도 잠시 그녀를 마주 보더니 허벅지 위에 놓인 손을 힐끔 내려다보았다. 그리고 다시 그녀를 보았다.

"정말 불쾌하게 해드릴 의도는 아닙니다만…… 손이 좀 미묘한 곳에 있는 것 같군요."

에블린은 사르르 녹아날 듯한 웃음을 지었다.

"뭐 어때요. 결혼할 사이였는데. 아차, 그건 제가 미스터의 몸을 뺏고 마음을 뺏고 거액을 사기 쳐 도망가면서 끝났던가요?"

리처드는 또 애매한 웃음을 짓고 말았다.

"그러고 보니 제가 정확히 얼마를 사기 쳐서 도망갔었죠? 미스터에게는 단 일 달러도 받은 기억이 없지만 그렇다고 하시는데 제가 뭐 할 말이 있나요. 그러니까 정확히 얼마를 돌려 드리면? 설마 그 정도 돈으로 소인배처럼 법정에서 보자고 하시진 않겠죠."

나긋나긋 녹아나는 꿀 같은 목소리에 들어 있는 가시에 피부가 따끔거릴 지경이었다. 아무래도 오랜만에 그의 언변이 맞수를 만난 것 같았다. 하지만 그전에 우선 이것부터 해결해야 할 필요가 있었다.

"일단 손을 좀 거둬주시면 매우 감사할 것 같습니다."

에블린은 결코 웃음을 잃지 않았지만 속으로는 가히 울컥했다.

이 몸이 쓰다듬어 주시는데 눈물을 흘리며 감읍하지는 못할망정 감히 치워달라? 자존심에 흙탕물을 뿌리다 못해 아주 말뚝용 대못을 박는구나.

"어머, 죄송해요. 제가 불쾌하게 해드렸나요?"

에블린은 얼른 손을 거두었다. 그러나 기껏 치운 것도 소용없이 이번에 그 손은 리처드의 옷깃으로 향해갔다. 손을 거둬달라고 했던 의미를 이해하지 못했다는 듯 정말 천연덕스럽게 옮겨가더니, 옷깃을 천천히 어루만졌다.

"그런데 제가 꼭 미스터에게 하고 싶은 말이 한마디 있는데, 괜찮을까요?"

리처드는 조금 시간차를 둔 뒤에 대답했다.

"물론이죠."

에블린은 온화한 미소와 함께 잠시 말없이 리처드의 옷깃을 매만졌다. 그리고 그가 지금 넥타이를 매고 있지 않음을 안타까워하며 대신 단단한 어깨를 온 힘을 다해 움켜쥐었다. 그리고는 나긋하기가 나붓한 생크림 같던 여자는 창졸간에 어디로 가고 전혀 다른 사람이 되어 거칠게 뇌까렸다.

"감히 나더러 꽃뱀이라고? 네가 진짜 꽃뱀이 어떤 건지 아직 겪어보지 못한 모양인데, 한번 당하고 진짜로 울어보고 싶어?"

손아래 그의 어깨가 미세하게 움찔하며 굳는가 싶더니, 반응이 없었다. 그게 의아해져 손에 슬그머니 힘을 뺀 찰나였다. 가까운 곳에 있던 그의 입술이 와락 부딪혀 왔다.

"……!"

깜짝 놀란 에블린은 몸을 빼다가 벌러덩 뒤로 넘어가고 말았다. 하지만 볼썽사납게 완전히 뒤로 넘어가기 전에 그가 허리를 안아왔다. 그 강한 힘에 한껏 허리가 휘었다. 동시에 왈칵 뜨거운 혀가 밀고 들어왔다.

"자……!"

잠깐이라고 외치고 싶었으나, 키스는 더 진해질 뿐이었다. 촉촉한 속살을 감아올리고, 치열을 훑고, 입술을 빨았다.

"기다…… 아…….'

헉, 나 지금 느꼈니?

반문할 필요도 없이 그가 혀를 빨아들일 때마다 턱에서부터 시작된 쾌락의 파도가 해일처럼 전신으로 물결쳐 갔다. 손은 그의 어깨를 때리며 벗어나려 하고 있었지만, 어느새 입은 조금씩 그의 키스에 동조해 가고 있었다. 에블린은 저 멀리 떠내려 가는 이성에 대고 절규했다.

정신 차려! 네 자존심을 이렇게 팔 셈이야? 고작 키스 따위에!

문제는 '고작 키스 따위'가 아니라는데 있었다. 그녀는 일순…… 천국을 보았다.

인간적으로 이 남자, 키스를 너무 잘했다. 명성이 있으니만큼 어느 정도 기대한 바였지만 백전노장의 그녀마저 녹여 버리는 놀림을 보여줄 줄이야. 사백 년을 살며 적지 않은 남자를 만나왔지만 이렇게까지 키스를 잘하는 남자는 처음인 것 같았다. 그는 능숙하고, 교묘하고, 달콤했다.

할렐루야!

'네…… 자존심…….'

몇 번 더 저항하던 에블린의 팔은 어느새 리처드의 목을 끌어안고 있었다.

더구나 그는 놀라울 정도로 열정적이었다. 조금도 남겨놓지 않겠다는 듯 소유욕 어리게 빨아들이고, 불꽃같은 기세로 그녀를 쾌락의 바다에 빠트려 허우적거리며 벗어나지 못하게 했다. 그란 남자가 보여주는 뜻밖의 열정에 에블린은 더욱 헤어 나오지 못했다.

얼마나 서로를 잡아먹을 듯한 기세로 키스했을까. 이제는 입술이 똑같은 온도로 뜨거워져 누구의 입술이 누구의 것인지도 알 수 없어졌을 때, 밖에서 빠앙— 하고 트럭이 크게 경적을 울리며 지나갔다. 그리고 두 사람의 마법 같은 세계가 깨어졌다.

리처드가 천천히 입술을 떼자, 후끈한 열기로 가득한 내부에 거칠어진 숨결이 퍼져 나갔다. 어느새 좌석에 등을 대고 누운 그녀는 그를 올려다보고 있는 상태였고, 그는 반쯤 그녀에게 올라타 있었다.

리처드는 말이 없었지만, 꽤나 당황하고 있었다.

그에 대한 소문을 철석같이 믿고 있는 사람들에게는 미안하게도, 그는 타고난 플레이보이가 아니었다. 오히려 그 반대였다. 지나치게 이성적인 그는 사춘기 때에도 완전한 성욕의 지배를 받은 적이 없었고, 스스로도 자신은 본능보다 이성이 더 발달한 '목석' 타입임을 인지하고 있었다. 그는 깔끔하게 정리된 것을 보며 흡족함을 얻었고 자신이 맡은 바는 적어도 생각을 할 줄 인간이라면 스스로 끝낼 줄 알아야 한다고 믿었다. 그리고 어려서는 술과 담배, 마약과 섹스 등 신이 인간을 시험하기 위한 도구가 분명한 것들을 바보같이 남용하는 어른들을 보며 절레절레 고개를 내저었다.

그런 그가 한때 술과 담배, 그리고 마약과 섹스의 화신으로 살았으니 세상사가 오묘한 것이지만 말이다.

도태되는 순간이 죽음이었던 생존 게임에서 도와주는 이 하나 없이 살아남아야 했기 때문에 그런 눈속임이라도 그는 기꺼이 뒤집어썼다. 세상에 꺼릴 것 하나 없는 악동 플레이보이 놀이도 솔직히 조금은 즐기지 않았다면 거짓말이지만, 몸은 뜨거워도 머리는 항상 차가웠다. 단 한 번도 계산하지 않고 행동한 적이 없었다. 굳이 의식적으로라기보다 처음부터 적들에 둘러싸여 태어난 동물의 예리한 감각이 항상 날카롭게 벼려져 있었다.

이것은 이득이 되는 것. 이것은 손해가 되는 것. 이것은 안전하고, 이것은 위험한 것.

첫눈에 위험한 존재임을 알았음에도 감수하고 받아들인 것은 일생을 통틀어서도 루카가 유일했다. 그리고 이번이 두 번째였다. 이성은 제 앞에 있는 존재가 위험한 것— 인간들에게는 상상 속에나 존재하는 마녀임을 알고 있는데도 본능은 이것을 더 받아들이지 못해 안달이 나 있었다.

그런 의미에서 보이는 것과 다르게 꽤 당황한 상태인 리처드는 본능적으로 눈웃음을 치며 생각나는 대로 말하고 말았다.

"죄송합니다. 너무 예뻐 보여서 그만."

흐트러진 채 그를 올려다보던 에블린은 얼굴이…… 거의 100년 만에 처음으로 붉게 달아올랐다. 아름답다든가 시선을 뗄 수 없다 든가 넌 진정한 미의 여신이라든가 그런 느끼한 사탕발림 같은 칭찬은 종류별로 다 들어봤지만, 담백한 진심만이 담긴 칭찬은 거의 들어본 적이 없는 탓이었다.

"비, 비켜!"

에블린은 정신없이 바둥거리며 그에게서 벗어나 거의 도망치 듯이 원래 좌석으로 돌아갔다. 그에 리처드는 저도 모르게 귀여 운 면도 있잖아, 하고 생각했다.

"그 키스에 뭔가 특별한 의미가 있다고 생각하면 곤란해. 그냥 어쩌다 한 번 그렇게 된 것뿐이니까 두 번은 꿈도 꾸지 말라고."

에블린은 빠르게 말을 토해내더니 더 이상은 대화조차 하지 않 겠다는 듯 팩 고개를 돌려 버렸다. 그에 리처드도 가만히 앉아 있 기만 하자, 내부에는 미묘한 긴장감과 천 근 같은 침묵으로 인해 아주 불편한 공기가 형성되었다.

한참 초조하게 손끝으로 팔을 두드리던 에블린은 결국 타악! 핸드백으로 좌석을 내려쳤다.

"차 세워!"

무언가 반박하려던 리처드는 그냥 말없이 손을 들어 뒤에 있는 운전석 창문을 두드렸다. 그러자 곧 리무진이 길가에 부드럽게 멈춰 섰다.

"그럼 이만."

에블린은 잡을 틈도 없이 홱 차에서 내렸다.

에블린은 고적한 밤공기 속에서 한숨을 내쉬었다.

루카 베르티가 마법을 묶어놓고 가버렸으니 복수도 할 겸 어쩔 수 없이 데리러 와달라고 하긴 했는데, 어째 일만 더 복잡해진 것 같았다. 하필이면 거기서 키스를 할 건 뭐고, 키스를 그렇게 잘할 건 뭐며, 키스했으면 키스만 할 것이지 끝난 후에 왜 이상한 소리 는 지껄이느냔 말이다.

정말 이건 누구를 비난해야 하는 걸까. 키스 따위에 넘어간 자 신인지, 리처드의 번호를 던져 놓고 간 루카인지, 그와의 접점을 만들어낸 아라인지, 눈웃음치며 여심을 뒤흔드는 리처드인 지…….

'가까이 가면 안 되겠어.'

루카 베르티와는 또 다른 의미에서 위험한 동물이었다.

되는대로 내린 거라 어디로 가야 할지도 모르면서 무작정 거리 를 걷고 있을 때였다.

"미스 몽고메리."

낯익은 리무진이 옆 길가에 와 서더니, 리처드가 내렸다. 공간 이동만 가능했으면 당장 사라졌겠지만, 그것도 여의치 않은 상황 이라 에블린은 그냥 서 있었다. 그러자 서늘한 밤바람에 희미하 게 와이셔츠 옷깃을 나부끼며 다가온 리처드가 에블린이 놓고 내 린 구두 상자를 내밀었다.

"두고 가셨더군요."

에블린은 잠시 그 상자를 내려다보다가, 말없이 받아 들었다.

그때 우연히 시선을 내린 리처드가 뭔가를 발견하고 말했다.

"구두끈이 풀렸군요."

에블린은 자신의 발을 내려다보았다. 또 구두끈이 풀려 있었다. 이건 멀쩡하던 건데, 아까 그에게서 벗어나며 바동거릴 때 뭔가에 걸린 느낌이 나더라니 그때 풀린 모양이었다. 에블린은 낮게 혀를 내차며 허리를 숙였다. 그리고 풀어진 끈을 잠그려는데 한 손에 상자를 들고 있는 탓에 제대로 잠가지질 않았다. 발목을 얇아 보이게 하는 게 마음에 들어서 즐겨 신는 디자인인데, 오늘부로는 절대 처다보지도 않겠노라 결심했다.

반면 리처드는 그녀가 허리를 숙이자 옷 여밈이 벌어지고 힐끗 드러난 가슴 계곡에서 시선을 뗄 수가 없었다. 살짝 보이는 브라는 검은색 레이스. 풍만한 젖가슴을 감싸고 있을 검은 레이스 브라를 상상하니 뭔가 아찔해지는 기분이었다. 뭐라도 신경을 돌릴 수 있을 만한 게 필요했다.

"실례되지 않는다면 제가 해드리죠."

그리 말한 리처드는 스스럼없이 무릎을 접고 앉아 대신 구두끈을 매주었다. 아무리 늦은 시각이라지만 아직 지나가는 사람들이 좀 있는 거리인데, 여자 앞에 몸을 숙이고 앉아 구두끈 따위를 매어주는 것도 아무렇지 않은 모양이었다.

에블린은 물끄러미 그 정수리를 내려다보았다.

섹스할 때 빼고 남자를 위에서 내려다보는 게 얼마 만이더라.

그의 손가락이 부드럽게 발목을 스칠 때마다 종아리를 타고 희미한 전율이 올라왔다. 몹시도 낯선 느낌. 그녀를 성적인 의도 없이 만지는 남자는 정말…… 기억도 나지 않을 만큼 오랜만이었다. 아니, 처음이었을지도 몰랐다.

그가 구두끈을 매어주는 동안의 그 아주 짧은 시간, 두 사람만이 다른 세계에 떨어진 것 같았다. 주홍빛 가로등이 흩뿌리는 흐릿한 빛의 산란이 몽환적인 공기를 조성하고, 뭉근한 밤바람은 느릿했다. 천천히 몸을 일으켜 세운 그의 검은 눈동자 속에는 그녀를 향한 어떤 조롱이나 경멸도 들어 있지 않았다. 조용하고 낮은 바람이 불 뿐이었다.

에블린은 저도 모르게 설핏 웃을 뻔했다. 그를 향한 고마움이나 가슴속에 퍼져 나간 묘한 온도의 감정 때문이 아니었다.

그래, 당신은 좋은 남자야. 소문이 어떻건 그건 그 눈만 봐도 알아. 흔들림 없이 상대를 주시하는 그 눈은 곧고 깨끗하지. 아라처럼. 선입견 따위에 사로잡혀 자신이 본 것을 의심하는 사람이 아니라는 것도 알겠어.

당신은 이 눈이 시릴 정도로 푸르러. 내가 끌리는 이유도 알 것 같아. 원래 생물이란 자신에게 없는 걸 갈망하는 법이니까. 하지만 내게 새벽의 아련한 푸름은 잡을 수 없는 환상이고, 눈을 깜빡이면 지나가 버리는 찰나일 뿐이지.

내가 지새워야 할 밤은 너무도 길어. 내겐 가볍게 웃고 떠들며 쾌락이나 찾는 게 어울려. 눈을 홀리지만 불을 끄면 잊혀지는, 라스베이거스의 화려한 네온사인처럼.

당신이 단순히 즐길 수 있는 상대가 아니라면, 우리의 인연은 여기까지.

에블린은 천천히 몸을 돌리며 밤바람에 나부끼는 머리칼 아래 옅은 미소를 지었다.

"Adios, Blue."

한 조각의 신비로운 미소를 남겨놓은 에블린은 하이힐을 또각 또각 부딪치며 멀어져 갔다. 뒤는, 돌아보지 않았다.

그녀가 완전히 보이지 않을 때까지 그 자리에 서 있던 리처드 는 한참 후에야 몸을 돌리고 차에 올라탔다. 이내 차가 출발하자, 흐릿한 밤거리의 조명과 거리에 드문드문 퍼져 있는 네온사인이 차창 밖으로 주마등처럼 스쳐 지나갔다.

차 안의 어둠에 녹아든 듯이 앉아 있던 리처드는 마침내 한숨 과 함께 중얼거렸다.

"루카 녀석이랑 그만 놀아야겠군. 들이대는 게 옳았어."

아라는 숨을 목 끝에 잡았다. 그리고 천천히 눈동자만 굴려 주 변을 훑어보았다. 행여 소리가 날까 봐 고개조차 움직이지 못했 지만 날카롭게 주변을 관찰하는 눈은 세세한 움직임 하나까지도 놓치지 않았고, 철저히 소리가 없었다. 그 증거로 지금 바로 골목 앞의 쓰레기 더미에서 병이니 신문 조각이니 하는 것을 모으고 있는 부랑자조차 조금만 더 들여다보면 되는 지척의 어둠 속에 그녀가 숨죽이고 있다는 사실을 눈치 채지 못하고 있었다.

바로 뒤를 따라오는 듯했던 그의 인기척은 아직 어디에서도 느 껴지지 않았다. 지나간 것이 아님은 분명한데, 아예 자취를 감춰 버렸다. 하지만 아라는 긴장을 늦추지 않았고 방심하지도 않았 다. 다행히 그녀는 그의 기운을 느낄 수 있으니 혹시라도 나타난 다면 바로 알 수 있을 터.

아라는 주변에 대한 경계심을 늦추지 않으며 버릇처럼 제 허리

춤을 짚었다. 하지만 아무것도 짚이지 않았다. 그제야 무기를 뒤에 메고 있는 가방에 넣어두었던 기억이 났다. 그러나 지금 꺼내겠다고 섣불리 움직여 위치를 드러나게 할 수도 없었다. 그는 공기가 미세하게 흔들리기만 해도 귀신같이 알아챌 줄 아니까. 혼신의 힘을 다해 달려온 탓에 거리가 좀 있긴 하지만 거친 숨이 공기를 타고 미세한 진동으로 전해지면 알아챌지도 몰랐다. 자신의 사냥감이 이곳에 숨죽이고 있다는 것을. 두방망이질 치는 심장을 떨리는 숨과 함께 억누르고, 말캉한 입술을 이지러지도록 짓씹은 채.

무사히 무기를 꺼낸다고 해도 사용할 수 있는가 하는 문제가 남아 있었다. 아직 골목 앞을 얼쩡대며 병을 모으고 있는 저 부랑자를 포함해 아직 거리 곳곳에 목격자가 될 만한 사람들이 남아 있기 때문이다. 아주 불가피한 상황이 된다면 뒤처리야 조직에서 알아서 해주겠지만 최대한 이목을 끌지 않는 것이 상책.

차까지만 갈 수 있다면…….

그때, 그녀의 등 뒤에서 촛불이 바람결에 일렁이듯 어둠이 미미하게 흔들렸다. 하지만 아라가 그 불온한 움직임을 눈치 챈 것은 그 몇 초 뒤였고, 휙 고개를 돌리려고 했을 때는 이미 늦어 있었다. 먹이를 노리며 바람을 등진 채 도사리고 있던 맹수가 단번에 먹이를 낚아채듯이 뒤의 어둠으로부터 뻗어져 나온 손이 엄청난 속도로 그녀의 입을 막았다. 동시에 강철의 사슬 같은 팔이 허리를 으스러트릴 듯 휘어 감고 어둠 속으로 끌어당겼다.

"……!"

그녀는 반사적으로 놀란 소리를 터트렸지만 단단히 입을 틀어

막은 손에 막혀 소리는 안으로 맴돌 뿐이었다. 그리고 아라는 그녀의 얼굴을 완전히 덮어버릴 만큼 커다란 손에 끌려 순식간에 어둠 속으로 모습을 감추었다. 바로 그 찰나, 갑자기 골목 안에서 들려온 소리에 앞에서 병을 모으고 있던 부랑자가 깜짝 놀라 고개를 들었다.

쨍그랑! 차랑!

그 바람에 그가 품에 한 가득 안고 있던 유리병들이 떨어져 콘크리트 바닥에 부딪히며 날카로운 파열음을 퍼트렸다. 하지만 골목 안에서 느껴지던 인기척은 그 파열음이 다 가시기도 전에 감쪽같이 사라져 있었다.

5

후우, 후우, 후우.

아라는 숨을 몰아쉬었다. 하지만 뜨겁게 달아오른 숨은 밖으로 흘러나가지 못해 습윤한 습기가 되고, 배출되지 못한 이산화탄소의 농도가 짙은 불편한 숨이 입안에 가득 찼다. 그리고 등 뒤로 속박되어 있는 팔이 당겨져 근육이 뻐근하게 울려왔다. 그나마 다리는 묶이지 않아 자유로운 상태였지만 그다지 위로는 되지 않았다. 차라리 무장 테러리스트에게 납치당해 이렇게 입이 막히고 팔이 묶인 상태였다면 탈출할 계획이라도 세울 수 있겠으나 차마 그녀로서도 이 상황은 낙천적으로 생각할 수가 없었다.

조수석에 그녀를 태운 차는 까맣게 내려앉은 어둠을 헤치며 어디론가 달려가고 있었다. 하지만 도시로 들어가는 방향은 아니었다. 처음 출발할 때만 해도 길가에 간간이 서 있던 가로등은 어느새 사라져 버렸고, 점차 교외로 갈수록 건물도 뒤로 모습을 감추었다. 그렇지만 이 방향은 기억하는 바에 의하면 레인스터 저택으로 가는 방향도 아니었다.

어두운 차창 너머로 비치는 것은 어둠을 품고 황량하게 펼쳐진 황무지나 거목이 빽빽하게 심어져 있는 울창한 삼림뿐이었다. 혹은 주(州)를 넘어오는 방문자들을 위한 주유소 정도. 까맣게 잠들어 있는 수평선을 향해 끝도 없이 펼쳐진 도로 위에는 아무것도 없었고, 하얀 헤드라이트만이 밝히는 검은 도로는 마치 하데스에게로 가는 페르세포네를 위해 준비된 저승의 버진 로드인 것만 같았다.

하객은 어둠 속에 숨어 모습을 내보이지 않는 온갖 종류의 악마들이고, 본디 밝고 아름다워야 할 결혼행진곡은 암울하고 괴이한 침묵이었다.

"이번에도 내가 이긴 셈이 되는 건가?"

문득 옆에 앉은 남자가 말했다. 아라는 파르랗게 그를 돌아보았다. 그 눈에 몰아치는 것은 냉혹한 광풍이었다. 날 파란 서릿발이 하얗게 서려 있으나 용암처럼 들끓는 감정이 오롯이 드러났다. 어느 쪽으로 말한다 해도 결코 호의적인 감정은 아니었다.

아라는 입이 막힌 채로 말하는 법은 알지 못했기에 턱을 치켜들었다. 아마 이것만이라도 풀라는 말임을 알아들었을 터.

"풀어준다고 해도 그다지 좋은 말을 들을 것 같진 않군."

아라는 눈을 형형히 빛내며 이를 악물었다. 그가 틀렸기 때문은 아니었다. 오히려 정답이었기 때문이다. 대충 손수건을 찢어 만든 이 재갈만 풀어준다면 기가 질릴 정도로 혹독하고 날카로운 악담을 쏟아부을 준비가 단단히 되어 있었으니까.

아라는 그녀가 온몸으로 내뿜는 적대적인 기세를 거두지 않는 한 그가 재갈을 풀어주지 않음을 알고 대신 눈으로 물었다. 이제 뭘 어쩌려는 거냐고. 그러자 그는 그 행동에서 전해지는, 적의를 거두는 것보다 차라리 입이 막혀 있는 편을 택하겠다는 뜻을 알아들은 듯 비릿하게 입매를 말아 올렸다.

"글쎄, 어떡할까."

마치 손 위에 작고 힘없는 병아리를 올려놓고 어떻게 괴롭혀 줄까 즐겁게 고민하는 사디스트 같은 어조였다. 아니, 크게 다를 것은 없으리라. 오히려 이쪽은 어떻게 괴롭혀 줄까 하는 쪽이 아니라 어떻게 목을 졸라줄까 방법을 고심하는 살인마처럼 잔인한 희열이 배인 어조였으니까.

콰앙!

아라는 유일하게 자유로운 발로 냅다 차를 걷어차 버렸다. 어떻게든 이 분노를 표출하지 않고는 배길 수 없었던 것이다. 물론 실은 그를 자근자근 짓밟고 싶은 것이었지만 지금 상태로는 죽었다 깨나도 그것이 불가능한 이상 이렇게라도 해야만 했다. 하지만 속이 후련해지기는커녕 패배감만 더 짙어질 뿐이라 아라는 거칠게 좌석에 몸을 묻었다. 그런 그녀를 본 남자가 피식 웃는 소리가 들려왔다.

"하여간 너도 꽤 성격이 있어."

아라는 좌석의 머리 받침대에 머리를 대고 눈을 감아버렸다. 더는 상대할 가치도 느낄 수 없었다. 이 남자는 자신이 뭘 어떻게 하든 결국 원하는 대로 하고 말 테니까.

차 안은 히터를 틀지 않았는데도 속이 답답할 만큼 덥고 후끈했다. 아마 가슴속에 들끓고 있는 감정의 온도 때문이겠지만, 그와 밀폐된 한 공간에 단둘이 있다는 것만으로도 몸의 온도는 쉽게 내려가지 않았다. 선연히 전해져 오는 그의 열기가…… 침묵의 가운데 유일하게 들려오는 그의 숨소리가…… 어떠한 화학적 촉매제처럼 잠잠하던 내부의 열탕을 자꾸만 들끓게 하고 있었다.

그 때문일까. 아니면 한참 날뛴 덕분일까. 이마에서 고인 땀방울이 옆얼굴을 타고 주르륵 선을 그리며 흘러내렸다. 팔을 구속하는 용도로 쓰이고 있는 재킷에 겹쳐진 팔목 부근에서도 질척하게 땀이 배어났다. 그런데 문득, 옆얼굴에 와 닿는 집요한 시선이 느껴져 아라는 눈을 떴다. 하지만 오금이 저릴 만큼 차갑게 노려봐 주려던 의도와는 달리, 옆을 돌아보자마자 아라는 자신이 왜 다시 눈을 떴는지조차 잊어버렸다.

그가 조금의 미동도 없는 눈으로 그녀를 똑바로 쳐다보고 있었던 것이다. 말 그대로 전혀 미동이 없었다. 이 세상에 오롯이 그녀만이 남은 것처럼 강렬한 눈빛으로 주시할 뿐이었다.

천천히 그 시선이 어렴풋하게 솜털이 일어난 턱을 타고 떨어져 티셔츠 속으로 스며든 땀방울을 좇았다. 조용히 숨을 들이쉬고 내쉰 아라는 굳이 보지 않아도 티셔츠 속으로 떨어진 땀방울이 젖가슴의 둔덕을 타고 흐르는 것을 느낄 수 있었다. 얇은 천 너머 그의 시선은 명백히 그 움직임을 좇고 있었다.

그가 한 손을 뻗어왔다. 하지만 아라는 석상이 되어버린 것처럼 미동도 할 수 없었고, 그의 손끝은 어렵지 않게 그녀의 턱가에 닿았다. 극도로 예민하게 감각이 돋아 있는 피부에 그의 손가락

끝에 아주 미세하게 파여 있는 지문의 홈마저 느껴지는 것만 같 았다.

그는 묘한 손짓으로 그녀의 턱을 훑듯이 하고 금세 손을 거두 어갔다. 그리고 가시에 찔려 난 한 방울의 피처럼 손가락 끝에 동 그랗게 고여 있는 땀방울을 붉은 혀끝으로 핥았다. 마치 최고급 와인을 민감한 혀끝으로 음미하는 소믈리에처럼. 하지만 그 행동 은 소믈리에 같은 지성이 있다기보다 본능적으로 먹이의 맛을 보 는 짐승처럼 지극히 동물적이었다.

누군가가 야생의 들판에 불을 놓은 듯이 파란 불길이 번져 가 는 눈에 얼핏 사금파리 같은 금빛이 비친 것 같았음은, 바깥에서 새어 들어오는 어스름한 불빛이 일으킨 환각이었을까. 아라는 자 신이 어떤 몹쓸 주술에 걸려 버린 것만 같았다. 그에게서 시선을 돌릴 수가 없었다. 그런데 그가 드디어 침묵을 파훼하고 한 말이 그녀를 기이한 환각과 같은 상태에서 깨어나게 했다.

"이제 그만 포기해."

의문인지, 저항인지, 그녀는 스스로도 알 수 없는 의미로 미간 을 찡그렸다.

"넌 내게 잡혔고, 게임은 끝났어."

그녀에게 조금 더 이런 상황에 대한 지식이 있었더라면, 그가 평소와 다름없이 자못 거만하게 말하는 어조에 그 자신도 모를 만큼 희미한 조급증이 배어 있음을 눈치 챘을 것이다. 하지만 애 석하게도 아라는 그런 유의 눈치가 빠르지 않았고, 오히려 그마 나 잠잠해지나 싶었던 승부욕이 거세게 되살아났다.

아라는 턱에 각이 불거져 나오도록 이를 악물었다.

자신이 그를 압도할 수 없으리란 것은 잘 알고 있었다. 처음에는 분해서라도 인정하고 싶지 않았지만, 분명히 자신은 그의 상대가 될 수 없었고 갑자기 등에 날개가 돋아나지 않는 한 도망갈 수 없으리란 것도 인정해야 했다. 아니, 만약 날개가 생기는 기적이 일어나 이 자리를 모면한다고 해도 몇 번이고 다시 붙잡힐 것이다. 오늘도 도망가기 무섭게 붙잡힌 것처럼. 하지만 자신이 그보다 약함을 인정한다고 해서 순순히 잡혀준다는 말과 동의어는 아니었다.

철이 들기도 전부터 한 걸음 한 걸음을 필사적으로 내딛어왔다. 결국 그 '필사' 마저도 통하지 않는 상황이 온다면 보란 듯이 자결함으로써 한 걸음을 내딛는 것조차 필사적이어야만 하는 사람의 절박함이 어떤 것인지 알려줄 것이다.

포기는 없다, 결코.

타악.

몸을 돌린 아라는 한 발을 그가 앉아 있는 운전석의 옆면에 짚었다. 그 의미 모를 행동에 그의 눈에 의문이 살아났다.

다음 행동을 개시하기 직전, 아라는 스산하게 빛나는 눈으로 말했다.

게임은 아직 끝나지 않았어.

쾅!

그와 동시에 조수석의 차 문이 열렸다. 뒤로부터 불어오는 역풍에 차의 속도가 더해져 그대로 꺾여 버릴 것처럼 활짝 열려 흔들리고, 차분한 공기가 감돌던 차 안으로 외부의 온갖 소리가 들이닥쳤다. 그리고 아라가 보란 듯이 뒤로 묶여 있던 손을 들어 보인 순간, 팔목을 묶고 있던 재킷이 세찬 바람에 날려 순식간에 어둠 속으로 사라졌다.

아라는 지체하지 않았다. 좌석에 대고 있는 다리에 힘을 준 찰나, 그 탄성을 이용해 훌쩍 차 밖으로 날아올랐다. 그리고 도로가 우뚝 솟아오른 둔덕의 경사면에 발을 디디자마자 스키를 타듯 엄청난 속도로 미끄러져 내려갔다. 차 문이 열린 순간 루카가 반사적으로 차의 속도를 줄였기 때문에 암브로시아의 힘을 완전히 개방하지 않고도 가능했다.

촤르르르륵!

마침내 바닥에 다다른 아라는 거의 구르듯이 몸을 일으키고 입에 물린 재갈을 거칠게 벗겨냈다. 그리고 멀지 않은 곳에 펼쳐져 있는 숲을 바라보았다. 사이사이에 어둠이 내려앉은 숲은 몸을 웅크리고 있는 거인처럼 압도적이었고, 몹시 을씨년스러웠다. 모든 게 음울하고 비밀스러운 수풀의 심해(深海). 하지만 빠른 속도로 움직일 줄 아는 '적'에게서 몸을 숨길 곳이 필요했기 때문에 숲은 지금 그녀에게 가장 필요한 장소였다.

그녀는 주저없이 음험한 숲 안으로 달려들어 갔다.

그때에야 도로의 한 중간에 차를 세우고 내린 루카는 금세 숲의 어둠으로 스며드는 그녀의 뒷모습을 바라보았다. 이내 뭉근하게 불어오는 밤바람을 따라 수평선 쪽으로 고개를 돌린 그의 입가에 비릿한 웃음이 떠올랐다.

"좀 더 놀아주는 것도 괜찮겠지."

새벽은 아직 산등성이 저편에 있었다.

그녀가 달릴 때마다 하아, 하아, 흩어지는 숨소리와 함께 발에 밟히는 낙엽들이 소란스럽게 바스락거리는 소리를 퍼트렸다.

숲의 어둠은 짙었다. 깊었다. 웅장한 위용을 자랑하며 서 있는 나무들은 하나같이 숲의 적막을 방해하는 작은 침입자를 물끄러미 내려다보고 있는 것만 같았다. 그녀가 달려 지나가는 자리의 울창한 관목들은 사라락 사라락 침입자가 나타났다며 경보를 울리듯 흔들리고, 밤새들은 푸드덕거리며 날아올랐다. 급히 달음박질하는 그림자는 긴 꼬리를 드리우며 그녀의 뒤를 따라왔다.

향목(香木)이 심긴 숲이었는지 숨을 쉴 때마다 맡아지는 강한 향에 머리가 몽롱해질 지경이었다. 하지만 아라는 속도를 늦추지 않았다. 간간이 뒤돌아봐도 모습은 눈에 띄지 않지만 나뭇잎들의 묘한 흔들림이 저 어둠 너머에 두려운 존재가 있음을 알려주고 있었다.

쫓아오고 있어…….

그 어떤 이류와 싸울 때도 이렇게까지 섬뜩했던 적은 없었던 것 같았다.

진한 향이 애체한 안개처럼 퍼져 있는 숲을 고독한 늑대처럼 달려갔다. 도와줄 이는 없었다. 예전처럼 구조대가 올 리도 없었다. 이 숲에는 오로지 그녀, 그리고 그뿐이었다.

어느 지점에 헐떡이며 멈춰 선 그녀는 한 번의 도약과 함께 탁, 탁, 탁, 날렵한 몸놀림으로 나무를 타고 올라갔다. 그리고 굵직한 나뭇가지 위에 앉아 최대한 나무 기둥 쪽으로 몸을 붙였다. 그러자 우거진 나뭇잎들이 말없이 그녀를 숨겨주었다.

얼마나 지났을까. 바스락……. 바스락……. 낙엽을 밟은 구둣발 소리가 일률적으로 울려 퍼지더니 금빛이 반짝이며 나타났다. 그가 묘한 공기를 퍼트리며 어둠 속에서 희미하게 떠오르자, 관목들마저 고요히 숨을 죽였다. 지극히 도회적인 차림을 하고 있음에도 불구하고 그는 이 야생과 너무나 잘 어울리는 존재였다.

그는 전혀 급할 것 없이 그녀가 숨어 있는 나무 아래까지 걸어왔다. 그리고 그녀가 있는 나무 바로 아래 멈춰 서더니, 잠시 시선으로만 주변을 훑었다. 어디로 가야 할지 가늠해 보고 있는 것 같았다. 그동안 아라는 숨조차 쉬지 않았다. 철저히 미동도 하지 않은 채 그가 가기만을 기다렸다. 여기서 방향이 틀어지면 조금은 더 시간을 벌 수 있기 때문이었다.

"제법 잘 숨었지만, 부족해."

그런데 휙, 하고 눈앞에 금빛이 스친 순간 그가 바로 맞은편의 두터운 나뭇가지 위에 서 있었다. 하늘을 뚫을 듯이 높이 솟아오른 북미의 거목은 아마존의 숲 속에서 자라는 그것인 듯 거대했기 때문에 그의 무게마저도 대수롭지 않게 지탱하고 있는 것이었다.

크게 눈을 뜬 아라는 당장 나뭇가지를 박차 올랐다. 그리고 나무에 나무를 타고 순식간에 사라졌다. 그녀가 움직일 때마다 파삭, 파사삭, 흔들리는 나뭇잎 소리가 시끄러웠다.

울창한 나뭇잎 사이로 빠르게 멀어지는 그를 얼핏 뒤돌아보자, 나뭇가지 위에 똑바로 균형을 잡고 올라서 있는 그가 마치 평행대 위의 우아한 남성 발레리나처럼 보였다. 그리고 눈이 마주치자 잘 가라 말하듯 슥 손을 들어 보이는 모습이, 꼭 파드되(Pas de deux)*를 청하는 것만 같았다.

---

* Pas de deux : 발레에서 두 사람이 추는 춤

한 걸음을 내딛고 턴을 돌 때마다 발밑에 깔린 가시밭 때문에 어느덧 두 사람의 발 모두 피투성이가 되어버릴 잔혹의 파드되를.

자신도 알 수 없는 지점에서 다시 나무를 내려온 아라는 숨을 몰아쉬며 주변을 둘러보았다. 하지만 정리되지 않은 관목들이 얽혀 있는 숲 속은 어느 방향이나 똑같을 뿐이었다.

하아, 하아, 하아.

앞뒤가 구별되지 않는 공간의 특성에 꼭 이공간에 빠진 것처럼 달릴 때마다 급박한 제 숨소리가 뇌 속에서 메아리쳤다. 방향감각은 이미 오래전에 상실되어 있었다. 그런데 자신이 어디로 가는지도 모르고 얼마나 무작정 달렸을까. 줌이 맞지 않는 카메라 렌즈처럼 급박하게 흔들리는 시야의 저 멀리 둔덕과 같은 경사 너머로 희미한 빛이 비쳤다.

아라는 마치 뒤따라 쫓아오는 저승의 하데스로부터 도망치는 페르세포네처럼 그 빛을 향해 필사적으로 내달렸다.

마침내 경사를 달려 그 끝에 도달했을 때ㅡ 화악 바람이 일었다. 한꺼번에 불어와 전신을 때리는 바람에 머리카락이 뒤로 흩날리고, 얼굴을 질척하게 적신 땀방울을 훔쳐 갔다. 아라는 들큼한 물 내음과 함께 자신을 반긴 풍경에 찰나적으로 멈춰 선 채 말을 잃었다.

무한한 시공(時空)을 가진 우주가 그곳에 있었다. 광활하도록 탁 트인 하늘은 검푸른 공단에 다이아몬드를 박아놓은 것처럼 촘촘한 별빛이 빛나고, 그 하늘을 그대로 오롯이 비춘 거울인 듯 광대한 물길이 끝도 없이 고여 있었다. 하늘과 물길이 닿는 가장자리조차 구별되지 않아 검은 은하수가 지상에 내려와 있는 것만 같았다. 신이 내린 모습 그대로 고여 있는 거대한 호수는 인공의 흔적이라고는 추호도 없어 그야말로 자연이 빚어낸 거대한 예술품이었다.

저벅.

생각지도 못한 풍경 앞에 굳어 있던 귓가에 풀을 밟는 발걸음 소리가 들려왔다. 급히 주변을 둘러본 아라는 지체할 새 없이 앞으로 달려나갔다.

후우우…….

주변을 두른 나무들이 일제히 숨을 내쉬듯 불어온 희미한 바람이 머릿결을 흩날렸다. 남자는 나무들의 향연이 끝나고 거대한 호수를 품은 공터로 연결되는 지점에서 잠깐 걸음을 멈춰 섰다. 시선으로만 주변을 훑자, 자연의 숨결 외에 살아 있는 것은 없었다.

초목의 향기는 강하되 달콤한 살갗의 향기는 없고, 더듬이를 쫑긋거리는 생물이 숨을 쉬는 소리는 크되 다급하게 뛰는 심장 소리는 없었다. 그의 예민한 오감에도 여자의 존재는 자취도 없이 사라져 있었다. 그럼에도 급할 것 없이 조금 더 앞으로 걸어나간 그는 문득 발밑에 닿은 물건을 내려다보았다. 그리고 천천히 허리를 숙여 그것을 주워 들었다.

검은 가방.

가볍게 흔들어보니 잘각이는 금속성이 들려왔다. 루카는 시선을 들어 다시 한 번 주변을 신중히 훑었다.

희한하군. 그 여자가 무기를 버리고 달아났다?

있을 수 없는 일이었다. 뼛속까지 헌터인 여자니까. 특히나 지금은 무기가 하나라도 더 아쉬울 때가 아닌가. 지구 끝까지 도망가더라도 무기는 챙겨갈 것이다.

한동안 그 상태로 한곳에 시선을 멈추고 있던 루카는 마침내 가방을 원래 자리에 던져 놓고, 더욱 앞으로 걸어나갔다. 구둣발에 풀들이 사각이며 스치고, 옆에서 그를 거꾸로 비친 검은 물결이 가만히 춤을 추었다. 그리고 쓰르라미들이 합창하듯 여기저기서 찌륵, 찌륵, 울었다. 자연의 성전에 내려앉은 침묵은 장중하고도 소박하게 평화로웠다.

침입자가 나타나기 전까지는.

그가 풀밭을 밟으며 호수가로 다가간 순간, 하늘을 비춘 수면이 불안하게 고동쳤다. 하지만 어떤 반응을 보이기도 전, 평화로운 표면이 파훼되었다.

촤아아악!

사나운 물소리가 사방을 때리고, 허공으로 솟아오른 물줄기가 수면을 채 다시 때리기도 전에 쿠웅! 두 개의 묵직한 덩어리가 한 덩이가 되어 풀밭으로 넘어졌다.

사삿! 파라라랏!

풀밭 속에 숨죽이고 있던 작은 벌레들이 재빨리 달아나고, 저편의 갈대밭 어디에선가 갑작스러운 소리에 놀란 물오리들이 물보라를 일으키며 파르릇 날아올랐다.

하아, 하아, 하…….

호숫가의 모든 생물들을 공포에 숨죽이게 만들었던 거대한 짐승은 새순처럼 부드러운 풀밭 위에 쓰러진 채 하늘을 올려다보고 있었다. 정확히는, 하늘을 등지고 그의 위에 드리워져 있는 검은 그림자를.

아무런 감정의 변화 없는 푸른 눈에 비친 검은 그림자는 크게 숨을 몰아쉬며 거친 숨결 사이로 하얀 김을 뿜어내고 있었다. 이런 각도와 음영으로는 그마저도 거의 까맣게 드리워져 있는 그림자밖에 보이지 않건만, 차가운 물속에서 새파랗게 얼은 낯빛이 보이는 것만 같았다. 얼굴 위로 굵직한 물방울이 투두둑, 투둑, 떨어져 내려 이쪽마저 적시고 있었기에 이 시기의 호수 물이 얼마나 차가운지는 굳이 들어가 보지 않아도 알 수 있었다.

"굳이 거기 들어갈 필요까지 있었나?"

물은 기척을 지운다. 숨소리를 가리고, 냄새를 지운다.

사실 다른 상황이었다면, 더없이 훌륭한 선택이었다고 했으리라.

"닥쳐."

그림자는 말을 잇새로 짓씹으며 그의 목에 대고 있는 단도를 더욱 밀어붙였다.

칼을 잡은 방법하며 각도, 압력, 무엇 하나 흠잡을 것 없이 완벽했다. 어떻게 쓰는 것인지 확실히 알고 있다는 것일 터. 지금은 생채기 하나 내지 않았지만 살짝만 각도를 틀어도 칼날이 동맥 깊이까지 파고들 것이다.

혹시 모를 사태를 대비해 일부러 버린 척 총이 물에 젖지 않게 한 것까지 실로 흠잡을 곳이 없었다.

그 이름은 암브로시아. 이 전설의 세계에서도 환상과 같은 종족. 밤의 장막이 내려오면— 긴 머리카락을 휘날리며 밤의 무법자들을 사냥하기 위해 찾아오는 싸움의 처녀들.

　극단적으로 전투적인 여자들은 질리게 만나왔다. 멀리 볼 것도 없이 그의 종 자체가 그러하니까.

　그런데 질리게 만나왔던 여자들과 별다를 것 없는 이 여자의 뒤를 왜 계속 쫓는 것일까?

　솔직히 이제는 그도 조금 궁금해지고 있는 차였다. 훌륭한 헌터임은 인정하겠으나, 그 사실이 이 정체 모를 욕망에 대한 설명은 되지 못했다.

　"넌 정말 타고난 헌터로군."

　"암브로시아가 먹잇감이었던 시절은 오래전에 지났어. 언제까지고 쫓기기만 할 거라고 생각하지 마."

　새파랗게 번뜩이는 여자의 눈에서 찰나적으로 본 것은 무엇이었을까.

　절박함.

　일순 권태로 심장박동마저 느려지던 가슴에서 다시 한 번 그녀를 처음 보았을 때와 같은 꿈틀거림이 일었다.

　자신을 보호하기 위해 표면에 강철 같은 가시를 두른 잔약한 꽃. 그 속은 너무나 나달하고 여려 제 뒤를 쫓는 사냥꾼의 목조차 단번에 가르지 못하는 어린 새순.

　덥석.

　그는 강하게 그녀의 팔을 움켜쥐었다. 그 압력에 통증을 느낀 듯 그녀는 움찔하고 외쳤다.

"움직이지 말……!"

사악―

예리한 칼날이 얇은 살갗을 가르는 느낌은 마치 가시덤불 속에서 가장 여리고 맛난 꽃을 발견한 야수의 식욕처럼 목을 뜨겁게 달구었다. 아아, 그의 본능에 사는 야수는 기민하여 무엇 하나 놓치는 법이 없었다.

이 여자에게 끌리는 이유. 이미 그의 본능은 알고 있었던 것이다. 그리고 그것은 이 시간부로 조금의 의심이나 궁금증마저 모두 말소시켜 버렸다. 오로지 단 하나의 강력한 결심이 되었다.

이것은 내 것이다.

약탈하듯 여자의 허리를 낚아챈 순간, 칼끝이 살갗을 얇게 가르고 지나가는 감각과 함께 그는 앞으로 몸을 던졌다. 옆에 여자를 낀 채로.

아라는 물이 튀는 소리조차 듣지 못했다. 그가 움직인다고 느끼는 순간에 물이 피부에 닿는 것을 느꼈고, 그 사실이 의미하는 바를 깨닫기도 전에 다시 물속에 돌아와 있었다.

찰나적으로 시간이 멈춘 것만 같았다.

우주와 같은 진공 상태의 공간은 희한하리만치 아늑했다. 좀 전에 숨어 있을 때는 그의 기척에 온 주의를 기울이느라 물속이 어떤지도 느낄 새가 없었는데, 문득 소리가 없다는 것만으로도 세상은 이렇게 조용할 수 있다는 것을 깨달았다.

굉장해……. 어쩌면 나 계속 이 세상에 살고 싶은 걸지도.

그녀는 순간적으로 멍해져 희미한 불빛이 잘게 일렁이는 수면을 올려다보기만 했다. 그런데 문득 눈앞에 금빛이 스쳤다. 그것이 이 시간의 흐름이 다른 세계에도 명백히 시간이 흐르고 있다는 사실의 표지가 되었다. 번뜩 정신을 차리자, 몸이 산소 부족의 경종을 알리고 숨조차 막히지 않았던 게 거짓말처럼 폐가 확 오그라들었다. 반사적으로 입이 벌어져 공기 방울이 어지럽게 번지고, 목이 젖혀졌다. 하지만 아무리 팔다리를 내저어도 몸은 점차 밑바닥으로 가라앉아 갈 뿐, 수면은 계속해서 멀어지고 있었다.

금빛……

눈앞에 금빛이 몽환하게 일렁이고 있었다. 그제야 아라는 자신이 남자의 품에 꽉 끌어 안겨 있다는 것을 깨달았다. 그의 목덜미에서 흔들리는 머리칼이 얼굴을 간질였다. 물속이기 때문이었을까, 그것이 동물의 모피처럼 묘하게 부드러웠다.

그가 고개를 들고 그녀를 바라보았다. 눈과 눈이 마주치고, 너무나 가까운 거리에 서로의 동공 속까지 들여다보일 것만 같았다. 그의 눈은 이런 심연의 침침한 빛 속에서도 맑고 선명한 푸른 빛이었다. 그 빛에 매료된 듯 멍하니 바라보는 사이에― 세상이 까마득히 멀어져 갔다.

촤아악!

루카는 수면 밖으로 자신의 몸을 끄집어내었다. 잔뜩 물을 집어먹어 철제 갑옷처럼 무거워진 트렌치코트가 폭포수 같은 물줄기를 쏟아내고, 얼굴이고 속옷 속이고 할 것 없이 흥건히 물이 흐르는 것이 느껴졌다. 목욕을 하고 난 호랑이처럼 머리를 흔들어 물기를 털어내고 옆구리에 낀 것을 들자, 힘없이 축 늘어진 여자의 몸이 딸려왔다.

덜썩.

부대자루인 양 늘어진 아라의 몸을 바닥에 내려놓은 루카는 주저없이 입을 맞추었다.

몇 번 숨을 불어넣자마자 아라는 거세게 기침하며 마신 물을 토해내었다. 그리고 흐릿하게 눈을 떠올렸다. 루카는 그 모습을 옆에 앉아 물끄러미 내려다보기만 했다. 이내 아라가 가물거리는 빛처럼 희미하게 무어라 웅얼거리고 다시 정신을 잃자, 그녀의 몸을 품에 주워 모았다. 그리고 아무런 힘도 들이지 않고 어깨에 자루처럼 걸치고는, 몇 걸음 가서 버려진 가방 또한 주워 들어왔던 길을 되짚어갔다.

전리품으로 처녀를 얻은 침략군의 전사처럼 어깨에 여자를 얹고 사라져 가는 남자의 뒤로 풀숲에 버려진 단검만이 흐릿한 은빛을 발할 뿐이었다.

펄럭—!

커다란 하얀색의 천이 허공에 날개를 펼치듯 크게 날아올랐다. 그리고 그 끝을 잡은 루카가 강하게 당기자 잦아들어 아무렇게나 마는 대로 둥글게 말린 뭉치가 되었다.

소파를 덮고 있던 흰 천을 대충 말아 옆으로 내던진 그는 어깨에 걸쳐져 있는 아라의 몸을 소파 위에 내려놓았다. 그리고 가방 또한 소파의 다리 쪽에 아무렇게나 내던지고, 아직 정신을 잃은 채인 그녀의 옷을 벗기기 시작했다.

철퍽!

물기를 가득 머금은 옷자락이 묵직하게 바닥 위로 떨어졌다. 바닥에 고이는 옷가지의 숫자가 많아질수록 침침한 빛 아래 드러나는 말간 살갗의 면적이 커져 갔다. 재킷을 벗기고, 티셔츠를 벗기고, 단단하게도 여며놓은 벨트의 버클을 거의 잡아뜯듯이 끄르고 물기를 흡수해 유독 무거워진 청바지를 벗겨 내렸다.

운동화와 양말까지 벗긴 후에는 소파 위에 진수성찬처럼 차려진 몸에 남은 것은 브라와 검은 민소매 티, 멋없는 검은 언더웨어뿐이었다. 하지만 목 라인이 깊게 파인 민소매 티 위로 완만하게 드러난 둔덕의 오르막과 그대로 베어 물어도 비리지 않을 것 같은 허벅지는, 여성스러움이라고는 없는 속옷들과 달리 그의 시선을 잡아끄는데 아무런 무리가 없었다. 아니, 저번에도 느꼈지만 생각보다 발육이 좋아 몇 년만 지나면 완벽하게 그의 취향이 되리란 것을 예상할 수 있었다.

예민한 목덜미라든가 가슴의 감도, 자극적인 음색은 이미 충분히 그의 취향이었지만.

그는 일단 모포를 덮어주고 자신의 옷도 벗기 시작했다. 스펀지나 다름없이 물을 흡수한 코트는 벗자마자 그마저도 어깨에 뻐근한 무게가 사라졌음을 느낄 수 있을 정도였다. 그리고 휙 와이셔츠를 벗고 벨트를 끄르다 말고 불현듯 슥 눈을 치켜들었다.

이미 결과를 알고 있으면서도 바닥에 내던진 코트의 주머니를 뒤져 보니, 아니나 다를까, 있는 대로 물을 흡수해 거의 축 늘어지다시피 한 담뱃갑이 나왔다. 그는 쯧 혀를 내차고 그것 또한 바닥에 아무렇게나 내던졌다. 문득 아라를 돌아본 루카는 그녀의 안

색이 아직 파르란 빛임을 깨닫고 앞의 벽난로로 다가갔다.

그의 턱 아래까지 올 정도로 커다란 벽난로는 오랫동안 사용하지 않았음에도 언제든지 사용할 수 있도록 장작이 가지런히 정리되어 있었다. 빅토리아풍의 벽난로—그의 취향은 아니지만 어쨌든 붙어 있기에 가만히 둔—에 불을 던져 넣자마자 장작불은 거세게 타올랐다.

타닥, 타닥, 닥, 탁탁…….

얼마 지나지 않아, 장작불의 은은한 붉은 빛이 을씨년스럽도록 광활한 저택의 거실을 희미한 전등처럼 비추었다.

확 끼쳐 오는 열기를 느끼며 열광적으로 솟아오르는 불길을 바라보고 있던 루카는 불길을 조금 조절하기 위해 앞에 한쪽 무릎을 꿇고 앉았다. 그리고 말했다.

"배고프지 않나?"

철컥.

바로 그와 동시였다. 뒷머리에 똑바로 겨누어진 차가운 금속의 한기가 느껴졌다.

"날 어디로 데려온 거지?"

루카는 뒤를 돌아보지 않았다. 단지 하려던 일을 계속할 뿐이었다.

"물을 많이 마셨으니 허기가 질 텐데."

"질문에 대답해. 이번에는 정말 주저하지 않을 거니까."

파르란 총구가 뒷머리 쪽으로 더욱 디밀어졌다. 두 사람 다 섣불리 입을 열지 않아 잠깐의 침묵이 뒤따랐다. 그사이에 옷이 벗겨진 상태 그대로 무기만 들고 서 있는 아라는 조용히 주변을 훑어보았다.

　어떤 저택의 거실인지, 공간은 황량하고 거대했다. 크기로는 레인스터 저택에 비유해도 손색이 없었지만 이곳은 사람이 살지 않는 곳인 듯 한기가 건물 전체에 감돌고 있었다. 그리고 사람이 살지 않는 곳이라는 또 다른 증거로 가구가 거의 없었고 간간이 있는 것 위에도 먼지가 쌓이는 것을 방지하기 위한 흰 천이 덮여 있었다. 그러나 그것들조차도 거의 벽난로 주위에 밀집되어 있었다. 단순한 디자인이지만 나무 프레임부터 꽤나 고가인 것으로 보이는 벨벳 소파 세트나 두꺼운 마호가니 탁자, 바닥에 깔린 아라베스크 문양의 러그, 벽난로 위의 금촛대……

　시선을 원위치시킨 곳에 불빛이 길게 넘실거리며 핥아가는 남자의 벌거벗은 뒷모습은 마치 이곳에 장식된 조각상인 듯했다. 빚어놓은 조각인 듯이 단단하고 탄력적인 근육들이 남자의 상체를 휘감고 있었다. 곧은 척추를 따라 두 마리의 뱀이 나무줄기를 타고 올라가는 듯한 모양새로 촘촘히 짜인 등 근육들은 정교한 지도처럼 보일 지경이었다. 극도로 절제되어 있되 인간에게서는 좀처럼 보기 힘들 만큼 발달한 근육들이 그를 더더욱 그곳에 세워진 조각상처럼 보이게 했다. 하지만 결코 움직이지 않는 조각상과 달리, 그는 갑자기 일어났다.

　타앙!

　그 순간 폭음과 함께 터져 나간 탄환이 사나운 불티를 터트리며 벽을 때렸다.

　"두 번째 총알이 박힐 곳은 당신 이마야."

　양손으로 총을 쥐고 똑바로 그에게 겨눈 아라는 조금도 떨리지 않는 음성으로 조용히 경고했다. 루카는 그런 그녀를 돌아보았다. 그 눈은 파문이 일지 않는 호수처럼 고요했고, 거의 무심하기까지 했다.

텅 빈 공간에 침묵이 내려앉았다.

타닥!

갑자기 벽난로에 장작불이 파도치듯 거세게 일어 그 푸른 눈에 붉은 불길의 그림자가 스쳐 지나갔다. 얼음의 결정체인 듯싶은 새파란 눈에 뜨거운 불길을 놓았다.

그것은 마치 빙설(氷雪)로 뒤덮인 불꽃의 대지— 니플헤임(Niflheim)*……

저도 모르게 무기를 쥔 손에 꾸욱 힘이 들어갔다. 아직 척척하게 젖어 있는 머리칼 아래로 목을 타고 어떤 액체가 주르륵 흘러내렸다. 물인지 땀인지는 알 수 없었다.

격렬한 음악에 무아지경으로 몸을 맡긴 무희처럼 사납게 춤추는 불꽃을 등진 채 오롯이 그녀를 응시하는 남자는 실로 어떠한 짐승인 듯이 보였다. 안 그래도 거산처럼 큰 남자를 더욱 커 보이게 만드는 불꽃의 환각이었을까. 황금빛의 털과 벽안의 눈을 가진 야수가 적시를 노리며 조용히 기다리고 있는 듯했다.

그리고 어느 순간, 그가 한 걸음을 앞으로 내딛었다. 그녀는 본능적으로 한 걸음 물러났다.

"멈춰."

날카롭게 경고했지만, 그는 멈추지 않았다. 방아쇠에 건 손가락에 힘이 들어갔다.

---

* Niflheim:북유럽 신화에 등장하는 얼음 지옥

"두 번은 경고하지 않아."

"쏴."

남자는 단 두어 걸음에 훌쩍 그녀의 앞으로 다가섰다. 질식할 것만 같이 짙은 긴장감 때문에 그렇게 느껴진 것인지, 실제로 그가 빠르게 움직인 것인지, 움찔하는 사이에 그는 바로 머리 위에 드리워져 있었다.

그녀의 앞으로 바싹 다가서서 살짝 고개를 숙인 그의 그림자가 한쪽 벽에 커다랗게 드리워졌다. 음영의 방향 때문에 그녀에 비해 지나치게 크게 비춰진 그의 그림자는 장작불이 춤출 때마다 기괴하게 일그러지고, 인간의 형상이 아닌 것으로 일렁였다. 그에 일시적으로 정신이 분산된 찰나, 두꺼운 팔이 재빠르게 허리를 휘감아 끌어당겼다. 그야말로 단단한 벽 같은 남자의 몸에 부딪힘과 동시에, 아라는 생각하기도 전에 팔을 움직였다.

휘릭— 철컥.

거의 초속에 가까운 움직임에 정확히 그의 관자놀이에 들이밀어진 총구가 허공에 희미한 잔영을 남겼다. 하지만 남자는 움찔하지도 않았다. 나직한 숨결과 함께 속삭일 뿐이었다.

"할 수 있다면."

교활한 독이 퍼지듯 혈관을 타고 사악 퍼져 내리는 음성에 피부 위로 격렬한 물결이 일었다. 아라는 저도 모르게 홱 옆으로 고개를 돌리고 말았다. 하지만 환희와도 같은 육체의 반응과는 다르게 독하게 이를 물었다.

"못할 것 같아?"

그는 대답을 입으로 하지 않았다. 그저 무언가 허리 근처에서 움직인다고 느낀 순간에, 뜨겁고 축축한 살갗이 민소매 티 아래로 척추를 쓸어 올렸다.

흠칫—

눈에 띄게 몸이 떨린 것은 불가항력적인 일이었다.

"네가 하지 않으면 내가 해."

거의 들리지도 않을 만큼 지독히 낮은 속삭임은 어느덧 볼의 바로 위에서 느껴졌다.

통증처럼 알싸하게 퍼져 나가는 희열— 들끓어오르는 피.

위험해.

'이것'은 위험해.

관자놀이에 서늘한 한기가 닿아 있는데도 남자는 마치 그녀 외에 다른 것은 느낄 수도 없다는 듯이 그녀만을 응시하고 있었다. 얼굴은 조금도 감정의 파편이 보이지 않는 무표정이었지만, 차가운 눈동자는 뜨겁게 끓고 있었다. 어디 한번 쏴보라는 듯, 그 조용하지만 도전적인 눈으로 바라볼 뿐이었다.

어둠을 반사한 여자의 눈이 독기와 함께 유리알 표면처럼 번득거렸다.

손가락이 방아쇠를 완전히 당기고, 주사위는 던져졌다.

타앙……!!

총성이 허공을 때렸다.

6

타악! 차라라라락…….

탄이 발포된 순간 그 반동에 의해 총이 퉁기듯 날아가 버리고 말았다. 그리고 저 멀리 바닥에 떨어져 바람개비처럼 여러 번 회전하며 미끄러지더니 반대쪽 벽에 가서 부딪히고야 멈추었다. 하지만 아라는 거기에 신경 쓰고 있을 틈이 없었다. 크게 뜬 눈 앞에는, 보고도 믿기지 않는 풍경이 펼쳐지고 있었다.

치이익…….

관자놀이 옆에 있는 그의 손에서 매캐한 연기가 올라왔다. 하지만 그의 푸른 시선은 아직 그녀만을 주시하고 있는 상태였다. 그리고 그가 손을 펼치자, 타랑! 압축기에 짜부라진 듯한 모양의 탄환이 바닥 위로 떨어져 내렸다.

이내 그는 무심하게 물었다.

"다 했나?"

이건 뱀파이어가 아니다.

아라는 확신했다.

바로 옆에서 쏘아진 탄환을 잡아내는 뱀파이어 따위 들어본 적
도 없었다. 아무리 강철의 육체를 가진 뱀파이어라지만 생물체인
이상 한계는 있기 마련이었다. 그런데 그는…….

"……!"

미처 무언가 더 생각을 하기도 전이었다. 그가 고개를 숙인다
고 느낀 찰나, 우악스러운 손길에 뒷머리가 한 움큼 움켜쥐어져
고개가 꺾이고 입술이 짓이겨졌다. 놀라 벌어진 입술 틈으로 뜨
거운 덩어리가 밀고 들어왔다. 타액이 정신없이 뒤섞이고, 잔약
한 입술이 유린당했다. 여태 여유롭던 것이 거짓말처럼 그는 거
칠게 입술을 내리찍고 그녀가 물리적인 통증에 신음할 정도로 난
폭하게 혀를 빨아올렸다. 아라는 질끈 눈을 감았다. 머리가 생각
하기도 전에 몸이 달아나기 위해 바르작거렸지만 남자가 뒷목을
단단히 움켜쥐고 있어 고개조차 돌릴 수 없었다.

그를 피하기 위해 아라가 할 수 있는 일은 고개를 더욱 뒤로 젖
히는 것뿐이었다. 허리가 휘고, 마지막 남은 옷자락 속으로 들어
온 큰 손이 등을 타고 올라와 얼굴을 움켜쥐었다. 하지만 그것은
찰나였을 뿐, 그대로 껍질을 까듯 민소매 티를 벗겨 저 멀리로 내
던졌다. 그리고 다시 격하게 입술을 부딪혀 왔다. 모든 동작이 소
리없이 격정적인 탱고를 추듯 유려하고 매끄러웠다.

그가 바싹 몸을 밀어붙여 저도 모르게 한 걸음 주춤 물러나자,
커다란 손이 허벅다리 위로 미끄러지고 그와 동시에 몸이 들렸

다. 마치 다섯 살 난 어린아이처럼 안기게 된 아라는 날카롭게 숨을 들이켜 쉬었다. 그러나 그는 역시 정신을 제대로 차릴 시간도 주지 않았다.

음란한 소리가 울려 퍼지도록 그녀의 점막을 빨며 잔약한 살을 거의 짓씹다시피 했다. 그리고 어렴풋이 몸이 내려간다고 느꼈을 때, 그녀는 어느새 아직 먼지방지용 흰 천이 덮여 있는 반대편의 소파에 등을 대고 누워 있었다. 소파는 다섯 사람이 앉아도 될 만큼 커 그녀를 몸 아래 내리누른 그가 눕기에도 크게 문제가 없었다.

뜨거운 무게감이 온몸으로 무지근하게 느껴지고, 그가 드디어 입술을 떼었다. 아라는 가쁜 숨을 내쉬었다. 아무리 숨을 고르고자 해도, 차갑게 얼은 몸에 천천히 열기가 돌아오며 맞닿은 모든 것의 감각을 인식해 갈수록 더더욱 숨이 가빠졌다.

남자는 전신이 수천만도의 화염으로 단조해 낸 강철 같았다. 그리고 맞닿은 근육이 꿈틀댈 때마다 그 선명한 움직임이 그녀의 온몸으로 전해졌다. 두 사람은 완벽하게 밀착되어 있었다. 그리고 그는 그녀의 목덜미에서 풍겨오는 냄새를 뱃속 깊이까지 들이쉬었다. 그에 안 그래도 거칠게 새어 나오던 숨결이 거의 요동쳤다.

왠지 모르게 사나운 야수의 모습으로 화신(化身)한 신의 처녀제물이 된 것 같은 기분이 들었다.

이내 그가 서서히 고개를 내려왔다. 그리고 촉수 끝처럼 민감해진 피부 위로 얇게 퍼져 내리는 숨을 내쉬며 닿을 듯 말 듯 입술을 움직이더니, 귓가에 멈춰 섰다. 아라는 떨리려는 입술을 겨우 다잡았다.

숨 막혀…….

이 남자가 내뿜는 열기에, 그녀를 원하는 노골적인 욕망에, 여성을 일깨우는 남자의 향기에, 숨이 막혔다.

그녀를 완전히 가둔 자세의 그는 부드러운 모발에서 풍겨오는 옅은 향기를 깊이 호흡하고, 천천히 숨을 내쉬듯이 귓가에 속삭였다.

"강간은 취미 없어. 달아나려면 지금이 마지막 기회다."

그리고는 그녀의 대답을 기다리는 동안 나긋한 귓불을 크게 한 번 핥고, 빨아들였다. 잘근거리며 씹었다.

"달아난다면……?"

아라는 꽉 억눌러 잘 들리지도 않는 목소리로 반문했다.

"쫓아가야지. 지쳐서 더 이상 달아날 수 없을 때까지 쫓고, 또 쫓아야지."

결국은 그 손에 떨어질 때까지 말이지?

고개를 옆쪽으로 돌린 채인 아라는 눈을 치켜떴다. 그는 여전히 귓불만을 애무하고 있었다. 하지만 그것만으로도 이미 가슴 끝이 욱신거리며 솟아오르고, 그녀의 안에 잠든 또 다른 아라 바이어스가 깊은 잠에서 깨어나듯 나른한 기지개를 켜고 있었다.

자신이 이 남자에게 반응하는 것은 부정할 수 없는 사실이었다. 그건 그도 알고 있기에 이토록 자신만만한 것이리라.

그래, 뭐 어때?

머릿속에서 또 다른 아라 바이어스가 속삭였다.

섹스라는 거, 별것도 아니잖아. 순결을 고이 가지고 있다가 예쁘게 건네줄 남자가 있는 것도 아니고, 누구 말마따나 피곤하게 달아나려고만 하지 말고 그냥 즐겨보면 되는 거 아냐?

더구나 이런 종류의 남자가 가진 특성은 아라 역시 잘 알고 있었다. 그렇게 몸 달아했어도 한 번 손에 넣고 나면 확 식어서 미련을 버려 버리는 종류. 강하게 타오르는 불꽃일수록 꺼지기도 쉬운 법이니 이 남자는 한 번, 많아봤자 두세 번. 그 정도이리라. 하지만 그녀 역시 즐길 수 있고, 몇 번 해준 후에 예전과 같은 생활로 돌아갈 수 있다면 손해 보는 장사는 아니었다.

특히 그처럼 화려하게 즐겨왔을 남자가 자신 같은 목석에게 더 이상 흥미를 가질 리가 만무했다. 자신이 재미없는 나무통이라는 것쯤은 스스로도 잘 파악하고 있으니까.

더구나 그는 뱀파이어가 아니었다. 에블린의 말대로 그 피는 그의 혈관을 타고 흐르고 있을지라도 그는 '뱀파이어'라는 종의 패러다임을 탈피한 '제삼의 종'이었다. 여태까지 존재하지 않았던 새로운 개체인 것이다. 햇볕에 타지 않고 흡혈을 하지 않고 이런 육체능력을 지닌 생물이 뱀파이어일 수가 없었다.

아라는 천천히 고개를 돌렸다. 그리고 그를 마주 보았다. 푸른 눈은 말없이 그녀의 대답을 기다리고 있었다.

"당신, 잘해?"

생각을 정리하고 나자 떨림이 잦아들었다. 공포 또한 사라졌다. 아까까지만 해도 그렇게 압도적으로 보였던 남자가 지금은 자신에게 몸 달아 있는 수컷으로밖에 보이지 않았다. 어쩐지 조금은, 가소롭기까지 했다.

그래, 그 정도라 이거지? 라는 기분.

"글쎄……."

루카는 아라가 그런 말을 할 줄 몰랐는지 묘하게 중얼거렸다. 하지만 그 손은 이미 행동을 개시하고 있었다. 허벅다리를 느릿하게 쓸며 올라가 스포츠브라를 걷어 올리고 말랑한 가슴을 한 손 가득 쥐었다.

아라는 입술을 꼭 다물었다. 농밀한 손길이 짓궂어, 어디에 두어야 할지 몰라 어설프게 그의 팔을 쥐고 있는 손에 힘이 들어갔다. 그러자 그가 다시 귓가로 고개를 내리더니 이럴 때만 잦아지는 낮은 웃음과 함께 속삭였다.

"따먹고 싶은걸."

따먹……. 무슨 소리인지 이해하지 못하던 아라는 그가 유두를 한 번 올려 쥐듯 꼬집자 이해했다. 그리고 붉어진 얼굴로 다리를 바동거렸다. 그러자 그가 쿡쿡 웃으며 하체를 밀착해 왔다.

아라는 그의 팔을 으스러트리려는 듯이 쥐며 허스키하게 으르렁거렸다.

"그딴 소리 좀 하지 마."

"왜? 좋지 않나?"

"당신, 진짜 변태야? 좋을 리……."

채 문장을 완성하기도 전, 얇은 천 위로 아래의 둔덕을 어루만지는 손길에 수치심인지 부끄러움인지 알 수 없는 감정이 입을 다물게 만들었다.

"이렇게 젖어 있는걸."

아라는 믿을 수 없다는 듯 눈가를 감싸 쥐었다. 세상에, 원래 이렇게 부끄러운 건가? 그런데 그가 팬티 속으로 손을 밀어 넣어

까슬까슬한 음모를 스치고 지나가 젖어 있는 윗 부분을 슬쩍 만지자, 허리가 움찔하고 튀어 올랐다.

"자, 잠깐."

순간 선득하기까지 한 느낌이라 아라는 본능적으로 그만두게 하려고 했다. 하지만 그는 뭔가 관찰하듯 그녀를 빤히 내려다보며 손을 멈추지 않았다. 그럴 때마다 위로 휜 허리가 움찔거리고, 목이 젖혀졌다.

"하, 하지 마! 이상해……!"

몸을 뒤틀며 벗어나려고 했지만, 굳건히 버티고 있는 팔은 움직이지 않았다. 뾰족하게 솟아 있는 부분을 고집스럽게 문지르고, 엄지손가락으로는 검은 수풀에 덮인 둔덕을 비볐다.

그의 입이 내려왔다. 그리고 살짝 입 맞추듯 했다가 금방 깊이 입술을 맞대고 혀를 밀어 넣었다. 이미 촉촉하게 젖어 있는 입안은 온전히 그를 반겼다. 아니, 이렇게라도 입을 막고 있지 않으면 이상한 소리를 지를 것만 같아 지금만큼 그의 키스가 반가웠던 적은 없었다.

그게 느끼고 있는 건지도 모른 채 난생처음 느끼는 강렬한 감각에 아라는 필사적으로 그에게 매달렸다. 루카 역시 기대하지 않았던 그녀의 행동에 점차 격렬해져 가고 있었다.

그녀는 본능적으로 남자를 달아오르게 하는 방법을 알고 있는 것 같았다. 필사적이 되어 키스를 받아들이고 손짓에 따라 허리를 흔들어 오는데 무심할 수 있는 남자가 어디 있단 말인가. 무심하기로는 따라올 자가 없는 그조차 불가능한 일이었다.

아라는 으슬으슬 몰려오기 시작한 한기에 몸을 떨었다. 하지만 보통 때 느끼는 추위와는 달랐고, 높은 곳에 치달을락 말락 할수록 발가락이 움찔거리며 굽었다. 그러다가 어떤 임계점을 넘은 순간, 커다란 빛 덩어리 같은 것이 눈앞에서 폭발했다.

"아핫, 하, 아!"

아라는 전혀 그녀의 것 같지 않은 목소리로 목을 젖히며 울었다. 여성이 멋대로 수축운동을 반복하고, 허리가 활처럼 휘었다.

마치 세상이 산산조각났다가 퍼즐처럼 재조합되는 느낌이었다. 쓰륵 쓰르륵 조용히 우는 풀벌레 소리가 귓가에 살아나고, 쏘아진 조명탄을 본 듯 밝아졌던 시야가 천천히 잦아들며 색을 되찾았다. 그리고 가장 먼저 인식된 색깔은 금빛이었다. 눈앞에서 폭죽놀이처럼 폭발했던 빛 덩어리의 잔영이 아련한 꽃비가 되어 내리는 가운데, 선명한 금빛만이 그녀의 세상을 채웠다.

모든 게 꿈과는 비교도 되지 않았다. 그와 섹스를 하는 꿈이 생생하긴 했지만 그래도 어디까지나 제삼자라는 느낌이 강했는데, 현실에서는 모든 전율스러운 감각이 그녀의 것이었다.

그것은 루카 역시 마찬가지였다. 종종 꾸는, 그녀를 온전히 가지는 꿈. 선연하긴 했어도 꿈은 결국 꿈일 뿐이었다. 박동 치는 맥박이나 녹을 듯이 뜨거운 여성, 다스한 피부는 꿈속에서 느낄 수 없었다. 그것은 오로지 이 현실에만 존재하는 것이었다.

루카는 그녀의 귓불을 입으로 애무하며 한쪽 허벅지를 들어 올렸다. 그리고 엉덩이 아래쪽에서부터 오금까지 느릿하게 쓸자, 흠칫 긴장하는 근육이 느껴졌다. 이미 축축하게 젖어 있는 곳은 습윤한 열기를 내뿜고, 그의 손길이 다가오려 할 때마다 희미하게 떨렸다.

루카는 아라의 귓불에서 입을 떼고 달콤한 진액(津液)이 배어 나올 것 같은 목소리로 속삭였다.

"부드럽게 해달라고 부탁해 봐."

아라는 잠시 움찔하더니, 그를 끌어당기며 고개를 들었다. 그리고 귀에서 멀지 않은 곳에 얼굴을 멈추고는 나직하게 으르렁거렸다.

"시끄럽게 굴지 말고 하기나 해."

연약한 안쪽 살을 나른하게 쓸던 손이 천천히 그의 벨트로 옮겨갔다.

"그래……?"

묘한 중얼거림과 함께 달칵, 작게 금속이 풀려나는 소리가 들려오고 지익— 내려가는 지퍼 소리가 귓가에 천둥처럼 울려왔다. 아라는 저도 모르게 굵은 침을 삼켰다. 뭔가 부드러운 것 같기도 하고 생소하게 딱딱한 것 같기도 한 감촉이 여성에 와 닿더니, 미끈한 액체를 그 끝에 묻히듯 비벼졌다. 소름이 돋을 정도로 낯선 느낌이었다.

그런데 그때, 장막을 벌리고 서서히 들어차는 듯싶었던 남성이 한 번의 통김과 함께 단번에 끝까지 밀고 들어왔다.

"……!"

상상도 못한 고통에 한껏 입을 벌렸건만, 비명은 튀어나가지 않았다.

그가 다시 거의 끝까지 몸을 잡아 뺐다. 그리고 정신을 차리기도 전에 다시 전혀 배려없는 동작으로 타악, 치고 들어왔다. 새하얀 불꽃이 작렬하는 통증에 아라는 교성과 비명이 섞인 신음을 내지르고 말았다. 그리고 본능적으로 그의 팔을 긁어내리며 멈추게 하려고 했다.

아라는 지금 자신의 몸이 두 갈래로 쪼개졌다고 해도 놀라지 않을 것 같았다. 커다란 물체가 가득 들어찬 안은 한계까지 벌어져 비명을 내질렀고, 여린 처녀막은 거칠게 파고들어 온 무자비한 침략자에 의해 단번에 파괴되어 버렸다.

그가 다시 움직이려는 기색을 보이자 다급한 마음에 덥썩! 그의 팔을 잡고 저도 모르게 애원하는 눈길을 보내고 말았다. 그러자 그가 설핏 웃음을 지었다. 발악하던 패자가 결국 무릎 꿇는 모습을 내려다보는 승자처럼 오만한 웃음이었다.

"말해."

창백하게 질려 루카를 올려다보던 아라는 그의 팔을 하도 세게 쥐고 있느라 피가 통하지 않아 새하얗게 변한 손에 힘을 풀었다. 죽어도 순순히 말해주지 않겠다는 말의 명확한 대변이었다. 그것이 마음에 들지 않았는지 그의 입가에 삐뚜름한 웃음이 그려졌다.

"고집 부려봤자 아프기만 할 텐데."

아라는 이를 꾹 다물고 대답이 없었다. 그러자 그가 지체없이 움직이기 시작했다. 멍 자국이 남을 만큼 그녀의 엉덩이를 강하게 쥐고, 한껏 벌어진 채로도 몹시 좁은 곳으로 거의 짓이기듯 밀고 들어갔다. 충분히 젖어 있음에도 불구하고 뻑뻑한 곳이 거친 남성에 쓸려 울부짖고, 그가 조금만 움직여도 고통에 신음하듯 최대로 조여들었다.

루카는 하체를 밀어붙이며 그녀의 귓속에 속삭였다.

"말해봐, 응?"

또 그, 달콤한 사탕을 든 유괴범 같은 목소리.

"웃기지 마……. 개자식."

여자의 안에 들어간 채 욕을 들어보긴 처음이지만, 지금은 그것마저도 묘한 희열이 되어 척추를 타고 내려갔다.

루카는 낮게 혀를 내찼다. 거의 팽팽한 가죽끈처럼 남성을 조여오는 여성에 이제 참을 수 없는 지경이 된 것은 그의 쪽이었다. 그러나 이 상태로는 서로가 고통스러울 뿐이었다.

고집쟁이가 절대로 지지 않으려 한다면, 한번쯤은 져주는 것도 나쁘지 않을 터.

그는 내부의 깊숙이 몸을 묻고 잠시 멈춘 채 그녀에게 키스했다. 토라진 듯 키스를 받아들이지 않으려는 턱을 잡고 혀를 밀어넣자, 한참 밀어내며 반항하다가도 하체의 상황을 잊으려고 노력하는지 이내 받아들였다. 키스는 점차 진해졌다. 그의 손은 부풀어 있는 젖가슴을 쥐고 천천히 주물렀다. 어르듯 쥐었다 놓고, 손등으로 쓸자 맞닿은 입술 사이로 흐트러지는 숨결이 전해졌다.

어느덧 아라의 몸에도 변화가 오기 시작했다. 가득 들어차 토할 것 같은 기분이 조금씩 잦아드나 싶더니, 그를 밀어내려는 듯 꽉 닫혀 있던 여성이 조금씩 녹아내렸다. 불쾌한 이물감은 어쩔 수 없었지만 그가 가슴을 애무할 때마다 저릿하게 울리는 아랫배를 따라 그 아래도 점차 꽃이 개화하듯 벌어져 갔다. 그러자 그는 가늠하듯 한번 움직여 보았다. 움찔, 하고 떨린 여성이 다급히 남성을 잡았다. 하지만 아까처럼 악에 받친 조임은 아니었고 어쩔 줄 몰라 한다는 말이 맞았다.

그는 한 번 더 움직였다. 합일한 입술 사이에서 누구 것인지 알 수 없는 억눌린 신음이 흘러나왔다. 남성을 감싼 내부는 아까보다 한결 촉촉하고 유연했다. 숨을 쉬듯 풀어졌다 나긋하게 조여 오는데 당해낼 재간이 없었다. 하체는 돌이 들어찬 듯 무지근했고, 그마저도 숨결이 가빠졌다. 그때부터 약간 이성을 잃었던 것 같았다.

격렬한 움직임에 빳빳한 천이 바스락거리며 울고, 거칠게 얽혀들었다 어지럽게 흩어지고, 뒤에서 조명처럼 둘을 비추는 불꽃이 클라이맥스로 향해가는 긴장감을 조성하듯 격렬하게 흔들렸다.

말도 없이 몸짓만 계속된 채 얼마나 지났을까. 타악! 그가 한 손으로 옆을 강하게 짚은 순간, 그녀의 몸속에 있는 물건이 더욱 크게 팽창하는 것이 느껴졌다. 그리고 무섭도록 억눌린 신음과 함께 뜨거운 액체가 안을 그득 채웠다.

침묵의 가운데, 아라는 풀 마라톤을 끝낸 것처럼 헐떡거리며 에블린을 저주했다.

'에블린……. 이런 게 좋다고?'

수치스럽게 벌어진 다리 사이에는 커다란 이물감만이 가득했고, 축축한 느낌은 몹시 불쾌했다. 아랫배는 녹아내릴 것처럼 뜨거웠다. 그것은 절대 긍정적인 감각이 아니었고, 아라는 이런 것을 두고 '황홀경'이라고 표현하는 에블린을 도저히 이해할 수가 없었다.

그때, 그가 몸을 일으키고 그녀의 양 허벅지를 들어 올렸다. 그리고 주르륵 빠져나갔다. 무언가 몹시 질척한 느낌과 함께 안을 꽉 막고 있던 물건이 빠져나가고 허전한 공기가 대신 그 자리를 채웠다. 그 낯선 느낌에 아라는 기운없는 신음 소리를 흘렸다.

그녀의 안에서 빠져나온 루카는 벌어진 다리 사이를 내려다보았다. 한동안 금욕했기 때문인지 풀처럼 끈끈하고 진한 유색의 농축액이 질퍽하게 배어 나오고 있었다. 그가 흩뿌린 흔적이 흘러나오는 여성을 보자, 다시 아랫배에서 불꽃이 튀었다. 불완전하게 연소된 장작불이 한 점의 옅은 바람에도 다시 커다랗게 타오르는 것처럼, 방금 전에 숨을 죽인 남성이 빠르게 활력을 되찾았다.

"다 했으면 비켜."

"턱없이 부족해."

그가 덥석 가슴을 물자 그녀는 거의 자동적으로 고개를 젖히고 신음했다. 여성은 아직 마찰에 의해 욱신거리는데도 가슴에서 전해지는 쾌감은 전혀 줄지 않았다.

세상이 빙글거리며 돌고, 목구멍 끝까지 숨이 차올랐다. 그 감각에 한참 빠져 있을 때, 그가 다시 여성을 벌리고 밀고 들어왔다. 그러자 안에 가득 차 있던 액체가 배어 나오며 길을 윤택하게 만들어주어 삽입이 아까보다 훨씬 수월했다. 하지만 아라는 또 그 불쾌할 감각을 상상하자 가슴에서 전해지는 쾌감에 쉬이 집중할 수가 없었다.

역시 아까와 같은 느낌이 전해져 미간을 찡그리는 찰나, 아래서부터 뭔가 짜릿한 전류가 올라왔다. 아라의 미간에 잡힌 주름이 깊어졌다.

뭔가 아까와는 다른 느낌이 들었다. 그리고 어느 순간, 백열전구의 필라멘트가 나가듯 무언가 팍 하고 감은 눈꺼풀 안에서 터졌다. 몸이 크게 떨리며 저절로 여성이 꽉 조여들었다. 어디선가 바람이 불어오는 것처럼 시원한 느낌이 느껴지고, 여성에서 격렬한 전율이 일었다.

번쩍 눈을 뜬 아라는 그제야 자신이 정신없이 신음하고 있다는 사실을 깨달았다. 일순 잠시 사라졌던 세상의 소리가 귓속으로 빨려들 듯 돌아오고, 오히려 모든 것이 지나치게 선명하게 인식되기 시작했다. 남자의 무거운 숨결, 자신의 양옆을 짚고 있는 손, 안을 들락거리는 거물, 흔들리는 몸, 멀리서 박명(薄明)이 이는 소리……

"아, 아하, 하, 아……!"

아라는 옆에 아름드리나무처럼 든든하게 버티고 있는 그의 팔을 쥐어뜯을 듯이 쥐고 교성을 터트렸다.

도대체 뭐가 뭔지 알 수가 없었다. 아까는 그리도 불쾌할 뿐이었는데, 지금은 여태까지 단 한 번도 느껴보지 못했던 감각의 소용돌이에 정신을 차릴 수가 없었다.

아까 어떤 임계점을 넘었을 때 다른 생물로 변하기라도 한 것인지, 이곳에 아라 바이어스는 없었다. 남자가 움직이는 대로 교성을 울리고 자연스럽게 그 허리에 다리를 감는 여자가 존재할 뿐이었다. 그리고 화악― 하고 절정에 치달은 순간, 여태 그녀가 알던 세상의 패러다임이 하얗게 지워졌다. 반쯤 들린 몸이 한껏 휘고, 몸속에서 씨앗이 폭발하는 듯한 감각이 손끝까지 몸 구석구석으로 퍼져 나갔다.

소리가 사라지고, 색채가 희게 바래고, 모든 존재가 사라졌다.

크게 눈을 뜬 아라는 활짝 열린 동공으로 마치 천국과 같은 세계를 보았다. 마치 빛의 폭우가 쏟아지는 가운데 오팔 빛의 꽃잎들이 하늘하늘 떠다니는 그 새하얀 세계에는 절망도, 비명도, 무섭고 고통스러운 것은 그 어떤 것도 없었다. 그저 단단히 봉오리를 다물고 있던 꽃이 만개하는 것과 같은 환희밖에 없었다. 그 세계가 어떤 이름으로 불리는지 따위는 아무래도 좋았다. 천천히 전율스러운 감각이 잦아들며 천차만별의 색채가 소용돌이치듯 돌아오기 시작하자, 아라는 안온한 어머니의 자궁에서 내쳐지는 태아와 같은 기분으로 신에게 소원하고 말았다.

영원히 이 세계에서 살게 해달라고.

찍.

이상한 소리가 그의 귓가를 간질였다. 그 뒤를 따라 거의 들리지 않도록 낮게 욕지거리를 뇌까리는 소리가 들려왔다. 온몸에 나른하게 감도는 만족스러운 사정의 여운과 잠의 물결에 찰나적으로 아무 생각도 할 수 없었던 그는 번쩍 눈을 떴다.

아주 잠깐 잠들었을 뿐인데, 옆자리가 비어 있었다. 바닥에 흩어진 옷가지는 그의 것뿐이었고, 저편의 소파에 놓여 있던 가방조차 사라져 있었다. 그녀가 이곳에 있었음을 증명하는 것은 저쪽 벽에 깊숙이 박혀 있는 탄환뿐이었다.

그는 당장 소파에서 다리를 돌려 내렸다. 그리고 일어나려고 막 힘을 주는 찰나.

찍.

무언가 물컹하고 밟히는 느낌에 아래를 내려다보자, 이미 누가 한 번 밟았는지 완벽하게 뭉그러진 젖은 담뱃갑이 그의 발아래 곤죽이 되어 있었다. 츳, 혀를 내찬 그는 그것을 뒤로 내차고 몸을 일으켰다. 그리고 완벽하게 벗은 알몸에도 불구하고 조금도 거리낌없이 거실을 가로질러 창가로 다가갔다.

세상의 끝 어디에서인가 희미하게 박명이 밝아오고 있었다. 수평선에 떠오를 듯 말 듯 걸려 있는 태양은 하얗게 밝은 하늘에 붉은 색채를 퍼트리고, 저 멀리 검게 보이는 숲 너머 희뿌연 구름 사이로 스며드는 햇빛은 신의 광휘(光輝)와 같았다. 하지만 그 시린 여명 빛 속에 그가 간밤에 세워두었던 차는 감쪽같이 사라져 있었다. 그는 그 사실을 곱씹기라도 하듯 각 창틀에 손을 대고 차가 없어진 자리를 한동안 빤히 내려다보았다. 마침내 몸을 돌리고, 장작불마저 거의 잦아들어 음산한 한기가 맴돌고 있는 거실을 가볍게 훑어보았다. 그리고 문득 어딘가에 시선이 닿은 순간, 그는 그곳으로 천천히 다가갔다.

몸을 숙여 발치에 떨어진 것을 주워 들자, 파워퍼프걸 열쇠고리가 달린 은색의 열쇠가 희미한 빛에 반짝거렸다. 누구의 것인지는 자명한 일.

그는 그것을 꾹 손안에 움켜쥐었다.

"고작 한두 번으로 만족할 거였으면 여태까지 시간을 낭비하지도 않았어."

베란다의 창문을 밀어올린 아라는 미끄러지듯이 집 안으로 들어갔다. 이쪽 베란다는 가팔라서 인간이라면 올라올 엄두도 못내는 곳이라 종종 창문을 잠그는 걸 깜빡하는데, 오늘만큼은 다행이었다. 열쇠를 잃어버렸는데 창문까지 잠가됐다면 꼼짝없이 이 몸으로 노숙을 해야 할 뻔했으니 말이다.

그나저나 또 물건을 잃어버리다니, 그 남자를 만나고부터는 멀쩡하게 붙어 있는 물건이 없는 것 같았다.

덜썩!

욕실로 들어가 바지를 벗어 던지자, 피와 정액이 범벅된 비릿한 냄새가 확 끼쳐 왔다. 바지는 피로 푹 젖어 있었고, 흘러나온 정액이 뒤섞여 어찌 보면 예쁘기까지 한 분홍색이 가득 번져 있었다. 그러나 절대 보기 좋다고 할 수 없는 모습을 내려다보고 있는 사이에 숨결이 서서히 가빠지기 시작했다. 정신을 차릴 틈도 없이 진행되었던 일들의 플래시백이 해일처럼 밀려왔다.

남자, 여자, 교성, 통증, 쾌락, 환희…….

죄의 무게.

꾹 이마를 짚는 손마저 미미하게 떨려왔다.

그 남자, 콘돔도 쓰지 않았어.

그것이 딱히 문제가 되는 것은 아니었다. 개화하지 않은 암브로시아는 생식 능력도 없으니까. 구조부터 시작해 모든 것이 인간임에도 개화하지 않으면 수명만큼 살 수도 없고, 자손을 퍼트릴 수도 없고, 향기도 가지지 않는 여자, 그것이 암브로시아였다. 성병에 관한 것은 알려진 바가 없지만 이류가 성병을 옮긴다는 말 자체를 들어본 적이 없으니 아마 그것도 논외이리라. 하지만 짐승이 영역 표시를 하는 것처럼 온몸이 미끈한 유백색의 액체로 완전히 젖은 듯이 느껴질 만큼 몇 번이나……. 몇 번이나…….

턱에 각이 튀어나오도록 이를 악다문 아라는 밀려오는 영상들을 한쪽에 밀어놓고 최대한 빨리 몸에 남은 잔여물들을 씻어냈다.

샤워를 마치고 욕실 밖으로 나오자, 서늘한 한기가 흐르는 어둑한 방이 그녀를 반기고 있었다. 밖에서 새어 들어오는 희미한 빛에 가구들이 왠지 모르게 음침한 윤곽을 그리고, 어둠 속에 물건들은 여전히 여기저기 너저분하게 널려 있었다. 마치 폐허처럼.

아라는 그대로 욕실 문에 등을 댄 채 주르륵 주저앉았다.

생각해 보면, 참으로 우스운 일이었다.

처음부터 자신이 바라는 것은 단 하나뿐이었다. 평범한 삶. 자신에게 불친절한 사람 외엔 미워할 것도 없고, 어두운 숲을 필사적으로 내달릴 필요도 없는 그런. 아침에 일어나 밥을 먹고 학교를 가고 친구와 영양가없는 수다를 떠는 것이라면 세상에서 가장 쉬운 일이어야 할 텐데, 그녀에게는 지구를 들어 올리는 것만큼이나 힘든 일이었다. 그리고 하고많은 남자들 중에 하필이면 루카 베르티 같은 남자를 만나는 확률도 그보다 더하면 더했지 결코 덜하진 않을 것이다.

모든 게 자신이 바라는 단 하나, 평범함이라는 것과 너무나 정반대여서 오히려 웃음이 날 지경이었다.

툭…….

무언가가 떨어졌다. 그러고도 한참을 멍하니 앉아 있던 아라는 그제야 자신이 울고 있다는 것을 깨달았다. 흐느낌도 없었다. 그냥 소리없는 무성영화인 듯 툭툭 맑은 액체만 흘러나왔다.

손을 들어 자신의 볼을 짚어보니, 볼을 짚은 손마저 금방 축축하게 젖어들었다. 그 순간 아이러니하게도 아라는 정말 웃고 싶어졌다.

루카 베르티. 만약 라드가 살아 있었다면 당신은 죽은 목숨일 걸.

그녀를 쫓는 것만 해도 어디서 내 딸한테 수작이냐며 멱살을 잡을 라드인데, 이 이야기를 들으면 무덤에서 기어나올지도 몰랐다. 더군다나 척 봐도 그는 라드가 싫어할 타입이었다. 거만하고, 제멋대로고, 비도하고, 냉소적이고, 사랑 따위 코웃음 치며 걷어차 버릴 것 같은 그런 남자…….

왈칵, 울음이 토해져 나왔다.

라드가 죽은 후로는 감정에 북받쳐 운 적이 없었다. 생물학적 반응에 의한 눈물을 제외하면 자신은 울 자격도 없다 생각해서 독하게 흘리지 않았던 눈물. 하지만 한번 흐르기 시작하자, 도저히 멈출 줄을 몰랐다.

통증이 느껴지도록 꽉 다문 입술을 비집고 억눌린 흐느낌이 새었다.

라드, 왜 날 데려가지 않았어. 왜 이런 목숨 따위를 지키려고 당신을 희생한 거야. 이곳은 너무 무서워. 악마들이 거리를 활보하고, 비명과 고통으로만 가득해. 더 이상 이런 곳에서 살고 싶지 않아. 지금 무엇보다 바라는 게 있다면 딱 하나, 아무것도 무섭지 않았고 아무것도 슬플 게 없었던 당신의 품에서 영원히 함께 잠들고 싶어.

제4장
폭음(爆音)

1

끈질기게 울리는 벨소리…….

귓속으로 스며들기 시작한 음악을 인식한 아라는 미간을 꿈틀거렸다. 몸이 무겁고 눈꺼풀이 천 근 같았다. 그래도 끊이지 않고 주목을 요하는 벨소리에 일어나 보려 했지만, 끈끈한 수마(睡魔)의 손은 쉬이 그녀를 놓아주지 않았다.

거실의 카펫 위에 누워 이불도 없이 자고 있었던 아라는 힘겹게 몸을 뒤집어 엎드렸다. 허리가 엄청난 통증을 호소하고 있었다. 과격한 운동 후에 밤새 딱딱한 바닥에 누워 불편하게 잔 탓인지 제대로 눕기도 힘들 지경이었다. 하지만 어디선가 벨소리는 '받아! 받아! 이래도 안 받아?'라는 듯 계속해서 집요하게 울리고 있었다.

아라는 왠지 지금 전화한 사람이 누구인지 알 것 같았다. 도저히 일어나기가 힘들어 무시할까 싶었지만, 그렇게 사라졌으니 계속 전화해 대는 것도 무리는 아니었다. 그래서 거의 기다시피 방을 가로질러 가 바닥에 떨어져 있는 재킷의 안주머니에서 핸드폰을 꺼내 들었다.

[아라!!]

터져 나오는 고함에 아라는 엎드려 누운 채로 핸드폰을 저 멀리 떨어트렸다.

[무사해? 너 무사한 거야?]

아라는 팔을 끌어당겨 핸드폰을 다시 귓가에 대었다.

"아마도……."

허리가 두 조각 난 것 같은 것만 빼면.

[목소리가 완전히 맛이 갔잖아!]

"에블린 네가 날 팔아넘겼잖아……."

[그건 그 자식이 내 마법을 무효화시켜 버려서 어쩔 수 없었다고!]

아라는 어지러운 머리카락을 쓸어 올리며 무성의하게 되물었다.

"무효화?"

[그래, 그 남자 마법까지 쓰더라.]

정신이 번쩍 드는 느낌이었다. 아라는 얼른 눈을 떴다.

"하지만 뱀파이어가 어떻게……."

[그러니까 반은 인간이라는 거지. 귀신처럼 나타나서 내 마법을 무효화시키고 널 불러내라 할 때는 진짜 섬뜩하던데. 얘, 그 남자 진짜 어딘가 모자라거나 좀 과한 것 같더라. 너 하나 잡으려

고 그런 짓까지 한다니? 하여간 넌 어떻게 됐어? 무사히 도망친 거야?]

아라는 바닥에 팔꿈치를 댄 손으로 머리카락을 쓸어 올렸다. 그리고 천연덕스럽게 대답했다.

"응."

거짓말은 아니었다. 어쨌든 어디 하나 부러진 곳 없이 멀쩡하니까. 끊어지기 직전의 고무줄 같은 허리를 제외하면.

[아, 머리 아파.]

그런데 에블린은 그 소식이 그다지 반갑지 않은 모양이었다.

"왜?"

[생각해 봐. 무사히 도망쳤다니 다행이지만 널 또 놓쳤으니 그 남자, 다음엔 무슨 짓을 하겠어? 이젠 특수부대를 동원한다고 해도 놀라지 않을 것 같아.]

아라의 입가에 비틀린 웃음이 그려졌다.

"걱정 마."

[무슨 뾰족한 수라도 있어?]

"아니."

[그럼 뭘 믿고…….]

"이젠 쫓아오지 않을 테니까."

아라가 너무나도 단호하게 말했기 때문일까? 핸드폰 너머에서는 잠시 말이 없었다.

[자, 정리해 보자. 그 남자, 약 한 달간 널 찾겠다고 사방을 죄쓸고 다녔어. 어떻게 알았는지 미하엘을 찾겠다고 FBI 요원들에게 미행을 붙이고, 호텔을 뒤져서 결국 널 찾아냈지. 놓치자 다음

엔 부대를 동원해서 날 찾아내고, 그리고 날 이용해서 널 불러냈어. 그 과정에서 친히 복잡한 무효화 마법까지 쓰셨지. 오로지 '너' 하나 찾겠다고 말이야. 그런데 이제 쫓아오지 않는다? 넌 아홉 번 찍은 나무가 쓰러지지 않는다고 한 번 더 안 찍어볼 것 같니? 난 아홉 번 찍은 게 아까워서라도 끝까지 찍어볼 것 같은데?]

에블린은 수다스럽고 가끔은 가볍지만, 항상 맞음직한 말만을 했다. 하지만 그런 에블린이라고 모든 걸 알고 있으란 법은 없었다. 그리고 언제나 맞으리라는 법도.

"그거야 흥미가 있을 때의 이야기지."

[도박에 빠지지 않은 이상 그 남자가 최근 너만큼 흥미를 가지고 있는 건 없을걸.]

허리가 좀 진정된 아라는 자리에서 일어나 부엌으로 가며 통화를 계속했다.

"불이라는 건 타오르면 꺼지는 법이야."

[그러니까 초가삼간 다 태우고도 활활 타오를 것 같은 그 불을 어떻게 끄느냔 말이지. 이래서 집요한 남자랑은 눈도 마주치지 말아야 해. 잘못 코 꿰이면 그대로 보쌈당해 호적 파이고 인생 종치는 거라니까.]

조용히 강한 흉포함이 섹시하다며 난리쳤던 사람은 어디 갔는지 알 수 없는 노릇이었다.

냉장고에서 물을 꺼낸 아라는 핸드폰을 턱과 어깨 사이에 끼고 컵에 물을 따랐다. 그리고 이가 시리도록 찬 물을 한꺼번에 쭉 들이켰다.

"이미 꺼졌을걸."

핸드폰 너머에서는 한참 말이 없었다.

[너…… 그 남자랑 무슨 일 있었지?]

"없었어."

아라는 다시 냉장고에 물을 넣고 거실로 돌아가며 가타부타 군말 없이 짧게 대답했다.

[나, 아무래도 파란 요정을 찾아가 피노키오에게 걸었던 마법을 배워와야 할 것 같다. 아라 바이어스가 거짓말할 때마다 코 길어지라고 마법 걸게.]

"마음대로 해. 하지만 정말 아무 일도 없었어."

에블린의 말대로 섹스가 별거든가? '무슨 일' 축에도 속할 수 없는, 가벼운 부딪힘일 뿐이었다.

[너 목소리에서 어제보다 약 2배 정도 더 독기가 묻어 나오는 건 알고 있니?]

"그럼 그 남자 이야기를 밝고 화사한 목소리로 할 거라고 생각하기라도 했단 말이야?"

[뭐, 그런 건 아니지만…….]

"하여간 아무 일 없었으니까 나중에 통화해."

아라는 일방적으로 삑, 통화종료 버튼을 눌러 버렸다. 그리고 덜컹, 단단하게 걸어 잠가놨던 창문을 열었다. 그러자 햇빛이 환한 대낮임에도 불구하고 겨울이 다 가지 않은 계절인 탓에 시린 공기가 밀려들어 왔다.

아라는 팔짱을 끼고 비스듬히 창가에 몸을 기대었다. 그리고 인적이 드문 거리의 메마른 풍경을 응시했다.

햇빛은 여전히 밝고, 공기는 차갑고, 그녀는 혼자였다.

에블린은 핸드폰을 황당하게 내려다보았다. 그리고 가출한 어이를 찾듯 한참 그렇게 있다가, 이미 끊긴 핸드폰에다 대고 중얼거렸다.

"아라 바이어스 너 재수없는 건 알았지만 오늘은 정말 제대로다. 진짜 확 루카 베르티한테 팔아넘기는 수가 있어."

그럴 생각도 없으면서 괜히 중얼거리고 난 에블린은 휙 핸드폰을 내던졌다. 그리고 소파 위로 덜썩 몸을 누였다. 그러기를 한참. 갑자기 부스스하게 몸을 일으키더니, 테이블 위에 놓여 있는 자신의 핸드백을 뚫어져라 바라보았다. 그러다가 첨예한 마음의 갈등 후에야 핸드백 안에서 검은 핸드폰을 꺼내 들었다.

슬라이드를 열고 전화번호부로 들어가니 있는 번호라고는 딱 하나뿐이었다.

2번, 딕헤드.

그녀는 그 이름을 눈이 아플 때까지 쳐다보았다.

그 이름에 저장되어 있는 메일주소를 보니, RichardrobinL이었다.

소파 위에 무릎을 모으고 앉은 에블린은 액정을 보며 문득 멍하니 중얼거렸다.

"미들네임, 콘돔이 아니었네."

처음에는 둘이 같다고 생각했다. 그리고 미들네임이 콘돔인 그라면 깊어질 걱정 없이 가볍게 놀 수 있는 상대라고 생각했다. 하지만 터무니없는 착각이었다. 어렸을 때야 그도 젊은 치기로 좀 과격하게 놀았을지 모르겠으나, 결국 그들은 뿌리부터 다른 존재였다.

마녀와 인간.

몰락한 영혼과 재탄생한 영혼.

입맛이 딱 떨어진 에블린은 핸드폰을 탁자 위에 던져 버렸다.

"뭐, 다시 볼 것도 아닌데."

그리 중얼거린 후 찹쌀떡처럼 퍼져 있기를 잠시, 무심코 자신의 팔목을 쳐다보곤 퉁기듯 자리에서 일어나고 말았다.

"이런 젠장!"

에블린은 당장 루카의 핸드폰을 낚아채 들었다.

"나 진짜 요즘 뇌에 나사 하나 빼먹고 다니는 거 아냐? 무효화마법에 걸린 걸 어떻게 깜빡하고 있니! 정말!"

가감없이 2번을 누르려던 손이 순간 멈칫, 했다.

여기서 정리를 해보자면 그녀는 루카의 연락처를 몰랐다. 그의 핸드폰이 손에 있긴 하지만 그에게 연결이 되지 않는다면 무용지물일 뿐. 그에게 연락할 수 있는 방법이라고는 이 핸드폰에 든 유일한 연락처인 단축키 2번뿐이었다. 하지만 그건……

햄릿이 죽느냐 사느냐를 이토록 고민했을까. 스님들이 열반에들기 위해 이토록 마음을 비웠을까. 학교의 왕자님에게 데이트신청을 하는 열여섯 살짜리 소녀의 가슴이 이토록 설레었을까.

에블린은 크게 심호흡을 한 뒤 꾸욱, 2번 단축키를 눌렀다. 그리고 의지와 상관없이 왠지 모르게 두근거리는 가슴으로 잠시 신호가 가는 것을 듣고 있었다. 상대는 얼마 지나지 않아 전화를 받았다.

[리처드 레인스터입니다.]

다소 사무적인 말투의 나직한 목소리가 흘러나왔을 때, 자동적으로 등허리를 흐르는 전율에 에블린은 살짝 몸을 떨었다. 하지만 그 덕에 더욱 단호히 결심하고 조금 냉랭하게 들리기까지 하는 목소리를 내었다.

"에블린 몽고메리예요."

[예. 루카가 아직 핸드폰을 돌려받지 못했다고 했으니 미스 몽고메리이실 거라 예상했습니다.]

저번과 다르게 정중하게 전화를 받은 이유가 그 때문인 모양이었다.

"그 말은 좀 이상하군요. 거의 떠맡다시피 한 건데 돌려받지 못했다니, 그건 꼭 제가 뺏어간 것 같잖아요?"

[그렇게 들렸다면 사과드리죠.]

오만한 그녀의 어조에 비해 리처드의 목소리에는 설핏 웃음이 섞여 있었다. 그 또한 그녀의 등허리에 묘한 전율을 전달했다.

"다름이 아니라, 미스터 베르티와 통화를 좀 하고 싶은데요."

그 남자를 정중하게 미스터 베르티라고 칭하려니 혀가 뒤틀리는 기분이라 에블린은 토할 것 같은 표정으로 말했다. 이럴 때는 참으로 화상 전화의 대중화를 반대하고 싶어진다고 해야 할까.

[루카와 말입니까?]

리처드는 조금 미묘한 어조로 되물었다.

"예."

다른 사람에게라면 '꾸물대지 말고 당장 바꿔!' 하고 고함을 내질렀겠지만, 지금 에블린은 매우 조신하고 싶은 기분이었다. 결코 전화하는 상대가 리처드라서 그런 것은 아니었다. 단지 그러고 싶은 기분일 뿐이었다.

[잠시만 기다려 주십시오.]

잠깐 음질이 멀어지더니 멀리서 리처드가 '왜 널 찾는 거냐?'
라고, 기분 탓인지 조금 날카로운 어조로 묻는 게 들리고ー그는
루카가 어떤 극악한 짓을 했는지 모르는 모양이었다ー굵직한 목소리
가 들려왔다.

[무슨 볼일이지. 마녀.]

"이봐. 다 놀았으면 어질러 둔 장난감은 깨끗이 치우라고 어머
니께서 알려주지 않으셨어?"

에블린은 있는 힘껏 성질을 억누르고 최대한 차분한 목소리를
내었다. 그런데 갑자기 전화가 다시 리처드에게로 넘어가는 게
아닌가? 핸드폰을 그에게 던졌는지 둔탁한 소리가 들려왔다.

[미스 몽고메리.]

"뭐죠?"

이건 또 무슨 짓인가 싶어 에블린은 날카로운 어조로 물었다.

[음, 무슨 일이신지 모르겠지만 저라도 괜찮으시다면 용건
을…….]

그때, 너머에서 루카가 '치매에 걸린 퇴물 마녀는 상대할 생각
이 없다고 똑바로 전해' 라고 말하는 게 들려왔다. 그리고 드디어,
그녀의 머리 뚜껑이 날아갔다.

"당장 그 자식 바꿔!"

거의 사자후를 방불케 하는 목소리로 외치고 나자, 기분 탓인
지 '풋……' 하고 웃는 것 같은 소리가 들리고 다시 핸드폰이 루
카에게로 넘어갔다. 그걸 느낀 에블린은 루카가 뭐라고 입술도

떼기 전에 숨도 쉬지 않고 한꺼번에 말을 쏟아냈다.

"야! 이 빌어먹을 자식아! 네가 그러고도 인간의 자식이니! 아무리 반은 빌어먹을 흡혈귀라고 해도 그렇지, 최소한 사람의 형태를 타고났으면 양심은 있어야 할 거 아니니, 양심은! 왜? 심장까지 빌어먹을 근육으로 꽉꽉 차 있어서 양심이 들어갈 자리가 없니? 오냐, 그래서 좋겠다. 당장 이 빌어먹을 무효화 마법을 풀지 않으면 네 가운데 다리를 잘라서 포르말린에 담가 버리겠어! 그리고 보기 드문 하프 뱀파이어의 그거라고 본부의 본관에 장식해 놓고 자자손손 물려줄 줄 알아! 못할 거라고 생각하면 큰 오산이야. 마녀가 괜히 마녀가 아니거든. 알겠어?"

[……]

"알아들었냐고!"

그녀의 유일한 문제점인 다혈질—솔직히 말하자면 입이 걸기로 유명한 해군조차 울려 보낼 수 있는 입버릇도 문제이긴 하지만—덕분에 짜증을 가득 담아 소리쳤는데, 정작 들려온 목소리는 루카의 것이 아니었다.

[음, 미스 몽고메리? 죄송하지만 아직 넘겨주기 전입니다.]

에블린은 못살겠다는 듯이 이마를 짚었다. 그리고 어차피 이렇게 된 거 거의 자포자기 식으로 외쳤다.

"어차피 다 들렸을 테니 루카 베르티한테 알아들었냐고 전해요!"

[그러도록 하죠. 그런데 실례가 아니라면 한마디만 해도 되겠습니까?]

당장 전신의 근육이 뻣뻣하게 경직되었지만, 그녀는 어떻게든 태연한 목소리를 낼 수 있었다.

"뭐요?"

[특별한 이유가 있으신 건지는 모르겠습니다만 '빌어먹을'이라는 단어를 너무 자주 쓰시는 것 같군요. 다양성을 추구해 보시는 것도 좋지 않겠습니까?]

에블린은 안도도 아니고 황당함도 아니고 어쩌면 둘 다일 수도 있는 한숨을 내쉬었다. 아라가 왜 항상 리처드를 '외계인'이라고 불렀는지 조금 알 것 같은 순간이었다.

"당신, 바보죠?"

[음, 잘 숨겼다고 생각했는데 결국 들통났군요.]

그의 너스레에 에블린은 전혀 웃을 기분이 아님에도 피식 웃고 말았다.

루카는 눈을 가늘게 떴다. 갑자기 뜬금없는 이야기를 하나 싶더니 어느새 마녀와 넉살도 좋게 대화를 하고 있는 리처드 때문이었다. 대화의 내용은 별 시답잖은 것들이었지만, 이미 그가 옆에 있다는 것조차 잊고 있는 모양이었다. 지금까지 해왔던 짓만 해도 미래의 아내에게 면목이 없다며 헐겁던 벨트를 졸라매고 여자들과 최대한 거리를 두던 녀석이었는데, 지금은 그런 것도 다 잊은 것 같았다. 소파의 등받이에 느긋하게 등을 기대고 가끔씩 웃어가며 대화하는 모습이 기민한 그의 눈치에 탁 걸려왔다.

'그런 여자가 취향이었나.'

아니, 확실히 그 가슴 사이즈는 거부하기 힘들 터.

의외로 루카 자신은 그다지 여자의 가슴 사이즈에 집착하는 타입이 아니었지만, 리처드는 전혀 그렇지 않을 것 같은 얼굴로 지나치게 거유를 좋아하는 경향이 있었다. 남자는 어쩔 수 없이 남자라는 것이리라.

아무튼 루카는 리처드가 전화에 온 정신이 팔려 있는 사이 테이블 위에 올려져 있는 체스판 위의 말을 움직였다. 그 주변은 펼쳐진 노트북과 신문, 서류들로 때 아닌 전쟁통을 이루고 있었다.

그때 세바스찬이 나타나 요 몇 시간 동안 30분 간격으로 하던 대로 루카의 재떨이를 비워주었다. 하지만 제 차례의 체스 말을 옮겨놓은 루카는 보고 있는 서류에서 시선조차 들어보지 않았다. 그리고 마침 리처드가 에블린과의 대화에서 뭔가 우스웠는지 쿡쿡 웃으며 체스 말을 옮겼다. 그도 세바스찬의 존재에 대해서는 딱히 인식하고 있지 않았다.

세바스찬은 풍경을 조용히 훑어보았다.

햇빛이 나른한 오후, 우아한 저택, 세공이 섬세한 테이블 위에 예술품이라는 말이 더 어울리는 앤티크 찻잔 세트, 고가의 만년필, 특별히 제작된 대리석 체스, 바스락거리는 종이 냄새.

그는 레인스터 가의 모든 폭풍이 끝나고 고용되었기 때문에 그전의 시절은 잘 알지 못하지만, 이곳은 한때 피비린내 나는 전쟁터였다는 것이 믿기지 않을 정도로 언제나 고요하고 여유로운 공기로 가득했다. 마치 시간이 멈춘 것처럼, 바깥세상에는 없는 평화가 있었던 것이다. 이런 곳에서 일할 수 있다는 것은 늘그막에 얻은 행운이었고, 이곳에 사는 두 친구는 그다지 살갑지는 않지만……

아, 물론 두 남자는 서로에게 '친구'라는 개념을 아예 대입조차 못하고 있는 것 같았다. 리처드는 루카를 두고 '흠, 도라에몽 같은 놈?'이라고 했고, 루카는 리처드를 두고 '딕헤드'라고 일축했을 뿐이었으나, 그리 말할 수 있다는 것 자체가 이미 서로에 대한 신뢰가 있기 때문이 아닌가ー 하고 세바스찬은 생각했다.

"왜 웃는 거지?"

문득 상념에서 깨어난 세바스찬은 루카를 바라보았다.

"제가 웃고 있었습니까?"

이런저런 생각들에 자기도 모르게 입가에 웃음을 머금고 있었던 모양이다. 하지만 루카는 대답없이 그냥 고개를 돌리더니, 발로 테이블의 다리를 툭 쳤다.

"딕헤드, 그만 떠들어."

리처드는 '응?' 하고 돌아보더니, 그제야 루카의 존재를 떠올린 듯 '아아' 하는 소리를 내었다. 그리고 에블린에게 말했다.

"제가 너무 시간을 잡아먹은 것 같군요."

그러더니 잠시 침묵했다. 드물게도 뭔가 말할까 말까 고민하는 눈치였다.

루카는 살짝 미간을 찌푸렸다.

설마 마녀에게 데이트 신청이라도 할 셈은 아니겠지.

딱히 선입견은 없지만 마녀에 스트리퍼라면 그다지 얽혀서 좋을 것도 없었다. 멍청한 놈이 머리만 차가워서 그 어떤 여자에게서도 인간적인 호감 이상은 느끼지 못하더니 난데없이 마녀라니……. 인간 여자로는 만족할 수 없다는 건가. 마녀의 장점이라고는 장점인지 단점인지 알 수 없는 가슴 사이즈와 그 여자의 지인이라는 것 정도…….

그 순간, 루카의 머릿속에 무언가 번뜩 스쳤다.

그는 당장 자리에서 일어나 리처드의 손에서 핸드폰을 뺏어 들었다.

"어이?"

부지불식간에 손이 휑해진 리처드가 황당하다는 듯 불렀지만, 루카는 깨끗이 무시했다.

"마녀."

[뭐야?]

세바스찬은 '숙녀분을 마녀라고 부르다니 예의가 아니지 않은가' 라고 생각했지만 별말 없이 자리를 떴다.

"마법을 풀어주지."

[당연하지! 내가 뭣 때문에 직접 전화하는 수고까지 했다고 생각하는…….]

딕헤드와 시시덕거린 주제에 말을 잘한다고 생각했지만 루카는 에블린이 말을 끝내기 전에 덧붙였다.

"그 여자의 이름을 알려준다면."

[뭔 소리야? 아라를 말하는 거라면 이미 알고 있잖아?]

"풀 네임."

앞뒤 다 잘라내고 단도직입적으로 이야기하자, 에블린은 그제야 침묵했다. 이름은 그렇다 쳐도 풀 네임까지 알려주는 건 이야기가 다르다는 점을 인지하고 있는 듯.

"애먼 짓 하지 않는다는 약속은 지킨 걸로 알고 있는데?"

루카는 '약속' 이라는 단어를 일부러 강조했다. 어쨌든 먹긴 했지만 불사를 탐한 건 아니었으니까. 그럼에도 에블린은 선뜻 대답하지 않았다. 마법은 풀어야겠고, 아라를 노출시킬 순 없고, 많이도 갈등이 되는 모양이었다. 하지만 그건 그녀의 사정이지, 인내심이 그다지 지긋하지 못한 루카는 더 붙들고 늘어질 생각이 없었다.

"마법 없는 나머지 인생도 살 만하길 빌어주지."

그리고 가감없이 끊으려는 순간이었다.

[자, 잠깐! 이…… 이……!]

에블린은 치아를 몽땅 가루로 만들어 버리려는 것처럼 득득 갈아댔다.

[뭐 어디서 이런 빌어, 아니, 먹다 남은 개뼈다귀 같은 자식이 튀어나와서는!]

"마법을 쓰지 못한 하루가 살 만했나 보군."

[그걸 말이라고! 아후! 진짜! 너! 실없는 말 하는 거 아니니까 똑똑히 들어! 암브로시아는 적은 수로 살아남아야 했기 때문에 동족에게 해를 가한 놈은 '절대' 용서하지 않아. 남녀상열지사 이상의 짓거리를 하면 네가 제아무리 대단한 헤테로시스라고 해도 그 목, 무사할 수 없을 거라는 거 명심해. 이건 사심을 떠난 충고야. 네가 불사를 탐하는 순간 넌 우리 조직이 지옥 끝까지라도 쫓아갈 '사냥감'이 될 테니까. 아라만 봐도 알겠지만 그 여자들이 좀 독하거든.]

가소로운 충고였지만 아라는 물론이고 마녀 역시 그에게 이런 말을 할 수 있다는 것 자체에 어느 정도 점수를 줘야 할 것 같았다. 그래서 루카는 흔치 않게 순순히 대답해 주었다.

"명심하지."

에블린은 조금 더 침묵하더니 크게 심호흡하고 마침내 입을 열었다.

[바이어스. 아라, 거트루드 바이어스.]

완전히 한국인이라고 생각하고 있었는데, 예상 밖에도 이쪽의 성이었다. 그런데 바이어스라……. 이름마저 어딘지 전투적이었다.

아라. 거트루드. 바이어스.

하지만 루카는 그 이름이 무척 마음에 들었다. 전투적이고 사납되 또한 꽃처럼 여린 이름이.

그 찰나, 루카는 아주 태연히 통화를 끊어버렸다. 그리고 핸드폰의 전원을 끈 후, 리처드에게 돌려주지 않고 자신의 주머니에 넣었다.

"그거 내 거다만?"

그 모습을 본 리처드가 황당함을 숨기지 않고 말했다.

"며칠간 맡아두지."

리처드는 빤히 루카를 쳐다보았다. 어차피 사업용 핸드폰은 따로 있고 대부분의 전화는 그쪽으로 오니 별로 상관없긴 했지만…….

"그 마법인지 뭔지는 안 풀어줘?"

"이용 가치가 있는 건 끝까지 쥐고 있는 편이 좋으니까."

칭찬해 주고 싶을 만큼 참으로 훌륭한―혹은 악덕의―사업가다운 사고방식이었지만, 리처드는 이리 중얼거릴 수밖에 없었다.

"너 진짜 치사하다……."

그 시각 에블린은 다시 연결되지 않는 핸드폰에 벽을 치며 불을 뿜고 있었다.

2

품 안 가득 쇼핑한 물건들을 든 아라는 발로 현관문을 열고 들어갔다. 그리고 건물주에게 말해 새로 받은 열쇠를 신발장 위에 내려놓고, 봉지들은 부엌의 식탁 위에 내려놓았다.

주변을 둘러보니, 그제 마음먹고 대청소를 한 덕분에 눈길이 닿는 그녀의 집은 상당히 깨끗해져 있었다. 내친김에 오늘은 유통기한이 넘어간 음식들을 다 버린 탓에 썰렁해진 냉장고와 찬장을 채울 겸 쇼핑도 거하게 해왔다. 그리고 나니 뭔가 어지럽던 일상이 정리된 느낌이라 기분이 좀 나아지는 것 같았다.

아라는 후드 카디건을 벗으며 거실로 들어갔다. 그리고 무심결에 앞을 바라본 순간, 과장 하나 보태지 않고 일순 심장 마비가 올 뻔했다.

"여, 여기서 뭐 하는 거야!"

사람이 이렇게 놀랄 수도 있을까? 하긴, 놀랄 수도 있었다. 자신의 거실에 들어왔는데 정면으로 보이는 소파에 루카 베르티가 앉아 있다면.

이 남자는 그냥 정상적으로는 나타날 수 없는 건가?

하지만 제집처럼 편하게 앉아 있는 루카는 대답하지 않았다. 그저 아라의 얼굴에 똑바로 시선을 못 박고 있을 따름이었다.

갈망하던 먹이를 눈앞에 둔 맹수 같은 눈빛에 아라는 늘 그렇듯 꼼짝도 할 수 없었다. 그저 그대로 빳빳하게 굳은 채 적을 가늠하듯 조심히 그를 훑어보았다.

오늘 그는 가벼운 청바지에 흰 와이셔츠를 입고 있었다. 며칠 전과 사뭇 느낌이 달랐다. 아니, 볼 때마다 다른 스타일인 것 같았지만 딱 하나 변하지 않은 게 있다면, 역시 거북할 정도로 강렬한 남성미였다. 그녀를 한껏 감싸 안던 몸이나 허스키하게 갈라지던 음성, 강인한 손…….

그 찰나, 아라는 어떠한 깨달음과 함께 흠칫 몸이 굳었다.

총이 어디 있지?

뱀파이어는 낮에 나타나지 않기 때문에 가끔은 휴대하는 걸 깜빡하는 편이었다. 암브로시아의 적이 뱀파이어만은 아니긴 하나, 대개의 이류는 그녀가 어떤 존재인지 느낄 수조차 없기 때문이었다.

물론 루카 베르티는 단 한 번도 뱀파이어적인 의미에서 그녀를 해하려고 한 적은 없었다. 하지만 만약 그의 마음이 변한다면? 그는 믿을 수 있는 존재가 아니었다.

"여긴…… 어떻게 들어온 거지?"

아라가 극도의 경계 태세로 물은 질문에 루카는 턱짓으로 옆의 전화기 테이블을 가리켰다. 의아하게 그쪽을 보자, 그곳에 며칠 전에 잃어버렸던 열쇠가 놓여 있었다.

아라는 신음하고 싶은 것을 겨우 참았다. 혹시나 하긴 했지만, 역시 그가 잃어버린 키를 주워갔던 모양이다.

"……."

한동안 침묵하던 아라는 이내 슥 몸에 힘을 풀었다. 그리고 경계했던 것이 거짓말처럼 자연스럽게 그의 앞에 다가가 섰다. 푸른 시선이 말없이 그녀를 응시했다. 그 앞에, 아라는 후드 카디건 아래 받쳐 입고 있던 티셔츠를 휙 벗어 올렸다.

"원하는 게 이거지?"

뜻밖의 행동에도 조금도 놀라지 않은 푸른 시선이 천천히 그녀의 몸을 타고 내려갔다. 거친 동작에 살짝 흐트러진 머리, 연한 낮달의 빛에 솜털이 희미하게 빛나는 턱, 태연한 척해도 그의 시선이 닿자 크게 오르내리는 가슴, 매끄러운 배…….

그가 움직이는 것을 느끼지도 못했건만 갑자기 손목이 우악스레 휘어 잡혀 끌어당겨졌다.

"……!"

다음 순간 그녀는 소파에 깊숙이 묻힌 채 남자에게 잡아먹힐 듯이 키스당하고 있었다.

그의 혀는 항상 그렇듯 그녀의 입속에서 더없이 선정적으로 움직였다. 입안을 속속들이 맛보고, 입술을 핥으며 깨물었다. 그에 아라는 얼핏 그가 입술을 핥거나 깨무는 행위를 좋아한다는 사실을 깨달았다.

아주 조금 입술을 뗀 그는 큭, 하고 짧고 굵게 웃었다.

"내가 뭘 원하는지 넌 상상도 못해."

목덜미에 뜨겁고 촉촉한 감촉이 와 닿았다. 그리고 그가 한 움큼 깨물 듯이 이를 세웠다.

순간 그 행위가 왠지 뱀파이어가 흡혈을 할 때 같아 아라는 등골이 섬뜩해졌다. 하지만 모순적이게도 금지된 행위에 대한 쾌감이 혈관을 타고 흐르는 걸 막을 수가 없었다. 그에 더욱 섬뜩해져 고개를 돌리며 벗어나려 했지만, 그는 오히려 그녀의 얼굴을 고정하고 돋아난 뼈대와 보일 리 없는 혈관을 피부 위로 덧그렸다.

하지 말라는 말이 혀끝에 걸렸지만, 아라는 힘겹게 말을 삼켰다. 하지 말라고 했다가는, 남이 싫다고 하면 더욱 삐딱하게 나가는 게 거의 확실시되는 그의 성격상 그녀가 파랗게 질릴 때까지 목덜미를 괴롭힐 것 같아서였다. 그러자 얼마 지나지 않아 그가 목덜미를 해방하고 좀 더 아래로 내려갔다. 안도감이 드는 것도 잠시, 그가 가슴의 둔덕에 입술을 문지르자 온몸에 소름이 일어났다.

그의 손짓에 따라 밀려오고, 밀려 나가는 쾌락의 파도.

때로는 그 굴곡이 너무나 커서, 아라는 종종 숨조차 쉬기가 힘들었다. 마음은 조금도 가지 않는 남자에게 이토록 성적으로 강하게 반응할 수 있는 건지, 남자란 생물을 한 번도 그런 식으로 본 적이 없었던 그녀는 몹시 혼란스러웠다.

내 어딘가가 잘못된 걸까. 아니면 이 남자가 어떤 여자나 그렇게 느끼도록 만드는 걸까.

"하지만 저항을 하지 않는 건 조금 뜻밖이군. 웬일로 순순하지?"

아라가 잔약한 숨만 몰아쉬며 가만히 있자 뜻밖이었는지 그가 속삭여 물었다. 아라는 천천히, 조금 아래 있는 그와 시선을 마주했다.

"아낄 필요가 없잖아? 이제 처녀도 아닌걸."

그리고 알고 있었다. 그가 한 번은 더 쫓아오리라는 걸.

비록 에블린에게는 그가 이미 식었을 거라 말했지만, 어느덧 깨어난 여자의 감이었을까. 자신을 향한 그의 욕망이 아직 완전히 연소되지 않았다는 사실을 어렴풋이 감지하고 있었다. 단지 전혀 예상하지 못한 때에 예상하지 못한 곳에 나타나 놀랐던 것뿐, 생각해 보니 집을 찾아낸 것도 그다지 놀랍지는 않았다. 게다가 그가 다시 오리라는 예상이 명중한 탓인지 가슴의 깊은 곳 이면에서는 묘한 승리감까지 들었다.

거기에 쐐기를 박듯, 아라는 누가 가르쳐 준 것도 아닌데 본능적으로 그의 허리에 천천히 한쪽 다리를 감았다. 그리고 어느새 허스키하게 낮아진 목소리로 속삭였다.

"그리고 당신이랑 하는 거, 나쁘지 않았거든."

솔직히 말하자면 좋았는지, 나빴는지, 가늠할 겨를 같은 거 없었고 지금도 어느 쪽이었는지는 불확실했다. 그저 감당할 수 없을 만큼 거대하고 격렬했다는 느낌뿐이었다. 하지만 그로 인해 한 가지 알게 된 게 있다면, 이 남자를 지배하는 방법을 알 것 같다는 점이었다.

이제 막 처녀딱지를 뗀 여자의 어설픈 술수 앞에 무릎을 꿇을 남자는 누가 봐도 아니지만, 영향을 끼친다는 점만은 분명했다.

그렇지 않다면, 맞닿은 몸이 이토록 뜨거울 수 없을 테니까.

"하지만……."

아라는 천천히 말하며 어느새 소파의 쿠션 밑에 넣었던 손을 슥 들어 올렸다. 조용한 남자의 시선이 거기에 들린, 작되 치명적인 검은 야수를 보았다.

"총은 가지고 있겠어."

아라는 보란 듯이 입술을 끌어올려 웃었다.

"당신을 믿을 거라고 생각하는 건 아니겠지?"

한참이나 뚫어져라 바라보던 루카는 문득 손끝으로 그녀의 볼을 쓰다듬었다. 간지러운 느낌에 아라는 살짝 눈을 찡그렸다.

"왜일까."

그는 독백하듯 읊조렸다.

"쫓는 건 나일 텐데도, 가끔 너한테 쫓기는 것 같은 기분이 드는 건."

"무슨……."

반문하려 했지만, 그가 다시 그녀의 입술을 소유했다. 금세 아득히 세상이 멀어져 가고, 팔이 저절로 그의 목에 감겼다.

아라는 본능에 프로그래밍되어 있는 행동인 듯 그의 뒷목에서 등으로 손을 미끄러트렸다. 그녀가 손에 쥔 차가운 금속이 느껴질 텐데도 남자는 멈추지 않았고, 얇은 옷감 너머로 나태의 흔적이라고는 조금도 보이지 않는 촘촘한 근육들이 살아 움직이는 듯한 감촉이 느껴졌다.

이 몸이 보여주었던 그 새하얀 세계…….

그 어떤 절망이나 고통도 없이 그저 환희로운 감각만이 가득

했던 그 세계를 다시 한 번 보고 싶다는 열망이 발아하는 씨앗처럼 가슴의 밑바닥에 태동하고 있음을, 아라는 부정할 수 없었다.

내게 또 한 번 그 세계를 보여줘.

어차피 찰나의 환몽(幻夢)일 뿐이니까 지금만이라도…….

마치 그 마음속의 소리를 들은 것처럼 어느 순간에 그가 몸을 일으키자, 그 팔 안에 안긴 그녀의 몸이 훌쩍 공중으로 떠올랐다. 부유하는 느낌에 놀란 아라가 반사적으로 입술을 떼려고 했지만, 그는 놓아주지 않았다. 그대로 안고 선 채 좀 더 키스한 후에야 그녀의 입술을 핥으며 놓아주었다. 그리고 작게 할딱거리는 매끄러운 등을 손바닥으로 천천히 문질렀다.

속삭임은 입술 위에서 느껴졌다.

"주는 음식은 감사히 먹도록 하지. 천천히…… 음미하면서……."

침실은 어둡고 안락했다. 닫힌 블라인드 사이로 우련히 잦아드는 한낮의 햇빛이 침대 위에 가는 줄무늬를 그리고 있을 뿐, 모든 것이 검은 실루엣으로만 보였다. 그것이 색색대는 숨소리와 희미하게 옷자락이 스치는 소리를 더욱 극대화시켰다. 그 가운데 남자는 팔에 안고 온 그녀를 뜻밖에도 조심히 침대 위에 내려놓았다. 그리고 보란 듯이 그녀의 앞에 서서 와이셔츠를 벗었다.

왜 아름답다는 생각이 들어버리고 마는 걸까.

아라가 말없이 쳐다보고만 있자, 그가 그녀의 쪽으로 다가와 슥 손을 뻗었다. 하지만 잠깐 넋을 놓은 채로 있었던 아라는 그가 다가오는 것만으로도 놀라 흠칫하며 몸을 물리고 말았다. 그러자 그가 왠지 모를 선득함과 전율을 전달하는 목소리로 그녀를 불렀다.

"아라."

그 누구에게도 무릎 꿇는 일이 없을 것 같은 위험한 짐승.

그렇기에 더욱 무릎 꿇려보고 싶은, 기이한 지배욕과 정복욕이 가슴속에 꿈틀거렸다. 그것은 헌터로서의 본능이었을까. 아니면 오만한 여자의 본능이었을까.

아라는 천천히 다리를 꼬아 한쪽 발을 그에게로 가까이하고, 충동적으로 말했다.

"벗겨줘."

묵직한 침묵이 떨어져 내렸다. 주어는 없었지만, 아직 신고 있는 운동화를 벗겨달라고 한 말임을 알아챈 것이리라.

아라는 그에게서 아지랑이처럼 흘러나오는 기운이 좀 더 짙어진 것 같다고 느꼈지만, 공포심이 들기는커녕 오히려 아찔한 스릴을 맛보듯 짜릿했다.

길들여지기 직전의 호랑이를 눈앞에 두고 있는 조련사가 이런 기분이었을까?

그는 예상과 달리 차갑게 일갈하는 대신 말없이 몸을 숙였고, 한쪽 운동화를 벗겨주었다. 하지만 아라는 그가 나머지 운동화를 벗기는 사이에 발을 흔들어 다른 쪽 운동화를 멀리 던져 버렸다. 그리고 한 발로 그의 어깨를 딛고, 단단한 목덜미를 복숭아 뼈로 천천히 문질렀다. 그동안 아라는 차분한 눈에 푸른 불꽃같은 이글거림이 더해지는 과정을 하나도 빠짐없이 목격했다.

그것만으로도 숨이 가빠져 왔지만, 아라는 그를 내려다보는 오만한 눈길을 잃지 않았다. 그리고 말했다.

"키스해."

그에게로 발을 내밀며.

"발에."

둘은 시간의 흐름을 잊은 것처럼 꼼짝도 하지 않고 서로를 응시했고, 그 시선의 사이에서 오간 것은 가히 보이지 않는 전쟁이었다.

아니, 그들의 관계는 항상 전쟁이었다. 피가 튀고 살점이 날지 않을 뿐, 쫓고, 쫓기고, 지배하고, 지배당하고, 무너트리고, 무너지고, 하루의 끝에는 지쳐서 다른 일은 할 수 없을 정도로 치열했다. 그리고 이 또한 짧으나마 우위를 선점하기 위한 전쟁이었다.

그래, 사는 것 자체가 전쟁인 그녀에게는 더없이 어울리는 관계가 아닌가.

"싫으면 말고."

말은 그렇게 했지만 아라는 전혀 발을 뺄 생각이 없어 보였다. 똑바로 그를 마주한 시선도 선택을 제시하는 말과 달리 그란 남자에게 '명령'하고 있었다.

이번에 사냥감은 내가 아냐.

당신이야.

그러니 내 말에 복종해.

눈에서 눈으로 전해지는 그 메시지를 분명히 알아들었으리라. 섬뜩하게 깊어지는 푸른 눈을 보고 있으려니 아라는 이대로 발이 물어 뜯긴다 해도 놀랍지 않을 것 같았다. 하지만 신기하게도 전혀 두렵지 않았다. 이 남자를 정복할 수 있다는 자신감, 그것이 지금 그녀를 지배하고 있었다.

시선을 마주한 채 억겁이라도 지난 것 같았다. 그가 천천히 움직이나 싶더니, 자신의 어깨에 올려져 있는 발을 손안에 들었다. 옷자락이 스치는 소리가 팽팽한 침묵의 가운데 어느 때보다 선명하게 들려왔다.

마침내 놀라울 정도로 따뜻하고 촉촉한 감촉이 발등에 닿았을 때, 아라는 절정에 올랐을 때와도 같은 쾌감을 느꼈다. 먹이사슬의 최상층에 있는 남자가 하인처럼 한쪽 무릎을 꿇고 그녀의 발에 입 맞추는 장면은, 죽는 날까지 잊히지 않으리라.

그런데 뜻밖에도 그는 그 모욕적이고 비굴한 행위에서 기쁨이라도 찾는 사람처럼 조용히 발등에 입술을 댄 채로 움직이지 않았다. 분명 노예 같은 모습이 꼴사나워 보여야 할 텐데, 빛이 훑어가는 그는 경건하기까지 했다.

불공평할 정도로, 아름다웠다.

문득 피식— 하고 웃는 소리의 진동이 허벅지에서 느껴졌을 때에야 아라는 번뜩 정신을 차렸다. 그가 발에서 종아리를 타고 올라와 허벅지에 도착하는 과정을 쭉 보고 있었으면서도 그제야 그가 무얼 하고 있는지 인식된 것이다.

"마냥 어린 줄로만 알았더니 남자를 제 뜻대로 움직이게 할 줄도 아는군."

그녀의 반응을 기다리듯 흘긋 올려다보며 단단한 이로 허벅다리의 연약한 살을 깨물고 지나치게 선정적인 놀림으로 핥는 광경에 볼이 화끈 붉어졌다.

"어, 어디까지 올라오는 거야!"

"키스하라고 하지 않았나?"

담담한 대답에 볼이 더 붉게 달아올랐다.

"발에 하라고 했어."

"글쎄……."

허벅지를 쥔 그의 손이 묘하게 살결을 훑었다.

"어차피 하려고 했으니 크게 다를 것은 없지."

그 말을 끝으로 뜨거운 입김이 보호막 없이 드러난 여성에 와 닿았다. 그리고 촉촉이 젖어든 그곳을 성찬이라도 맛보듯 덥석 깨물었다. 이를 뭉툭하게 세워 아프지는 않았지만 그녀에게는 세상이 위아래로 뒤집힌 것과 같은 충격이었다. 하지만 입을 열어 저항의 말을 내뱉을 틈도 없이 강한 두 손으로 허벅지를 휙, 들어 올리더니 본격적으로 맛보기 시작했다.

"아흑!"

누군가의 입이 닿으리라고는 생각지도 못했던 곳에서 느껴지는 생경한 감각에 아라는 그제야 무서워지기 시작했다.

"하지 마……."

마지막에 끌 듯이 사라지는 목소리는 전혀 설득력이 없었고, 그는 듣는 척도 하지 않았다. 이내 아라는 침대에 등을 대고 누운 채 파르르 떨며 신음할 뿐이었다. 하지만 그는 그것으로도 충분하지 않은 모양인지 그녀의 오금을 잡고 가장 민감한 부분을 햇살 아래 한껏 드러내었다. 그리고 만족스러운 듯이 젖은 소리까지 내며 먹어치우고, 잔약하게 떨리는 허벅지 살을 세게 깨물었다.

"읏!"

확 번져 가는 통증에 얼핏 의식이 돌아왔다. 그에 힘겹게 시선을 내려보았을 때, 아라는 세상에서 이렇게까지 야한 장면을 본 적이 없었다. 부옇게 흐려진 눈으로 바라본 그의 입가는 뜨겁고 습한 곳을 집요하게 핥고 난 탓인지 몹시 붉어져 있었는데, 자신의 창백한 피부에 더욱 대비되어 보이는 붉은 혀와 입술이 마치 피라도 한가득 머금고 있는 것 같았다. 그 입이 먹어치우듯이 허벅지를 핥고 깨무는 모습이 너무나 퇴폐적이어서, 정신이 아찔할 지경이었다.

"다리를 더 벌려."

그럼에도 지중해의 푸름을 떠올리게 하는 그의 눈동자 속에는 인어가 살고 있었다. 각도에 따라 조금씩 다른 색깔로 비치는 홍채의 색깔 탓인지, 그것처럼 다채롭게 반짝이는 비늘을 지닌 인어가 그 속에서 천천히 헤엄치고 있는 것 같은 환영을 불러일으켰다. 그리고 그 인어는 로렐라이의 노래를 불렀다. 뱃사람들이 암초에 부딪힌 배가 가라앉는 줄도 모르고 몽환경(夢幻境)에 빠져들던 황홀한 유혹의 노래를…….

그 유혹의 노랫소리에 취해 여자는 홀린 듯이 다리를 벌렸다. 물론 그러면 치부를 완전히 그의 앞에 드러내 놓은 자세가 되어버리는 걸, 알고는 있었다. 하지만 어떤 비이상적인 욕망까지 더해져 여자는 다리를 오므리지 못했다.

그것은 선악과를 따먹고 얻은 원죄(原罪)인 수치심을 잃은 여자의 배덕한 쾌감이었고, 가장 여린 곳을 활짝 드러내 놓은 짐승의 도착적인 환희였다.

"음란하군. 이렇게 젖어서⋯⋯."

음란한 짐승은 그녀에게로 다가오는 남자를 안으며 길게 목을 젖히고 신음했다.

3

그녀는 문득 잠에서 깨어났다. 무엇이 자신의 잠을 깨웠는지 몰라 한참을 멍하니 누워 있는데, 갑자기 주마등처럼 모든 일들이 빠르게 스쳐 지나갔다.

아라는 번쩍 몸을 일으켰다. 자신은 햇빛이 환한 침실에 홀로 누워 있었고, 알몸이었다. 보는 사람도 없는데 깜짝 놀라 이불로 몸을 가리고 다시 주변을 둘러보자, 그는 보이지 않았다.

돌아간…… 건가?

아라는 한밤에 혼자 악몽에서 깨어난 어린아이처럼 이불을 온몸에 둘둘 말고 비척비척 침대에서 내려왔다. 발이 땅에 닿자 젤리처럼 흐물흐물한 무릎을 타고 약한 전율이 올라왔다.

억눌린 신음이 흘러나왔다.

그 남자, 세 번이나 했어…….

자신은 얼마나 절정에 올랐는지 숫자도 세기 힘들었다. 감당하기 힘든 거대한 해일의 정상에 수없이 올라갔다가 또 수없이 밀려 내려온 느낌이었다. 그가 간밤에 단 한순간도 놓아주지 않고 지분거린 살은 정말 짓물러 버리기라도 한 것 같았고, 다리 사이는 사라진 것만 같았다.

숨결이 섞이고, 살갗이 마찰하고, 교성이 퍼져 나갔다. 그리고 상상도 못한 자세로 그를 받아들였던 그림이 플래시백처럼 밀려오자 침대를 짚고 있는 손이 희미하게 떨려왔다.

아라는 생각을 떨쳐 내려는 듯 고개를 내저었다. 그때, 낮은 목소리가 들려왔다.

"깼나?"

아라는 번쩍 고개를 들었다.

그는 침실의 문가에 서 있었다. 그녀가 자는 동안 샤워를 했는지 약간 물기를 머금은 금발이 이마 위로 흐트러져 있었다.

"샤워하고 나와. 점심 먹으러 가지."

아라는 잠깐 말을 잊었다.

"잠깐. 설마…… 나랑 사이좋게 점심이라도 먹을 생각은 아니겠지."

"왜, 안 되나?"

조심스레 의향을 묻는, 지극히 평범한 남자 같은 톤이었다면 얼마나 좋았을까. 하지만 그의 톤은 그래서 싫으냐는 오만함일 뿐이었다.

"체하게 할 셈이야?"

"잘 체하는 체질인가?"

아라도 또 한 번 말을 잊었다.

일부러 하는 말일까, 아니면 모르고 하는 말일까.

"유머 감각도 참 훌륭하시군."

자동적으로 비릿하기 그지없는 빈정거림이 튀어나왔다.

"그 말버릇은 마녀한테 배웠나?"

막 대답하려고 입을 열었던 아라는 그냥 다시 다물었다. 평범하게 만난 사이인 것처럼 그와 주거니 받거니 대화를 하는 게 우습게 느껴졌기 때문이다.

아라는 그런 자신에게 한심함을 느끼며 뻐근한 몸을 일으켰다. 그런데 발치에 둘둘 말려 있는 시트로 대충 몸을 말고 바닥을 딛자마자 다리가 무너질 것처럼 후들거려 왔다. 늑대인간의 정력이 좋다는 우스갯소리는 들었어도 뱀파이어의 정력에 대해서는 들은 기억이 없는데, 역시 인간이 아니긴 한 모양이었다.

"밖에서 먹는 거 별로 안 좋아해. 그리고 할 일이 있으니까 이만 가줬으면 좋겠어."

루카는 일어서는 그녀의 등을 보며 눈을 가늘게 떴다.

이틀 전까지만 해도 처녀였고 그와도 두 번밖에—날짜로 따지면—하지 않았건만 그녀는 아주 많은 남자를 상대해 온 여자처럼 굴고 있었다. 그도 처녀를 대하는 것치고는 좀 심하게 한 감이 있었지만, 그녀의 변화는 너무 급진적이었다.

자신과의 섹스가 아무것도 아니었다는 듯이 차갑게 돌아서는 작은 등이 마음에 들지 않았다.

상반신보다 하반신이 더 활발하게 활동하는 XY 성염색체 보유자의 에고(Ego) 같은 게 아니었다. 남자든 여자든 누구에게도 쉬운 상대가 되어준 적은 없지만, 자신의 남성성이 공격을 받으면 견디지 못하는 얼간이 따위는 아니었다. 단지 그녀가 자신에게 등을 보인다는 사실 자체가 거슬렸다.

화가 난다는 편이 맞을까.

그때, 욕실 앞에 선 아라가 뒤를 돌아보더니 그를 얼핏 복잡한 표정으로 바라보았다. 그 얼굴 위로 수천만 가지의 생각이 스쳐 지나갔다. 하지만 곧 냉랭하게 표정을 굳히고 욕실 안으로 모습을 감추었다. 그동안 그는 그녀의 몸을 가린 시트 사이로 언뜻 비치는 발을 강한 목적의식이 담긴 눈으로 주시했다.

그 어느 누가 믿을까. 그란 남자가 여자의 발에 입 맞추며 당장 폭발할 정도로 발기했었다는 걸. 그것도 혹사시킨 탓인지 나이에 비해 조금 거친 듯한 그린 발을. 하지만 투박하고 못생긴 발레리나의 발이 아름다운 것과 같은 의미로 손안에 쏙 들어오는 그 발은 아름다웠다. 너무 작아 애달플 정도였다.

루카는 일단 침실을 나섰다. 그러나 그가 향한 곳은 현관이 아니라, 무슨 생각인지 부엌이었다.

샤워를 끝내고 나온 아라는 버릇대로 칫솔에 치약을 듬뿍 짜서 입안에 물었다. 그리고 멍하니 칫솔질을 하고 있을 때였다. 의미 없이 욕실을 훑던 눈에 문득 낯선 물건이 띄었다. 순간 멍해진 아라는 입안에 거품을 가득 문 채 쓰레기통에 버려진 검은 물건을 한참이나 응시했다. 그러다가 번뜩 그 물건의 정체를 깨달은 찰나, 아라는 입에 칫솔을 물고 있다는 것도 잊고 욕실을 박차고 나갔다.

"우-우움!"

부엌에 서 있는 루카는 의아하게 그녀를 돌아보았다. 아라는 손짓까지 동원해서 무어라 외쳤다.

"움! 우움! 움움!"

루카는 슬쩍 한쪽 눈썹을 추켜들었다.

"그건 무슨 놀이지?"

그제야 아라는 자신이 아직 칫솔을 물고 있다는 사실을 깨닫고 급히 화장실로 돌아갔다. 루카는 그런 그녀를 아주 흥미롭다는 듯이 바라보았다.

화장실로 돌아간 아라는 얼른 치약을 헹궈내고 다시 재빨리 부엌으로 돌아왔다.

"저 흉측한 물건은 뭐야!"

"무슨 말인지 모르겠는데."

"당신이 내 쓰레기통에 버린 물건 말이야!"

아라는 확 팔을 뻗어 화장실 쪽을 가리켰다. 그러자 루카는 약 2초간 자신이 뭘 버렸는지 생각하는 눈치더니, 곧 눈에 깨달음이 스쳤다.

"쓰레기통은 물건을 버리라고 있는 게 아니던가?"

"그건 그렇지만 당신 속옷을 왜 '내' 쓰레기통에 버리느냐고!"

"그럼 어디다 버리라는 거지?"

"그거야 당신이 생각할 일이지! 대체 내가 왜 당신 속옷 따위를 내다 버려야 하⋯⋯."

마지막엔 거의 투덜거림으로 변한 말이 어느 순간부터 흐릿해지더니, 갑자기 든 불안한 생각과 함께 뚝 끊겨 버렸다. 아라는 그의 하반신으로 내려가는 시선을 제어할 수가 없었다.

"설마……. 당신 지금……."

본능이 묻지 말라고 외쳤지만, 이미 말은 그녀의 입을 떠나고 난 뒤였다. 그리고 아라는 그의 눈에 사디즘과 흥미의 불꽃이 튀는 모습을 목격하고 말았다.

"글쎄……. 어느 쪽일까? 굳이 확인해 보고 싶다면 말리진 않아."

아라는 필요 이상 오래 시선이 머물러 있던 곳에서 번쩍 고개를 쳐들었다. 그리고 의도적으로 불쾌함을 담아 확 인상을 일그러트렸다. 하지만 의지와 달리 발갛게 붉어진 볼은 어떻게 할 수 없었다.

저 안에 아무것도 입지 않았든 새 속옷을 입었든…….

"버릴 필요까지는 없잖아."

차마 여기서 '속옷' 이라는 단어를 입에 담을 수가 없어 생략하고 이야기하자, 그는 다시 앞으로 몸을 돌리고 대답했다.

"젖은 속옷을 다시 입는 취미는 없거든."

아라는 볼이 점점 더 달아오르는 것을 느꼈다. 종래에는 볼이 화끈거리다 못해 욱신거리기까지 하는 게, 옷을 벗어보면 거의 가슴까지 붉어져 있지 않을까 싶었다. 하지만 자신의 부엌에 태연하게 서 있는 남자가 저 청바지 아래 아무것도 입지 않았다고 생각하니…….

'그만 생각해!'

이러다가는 머리 뚜껑이라도 날아갈 것 같아 아라는 얼른 자신에게 스탑 사인을 내걸었다.

"변태."

뾰루퉁하게 중얼거리자, 놀랍게도 그에게서 나직이 웃는 소리가 흘러나왔다. 가슴에서부터 흘러나오듯 깊고 풍부한 울림이었다. 몹시 낮은 소리였기 때문에 그냥 웃음이었는지 피식하고 토해내는 소리였는지는 불분명했지만, 진한 음성 탓인지 왠지 듣기 좋은 소리였다는 것만은 부정하기 힘들었다.

"인이 박혔군."

"아닌 것처럼 이야기하지 마. 아니라면 고작 한 번 만난 여자한테 그런 짓을 했을 리가……."

아무 생각 없이 레인스터 저택으로 납치되었던 날에 대해 언급하다가야 그다지 안전한 주제가 아님을 깨달았다. 그래서 어물쩍 말끝을 흘리는데, 그때 루카가 자신의 부엌에 서서 무얼 하고 있는지 눈에 들어왔다.

아라는 미간을 찡그렸다.

"뭘 하고 있는 거야?"

루카는 눈짓으로만 흘긋 돌아보았다. 하지만 꽤 멀찍이 서 있는 아라를 보더니, 별다른 말 없이 다시 앞을 돌아보았다. 그래서 언제 말해주려나 기다리고 있었는데 그는 대답할 생각이 없는 건지 한참이 지나도 묵묵히 제 할 일을 하고 있을 뿐이었다. 그제야 아라는 그에게 대답할 의사가 없다는 걸 깨달았다.

"뭘 하고 있는 거냐니까?"

꿋꿋이 지키고 있던 거리를 어쩔 수 없이 한 걸음 좁히며 묻자, 그제야 그에게서 답변이 돌아왔다.

"밖에서 먹는 거 좋아하지 않는다고 하지 않았나?"

탁 눈을 치켜뜬 아라는 그의 뒷머리를 한번 보았다가, 미간을 좁혔다.

"당신이…… 요리를 한다고?"

"멀쩡히 붙어 있는 손으로 못할 건 없지."

그런 문제가 아니었다. 요리를 하는 루카 베르티라니, 아무리 생각해도 이상하지 않은가? 하지만 그 반대로 요리를 하고 있는 그의 모습이 전혀 이상해 보이지 않아서, 아라는 더욱 놀랐다. 오히려 와이셔츠의 소매를 가볍게 걷어 올리고 부엌에 서 있는 모습이 믿기지 않을 정도로 자연스러웠다.

"뭘…… 만드는 건데?"

이 사실을 어떻게 받아들여야 하는지 알 수 없어, 아라는 조금 주저하며 물었다.

"특별한 건 없어. 재료가 있는 대로 만드는 거니까."

분명 마침 쇼핑을 다녀와서 냉장고가 배부른 상태이긴 했지만, 있는 재료로 도대체 무얼 만들 수 있다는 건지 의아했다. 솔직히 본인도 인정하건대, 그녀의 입맛은 조금 종잡을 수 없는 편이라 남들이 냉장고를 열어보면 '도대체 뭘 먹고사는 거야?'라고 말할 수밖에 없는 재료들만 가득하기 때문이었다. 김치에 아스파라거스, 할라피뇨, 황도 캔, 치즈, 어묵, 샐러리 다발 등등, 도대체 매치가 되지 않는 것들뿐이었다.

그러고 보니 샐러리가 먹고 싶어졌다.

아라는 그와 떨어져 있는 간격을 의식하며 슬금슬금 냉장고 쪽으로 움직였다. 그리고 슬금슬금 샐러리 하나를 씻어 씹어 먹는데, 옆얼굴에 찌를 듯한 시선이 느껴지는 게 아닌가? 당장 울려 퍼지는 적색경보에 아라는 경계가 가득한 눈으로 그를 돌아보았다.

"뭐야?"

그는 냄비에서 물이 끓는 동안 한 손을 싱크대에 댄 채 조금 비스듬한 자세로 아라를 바라보고 있었다. 하지만 다소 캐주얼한 차림과 자세에는 관계없이 그란 존재 자체가 그녀를 움찔하게 만들었다.

"글쎄……."

루카는 싱크대에 대고 있던 손을 떼고 자연스럽게 냄비를 확인하며 덧붙였다.

"인간과 전혀 달라 보이지 않아서, 랄까?"

아라는 문득 자신의 손에 들린, 치아 자국이 선명하게 남아 있는 샐러리를 내려다보았다. 하지만 곧 고개를 들고는, 의식적으로 비웃음을 지어 보였다.

"기대에 부응하지 못했다면 미안하지만 난 인간이야. 보통 인간보다 조금 더 빨리 움직일 수 있는 것뿐이지."

아라 자신이 생각하기에도 '조금 더 빨리'는 아닌 것 같았지만 굳이 언급은 하지 않았다.

"그런 것 같군. 먹어도 불사하지 못한다면 더."

조건반사처럼 '불사'라는 단어에 아라의 허리가 곧추섰다. 그가 불사를 탐했다면 자신은 일찍이 뼈밖에 남지 않은 시체였을 거란 걸 알고는 있지만, 그 단어에 대한 본능적인 반응이었다. 암브로시아는 자신들을 이런 상황으로 고립시킨 '불사'란 단어를 뱀파이어란 이름만큼이나 좋아하지 않으니까.

"그러는 당신이야말로 호적은 있어?"

자기보호본능이 발동한 아라는 거의 시비조로 물었다. 완벽히 이류의 세계에 속해 있는 듯한 그에게 인간 세상의 호적이 있을 거라고는 언감생심 생각도 하지 않았기 때문이다.

"있지."

그래서 그가 그리 대답했을 때, 아라는 눈을 살짝 크게 뜨며 놀라고 말았다.

"있다고?"

냄비를 지켜보고 있는 그의 얼굴은 무표정했다.

"여권이라도 가져와야 하나?"

"그럼 당신에게 국적이 있다는 의미야?"

"있다만."

아라는 주먹 안에 샐러리를 쥔 채 그의 얼굴을 빤히 쳐다보았다. 이제 와서야 깨달았는데, 서양인이라는 것만은 분명하지만 아무리 뜯어봐도 자세한 국적은 알 수가 없었다. 그는 어느 나라인, 어느 지역인, 이런 개념을 아예 초월한 것 같았다. 그렇기 때문에 그에게도 국적이 있다는 사실이 더 의외였던 것이리라.

"이탈리아."

그때, 그가 아라의 생각을 읽기라도 한 듯 대답했다. 아라는 미간을 찌푸렸다.

"안 물어봤어."

루카의 입 끝이 살짝 말려 올라갔다.

"눈이 묻고 있더군."

루카 베르티, 확실히 이탈리아 이름이었다. 그럼…… 태어나길

이탈리아에서 태어난 건가? 부모님 중 인간이었던 쪽이 이탈리아인이었던 건가? 나중에 스스로 취득한 건가? 그런데 왜 난 이런 것들을 궁금해하고 있는 거지? 저 남자는 단지 '루카 베르티'일 뿐인데.

그럼에도 불구하고 아라는 묻고 있었다.

"그럼 루카 베르티가 본명인가 보지?"

"그렇기도 하고 아니기도 하지."

"무슨 의미야?"

"어머니가 준 이름을 의미하는 거라면 아니고, 호적에 등록된 이름이라면 그렇지."

"어머니라면…… 인간? 아니면…….'"

조금 진해진 듯한 공기는 착각이었을까. 그래서 아라는 그가 대답하지 않을 거라 생각했지만, 뜻밖에도 그는 아무렇지 않게 답했다.

"이류였지."

였다…… 고?

그럼 어쨌든 더 이상은 존재하지 않는다는 의미였다. 하지만 그가 헌터인 걸 보면 살아생전에도 사이는 그다지 좋지 않았던 것 같았다. 어쩌면 모자 사이라는 말이 무색하도록 철천지원수였을지도 몰랐다. 그러나 그 모든 걸 떠나, '가족'이라는 이름을 잃는 것은 분명히 힘든 일이었다. 그런 남자가 눈이나 깜빡했을지 의문이었지만, 적어도 아라는 잠깐 동정을 느꼈다.

무엇보다 '가족'이라는 이름의 가치를 모르는 그에게.

"예상 밖이네."

아라는 가볍게 말을 꺼냈다.

"예상 밖?"

"왠지 아버지 쪽이 이류일 것 같았거든."

"어째서?"

"무식하게 큰 당신의 몸이나 거만한 태도나 왠지 딱 아버지를 닮았을 것 같았거든. 아니었다면 당신 아버지께 죄송하지만."

"종족을 떠나서 원래 그런 인간도 많지 않나?"

"당신이 거만하다는 건 인정한다는 말?"

말하며 흘긋 쳐다보자, 악동처럼 씩 웃는 게 아닌가.

"글쎄?"

아라는 멍해졌다. 자신이 본 게 진짜인지 의심스럽기도 하고 그도 저런 표정을 짓는다는 게 신기하기도 해서였다. 그런데 조금 짓궂지만 사심없는 표정에 순간 두근, 했던 것은 착각이었을까.

"당신, 본명이 뭐야?"

그리고 그 질문이 예상치 못하게 불쑥 튀어나왔다. 하지만 말하고 나서야 아라는 그가 본명에 대해 언급한 순간부터 궁금해하고 있었다는 것을 깨달았다. 나랑 무슨 상관이야, 라는 생각에 묻어두었던 게 잠시 흐릿해지며 일순 툭 튀어나온 것이었다. 그러자 그의 표정이 원래대로 돌아갔다. 묵묵하고, 무감동하고, 조금 지루한 듯도 한 표정.

"어머니가 준 이름 말인가?"

"그래."

"도로(D' oro)."

시선이 자동적으로 그의 머리카락을 향해갔다. 단정하게 잘려 있는 독특한 색의 금발은 햇빛에 비칠 때면 가끔 황금을 녹여 만든 실처럼 보이기도 했다.

도로* ― 금빛의.

지독히 그에게 잘 어울리는 이름이라는 생각이 들었다.

"당신에겐 그 이름이 더 어울리는 거 아냐?"

"금발의 아이에게 금색이라는 이름을 지어주는 것만큼 무성의한 것도 없지. 블론드라는 이름과 하등 다를 게 없는걸."

말은 그렇게 해도 이제 와서 별다른 감정이 생기지 않는지 그의 어조는 단조로웠다.

"그런데 나한테조차 이렇게 쉽게 알려줄 거였다면 왜 외계, 아니, 리처드 레인스터에겐 알려주지 않았는지 이해할 수 없는걸."

"묻지 않았으니까."

아라는 황당해졌다.

"묻지 않으면 이야기하지 않는다는 말이야?"

"묻지도 않은 사람을 붙잡고 떠드는 게 더 우습지 않나?"

그건 또 생각해 보면 그렇기도 했다.

"어차피 그 녀석도 내 과거 따위 궁금하지 않을 테니까."

"글쎄? 그거야 당신 생각 아냐? 계속 옆에 있는 사람 사정이 궁금하지 않을 리 없잖아? 물론 불특정 극소수는 그럴지도 모르겠지만 만약 그렇다 해도 그건 궁금하지 않다기보다 신경 쓰지 않는다는 거겠지. 아니면 알아서 말해주길 기다린다던가."

"……."

＊도로:이탈리아 어로 '금빛의', '황금의'

루카는 뭔가, 생각지도 못한 비수에 찔린 기분이었다. 하지만 아라는 자신이 무슨 말을 했는지도 모르는 듯 아무렇지 않게 다음 질문으로 넘어갔다.

"어쨌든 난 물었기 때문에 대답해 주었다는 뜻?"

거기에 대해서는 선뜻 대답하지 않았다. 루카조차 이유를 잘 알 수 없기 때문이었다. 확실히 묻지 않았기 때문에 대답하지 않았다는 건 사실이었지만, 고의적으로 대답하지 않았던 질문도 많았다. 굳이 이야기할 만큼 대단한 과거도 아니거니와, 애초에 나불나불 떠들어대는 것은 성격에 맞지 않았으니까. 특히 어머니에 관한 이야기는 그녀가 죽은 후 거의 처음 입 밖으로 낸다고 해도 좋았다.

딱히 고통스러웠던 것은 아니었다. 그녀는 일찍이 그의 가슴속에서 화석이 되었으니까. 다시 살아날 일이 없고, 통증이 느껴질 리도 없는.

단지 극심한 대인기피증과 우울증, 약간의 정신이상으로 성에서 벗어나는 일이 없었던 그녀를 아는 이가 드물었으므로 이야기할 일이 없었다는 쪽이 맞았다. 그래도 여태 그의 부모 중 누가 이류였는지도 모르는 리처드에 비하면 아라는 확실히 이례적인 케이스였다.

글쎄…… 왜일까?

루카는 물끄러미 아라를 바라보았다.

이런 이야기를 하니 그녀가 따박따박 대답을 해와서일지도 모르고, 그를 동정하는 일 따위는 절대 하지 않을 것 같은 여자여서 그럴지도 몰랐다. 그녀는 그 새까만 눈으로 말갛게 올려다볼 뿐이었다. 동정이나 혐오, 그런 감정은 없었다. 그저 할아버지의 옛날이야기를 들으며 '그래서 다음은요?' 라고 묻는 손녀 같았다. 사실 그러기엔 그 눈이 묘하게 짙었지만…….

블랙홀 같은 눈을 마주하고 있는 동안 뒷생각은 하얗게 날아가버리고 단 하나의 본능밖에 남지 않았다.

눈을 멀쩡히 뜨고 있는데도 그의 안에 잠들어 있는 야수가 나직하게 목을 울리는 것 같았다. 뭔가— 서서히 피가 끓는 기분이었다. 그것은 그로서도 생소한 감각이었다. 반은 인간이기 때문에 혈족의 그 누구보다 내제되어 있는 야수를 잘 제어할 줄 아는 그가—

"뭐야, 왜 그렇게 봐?"

아라도 그것을 느낀 듯 조금 주춤하며 물었다.

"넌 고양이 같군."

루카는 뜬금없이 말했다.

"뭐?"

"눈치를 보며 기웃거리고 뭔가를 흔들면 바로 호기심을 보이는 게."

확실히 그리 느끼긴 했지만, 그보다 지금 그녀는 너무 경계심이 허물어져 있었다. 그에게는 조금 경계를 해주는 편이, 좋았다. 그녀가 조금은 누그러지길 바라면서도 아이러니하지만 천천히 경계를 푸는 그녀를 보고 있자니 그의 안에서도 뭔가, 허물어질 것만 같았다.

예상대로 아라는 그 말이 끝나자마자 기운이 험악해졌다.

"내가 언제 당신 눈치 따월……."

아라는 말을 하다 말고 뚝 끊어버렸다. 그제야 인식되었기 때문이다. 어느새 그와 태연하게 대화하고 있던 자신이.

아라는 거칠게 몸을 돌렸다.

"바보 같아."

그와 이런 말조차 섞고 있는 자신이 정말 바보 같았다. 불과 며칠 전까지만 해도 서로 죽일 듯이 쫓고 쫓기던 이들은 어디로 갔단 말인가?

"면이 불었군."

그녀가 그러거나 말거나 대화하는 동안 퍼져 버린 면을 보며 무심하게 중얼거리는 루카의 모습에 아라는 찌릿 눈을 흘겼다. 그리고 부엌을 나서려는데, 캐비닛으로 손을 뻗는 그의 손목에 감긴 붕대가 문득 그녀의 눈에 들어왔다.

아라는 두 번 생각하지 않고 덥썩! 그의 손목을 잡았다. 그리고 자세히 보기 위해 홱 자신의 쪽으로 끌어당겼다.

"뭐지?"

그녀가 왼손을 끌어당긴 탓에 살짝 몸이 뒤로 틀어진 루카가 물었지만, 아라는 대답하지 않았다. 도저히 이해할 수 없다는 눈으로 그의 손목을 보다가, 가볍게 감긴 붕대를 홱 벗겨냈다. 그러자 드러나는, 쓸리고 찢긴 듯한 상처. 몇 주가 채 지나지 않는 것 같은 상처는 이제야 희미하게 새살이 돋아나고 있었다.

"당신 이거……."

왜 이제야 발견했는지 모르겠지만 분명했다, 그녀가 에블린의 호텔방에서 사용했던 수갑에서 벗어나며 생긴 상처가.

아라는 불가해한 눈으로 루카를 올려다보았다.

"왜 낫지 않았지?"

뱀파이어도 영화처럼 그 자리에서 바로 낫거나 하는 일은 불가능하지만 이 정도 상처라면 생채기에 불과한데…….

"이상한 질문을 하는군. 당연히 난 지 얼마 지나지 않았으니까 그렇지."

"하지만 당신은 하프잖아."

"하프니까."

또 너무 담담하게 대답하는 바람에 아라는 그를 올려다본 채 할 말을 잃고 말았다.

"……."

아라는 일단 그의 손목을 놓고 찬장에서 구급함을 꺼내와 능숙한 솜씨로 다시 붕대를 감아주었다.

"이거, 당신 약점이잖아. 이렇게 쉽게 알려줘도 되는 거야? 일단 찌르면 인간처럼 치명상이라는 건데."

그도 어쨌든 약점이 있는 생물이라는데 안도감이 든 건 사실이었지만.

"상처를 입지 않으면 약점이라고 할 수 없지."

오만한 남자. 상처조차 입지 않을 자신이 있다는 건가.

"그런데 무슨 바람이 불어서 붕대를 다 감아주는 거지?"

"그럼 이미 풀어낸 것으로 다시 묶어줄 순 없잖아."

그의 손은 제 손이 어린아이의 것처럼 느껴질 정도로 컸다. 긴 손가락에 단정한 손톱, 뼈대가 굵고 손금이 선명한 손은 어디로 보나 '남자의 손'이라는 느낌이었다. 그리고 아무리 봐도 인간과 다른 점을 발견할 수 없었다. 이 피부 아래 뱀파이어의 유전자와 인간의 유전자가 DNA의 이중 나선으로 얽혀 있는 모습을 상상하니 왠지 오싹해졌지만, 겉보기는 지극히 인간이었다.

붕대를 다 묶어주고 난 아라는 그의 손을 위로 들어 올리고 관찰하듯이 바라보았다.

"뭘 하는 거지?"

"하프는 처음 보니까. 솔직히 뭐가 같고 뭐가 다른지 모르겠거든."

그때, 슥― 그의 다른 손이 볼을 감싸왔다. 스치는 느낌에 놀란 아라는 홱 그의 얼굴로 시선을 던졌다. 어느새 살짝 몸을 숙이고 있는 그로 인해 얼굴이 예상보다 가까웠다.

"이건, 유혹하는 건가?"

목소리도 약간 낮아져 있었다. 다른 의미에서 오싹해진 아라는 얼른 그의 손목을 놓고 날카로운 시선을 보냈다.

"당신은 모든 게 다 그렇게 보이지?"

"실제로 그러니까."

그의 고개가 내려오고, 미처 피할 틈도 없이 입술이 맞닿았다. 아니, 피하려면 충분히 피할 수 있었지만 몸도 내줬는데 입술이라고 뭐 특별할 게 있나 싶어 저항하지 않았다. 특히 저항 같은 짓을 해서 그를 더 불타오르게 해버린다면 오히려 또 반갑지 않은 상황으로 이어질 수도 있었다. 하고 싶은 대로 하게 내버려 두어야 더 빨리 질려서 떨어져 나가리라.

그런데 언제나처럼 아플 만큼 휘어 감는 키스를 예상했건만, 이번에 그는 뜻밖에도 깃털 같은 입맞춤을 했다. 사납게 파고들어 오지 않았고, 혀가 뽑힐 만큼 빨아올리지도 않았다. 부드럽게 와 닿아 천천히 입술 사이로 혀를 밀어 넣고, 가만히 움직였다. 그 동작이 뜻밖에도 다정해서, 맞닿은 입술이 살짝 떨려왔다.

"─읏."

그리고 그가 조금 강하게 혀를 빤 순간, 입안 가득 느껴지는 쾌락의 맛에 아라는 저도 모르게 입술을 떼고 말았다. 얼굴을 돌리며 그의 어깨를 탁, 밀어내자 그는 웬일로 순순히 떨어졌다. 하지만 어느새 얼굴로 올라온 손은 어르듯이 살결을 어루만지고 있었다. 솜털을 쓸어가듯 볼을 스치는 감촉에 눈두덩이 잔약하게 떨려왔다.

뭔가, 기분이 이상했다.

그를 깊숙이 받아들일 때와는 또 다른 느낌. 또 다른 감각.

뭔가 땅 밑의 새싹이 움트듯 간질간질하고, 어쩌면 조금은 달콤하기도 한……

분위기가 묘하게 농밀해졌을 무렵 그가 엄지손가락으로 그녀의 입술을 애무하듯 훑었다. 그에 의식하지도 못한 새 입술이 살짝 벌어진 찰나였다.

띵─ 동─

불쑥 들려온 벨소리에 손안에 쥐고 있던 유리공을 놓친 듯 둘만의 세계가 팍, 하고 산산조각났다. 번뜩 정신을 차린 아라는 자못 날카롭게 그의 손을 쳐냈다. 그리고 당황한 속마음을 숨기고자 평소보다 냉랭하게 그를 스쳐 지나 현관으로 나갔다. 등 뒤로 따라붙는 그의 시선이 느껴졌지만 애써 신경 쓰지 않는 척했다.

아라는 아까부터 계속 그의 앞에서 경계심이 허물어지는 자신을 질책하며 현관문을 열었다.

"미스 바이어스?"

문 앞에 서 있는 사람은 우체부였다.

"예."

"소포입니다. 사인 부탁드립니다."

소포를 받을 일 따위 없고 실제로 이곳에 사는 동안 한 번도 소포를 받아본 적이 없는 아라는 의아해졌지만 일단 우체부가 내민 파일에 사인을 휘갈겨 주고 소포를 받아 들었다. 그리고 문을 닫은 후 발신자를 확인하기 위해 소포를 내려다보고, 고개를 갸웃했다. 발신자가 전혀 예상치 못한 이름이었기 때문이다.

리처드 레인스터.

'뭐지? 왜 외계인이 나한테 소포를?'

수신자는 분명 아라 바이어스가 맞았다. 소포를 가볍게 흔들어봤지만 뭐가 들었는지 상자 안이 꽉 찬 느낌이 날 뿐, 내용물을 짐작케 하는 소리는 들려오지 않았다.

잠시 이걸 어째야 하나 고민에 빠진 아라는 일단 보관하고 있다가 루카가 간 후에 열어보기로 했다. 부엌에서 소포가 왔다는 말을 들었을 텐데도 아무 말이 없다는 건 리처드가 개인적으로 보낸 물건일 가능성이 높기 때문이었다. 게다가 워낙 속 모를 능구렁이 같은 리처드였으니 무슨 짓을 꾸미고 있는 건지 긴밀히 알아봐야 할 것 같았다. 그래서 아라는 소포를 텅 빈 신발장 안에 넣어놓고 부엌으로 돌아갔다.

요리가 다 되었는지 루카는 마침 파스타가 담긴 접시를 식탁 위에 내려놓고 있었다. 고소한 냄새에 애써 아닌 척했던 허기가 더 강해졌다.

"당신 건?"

아라는 접시가 하나뿐인 걸 보고 물었다.

"난 됐어."

"독이라도 넣은 거 아냐? 아니면 본인이 생각하기에도 차마 입에 대기 힘든 실력이라든지."

보기에야 '실로 놀랍게도' 멀쩡한, 아니, 꽤 맛있어 보이기까지 하는 파스타였지만 진실은 어떨지 모르는 이야기였다. 하지만 루카는 작게 코웃음을 쳤다.

"그 나이에 세상을 참 피곤하게도 사는군."

"상대가 당신이 아니면 나도 이 정도로는 안 해."

그러면서도 아라는 접시가 놓인 자리에 앉았다. 솔직히 그란 남자가 만든 음식이란 게 과연 어떤 맛을 낼지 궁금하기도 했고, 요리의 이응 자도 모르는 주제에 객기를 부린 거라면 실컷 비웃어주기 위해서였다. 그런데 갑자기 그가 한 손으로 탁자를 짚더니, 아라의 머리 위로 은근히 고개를 숙여왔다. 그리고 의도가 다분한 목소리로 속삭였다.

"난 배가 부르거든. 신찬을 먹어서."

신찬. 암브로시아다.

아라는 눈을 흘기기도 지친 듯 고개도 들어보지 않고 포크를 들었다.

"당신의 변태 끼엔 정말 질렸어."

그는 손을 떼고 가더니 식탁의 옆면 자리에 앉았다. 그동안 루카 베르티 표 파스타를 맛본 아라는 인정하기 싫은 사실을 인정해야만 했다.

"먹을 만하네."

솔직히, 맛있었다. 그가 제대로 된 음식을 만들 줄 안다는 게 실로 미스터리였지만, 사실은 사실이었다.

"다행이군."

"당신 같은 사람이 어떻게 요리를 할 줄 아는지 의문인걸."

"나 같은 사람이 어떤 사람이지?"

아라는 포크를 주먹으로 쥐고 그 손으로 볼을 괴었다.

"꼭 말해주길 원해? 안 들어도 어떤 대답이 나올지쯤은 알고 있을 텐데."

"글쎄…… 만들어봤으니 만들 줄 안다는 대답밖에 안 떠오르는군."

"뭐 하러? 삼시 세끼 챙겨줄 메이드들이 있었을 텐데."

"그건 딕헤드와 살면서부터 그런 거니까."

"그럼 그전엔?"

"여기저기 살았지."

새삼스러울 것도 없지만 무성의하기 짝이 없는 대답이었다. 어디에서 살았었냐는 질문에 여기저기라고 대답한다는 건 닥치고 밥이나 먹으라는 뜻과 진배없지 않은가. 하지만 순순히 말을 들을 아라가 아니었다. 뭐든지 하지 말라면 더 하고 싶어지는 법.

"여기저기 어디서 살았다는 건데?"

루카는 아라가 보다가 둔 잡지를 들더니 꼬고 앉은 다리 위에 내려놓고 페이지를 무성의하게 넘기며 대답했다.

"떠돌아다녔다는 편이 맞지. 미국에 온 건 10년 전 정도."

"당신 부모님은?"

"……."

잡지의 페이지를 넘기는 손이 멈추었다. 그래서 아라는 이번에야말로 그가 대답하지 않을 거라고 생각했지만, 그는 다시 페이지를 넘기며 입을 열었다. 하지만 시선은 여전히 아무렇지 않게 잡지를 훑고 있었다.

"아버지는 기억도 나지 않을 만큼 오래전에 죽었고, 어머니도 내가 열다섯 살 때……."

달칵.

그때였다. 그의 귀에 아주 미세한 소리가 거슬려 왔다. 루카는 슥 눈을 흘겨 소리가 들려온 방향을 돌아보았다. 현관 쪽이었다.

"……죽었지."

갑자기 말을 늘이며 차가운 눈으로 현관 쪽을 바라보고 있는 루카의 모습에 의문을 느낀 아라도 따라서 고개를 돌렸다. 하지만 그녀는 그다지 이상한 점을 발견할 수 없었다.

"뭘 보고 있는 거야?"

달칵.

평온한 공기의 흐름. 변화없는 풍경. 그 가운데, 시계의 초침이 가는 듯한 소리가 또 한 번 들려왔다. 하지만 그것은 보통 인간이라면 들을 수 없는 소리였다. 그조차 집중하지 않으면 들을 수 없는 그 아주 미세한 소리는…… 무언가 작동하는 듯한…….

"뭘 보고 있는 거냐니까…… 아?"

눈을 깜빡인 순간, 루카의 팔이 엄청난 속도로 아라의 허리를 낚아챘다. 깜짝 놀라 반항하려는 아라의 눈에 펑! 하는 파열음과 함께 신발장이 폭발에 의해 날아가는 장면이 들어왔다. 신경이

파직 하고 반응하고 시간이 8배속으로 느려진 것만 같았다. 갑작스러운 끌어당김으로 인해 크게 흩날리는 머리카락도, 신발장에서부터 터져 나와 공기를 타고 번져 가는 폭발도, 확 가까워지는 창밖의 풍경도.

그에게 안겨 바람처럼 창문을 빠져나가는 찰나였다.

콰아아앙————!!

엄청난 폭음과 함께 천지가 진동했다.

4

질끈 감았던 눈을 뜨자, 흰 와이셔츠의 칼라가 보였다. 그리고 그 사이로 얼핏 보이는 단단한 근육. 좀 더 시선을 위로 들어본 아라는 흠칫 놀라 고개를 뒤로 뺐다. 사뭇 진지한 눈으로 발밑을 내려다보고 있는 루카의 얼굴이 너무 가까웠기 때문이다.

루카도 그녀를 돌아보았다.

"떨어지고 싶지 않으면 똑바로 잡아."

아라는 어깨 너머로 아래를 내려다보고, 자신이 루카에게 안긴 채 건물 벽에 매달려 있는 상태임을 깨달았다. 더 정확히는 자신의 방이 있는 층보다 몇 층 위의 벽면에 루카가 세로로 난 파이프를 쥐고 돌출된 부분에 발을 짚은 채 무게를 지탱하고 있는 상태였다. 폭발이 일어난 아래에서는 악마의 입김 같은 시꺼먼 연기가 질척한 액체처럼 덩어리진 채 피어오르고 있었고, 불꽃이 교활한 혀를 날름이듯 타닥타닥 타올랐다. 피해를 가늠할 수 없을 정도로 처참한 모습이었다.

하지만 어째서?

어째서 갑자기 폭발이?

만약 루카가 먼저 눈치 채지 못하고 그대로 있었다면…….

섬뜩함이 등줄기를 타고 내렸다. 생명을 노리는 무리나 위험에는 익숙했지만 이만한 위기는 오랜만이었기에 조금만 이성의 끈을 놓으면 그녀를 지배할 것 같은 패닉이 울컥울컥 치밀어왔다.

사람들은? 주민들은?

"먼저 올라가."

불쑥 끼어든 루카의 목소리에 아라는 흠칫 고개를 들었다. 그는 폭발 같은 게 일어난 적이나 있느냐는 듯 무심한 얼굴이었다. 정말 무심도 이 정도면 닮고 싶을 지경이었다.

더 위쪽을 올려다보자, 멀지 않은 옥상이 보이고 덜덜 떨리고 있는 파이프가 눈에 들어왔다. 확실히 그와 자신의 무게를 오래 지탱하긴 무리인 것 같았다. 게다가 잔뜩 녹이 슨 파이프는 그가 어지간히도 세게 잡았는지 이미 반쯤 구겨져 있어 언제 뚝 하고 부러질지 모르는 형상이었다.

"실례해."

아라는 뛰어올라 갈 자세를 잡기 위해 그의 허벅지를 밟고 어깨 위로 올라갔다. 본의는 아니지만 그의 몸을 기어올라 가고 있으려니 어째 묘한 기분이었다. 고목나무에 매달린 매미 같기도 하고 정말 고양이가 된 것 같기도 하고, 나무를 타는 치타 같기도 하고.

아무튼 아라는 그의 어깨를 맨발로 밟고 서서 가벼운 탄력과 함께 훌쩍 옥상의 난간 위로 뛰어올라 갔다. 그리고 옥상에 내려서서 고개를 드는데, 바로 앞에 서 있는 루카를 보고 또 흠칫하고 말았다.

이건, 거의 유령 수준이 아닌가.

하지만 지금 중요한 것은 따로 있었다. 아라는 당장 아래 상황을 확인하러 가기 위해 옥상 문 쪽으로 빠르게 달리기 시작했다.

만약 또 자신 때문에 무고한 사람들이 희생되었다면. 전혀 관계없는 일에 말려들게 했다면.

더 이상 누군가가 자신에게 관계되어 다치는 일은 보고 싶지 않았다. 그런데 문에 막 닿으려는 찰나, 강한 남자의 손이 그녀의 팔뚝을 잡고 홱 돌려세웠다.

"최근에 원한을 샀던 일은?"

남자는 푸르게 끓는 눈으로 물었다. 하지만 그가 몸을 돌려세운 여파로 머리카락이 흐트러진 아라는 그의 손아귀에서 팔을 매섭게 비틀어 빼냈다.

"난 헌터야. 원한을 살 일은 어딜 가나 잔뜩 있어."

그리고 문을 향해 달리려는데, 다시 다가온 손이 그녀의 손목을 쥐고 끌어당겼다.

"뭐 하는 짓이야! 이거 놔!"

"2차 폭발의 가능성도 있어."

"그렇다고 이대로 손 놓고 있으란 거야? 사람들이……!"

새되게 내뱉으려 하자 그의 손이 덥썩, 아라의 입을 막았다.

"폭발의 피해 범위는 정확히 네 방의 사방으로 약 20m 안팎.

그 범위 안에 생체반응은 없었어. 그리고 소리를 잘 들어봐. 이미 화재경보기가 작동하고 대피방송이 나왔다. 계단을 뛰어내려 가는 발걸음 소리가 대략 20명이니 10초 이내에 모두 안전하게 대피할 거다.”

아라는 입이 막힌 채 한참이나 진지한 표정의 그를 올려다보았다. 그가 이렇게 길게 말하는 걸 처음 듣기도 하거니와, 믿을 수 없지만 믿을 수밖에 없음을 알고 있는 내용 때문이기도 했다. 귀를 가만히 기울여 보니 그의 말대로 아래쪽에서 화재경보기 소리가 시끄럽게 울려 퍼지고 있었다.

아라는 거칠게 그의 손을 떼어냈다.

“당신, 사실 안드로이드 아냐?”

루카는 가볍게 제 턱을 쓰다듬었다.

“이게 소설이라면 삼류 반전이겠는걸.”

“농담도 못해?”

“재밌는 농담이군.”

얼마나 재미가 있었는지 그의 표정은 심드렁하기까지 했다.

“어쨌든 최근에 원한을 샀던 일은 뭐가 있지?”

“말했잖아. 원한을 살 일은 잔뜩 있다고.”

“그럼 신발장에 넣어뒀던 건 뭐지?”

“신발장?”

잠깐 의문에 사로잡혔던 아라는 금방 폭발이 자신의 신발장으로부터 터져 나온 것을 기억해 냈다.

“신발장이라면……. 소포.”

“아까 것 말인가?”

"그래. 하지만 그건 리처드 레인스터가 보낸 거였어. 물론 나도 뭘 보냈는지는 확인해 보지 않아서 모르지만……."

일순에 루카의 눈이 날카로워졌다.

"왜 말하지 않았지?"

"내가 누구한테 소포를 받든 당신에게 일일이 보고해야 할 의무는 없어."

루카는 하고 싶은 말이 있는 눈으로 빤히 그녀를 내려다보더니 이내 아무 말 없이 주머니에서 핸드폰을 꺼내 들어 어디론가 전화했다. 그리고 상대편이 전화를 받는 듯하자 인사말 따위 당연하게 생략해 버리고 본론부터 꺼냈다.

"리처드, 아라한테 소포를 보냈나?"

그 질문에 리처드는 무어라 대답했고, 루카는 흘긋 아라를 돌아보았다. 그 눈에 아라는 단번에 소포를 보낸 이가 리처드가 아님을 눈치 챌 수 있었다.

"하지만 발신자는 분명 리처드 레인스터였어. 내가 리처드 레인스터를 안다는 걸 또 다른 누가 알고 있단 말이야?"

루카는 가타부타 설명하는 대신 핸드폰을 아라에게 건넸다. 그에 순순히 받아 들자, 핸드폰 너머로 조금 난감한 기색이 섞인 리처드의 목소리가 들려왔다.

[바이어스 양, 제게 몽유병이 있지 않는 한 바이어스 양에게 소포 같은 걸 보낸 기억은 없습니다만……. 루카가 절 이름으로 부르는 걸 보니 제 이름을 사칭한 소포 때문에 무슨 일이 일어나도 일어난 것 같은데, 무슨 일인지 물어봐도 되겠습니까?]

"정말 당신이 보내지 않았다는 건가요?"

굳이 묻지 않아도 조금만 생각해 보면 그가 자신에게 소포를 보낼 이유가 없음은 누구나 알 수 있었다. 막상 소포를 받았을 때는 그 안에 폭탄이 있는 줄 몰랐으니 막연히 무슨 이유가 있어도 있겠거니 했지만, 리처드에겐 자신의 죽음을 원할 동기도 이유도 인연도 없었다.

아라는 저 먼 산등성이를 바라보았다. 아래쪽에서 사이렌과 혼란의 소리가 번잡하게 얽혀 올라오는 것을 제외하면 그려놓은 듯한 풍경은 무심할 만큼 유유히 펼쳐져 있을 뿐이었다.

"그럼 제가 당신을 알고 있다는 걸 알고 있는 사람이 또 누가 있죠?"

[다섯 손가락 안에 들 거라는 건 자신할 수 있군요.]

아라는 꾹, 어금니를 물었다.

"소포 안에는 폭탄이 들어 있었어요."

잠시 들려오는 것은 침묵뿐이었다. 이내 리처드가 다시 입을 열었을 때, 그의 목소리에는 왠지 모르게 강철을 떠올리게 하는 무게가 느껴졌다.

[간단히 넘길 일은 아니군요. 그 자리에 루카도 있었습니까?]

"있었어요."

인정하긴 싫지만, 루카가 자신의 목숨을 구한 것이나 다름없었다. 만약 자신이 열쇠를 떨어트리지 않았고, 그가 주소를 알아내어 오늘 찾아오지 않았더라면…… 자신의 청력은 그만큼 좋지 못하니 막판에 눈치 채고 피했다 해도 팔이나 다리 하나쯤은 포기했어야 했을지도 몰랐다.

[제 이름을 사칭한 게 누구인지는 모르겠습니다만……]

그때 마침 아라와 루카의 시선이 마주쳤다. 그리고 한 남자는 입으로, 한 남자는 눈으로, 같은 말을 했다.

[그건 도전이로군요.]

아라는 저 멀리 보이는 자신의 아파트를 하염없이 바라보았다. 급히 출동한 소방대원들에 의해 화재가 진압되었는지 지금은 뿌연 연기만이 푸른 하늘로 번져 오르고 있었다. 하지만 이렇게 꽤 멀리 왔음에도 불구하고 그 주변이 얼마나 혼잡스러울지 눈앞에 보일 듯 상상되었다.

"중요한 물건은 없나?"

등 뒤에서 루카가 물었다. 하지만 아라는 뒤돌아보지 않았다.

"글쎄. 굳이 중요하다면 교과서 정도. 어떤 건 한 권에 300불이나 하는 건데."

그녀와 관련된 돈은 전부 예외없이 조직이 지불하지만, 괜한 낭비는 성격에 맞지 않았다.

"그건 중요하다기보다 아까운 것 같은데."

"그러니까 말했잖아. 한 권에 300불이나 한다고."

내용과 달리 무미건조한 어조로 중얼거리듯 말했기 때문이었을까. 어쩐지 등 뒤의 그가 작게 한숨을 내쉬는 것 같았다.

"본명으로 살고 있었다면 분명 경찰의 조사가 들어갈 텐데, 그건 어떻게 할 거지?"

아라는 여전히 뒤돌아보지 않고 멀리 있는 자신의 집을 응시하기만 했다. 마치 숲을 침범한 인간들에 의해 잿더미가 된 제집을 멀리서 멍하니 지켜보는 다람쥐처럼.

"괜찮아. 괜히 내 뒤에 조직이 있는 게 아니니까."

"조직의 힘이라."

"우리 조직은 그래 봬도 꽤 힘이 있는 것 같으니까 말이야."

"잘 모른다는 건가?"

아라는 현장에서 멀어지기 위해 급한 대로 타고 온 그의 차 조수석 문을 닫고 나서야 그를 바라보았다.

"그래. 누차 말하지만 난 조직에 대해서 잘 몰라. 그러니까 나한테서 뭔가 알아내려고 해봤자 헛수고야."

"누차 말하지만 난 네 조직에 관심없어."

그 말투와 목소리가 얼마나 단호했는지, 아라도 그 말이 거짓말일 거라는 의심은 하지 않았다.

"특이해. 리처드 레인스터나 당신이나. 다른 얼간이들은 여자들이 이끄는 조직이라는 것만으로도 한번 건드려 보고 싶어하는데 말이야."

"얼간이가 괜히 얼간이는 아니지."

너무나 태연한 즉답에 아라는 저도 모르게 피식 웃을 뻔했지만, 겨우 웃음을 삼킬 수 있었다. 안 그래도 기고만장한 남자인데 작은 웃음이라도 보였다간 그 콧대가 하늘 높은 줄 모르고 솟아오를지도 모르는 일이었다.

"어쨌든 그럼 이만."

담백하게 인사하고 멀어지려는데, 그가 아직 불붙이지 않은 담배를 삐딱하게 물고 물었다.

"어디로 가려는 거지?"

아라는 흘긋 그를 돌아보았다.

"내가 대답할 거라고 생각해?"

그가 잠시 대답하지 않는 사이 입에 문 담배의 각도가 좀 더 비스듬해졌다.

"나와 함께 있는 편이 좋을 텐데. 네 목숨을 노리는 누군가가 있다는 게 확실해진 이상."

바로 방금 전에 간발의 차로 살아났다는 게 믿기지 않을 만큼 태평한 하늘 아래, 말간 햇빛이 그녀의 해사한 얼굴 위로 쏟아졌다. 그 부스러지는 듯한 햇빛 때문이었을까. 그녀는 왠지 금방이라도 공기 중에 녹아들 것 같은 모습으로 서 있다가 천천히 입을 열었다.

"당신이 있었던 덕분에 목숨을 부지했다는 건 인정하겠어."

목소리는 담담했다.

"하지만 그 폭탄을 보낸 누군가는 내가 리처드 레인스터를 알고 있다는 걸 알고 있었어. 그를 알 정도라면 당연히 당신도 알고 있겠지. 글쎄……. 과연 당신의 옆이 안전하다고 할 수 있을까?"

물론 그는 뱀파이어가 무색할 만큼 강하니까 어떻게든 그녀를 보호해 줄 수 있을지 몰라도 그녀는 이제 마냥 두려움에 떠는 어린 윤아라가 아니었다. 누군가의 보호를 받으며 안도하고자 하기에는, 너무 많은 길을 와버렸다.

"갈 곳은 있나?"

똑바로 그녀를 바라보며 묻는 조용한 물음에 아라는 의식하지 못한 사이에 입꼬리를 끌어올려 설핏 웃고 말았다. 어쩐지 희미한 낮달처럼 애련한 웃음이었다.

"어차피 내가 갈 곳은 열두 살 때부터 없었어."

이내 아라는 타박타박, 흐트러짐도 수그러듦도 없는 당당한 걸음걸이로 멀어져 갔다. 허리는 곧았고 발은 반듯하게 바닥을 밟았다. 돌바닥이 아플 텐데도 전혀 개의치 않고 걸어가는 새하얀 맨발이 어쩐지 눈에 시리게 와 박혔다.

루카는 불붙이지 않은 담배를 손가락으로 뚝, 부러트려 버렸다. 또 무언가가 마음에 들지 않았다. 그것도 굉장히.

콰앙!

"제길!"

남자는 분이 풀리지 않는 듯 온 힘을 다해 탁자를 내려쳤다. 그러자 두꺼운 원목 탁자가 몇백 킬로그램짜리 중량의 해머로 내려친 것처럼 한번에 쩍, 소리를 내며 갈라졌다. 남자가 인간이 아니라는 명백한 증거였다.

"실패하다니!"

남자, 아담 개리슨은 사납게 콧김을 뿜어내며 씩씩거렸다. 그여자 헌터 때문에 이런 곳에 몇 달째 박혀 있어야 했고 오랫동안 쌓아온 모든 게 무너진 공든 탑이 되었으니 분노에 자다가도 벌떡벌떡 일어날 지경이었다. 물론 그것엔 빌어먹을 루카 베르티와 리처드 레인스터의 탓이 가장 컸다. 그러나 그라도 두 남자는 조금 버거운 상대였다. 그렇다고 언제까지고 그대로 둘 생각은 아니었으나, 지금 처리할 우선순위는 비교적 쉬운 여자 헌터였다. 하지만 보기 좋게 실패하고 말았다.

리처드 레인스터의 이름을 사칭한 소포 안에 든 폭탄이라면 확실할 거라 믿었는데, 폭발의 순간 탈출했다니……. 대체 어떻게 그런 속도가 가능했던 것인지, 뱀파이어인 그마저 도저히 이해하기 힘들었다.

아담은 초조한 듯 까득, 손톱을 깨물었다.

그러고 보니 그 여자 헌터의 정체는 대체 무엇일까? 그때 라스베이거스의 클럽 '더 애플'에서 우연히 목격했던 장면만 봐도 그 여자 헌터가 인간이 아니라는 것만은 확실했지만, 그런 생물은 본 적도 없었다.

"진정해."

그때, 불현듯 등 뒤에서 여자의 목소리가 들려왔다. 휙 몸을 돌린 아담은 잇새로 말을 짓씹었다.

"성공할 거라고 호언장담했던 쪽은 너였어."

여자는 짙은 어둠이 길게 꼬리를 드리우고 있는 벽 쪽에 서 있었다. 하지만 그 덕분에 여자의 얼굴이 자세히 보이지 않았다. 단지 계절에 맞지 않는 여름 원피스를 입고 있는 늘씬한 몸매가 보일 뿐.

어둠 속의 여자는 입꼬리를 길게 늘어트려 씩, 하고 웃었다.

"계산 착오였어. 거기에 도로가 있을 줄은 몰랐거든."

왜인지 이 여자는 그의 앞에 난데없이 나타났을 때부터 루카베르티를 도로라는 낯선 이름으로 불렀다. 그에 아는 사이인 것 같아 관계를 물어도 야릇하게 웃을 뿐이고, 아쉬워 우물을 파는 쪽은 이쪽이니 억지로 대답하게 만들 수도 없었다. 사실 두 사람의 관계 따위 어때도 좋았기 때문에 더 이상 물고 늘어지지 않은 것도 있었다.

"그럼 루카 베르티가 그 여자 헌터를 탈출시켰단 말인가?"

여자는 가볍게 뒷짐을 진 채 대답했다.

"응. 그런 것 같아."

어딘지 천진하기까지 한 어조였다.

"요즘 도로가 이상하게 그 여자한테 관심을 가지고 있는 것 같거든. 원래부터 무슨 생각을 하는지 알 수 없는 남자였지만 최근엔 더 모르겠단 말이야. 내가 잠깐 잠든 새에 그런 여자를 쫓아다니기나 하고."

아담은 와락 미간을 일그러트렸다.

사실 그는 이 여자가 루카 베르티만큼이나 마음에 들지 않았다. 어딘지 백치 같은 말투도 그렇고 연일 가볍게 조잘대는 입도, 뱀파이어 주제에 천진난만한 태도도 거슬리기 짝이 없었다. 하지만 이 여자는 강한 개체였다. 이렇게 가만히 서 있기만 해도 신경회로가 저릿저릿 울려올 만큼 강한 힘이 느껴지고, 빙긋이 웃고 있어도 눈에는 무시무시한 핏빛의 야수를 품고 있는 것 같은 위압감이 있었다.

복종하지 않을 수가 없었다.

"당신 복수, 도와줄게."

어느 날 불현듯 어둠으로부터 나타난, 정체불명의 뱀파이어. 그것부터 의심스럽기 짝이 없었지만, 믿지 않을 수도 없었다. 실제로 그녀는 리처드 레인스터에 관한 정보를 포함해 그가 아무리 발악해도 알아낼 수 없었던 정보를 척척 가져다주었고, 무엇보다 그녀의 전신에서 뿜어져 나오는 미지의 힘이 의심 따위 품지 못하게 했다.

"얼마 전에 깨어나 그런 도로를 보고 엄청 놀랐다고."

아담이 그런 생각을 하거나 말거나 여자는 여전히 조잘대는 입을 멈추지 않았다.

"하지만 한번 눈독들인 장난감을 멋대로 치워 버리면 화낼 테니까, 당신한테 맡겨두면 당신도 좋고 나도 좋고……. 인간들 말로 이걸 뭐라고 하지? 꿩 먹고 알 먹고?"

새삼 느끼는 거지만 여자는 루카 베르티의 관계자가 분명했다. 처음에 나타났을 때부터 그 사실을 숨길 노력조차 하지 않았기 때문에 루카 베르티에게 사주를 받고 온 뱀파이어일 거라 생각하고 경계했지만, 이 여자는 철저히 뱀파이어였다. 헌터의 앞잡이 따위를 할 개체가 아니었다. 그런 것쯤이야 본능으로부터 알 수 있었다. 그리고 여자는 처음부터 목표는 여자 헌터뿐이고 루카 베르티는 건드릴 생각이 없다고 했으니, 나머지는 일단 여자 헌터를 처리하고 나서 볼 일이었다.

그녀가 강한 개체이긴 하지만 모든 뱀파이어가 그렇듯 영생자일 뿐 불사신은 아니었고, 자신도 강하기로는 웬만한 뱀파이어에 뒤지지 않았다. 이용한 뒤에 처리할 기회 따위, 얼마든지 있을 것이다. 인간 파트너였던 존 호프만처럼.

"어쨌든 한 번의 시도가 실패로 돌아간 이상 철저히 경계할 테니 다른 방법이 필요하겠어."

여자는 아쉽다는 듯 중얼거리며 물결치는 긴 머리카락을 뒤로 쓸어 넘겼다. 불빛 아래 아주 잠깐 드러났다 사라진 머리카락은 빛의 반사가 일으킨 착시현상인지 기묘한 광속성이 흐르는 황금빛이었다.

"그럼 방법을 모색하러 다녀올 테니까 얌전히 있어."

"난 언제까지 이곳에 숨어 있어야 하는 거지?"

아담이 찡그린 낯으로 물은 질문에 몸을 돌렸던 여자가 흘긋, 뒤를 돌아보았다.

"먹을 인간이라면 내가 조달해 주잖아?"

"그런 문제가 아냐!"

"음, 하지만 당신이 밖에 나가면 바로 도로가 눈치 채버리는걸. 그 남자, 매의 눈을 가졌으니까. 함부로 돌아다니다가 걸려서 사냥당하면 나도 도와줄 방법 따위 없어."

아담은 뿌득, 이를 갈았다.

여러 뱀파이어가 이미 루카 베르티에게 사냥당했다. 약했기 때문에 사냥당한 동족을 향한 연민이나 복수심 따위는 없었지만, 같은 피를 타고나 동족을 사냥하는 배신자에 대한 혐오감과 분노는 있었다. 하지만 지금 그에게 가장 위험한 존재는 루카 베르티임을 부정할 수도 없었다.

"하여간 그러니까 얌전히 있으라고."

"잠깐."

"또 뭐야?"

이제 슬슬 여자의 눈에도 짜증이 묻어나기 시작했다.

"한 가지만 묻지. 그 여자 헌터, 인간이 아닌 건 분명하고……무슨 종이지?"

문가에 선 여자는 잠시 그를 물끄러미 바라볼 뿐이었다. 그래서 아담은 대답하지 않을 셈인가, 하고 생각했지만 이내 여자는 야릇하게 입꼬리를 말아 올렸다.

"그 여자? '우리'를 미치게 만드는 꽃이지."

5

뚜벅…… . 뚜벅…… .

관객이 빠져나가고 난 극장처럼 황량한 공간에 규칙적인 발걸음 소리가 퍼져 나갔다. 깨끗하게 닦인 바닥은 거의 거울과 같아 천천히 가까워지는 발걸음 소리의 주인공을 반전된 그림으로 비추었다.

그녀가 걸어가는 회랑은 마치 중세시대로 타임 슬립을 한 것 같은 곳이었다. 벌거벗은 아기천사들이 노니는 벽화가 그려진 아치형 천장에 샹들리에처럼 길게 내려오는 램프가 걸려 있고, 옷자락의 움직임 하나마저 알퐁스 뮈샤의 그림처럼 역동적으로 조각된 기둥과 고풍스러운 문들이 회랑을 따라 근위병처럼 늘어서 있었다.

이내 아라가 멈춰 선 곳은 육중한 원목 문 앞이었다. 매끄럽게 옻칠이 된 문은 은근한 자줏빛 윤기가 흐르는 짙은 고동색이었고, 가운데에 암브로시아 조직의 상징이며 수호신인 커다란 황금의 이각수 사자 문양이 그려져 있었다.

아라는 한동안 둥그런 원형 안에 포효하는 듯한 자세로 형상화되어 있는 황금의 사자를 쳐다보았다.

사자는 머리 위로 하늘이라도 찌를 듯이 우뚝 솟아오른, 흡사 유니콘의 뿔과 같은 두 개의 뿔을 가지고 있었고 길게 뻗은 꼬리는 유려한 굴곡을 그렸다. 그리고 보통 사자보다 풍성한 갈기는 마치 태양인 양 근엄한 광휘를 발했다. 용이나 유니콘처럼 전설 속에 사는 신령한 짐승으로서 첨단처럼 날카로운 발톱과 뿔로 악마를 멸하고, 그 포효로 하늘을 가르고 대지를 찢으며 신의 나라로 통하는 길목을 지키던 수문장이라고 알려져 있었다. 물론 용이나 유니콘과 달리 황금의 이각수 사자는 이류의 세계에만 내려오는 전설이었지만, 신수(神獸)와 악수(惡獸)로서의 모습을 모두 갖춘 이율배반적인 짐승은 그 형상만으로도 어떤 악마든 저절로 무릎을 꿇게 만들 것 같은 위엄이 있었다.

그런 짐승이 위풍당당하게 지키고 있는 문이 갑자기 변화를 보이기 시작했다. 좀 크다 뿐 그저 평범한 문인 성싶었건만, 마치 잠들어 있던 이각수 사자가 깨어나듯 문 전체에 은은한 금빛이 흐르더니 이내 어떠한 물리적인 압력도 없이 스르륵 열렸다.

쿠우웅―…….

그제야 아라는 마법으로 인해 열린 문을 넘어 안으로 들어섰다.

웅장한 공간에는 16세기의 유럽 왕실을 배경으로 한 영화에나 나올 법한 기다란 회의 탁자가 놓여 있었다. 하지만 살아 숨 쉬는 자의 인기척은 없었고, 탁자 끝에 노트북이 한 대 놓여 있을 뿐이었다. 그리고 그 화면 안에 한 여인이 있었다.

그녀는 흰색의 로브를 얼굴이 보이지 않을 정도로 푹 눌러쓰고 있었는데, 얼핏 보이는 고목나무처럼 주름진 턱과 얼룩덜룩하게 핀 검버섯이 그녀의 나이를 증명해 주었다.

[헌터 셉텝이 아니신가.]

화면 너머의 노파는 걸걸하게 가래가 끓되 왠지 모를 위엄이 느껴지는 목소리로 말했다. 늙은 성대에 힘이 없을 법한데도 그녀의 목소리는 바로 귓가에서 울리는 것처럼 알 수 없는 힘이 있었다.

"장로님."

헌터에서 은퇴한 암브로시아들로 이뤄지는 장로회는 실질적인 암브로시아 조직의 경영자였으며, 실세였고, 구심점이었다. 그리고 화면 너머의 이백 살도 넘긴 것 같은 이 노파가 그 장로회 중에서도 최고 장로로, 암브로시아 여인국의 여왕이었다.

물론 여왕이라고 하기에는 조금 어폐가 있었다. 그녀는 군림하지만 지배하지는 않기 때문이었다. 하지만 은연중에 여자 교황이라고까지 불리는 그녀는 선대의 유지를 이어받아 암브로시아 조직을 훌륭히 지탱하고 있었고, 또 그렇기 때문에 이렇게 인터페이스 없이는 그 누구도 실제로 만나지 않았다. 조직의 불가침신성이라고 할 수 있는 최고 장로를 향한 수많은 암살 시도 탓이었다. 그래서 같은 암브로시아인 아라조차도 그녀가 이 세상 어딘가에 살아 있다는 것 정도밖에 알지 못했다.

[오랜만이네. 4년 만인가? 허나 아직도 아가로구먼.]

아라는 아직 자신이 개화하지 못한 걸 의미하는 거라 생각했다. 어째서인지는 알 수 없지만 장로회는 암브로시아들에게 항상 개화의 중요성과 필요성에 대해 역설했고, 적령기가 지나도 개화하지 못한 암브로시아에게는 억지로 남자를 붙여서라도 개화하게 했기 때문이었다.

"개화에 대해 말씀하시는 거라면……."

장로는 가볍게 고개를 내저었다.

[개화도 개화지만, 아직 남자의 맛을 모른다는 의미일세.]

순간 아라는 말문이 막혔다. 오랜만이라 깜빡하고 있었던 것이다. 근엄하고 정숙한 얼굴로 아무렇지 않게 저런 말을 해대는 분이라는 걸.

[몸만 곱다란 처녀가 되면 뭣하누. 맑진 얼굴에 색향이라고는 조금도 흐르지 않는걸. 그리 금욕주의자 같은 재미없는 얼굴을 하고 있어서야……. 꿀의 향기에 이끌린 벌이 날아오다가도 이 꽃이 아니구나 하고 도로 날아갈 판이 아닌가?]

아라는 불가항력적으로 조금 얼굴이 붉어지고 말았다. 새삼스러울 것도 없지만 역시 그녀의 화법에는 적응하기가 힘들었다. 물론 찔릴 것이 없다면 모르겠으나…….

그런데 가끔 농탕한 화법을 구사하긴 해도 날카로운 안목을 지닌 장로가 저리 말할 정도라면, 자신은 그 남자와의 관계 전후로 그다지 변화가 없는 모양이었다. 안심이 되면서도 왠지 아주 조금은, 언짢은 기분이었다.

그녀보다 늦게 조직에 들어왔으면서도 훨씬 일찍 개화해 헌터에서 은퇴한 전(前) 헌터 노웸(아홉)*이 있었다. 그녀는 막 남자를 알게 되었을 때 개화하기 전이었는데도 불구하고 숨이 막힐 만큼 아름다워져 있었다. 누가 봐도 남자를 알게 되었다는 걸 알 수 있을 정도였다. 하지만 자신은 최고 장로도 눈치 채지 못할 수준.

어째서?

지기 싫어하는 성정에서 비롯된 치졸한 호승심이었을까. 성별에 대한 자각이 거의 없이 살았음에도 왠지 모르게 자신이 여성으로서 무가치한 느낌이 들었다.

그 남자도, 루카 베르티도 그렇게 생각할까?

저도 모르게 그런 생각한 찰나, 아라는 그런 자신을 힐책하듯 주먹을 강하게 쥐었다.

"제게 중요한 건 그런 게 아닙니다. 전 헌터입니다."

다른 이가 보았다면 감탄할 만큼 심지 굳은 말이었으나, 장로는 어찌 그런 우매한 말을 하냐는 듯 난색이 어린 미소를 지었다.

[아가, 뭔가 조금 잘못 알고 있는 것 같구나.]

최고 장로는 종종 스물넷이나 먹은 그녀를 두고 '아가'라고 칭했는데, 특히 뭔가를 충고하고 싶을 때 그랬으므로 아라는 조건 반사적으로 희미하게 긴장했다.

[가만 보자. 그대가 조직에 온 지…… 벌써 12년이로군. 헌데 새삼 이것을 가르쳐 주게 될 줄이야. 자네는 우리 조직이 발족한 이유가 뭐라고 생각하나?]

아라가 최고 장로를 만나러 온 이유는 이런 것이 아니었건만, 이야기는 이상한 쪽으로 흐르고 있었다.

---

*노웸:아홉

"악적으로부터 인류를 보호하는 것과……."

은장도를 든 조선시대의 여인처럼 비장함이 흐르는 말에 장로는 실소했다.

[아가, 우리는 일개 힘없는 여인들일 뿐일세.]

자신이 강하다 생각해 본 적은 추호도 없으나, 헌터 군단을 진두지휘해 뱀파이어를 멸하는 최고 장로가 그리 말할 줄도 몰랐던지라 아라는 말문이 막혔다.

[인간에 비해 특별한 능력이 있긴 하지만 그건 남들보다 계산을 잘한다거나 글을 잘 쓰거나, 운동을 잘하는 것과 같은 것에 불과하네. 그런 우리가 강인한 남자들도 해낼 수 없는, 인류 보호라는 거창한 일을 어찌 해내겠는가? 오히려 우리는 한 남자를 깊이 은애하고 그로부터 살아갈 목적을 얻는 여린 여자들이지.]

"그럼 남자나 찾아다니면 되지 왜 저희에게 밤의 전장으로 나가라 하십니까?"

그런 의미로 한 말이 아님을 알고 있음에도 여자는 남자나 내조하고 사는 게 가장 어울린다는 말로 들려 아라는 조금 울컥하고 말았다.

[살아남기 위해서지.]

장로는 차분한 어조로 대답했다.

[우리는 연약한 여자들이기 때문에, 살아남기 위해서는 이런 방법뿐이었네.]

암브로시아가 그저 연약한 꽃의 상징이었을 무렵, 사냥하는 대로 사냥당하기만 하던 시절, 조직의 발족 멤버라 불리는 암브로시아들이 어떤 상황에서 어떤 심정으로 조직을 일으켰는지는 아라도 익히 들어왔다. 발족 멤버는 초대의 최고 장로를 포함해 고작 세 명. 다른 이들은 이미 모두 사냥당하고, 가까스로 살아남은 이들이 넝마가 되어 피눈물을 짓씹으며 동족의 시체를 짊어지고 가장 밑바닥의 절망 위에서 일어섰다. 개중 한 명은 이미 뱀파이어에게 잘려 한쪽 팔이 없었고, 다른 이는 몸은 온전했지만 죽느니 못한 욕을 당해 정신분열에 가까운 상태였다고 들었다.

만약 암브로시아가 핏줄로 물려지는 종이었다면, 그녀들은 이미 그때 멸족했으리라.

[조직은 결코 자네에게 인류를 위해 희생하라 하지 않네. 이런 평범한 여인들에게 인류의 운명을 맡긴다는 것 자체가 언어도단이지. 우리는 제 한목숨 부지해 보고자 무기를 들었을 뿐이니까.]

이내 장로는 쓰게 웃었다.

[그러니 아가, 자신을 버려가면서, 여인으로서 인간으로서 누릴 수 있는 것조차 포기해 가면서 비장하게 인류의 보호이니 뭐니 할 것 없네. 우리는 살기 위해 사냥하는 거지, 사냥하기 위해 사는 게 아니니까. 그런 의미에서 자네도 그렇고, 내겐 모든 암브로시아들이 딸 같고 손녀 같아 애틋하다네.]

장로는 문득 화제를 바꾸었다.

[그래서 그놈을 용서할 수 없는 게지.]

"누구를 말씀하시는 겁니까?"

[혹시 아담 개리슨을 기억하는가?]

순간 아라의 눈가가 미미하게 꿈틀거렸다.

"아담 개리슨…… 말입니까?"

[그래. 헌터 루카 베르티와 그 인간 협력자의 개입으로 인해 처

리에 실패했던 뱀파이어 아담 개리슨 말일세.]

저도 모르게 먼저 아담 개리슨을 목표로 일을 도모해 온 것은 루카와 리처드 쪽이었다는 변명이 튀어나올 뻔해, 아라는 꾹 입술을 깨물었다.

[그 후로 조직의 정보팀은 계속해서 아담 개리슨의 뒤를 쫓았지만, 아직까지도 행방이 묘연해.]

"그렇다면 어디선가 사냥당한 게 아닐까요?"

[그를 처리했다는 헌터가 없네. 그러니까 아직 어딘가에 숨어 있다는 말이지. 현재로서 셉텝의 목숨을 노릴 만한 상대는 그 정도뿐이니…….]

즉, 그가 용의자일 가능성이 높다는 말이었다.

"하지만……."

아라가 무어라 반박하려고 하자, 장로는 이미 알고 있다는 듯 먼저 말을 꺼냈다.

[하지만 이백 년을 살아온 뱀파이어라고 해도 불가능한 것은 불가능하지. 낮에 활동할 수 없는 몸으로, 더욱이 사방에 번뜩이고 있는 우리의 조직망을 피해 자네를 노리는 건 있을 수 없는 일이지. 그것도 인간 협력자를 죽여 버린 후에야.]

"즉, 또 다른 협력자가 있을 거란 말입니까?"

장로는 고개를 끄덕였다.

[만약 자네의 목숨을 노리는 자가 어디선가 숨죽이고 있는 아담 개리슨이라고 한다면, 협력자는 분명히 있을 거네.]

"그건 뱀파이어인가요? 아니면……."

[알 수 없네. 섣부른 판단은 금물이니까. 하지만 이번 시도가

거의 성공할 뻔했던 것으로 보아 결코 쉽게 여길 상대는 아니겠지. 그러니 무언가가 확실해질 때까지 조직 내에 머물도록 하게나. 사냥을 나가는 건 상관없지만 팀을 동행하는 게 좋겠지. 정보가 더 들어오는 대로 언질을 주겠네.]

아라는 수긍의 뜻으로 작게 목례했다.

"그럼 기다리겠습니다."

이내 나가보려는데, 그대로 그녀를 놓아주나 했던 장로가 갑작스러운 말로 뒤채를 잡았다.

[셉템. 종종 자신이 왜 살아 있나 의아해질 때가 있을 걸세.]

언제나 품어왔던 의문 그대로라, 아라는 멈칫하고 말았다.

[개화하게. 그러면 그 해답을 알 수 있을 걸세.]

개화의 자격은 한 남자를 깊이, 깊이 사랑하는 것. 하지만…….

잠시 그 자리에 서 있던 아라는 대답없이 뒤도 돌아보지 않고 밖으로 나섰다.

아무도 사랑하고 싶지 않아요. 그런 사람을 또다시 죽게 만든다면, 이번에는 정말로 무너지고 말 테니까.

그렇게 읊조리며.

"이 나라에서 가장 당첨될 확률이 높은 복권이 뭔 줄 알아?"

저택으로 돌아온 루카를 반긴 것은 현관의 계단 난간에 기대서 있는 외계인의 헛소리였다. 루카는 대답없이 빤히 리처드를 쳐다보기만 했다.

"바로 '소송'이지. 감히 내 이름을 사칭해? 명예훼손죄로 마지막 한 방울까지 짜내주지."

"새삼 복권이 필요한가 보지?"

"원래 있는 것들이 더 지독하거든. 안 그래도 요즘 심심했는데 잘 걸렸어."

루카는 상대하기도 피곤한 듯 리처드를 스쳐 지나 계단을 올라가기 시작했다.

"상대는 이류다. 인간의 법이 통할 것 같나."

리처드는 그를 따라오지 않고 계단 아래서 물었다.

"상대가 이류라고 확신하는 이유는 뭔데?"

"스물네 살의 대학생이 폭탄이 든 소포를 받을 확률이 얼마나 된다고 생각하지?"

확실히 인간 세상에서의 아라는 평범한 스물네 살의 대학생일 뿐이었다. 아무리 터프한 아메리카 땅에서라고 해도 평범한 대학생이 폭탄 선물을 받을 가능성 따위 미비한 것이다.

"바이어스 양이 면도날 좀 씹는 무서운 언니의 애인을 뺏었다거나, 남자의 가슴에 대못을 박고 잔인하게 찼다거나, 골수 스토커의 마지막 발악이라거나……."

"최근에 멜로 영화라도 봤나? 생각하는 게 왜 다 지저분한 치정 쪽이지?"

계단 위에 멈춰 선 루카는 귀찮음이 역력한 얼굴로 담배를 꺼내 물었다.

"원래 인간이란 생물이 사랑만 관계되면 확 돌아버리거든. 사랑 앞에 무슨 짓을 할 줄 모르는 열혈 종족이라고나 할까."

아주 찰나적이었지만 담배를 쥔 루카의 손이 움찔했다. 하지만 리처드는 눈치 채지 못하고 말을 계속했다.

"아니면 뱀파이어도 때려잡는 솜씨와 욱하는 성질로 마피아와 한판 떴다거나?"

순간 '그건 좀 가능성이 있을지도……' 라는 생각이 들어버린 루카였지만, 그 낮달처럼 애련한 미소가 떠오르자 막연하게 그건 아닐 거라는 생각이 들었다. 척 봐도 그녀는 싸움이 본능이어서도 좋아서도 아니고 숙명이기 때문에 어쩔 수 없이 싸우는 타입이었다. 그렇지 않다면 그가 쫓는다고 해서 그렇게 필사적으로 도망가지 않았을 것이다. 기꺼이 희열을 느끼며 싸웠겠지. 만약 혈족의 여자였다면 둘 중 하나는 피를 쏟으며 쓰러질 때까지 싸웠을 게 분명했다. 그러나 아라는 그가 불사를 탐하지 않는 이상 최대한 싸움을 피하는 쪽을 택했다. 그런 그녀가 굳이 싸움을 만들진 않았으리라.

그녀가 치정관계로 얽히지 않을 거란 것은 콩밭에 콩이 나는 것처럼 말할 필요도 없는 사실일 터.

"그럴 여자가 아니다."

루카는 맨 담배를 다시 케이스 안에 넣으며 단언했다.

"응?"

리처드는 나이 서른다섯에 벌써 가는귀가 먹었나 싶어 반문했다. 루카가 누군가를 옹호하다니? 오늘이 이무기가 승천하는 날이었던가? 하지만 머릿속에 어떠한 사실이 스친 순간, 그의 입가에 의미심장한 웃음이 떠올랐다.

"너 오늘 바이어스 양 집에 다녀왔지? 아아, 불쌍한 바이어스 양. 그렇게 열심히 도망친 보람도 없이 결국 늑대에게 꿀꺽 당하고 말았군."

물끄러미 내려다보고 있으려니, 볼일을 다 본 리처드는 담백하게 제 갈 길을 가려고 했다. 평소와 다름없는 녀석을 보고 있으려니 문득 아라가 지나가듯이 했던 말이 떠올랐다.

"계속 옆에 있는 사람 사정이 궁금하지 않을 리 없잖아? 물론 불특정 극소수는 그럴지도 모르겠지만 만약 그렇다 해도 그건 궁금하지 않다기보다 신경 쓰지 않는다는 거겠지. 아니면 알아서 말해주길 기다린다던가."

갑자기 입을 연 것은, 다분히 충동적이었다.
"리처드."
"응?"
반대편으로 가고 있던 리처드는 금세 반응해 왔다.
"내 본명은 '도로'다."
"뭐?"
리처드는 뜬금없는 말을 선뜻 이해할 수 없는지 아리송한 얼굴이었다. 하지만 루카는 신경 쓰지 않고 이어 말했다.
"열다섯 살 때까지 이탈리아 남부의 시골 마을에서 어머니와 함께 살았지. 집은 선조 대대로 내려온 사유지에 세운 성이었고, 난 가끔씩 성 아래의 마을로 빠져나가 거기 녀석들과 어울려 놀았지. 뭐가 뭔지 모르고 소매치기를 하기도 하고, 불량배 녀석들과 싸우기도 하면서."
물론 육체능력 면에서 인간은 그를 당할 수 없었기 때문에 싸움이 붙으면 그는 그냥 관망하는 편이었다.

그 당시 루카는 그를 밖에 내보내지 않으려는 어머니 때문에 바깥세상에 대해 지식이 부족했지만, 본능적으로 인간이 '놀라울 정도로 약한 생물'이란 것을 알았기에 함부로 건드리지 않았다. 하지만 늘 뒤로 물러나 있는 그에게 불만을 가진 한 녀석이 욱하는 성질에 덤벼왔을 때, 루카는 저도 모르게 조금 힘을 주어 그 녀석의 팔을 꺾고 말았고, 가해지는 압력에 인간의 팔은 그대로 비틀려 버렸다. 물론 그 자리에 있던 녀석들은 모두 비명을 내지르며 도망가 버렸다.

그 후 루카는 이제 마을엔 못 가겠군, 하고 아무렇지 않게 성으로 되돌아왔다. 하지만 그때가 처음이었을 것이다, 자신이 인간과 다름을 피부로 실감하게 된 것이.

"너, 낮술 했냐?"

리처드는 오히려 루카를 외계인 보듯 보며 물었다.

"갑자기 웬 헛소리야?"

그제야 상황의 한심함이 와 닿은 루카는 대답없이 몸을 돌렸다. 그리고 '어이?' 하고 부르는 리처드를 깨끗이 무시하고 방으로 돌아가 버렸다.

창틀로 격자무늬를 이루고 있는 커다란 전면창 너머의 군청색 밤하늘에는 유백색의 상현달이 작게 떠 있었다. 그 달빛이 밝게 스며들어 오는 방은 어둑하게 가라앉아 있을 뿐, 아무런 인기척이 없었다. 하지만 곧 한구석의 욕실 문이 달칵 열리고 한줄기의 빛이 어둠을 가로질렀다.

샤워를 끝내고 수건으로 젖은 머리를 털어내며 나온 루카는 중앙의 테이블로 다가가 버릇처럼 그 위에 있는 담배를 집어 들었다. 그리고 가볍게 필터를 물고 불을 붙이는데, 창문 너머로 낮처럼 환한 달밤의 풍경이 눈에 들어왔다.

그는 허공에 나른하게 스며드는 담배 연기를 흐트러트리며 창가로 다가갔다.

하늘 위에 높게 뜬 상아빛 달은 꼭 어린 시절에 살았던 성의 창문 너머로 올려다보던 달과 닮아 있었다. 그 표면은 여인의 살결처럼 희고 매끄러웠으며, 희읍스름한 달무리는 부옇게 아련했다.

그러고 보면 실수로 한 마을 녀석의 팔을 비틀어 버리고 난 며칠 후, 그는 다시 마을에 가지 않겠다고 결심했음에도 불구하고 마지막으로 한 번 더 내려간 적이 있었다. 녀석들이 악마의 자식이라 소리치며 던질 돌을 각오하고. 하지만 황당하게도 녀석들은 돌을 던지기는커녕 그런 일이 있기나 했냐는 듯 웃으며 그를 반겼다. 의아해하는 그에게 녀석들이 말하길, 팔이 비틀린 녀석이 넘어지면서 실수로 그렇게 된 것을 다들 너무 놀라서 도망가고 나서야 정신이 들었다고. 오히려 여태 뭐 하느라 오지 않았었냐며 아무렇지 않게 굴었다.

단순한 대가리들.

그때 그는 그리 생각해 버렸지만, 멍청함에 가까운 순수가 고맙기까지 했다. 약한 존재는 질색이면서도 어쩌면 지금까지 어린 아이가 싫지 않은 것은, 그 때문일지도 몰랐다.

그때였다. 그가 잠시 자기 생각에 정신이 팔려 있는 사이, 일순 등 뒤에서 낯익은 기운이 느껴졌다. 그리고 어디서 나타났는지 갑자기 그의 허리를 감아오는 두 팔이 있었다.

그 팔의 주인은 그의 등에 얼굴을 묻고, 뭘 모르는 남자라면 홀딱 빠질 만큼 사랑스럽고 달콤한 목소리로 읊조렸다.

"도로."

루카는 아무 일도 없다는 듯 꿈쩍도 하지 않았다. 대뜸 낯선 이가 나타났건만, 방에 혼자 있을 때처럼 여전히 창밖의 풍경을 응시한 채 담배를 한 모금 더 피울 뿐이었다.

"도로."

그 반응에 여자는 빠끔히 앞으로 고개를 내밀고 애교가 담긴 목소리로 조금은 뾰루퉁하게 그를 불렀다. 그제야 루카는 흘긋 시선만 돌려 그녀를 바라보았다. 하지만 그 눈은 길가에 떨어진 돌멩이를 쳐다보듯 관조적이었다.

"오랜만이군."

목소리도 별반 다를 바 없었지만, 아니, 오히려 평소보다 더 무심했지만 여자는 그것만으로도 대단한 반응을 얻어낸 듯 천진하게 웃었다. 그런 그녀의 차림은 계절 감각을 상실한 여름 원피스. 어차피 그의 종은 외부의 온도에 대해 무딘 편이니 별로 상관은 없지만, 아직 한기가 다 가시지 않은 계절에 푸른 땡땡이가 들어간 흰 여름 원피스는 다소 보기 불편했다.

"몇 주 전에야 잠에서 깨어났거든. 잠 없이 백 년이고 이백 년이고 살아야 한다는 것도 싫지만 시기가 오면 재깍 몇 년씩 자줘야 한다는 거, 너무 불편해. 도로는 좋겠어. 하프니까 인간처럼 단기간적인 수면만 취하면 되잖아."

여자는 오랜만에 만난 연인을 대하는 양 투정을 부렸다. 하지만 앞으로 시선을 돌린 루카는 그녀를 없는 사람 취급하기로 작정이라도 한 건지 입술을 달싹이려는 시도조차 하지 않았다. 허리에 둘러진 그녀의 팔은 그냥 두었지만 정말 그건 그냥 두었다는 느낌일 뿐, 거기에 팔이 있다는 인식조차 하지 않고 있는 것 같았다.

"도로오~ 오랜만에 만났는데 이러기야? 더 무뚝뚝해진 것 같아."

애살스러운 투정에도 돌아오는 것은 금강석 같은 침묵뿐이었다. 그에 등 뒤에서 여자가 입술을 삐죽이는 게 느껴지더니, 나긋한 손이 그의 턱을 쓰다듬어 왔다. 그제야 그의 얼굴 근육이 미미하게 움직였지만, 그 이상의 반응은 없었다. 이내 여자는 팔을 들어 그의 가슴을 끌어안고 귓가에 바짝 입술을 댄 채 속삭였다.

"도로, 그 여자는 뭐야?"

루카에겐 아무런 영향력을 행사하지 못했지만, 혀를 날름거리는 독사 같은 목소리에는 비인간적인 으르렁거림이 섞여 있었다.

"당신 아이를 낳는 건 나라고 했잖아."

루카는 진심으로 그녀의 여름 원피스가 보기 불편했다. 하지만 그보다 더 불편한 건, 그녀의 얼굴이었다. 똑같이 스산한 금속성이 흐르는 금색의 머리카락은 그렇다 치더라도…….

"엘레나, 넌 내 사촌이란 걸 잊은 건 아니겠지."

그녀의 얼굴은 보기 불편할 만큼 그의 어머니를 닮아 있었다.

"아, 그거?"

엘레나는 뒤늦게야 그 사실이 떠올랐다는 듯 금방 원래의 애교스러운 모습으로 돌아왔다.

"도로도 참 별걸 다 신경 쓰고 그러네. 우리 종에서 사촌끼리의 결합은 흔한 거 알고 있잖아?"

"근본적인 문제를 이해 못하는군. 어머니와 똑같은 얼굴을 한 여자에게 성욕이 동할 만큼 정신줄 놓은 놈은 아니라고 했을 텐데."

"에에~ 내가 고모님 닮고 싶어서 닮았나 뭐. 하지만 그렇다고 내가 인간들처럼 성형수술을 할 수는 없잖아. 어차피 불 끄면 얼굴 따위 보이지 않으니까 걱정 마."

"⋯⋯."

루카는 그냥 입을 다물었다. 어차피 엘레나는 어렸을 때부터 말한다고 말이 통하는 존재가 아니었다. 거의 혈족의 공주님으로 떠받들어지며 커와 모든 게 제 뜻대로 되어야만 하고, 원하는 건 어떻게든 이루고야 마는 승부사 근성까지 있었다. 말해봐야 이쪽 입만 피곤하다는 건 이미 오래전에 깨우쳤다.

"그러니까 도로, 언제 나한테 아이를 낳게 해줄 거야?"

엘레나는 애인에게 명품 구두를 사달라고 조르는 여자처럼 루카의 허리에 감은 팔을 좌우로 흔들었다. 그럼에도 여전히 루카가 반응이 없자, 그의 등에 폭 얼굴을 묻고 웅얼거렸다.

"도로가 날 싫어한다는 건 알고 있어."

싫고 좋고 이전에 '관심없다'는 쪽이 더 정확했지만, 또 어떤 떼를 쓸지 모르기 때문에 루카는 가만히 있었다.

"하지만 어차피 나도 도로에게 사랑 따위를 기대하는 건 아닌 걸. 사랑은 우리를 비참하게 만든 환상에 불과해. 도로도 알고 있듯이. 그러니까 얼마든지 날 싫어해도 상관없어. 내게 아이만 주면 돼. 강한 개체와 강한 개체가 만나 강한 개체를 만들어내는 거야. 멋지지 않아? 그건 유전자의 마법이고, 생물이 만들어낼 수 있는 최고의 예술작품이야. 도로 같은 아이를 상상만 해도 오싹오싹한걸."

그녀가 어렸을 때부터 지겹도록 해온 소리였다. 하지만 루카에겐 어린아이가 커서 대통령이나 과학자가 될 거라는 소리와 하등 다를 게 없는 공상일 뿐이었다. 말했다시피 그의 어머니와 똑같은 얼굴을 가진 여자에게 성욕이 동할 리도 없거니와, 무엇보다 그에게 있어 엘레나는 '사촌'이라기보다 '가끔 찾아와 귀찮게 구는 여자'에 더 가까웠다. 혈족에 대한 소속감과 충성도가 제로인 그이기에 사촌이란 존재에 대한 자각이 미미하기도 했고, 사실 엘레나도 제멋대로 살다가 가끔씩 생각날 때만 찾아와 귀찮게 굴었다. 즉, 그가 보기에 엘레나가 말하는 '당신 아이를 낳게 해줘!'라는 건 오히려 삐뚤어진 사교방법에 가까웠다.

그리고 보면 아라는 성격도 그렇고 도망가기 바쁜 태도도 그렇고, 외모는 살랑살랑한 나비 같은 엘레나에 비해 검은 머리와 눈 때문인지 잘 벼려둔 칼처럼 비장미가 도는 외모도 엘레나와는 그야말로 정반대였다. 특히 그쪽은 그가 좀 더 적극적이 되어주길 바란다는 점에서.

"그러니까 약속해 줘, 도로. 지금 당장이 아니라도 좋으니까 언젠가 내게 아이를 준다고. 응?"

엘레나는 간절히 부탁했다. 다른 남자라면 이성이 송두리째 흔들릴 만한 표정과 음성이었으나, 루카의 이성에는 산들바람조차 불지 않았다. 단지 만년설로 지은 성에 사는 얼음공주처럼 항시

도도하고 오만했던 그의 어머니와 같은 얼굴이 저런 표정을 짓는 것도 가능한 게 신기하다는 생각이 얼핏 들 뿐.

"엘레나."

루카는 재떨이에 담배를 비벼 껐다.

"응? 왜?"

엘레나는 주인의 부름을 기다리는 강아지처럼 눈까지 초롱초롱 빛내었다.

"귀찮게 하지 말고 꺼져."

그 말 한마디를 무뚝뚝하게 던져 둔 루카는 그녀에게서 벗어나 방의 다른 쪽으로 가버렸다. 멀어지는 그의 등을 황당하게 바라보던 엘레나는 눈을 치켜뜨고 성났다는 태도로 양손을 허리에 얹었다.

"도로, 그 여자한테도 이래?"

멀어지던 루카의 걸음이 멎었다. 그리고 얼핏 고개를 돌렸지만, 달빛이 들지 않는 어둠에 가려져 있어 엘레나도 그가 어떤 표정을 짓고 있는지 알 수 없었다.

"도로도 암브로시아 따위에 혹하는 거야?"

돌아오는 대답이 없자 엘레나는 조금 발끈한 듯 삐딱하게 자세를 고쳤다. 그리고 다분히 고의적으로 강조까지 줘가며 빈정거렸다.

"하지만 그 여자는 곧 도로를 죽이려 할걸. '루카 베르티'는 반이라도 '뱀파이어'니까. '암브로시아의 적'이니까."

루카는 저도 모르게 피식, 웃었다. 그러자 그가 그렇게라도 웃는 모습을 난생처음 본 엘레나는 눈을 동그랗게 뜨고 말았다.

"처음 만난 순간에 정확히 이마에 대고 총을 쏜 여자다만."

그것도 '죽어, 뱀파이어'라는 아주 짧고 강렬한 말과 함께 말이다. 그뿐이었던가. 잠시 주저하긴 했지만 분명히 죽일 요량으로 관자놀이에 대고 총을 쐈던 여자다.

엘레나는 그런 대답은 예상치 못했던 듯 반듯한 미목을 일그러트렸다.

"도로, 변태야?"

물론 루카는 눈 하나 깜빡하지 않았다.

"다들 그렇게 말하더군."

"뭐?"

그러니 도리어 당황한 건 엘레나 쪽.

"애석하게 됐군. 유전자에 불순물이 섞여 있어서 네가 원하는 아이는 주지 못할 것 같으니."

설핏 웃음이 섞여 있는 말 밑에 깔린 것은 명백한 조롱이었다. 하지만 그 정도 말에 쉽게 포기할 여자였다면 눈앞에서 스트립쇼를 벌여도 본체만체하는 남자에게 여태껏 졸라오지도 않았을 것이다.

"내가 도로와 같은 핏줄이라는 거 잊었어? 도로의 유전자에 불순물이 있다면 내 유전자에도 있다는 말이잖아!"

"그러니 더욱 안 되겠군. 아이를 위해서라도."

엘레나는 말문이 막힌 듯 반박은 못하고 눈만 부라렸다. 역시 루카가 마음만 먹는다면 말로 그를 이기는 것은 불가능했다. 하지만 이대로 '아, 그렇구나' 하고 물러날 수 있을 리도 없었다. 최선책으로 엘레나는 한풀 꺾인 어조로 진심을 담아 이야기했다.

"도로, 나 농담하는 거 아냐. 어렸을 때는 막연하게 하던 소리일지 몰라도 지금은 아니야. 나 정말 도로의 아이를 낳고 싶어."

그늘진 남자의 입가에 희미하게 비웃음이 떠오른 것 같음은 과연 착각이었을까.

"처음 만났을 때 날 '더러운 하프'라고 한 여자는 어디로 갔는지 모르겠군."

엘레나는 눈에 띄게 움찔했다. 그리고 아까의 자신만만한 태도는 단숨에 어디로 갔는지 괜스레 그의 시선을 피하며 우물쭈물했다.

"하지만 그때는 도로가 강한 줄 몰랐으니까……."

"그러시겠지."

무심하면서도 어딘가 빈정대는 듯한 어조에 엘레나의 고개가 발딱 들렸다.

"하지만 도로가 강하다는 걸 몰랐던 이상 내가 도로를 존경해야 할 이유는 없었다는 거, 알잖아?"

확실히 틀린 말은 아니었다. 어떤 의미에서는 이해하기도 했다. 하지만 태어나서부터 줄곧 그 법칙이 지배하는 세계의 주민이었음에도 강한 자에게 약하고 약한 자에게 강한 그 표리부동의 극치가 마음에 들지 않는 걸 보면, 그에게 의외로 인간적인 면모가 있는 모양이었다.

더 이상 상대해 주기 귀찮아진 루카는 흘긋 시계를 바라보았다.

"10분이나 놀아줬으니 이만 가지 그래."

"도로!"

"리처드를 만나고 싶은 거라면 불러다 주지."

루카가 그리 말하고 엘레나가 그 말에 크게 움찔하는 데에는 이유가 있었다. 천적이라 하던가. 십여 년 전쯤 처음이자 마지막으로 엘레나를 우연히 만난 리처드가 그녀를 흘긋 보더니 오히려 섬뜩할 정도로 부드럽게 웃으며 말하기를.

"세상 모든 게 다 자기 마음대로 될 줄 안다면 어서 인생의 쓴맛 한번 보는 게 좋을 겁니다."

엘레나가 리처드를 가소롭다는 듯 일별하고는 말 한마디 건네지 않은 채 루카에게 붙어 억지 쓰고 앙앙거리는 걸 보고 난 후에 한 말이었다. 그에 세상의 중심이 자신인 엘레나가 어찌 가만히 있을 수 있었을까.

눈이 시뻘겋게 달아올라 그를 죽이려고 달려들었지만, 차가운 루카의 시선에 손조차 뻗어보지 못했다. 그리고 분에 이기지 못해 엉엉 우는 모습까지 보이고 도망치듯 그 자리를 뜰 수밖에 없었다. 그 후로 엘레나는 리처드라면 이를 벅벅 갈며 목숨을 걸고 피하고 있었다. 인간 하나 죽이는 거야 어린아이 손목 비트는 일도 되지 않으나, 그랬다간 진심으로 후환이 두려웠다.

루카가 그녀를 싫어하는 거야 어쩔 수 없는 문제라 치지만 그녀는 그의 아이를 가지고 싶은 것이지, 그를 화나게 만들어 아예 내쳐지고 싶은 것이 아니었다. 그래서 거치적거리는 암브로시아를 처리하는 일에도 아주 신중을 기하고 있지 않던가. 그렇지 않다면 그 천박한 야심이 눈에 다 드러나는 성도착증 뱀파이어 따위, 근처에도 가지 않았을 것이다. 그것은 혈통부터 그녀 자신과는 다르게 구역질이 나도록 천했다.

그렇다고 해서 강파른 성질이 어디 갈 리도 없는 법. 새삼 떠오르는 분함에 분함이 겹쳐져 그게 또 분하니 엘레나는 성질을 못 참고 소리치고 말았다.

"그 여자, 그냥 두지 않을 거야!"

막 티셔츠를 입으려던 루카의 동작이 딱 멎었다.

"우리가 암브로시아에게 미치는 거야 자연스러운 일이지. 이해해. 불사의 그릇. 영생의 전파자. 영원의 약속이자 완전성의 상징인 여신 암브로시아의 후예인걸."

엘레나는 겁을 상실했는지 눈에 조롱기까지 품고 빈정거렸다.

"태초의 뱀파이어는 여신 암브로시아를 함정에 빠트리고 그녀에게서 '영생'의 힘을 흡혈해 가 불멸하는 수명을 얻었지. 하지만 '불사'의 힘은 미처 흡혈하지 못했기 때문에 뱀파이어는 종족적으로 유전되는 불사에 대한 열망을 본인의 의지로는 컨트롤할 수 없지. 도로도 그렇겠지. 뱀파이어처럼. 도로는 영생도 불사도 가지지 못했으니까."

루카는 그 자리에 서 있는 그대로 조금의 움직임도 보이지 않았다. 그러자 엘레나는 성대 깊은 곳에서부터 으르렁거리며 말을 짓씹었다.

"하지만 그 여자는 도로에게 영생도 불사도 주지 못해. 인간과 섞이고 섞인 그 피는 이미 희미해질 대로 희미해져서 여신의 후예라고 하기도 민망할 정도로 잡종에 천해졌는걸! 그런 여자가 감히 도로를 홀리게 둘 바에는, 내 손으로 편하게 해주겠어. 솔직히 말이야······."

엘레나는 생각하는 것만으로도 희열이 느껴지는 듯 진득하게 웃었다.

"그 여자도 끝없이 쫓기는 삶 따위 피곤할 거 아니야? 차라리 죽여서 편하게 해주는 게 선행 아니야?"

모든 일은 갑자기 일어났다. 루카의 모습이 눈을 깜빡이는 찰나 사라지더니, 다음 순간 그는 그녀의 뒤에 있었다. 그녀조차 쫓아가지 못한 속도였다. 그리고 섬뜩함에 척추가 전율한 순간, 엘레나는 허공에 떠 있었다. 순식간에 그에게 목이 잡혀 그대로 들려진 채 무시무시한 악력에 짓눌린 성대에서는 '그억······' 하는 신음밖에 흘러나오지 않았다.

"건방 떨지 마."

그녀를 바라보는 사기색 눈동자가 악독하게 깊은 어둠을 품고 기묘한 광채를 발했다. 그 선득한 빛에 낯선 '죽음'의 존재를 실감한 엘레나는 공중에 들려진 발을 정신없이 버둥거렸다. 그리고 그의 손을 뜯어내려고 애썼지만 목을 죄는 악력은 조금도 느슨해지지 않았다.

"내가 널 그냥 내버려 두는 이유는 네가 내 사촌이어서도, 무엇이어서도 아니야. 단지 네가 흡혈을 하지 않기 때문이다. 그런데도 굳이 도전하겠다면, 받아주지."

휘황한 월광을 등진 그는 소름이 끼칠 만큼 아름다웠다. 하지만 그만큼 강렬한 공포를 불러일으켰다.

달밤의 조명 아래 금빛으로 발현하는 야수가 잔인하게 웃음 지었을 때는, 숨이 거의 넘어가기 직전이라는 것도 잊고 그 섬뜩한 미소에 시선을 빼앗겨 버렸다.

"살려…… 살……."

드높은 긍지조차 막을 수 없는 구걸의 말이 성대 안에서 거품처럼 부글부글 끓어 넘쳤다. 하지만 루카는 오히려 그녀를 더 높이 들어 올렸다. 목의 뼈가 삐걱거리기 시작했다.

"함부로 나대지 마라. 엘레나 라이오네. 멋대로 그 여자를 건드렸다간 재생할 시간도 없이 조각조각 나눠 주지."

일순 거의 까뒤집히기 일보 직전인 엘레나의 눈에 스산한 빛이 번뜩였다. 산소 부족으로 폐가 오그라들고 정신이 아득히 멀어지는 와중에도 그의 말이 해머처럼 그녀의 머리를 후려쳤던 것이다.

그녀가 무슨 짓을 하고 무슨 말을 해도 무관심으로만 응수하던 그였다. 하지만 이번에는 진심이 분명한 협박과 함께 확실히 말했다. 그 암브로시아를 건드리지 말라고.

쿠욱!

엘레나는 마지막 남은 힘을 끌어 모아 그의 손목에 뾰족한 손톱을 억세게 박았다. 그러자 손톱 밑으로 울컥 배어 나오는 핏물이 느껴지고, 그의 손이 조금 느슨해졌다. 정말 아주 미약하게였지만, 지금 그녀에게는 그 정도도 절대 놓칠 수 없는 기회였다.

엘레나는 그가 다시 힘을 주기 전에 온 힘을 다해 그 손을 뜯어냈다. 그가 일부러 놓아준 것인지 그녀의 마지막 발악이 통한 것인지는 알 수 없었다. 그런 것을 생각할 겨를 따위 없었다. 성대가 다시 활짝 트이는 순간 뒤도 돌아보지 않고 그로부터 탈출했다.

눈 깜빡할 사이 불청객이 사라진 방 안, 드디어 혼자 남게 된 루카는 상처 입은 자신의 팔을 담담한 눈으로 내려다보았다. 마치 작은 네 개의 칼로 찌른 듯한 각자의 상처에서 배어 나오는 핏물은 금세 팔을 타고 팔꿈치에서 붉은 물방울이 되어 떨어졌다. 바닥에 점점이 붉은 자국을 찍었다.

그는 한참 동안 그 자리에 서 있었다. 그러다 느릿하게 고개를 돌려 아직도 그곳에 있는, 여인이 되기 직전의 소녀처럼 만월(滿月)로 차오르길 기다리고 있는 상현달을 응시했다.

아직 아라가 그에게 무엇인지, 그리고 무엇이 될지는 그 스스로도 알 수 없었다. 하지만 한 가지 확실한 게 있다면, 아직 만월이 되어보지도 못한 어린 달이 검은 구름에 가려지도록 내버려두지는 않을 것이라는 점이었다. 그는 아직 그 달을 마음껏 품어보지도 못했다.

쿠당탕!

겨우 안전하다 싶은 곳에 도착한 엘레나는 몸을 가누지 못하고 시끄럽게 넘어졌다. 하지만 볼품없이 쓰러진 자세에는 신경 쓸 겨를도 없이 덜덜덜 떨리는 손으로 자신의 목을 보호하듯 감쌌다. 한참을 그렇게 웅크리고 있어도 몸의 떨림이 잦아들지 않았다. 목은 화상을 입은 것처럼 뜨겁고 무섭게 욱신거렸다.

분명히 이상한 병에라도 걸린 것 같은 손자국이 시커멓게 남았으리라.

엘레나는 겨우겨우 거친 기침과 함께 무거운 숨을 토해냈다.

그 남자, 진심이었어.

가차없는 남자가 자신만은 그냥 내버려 두기에 그래도 자신은 특별하구나 싶었다. 그게 미워서 그랬든지 자신이 그의 어머니와 같은 얼굴을 지니고 있어서 그랬든지 어쨌든 그에게 특별하다는 우월감에는 한 점 흠집을 가하지 못했다. 하지만 터무니없는 착각이었다. 그에게 자신은 있으나마나 한 돌멩이에 불과했다. 아니, 설사 그렇지 않다 해도 그는 방해가 된다 싶은 거라면 방금 보여주었듯 그녀도 아무렇지 않게 처리해 버릴 남자였다.

아마 그 암브로시아조차도.

일순 여자의 입가에 희열 어린 웃음이 살아났다. 그리고 땀에 흠뻑 젖어 창백하게 질린 얼굴로도 피에로처럼 입술을 늘어트리며 소름 끼치게 웃었다. 열사의 태양을 머금은 듯 휘광 어린 눈에는 핏빛이 비쳤다.

"하지만 도로, 그거 알아? 당신이 그런 남자기 때문에 내 아이의 아버지로 어울리는 거야."

파스라니 맑은 상현달이 하늘 높이 떠오른 밤.

그 달빛이 내려앉았는지 둔탁한 표면 위로 흐르는 윤기가 섬뜩하도록 푸르렀다. 아라는 반질반질하게 닦인 총을 양손으로 쥐고 똑바로 자세를 취해보았다. 사격의 정석인 자세라고 할 수 있으나, 그녀는 오히려 이런 자세로 발포를 해본 적이 드물었다. 죽고 죽이는 공격이 오가는 실전에서 이런 자세로 똑바로 쏘는 총알이 통할 리가 없는 탓이었다.

에블린과 미하엘을 포함해 다른 이들은 다른 무기를 써보는 게 어떻겠느냐 제안했지만 아라는 이것 하나면 충분했다. 마치 영화 〈이블 데드(The evil dead)〉에 나오는, 산탄총 하나로 좀비들을 죽였던 브루스 캠벨처럼.

믿을 게 많아지면 인간이란 생물은 나태해지기 마련. 스피드는 있으니, 여자의 육체 특성상 어쩔 수 없이 부족한 파워는 파괴력이 강한 화기(火器)로 보강한다. 그것이면 충분했다. 단 하나의 무기는 그녀 나름대로의 '배수진'이었다. 물러날 곳이 없으면, 앞으로 나아갈 수밖에 없으니까. 그래, 상상을 초월하는 비인간적 존재들에게 둘러싸인 궁지에서 브루스 캠벨이 믿을 것은 손에 들린 구식 산탄총 하나뿐이었던 것처럼.

똑똑.

그때, 노크 소리가 들려오고 미처 반응이나 대답을 하기도 전에 벌컥 문이 열렸다.

"아라…… 헉! 깜짝이야!"

에블린은 바로 자신에게 겨누어져 있는 총구를 발견하고 식겁했다. 아라는 '어?' 하고 총구를 내렸다.

"얘가 위험하게."

"미안. 본의는 아니었어."

어쩌다 보니 에블린을 꽤 오랫동안 보지 못했는데, 그사이에 머리를 새로 했는지 컬이 굵은 꿀 빛의 금발이 쫙 펴진 샌드 브라운 색의 스트레이트로 바뀌어 있었다. 옷차림은 늘 그렇듯 몸의 곡선이 완전히 드러나는 쥐색 정장풍의 원피스였지만, 찰랑거리는 헤어스타일 때문인지 에블린답지 않게 너무 청순해 보여 잠시 깜짝 놀랐을 정도였다.

"왜 그렇게 봐?"

"아니…… 머리 바꿨어?"

에블린은 '아' 하는 외마디를 내더니 자신의 머리끝을 한 줌 집어 올렸다.

"기분도 꿀꿀한 게 뭔가 변화가 필요하겠다 싶어서."

"예쁘네."

"어머, 네가 웬일이야? 그런 말도 다 할 줄 알고."

"그나저나 왜?"

"다른 게 아니라, 오늘부터 너랑 사냥을 함께 가라는 지령을 받았는데 그게…… 아무래도 나 한동안은 안 될 것 같아."

아라는 고개를 갸웃하며 에블린을 보았다.

"안 된다니?"

에블린은 말없이 자신의 손목을 들어 보였다. 하지만 아라는 그것의 정체를 쉬이 깨닫지 못한 듯 눈만 깜빡였다. 그러자 에블린은 굳이 제 입으로 말해야겠냐는 뜻을 담아 콧잔등을 찡그렸지만 이내 한숨과 함께 고된 심정을 털어놓았다.

"나, 공간이동을 할 수 없는 생물의 삶이 이렇게까지 피곤한 줄 몰랐어."

아라는 다시 한 번 눈을 깜빡였다. 그제야 뇌리를 스쳐 가는 깨달음.

"뭐야, 그거? 아직 그대로인 거야?"

에블린은 어깨를 으쓱였다.

"보다시피."

"그 남자가 아니면 못 푸는 거야?"

"그런 것 같아. 기술반하고 붙어서 오만 지랄을 다 했는데도 그대로야. 진을 이루고 있는 공식이 너무 복잡하고 처음 보는 방식이라 풀 수가 없어."

아라는 대답없이 잠시 생각에 빠졌다.

"그럼 미하엘은?"

"걘 당분간 본업. 잠복근무라나 뭐라나. 근데 왜 나한테 짜증을 낸다니. 혹시 생리하는 거 아냐?"

에블린이 덧붙인 말은 어쨌거나 가는 날이 장날이라고, 어떻게 시간이 맞지 않으려니 이렇게까지 맞지 않았다.

"어쨌든 오늘은 접든가, 아니면 다른 헌터를 데리고 나가. 수소문해 보면 한 명 정도는 식충이 짓을 하고 있겠지. 헌터 셉텝을 따라다니는 게 얼마나 똥줄 타는 일인지 알려주라고. 난 계속 이거 풀 방법을 찾아봐야겠어."

그러더니 에블린은 온 힘을 다해 이를 갈며 '그놈이 그렇게 나온다면 내가 오기로라도 자력으로 풀어 보이고 말겠어'라고, 아라로서는 이해할 수 없는 말을 중얼거렸다.

아라는 다시 한 번 생각에 빠졌다가 곧 에블린과 시선을 맞대하고 말했다.

"그럼 에블린이 물어봐 줘."

"그러지 뭐."

에블린은 산뜻하게 동의하고 잠시만 기다리라며 방을 나섰다. 그동안 아라는 오늘 사냥을 나가려 했던 예정대로 준비를 하고, 벽시계를 바라보았다. 에블린이 나간 후로 삼 분이 넘어가고 있었다. 하지만 아라는 더 이상 그녀를 기다리지 않고 방 밖으로 나왔다. 그리고 힐끗 주변을 둘러본 후, 아무도 없다는 것을 확인하고 슬그머니 달려나갔다. 애초에 에블린을 기다리고 있을 생각이 없었기 때문이다.

오늘 밤은 목표를 바꾸었다.

에블린이 아직 저런 상태로 있게 된 것은 전적으로 자신의 탓. 루카도 자신만 아니었다면 애먼 에블린을 괴롭히지도 않았을 테니 제 손으로 원래대로 돌려주는 게 도리였다. 하지만 에블린은 아직 자신과 루카 사이에 있었던 일을 알지 못했다. 물론 앞으로도 알려줄 생각 따위 없었다. 그러니 조금 위험을 감수하고라도 혼자 조용히 다녀오는 수밖에.

자신의 힘을 맹신하는 것은 아니나, 위험에는 익숙했다. 폭탄은 방심하고 있을 때 생각지도 않게 뒤통수를 쳐 당할 뻔했다지만, 지금은 상황의 위험성에 대해 충분히 인지하고 경계하고 있었다.

세상 일이 모두 예상대로 되는 게 아님을 잘 알고 있음에도 아라는 조금은 안일하게 그런 생각을 하며 복도의 어둠 속으로 스며들었다.

어둠이 내려앉은 거리는 마치 박쥐의 형상을 한 영웅을 기다리는 밤의 고담 시티처럼 을씨년스러웠다. 모국인 한국과 달리 밤 문화가 발달하지 않은 나라인데다, 뉴욕만큼은 아니더라도 일정 시간이 넘어가면 무법지대와 같이 변하는 곳이라 전혀 인기척이 없었다. 간간이 차창 너머로 환한 헤드라이트를 비추며 지나가는 차들도 서둘러 집으로 돌아가는 길인 듯했다.

지옥으로 통하는 입구처럼 어둡게 이어진 도로를 따라 한창 운

전 중이던 아라는 흘긋, 홀로 눈부신 빛을 발하고 있는 내비게이션을 바라보았다. 저번에 레인스터 저택에서 나올 때 졸았던 바람에 가는 길이 다소 헷갈렸지만, 대충 맞게 가고 있는 것 같았다. 게다가 거의 목적지에 다다른 것 같으니 일단 가는 길의 습격은 걱정하지 않아도 되는 것 같았다. 그런데 T자 골목에서 어느쪽으로 가야 할지 헷갈려 내비게이션을 바라보며 막 오른쪽으로 돌았을 때였다.

쿠웅!!

잠시 긴장을 풀고 있던 차, 목이 덜커덕 흔들릴 정도로 강한 충격이 덮쳐 왔다.

『암브로시아』 2권에 계속……